novum premium

W0272082

Ester Michaelis

O'Keeffes Kinder

novum premium

Bibliografische Information
der Deutschen Nationalbibliothek:

Die Deutsche Nationalbibliothek
verzeichnet diese Publikation in
der Deutschen Nationalbibliografie.
Detaillierte bibliografische Daten
sind im Internet über
http://www.d-nb.de abrufbar.

ISBN 978-3-95840-584-4
Lektorat: Lucy Hase
Umschlagfoto: © Ester Michaelis
Umschlaggestaltung, Layout & Satz:
novum Verlag

Gedruckt in der Europäischen Union
auf umweltfreundlichem, chlor- und
säurefrei gebleichtem Papier.

www.novumverlag.com

Persephone

Der Schein trügt

Bei uns im Dorf ist es sehr idyllisch. Unsere liebliche Landschaft nimmt einen schnell gefangen, dieses Patchwork aus Wiesen, Wäldern und Feldern, und unser Ort hat schon einmal beinahe den Preis „Unser Dorf soll schöner werden" gewonnen, beinahe eben, weil das Gutshaus, das neben der Kirche das größenmäßig eindrucksvollste Gebäude ist, noch nicht vollständig renoviert ist. Aber das wird sich auch noch ändern. Unsere Kastanienbäume sind noch nicht gänzlich von der Miniermotte dahingerafft, die Luft ist auch sooo gesund, besonders dann, wenn die Bauern mal wieder ihre ach so lieblich duftende Gülle ausbringen, also ein Ort, an dem man noch so richtig glücklich sein kann!?

Leider ist auch hier nicht alles Gold, was glänzt. Hinter den schönen Kulissen leben Menschen, mit allzu menschlichen Problemen und Schwächen und dass jeder jeden kennt, macht es nicht gerade einfacher. So haben wir einen Geistlichen im Ort, der leider noch immer vom Nationalsozialismus geprägt ist und dessen Predigten alles andere als christliche Nächstenliebe verbreiten. Meine Familie weigert sich geschlossen und beharrlich, sonntags diesen ungöttlichen Dienst zu besuchen, aber wenn ein junger Urlaubsvertreter in unserer Gemeinde Dienst tut, dann sind wir natürlich vollständig vertreten, auch wenn wir längst keine Christen und noch weniger katholisch sind. Natürlich sind wir dadurch immer in der Kritik der anderen Dorfbewohner, aber daran gewöhnt man sich. Uns geht es darum, dieses neue, zum Teil fast schon revolutionäre Denken in der Kirche zu unterstützen, eine Reform zu befürworten, die längst überfällig ist. Sie, die ach so anständigen Bauernfamilien und was sonst noch so in unserem Dorf wohnt, zerreißen sich auch das Maul über unsere „ausländischen“ Ehemänner, meinen homosexuellen kleinen Bruder, meine (nur scheinbar) promiskuitive Schwester mit ihrem unehelichen Kind, meine Schwägerin, deren Mann (mein älterer Bruder) für diese bigotte Bande ein Mörder ist. Dabei gibt es hinter den wohlgepflegten Kulissen Männer, die ihre eigenen Töchter vergewaltigen, die Woche für Woche sternhagelvoll vom Wirtshaus nach Hause wanken, die schamlos jede Möglichkeit nutzen, dem Staat Geld zu entziehen, und dabei über alleinerziehende Mütter schimpfen, weil die angeblich faul sind und nur nicht arbeiten wollen, die sich Woche für Woche verprügeln, weil's zum Wirtshausrausch dazugehört, die ungeniert mit einigen Promille noch Auto fahren, der Jugend zum Vorbild. Die geprügelten Ehefrauen mit ihrem „Pro Atomkraft“-Aufkleber auf dem Auto beten lieber den Rosenkranz, wenn so ein betrunkener Idiot mal wieder einen armen Motorroller fahrenden Mitbürger totgefahren hat, anstatt idiotische Sitten und Gebräuche zu hinterfragen und um Täter und Opfer zu trauern.

Am schlimmsten war für mich meine Grundschullehrerin, die mich immer wieder auf meinen Vater ansprach: „Er kann halt nichts dafür, gell. Aber er kommt halt aus der Stadt und noch dazu aus so einer großen Stadt, gell. New York ist schon sehr groß, gell. Da hat er halt keine Ahnung von der Natur.“ Dabei hat gerade Vater uns jedes Pflänzchen gezeigt, sobald es wagte, aus der Erde zu spitzeln. Während die Lehrerin, die noch dazu Bäuerin war, nicht einmal den schönen Thymus serpyllum, den Feldthymian, erkannte und deren Kinder schon mal im arsenhaltigen Spritzmittel gebadet haben. Aber solche Leute sehen eben in ihrer Einbildung den Wald vor lauter Bäumen nicht mehr. Also du siehst, hier haben wir Idylle pur, wenn wir die Menschen aus unserer hinreißenden Landschaft entfernen. Fragt sich nur, wie lange es dauern würde, all die idyllischen Umweltsünden, wie verbrannte Autoreifen und Spritzmittel aller Art und so weiter, aus unserer Umwelt zu tilgen.

Dabei finde ich nicht alles schlecht hier. Ich finde es durchaus gut, wenn hier die Mitglieder der einzelnen Familien so gefördert werden, dass sie einmal für sich selbst sorgen können, doch der fast gänzliche Mangel an gezeigter Zuneigung zu den Kindern oder zu den Ehepartnern erschreckt mich immer wieder. Wenn wir hier mit unseren Ehemännern turtelnd durchs Dorf gehen, und selbst Mam und Paps turteln noch, dann werden wir immer ganz scheel angeschaut. So was macht man doch nicht! Und wir schminken uns auch noch! Wo gibt's denn so was? Und wir sind die Einzigen, die ihre Kinder herzen und ihnen bei jeder Gelegenheit ihre Liebe und Zuneigung zeigen. Alle anderen demonstrieren Distanz. Wir bekommen oft zu hören, wir würden unsere Kinder schließlich nur verwöhnen und wir würden schon noch sehen, was wir davon haben. Doch ich arbeite mit Kindern, ich sehe den Unterschied. Ich stelle immer wieder fest, wenn Kinder viel Zuneigung gezeigt bekommen haben, sind sie in ihren sozialen Fähigkeiten den anderen Kindern überlegen. Die anderen Kinder sind nicht weniger intelligent, aber dafür ein gutes Stück egoistischer. Und das mit der familiären Förderung hat auch seine dunklen Seiten, denn dabei vergisst man ganz schnell, was der Geförderte wirklich braucht, und man erwartet für die Förderung völlige Unterwerfung. Ich kenne einige hier, die letztlich unser Dorf und ihre Familiengemeinschaft verlassen mussten, damit sie sich dann in Eigenregie ein erfülltes Leben aufbauen konnten. Schlimmer aber fand ich immer das, was Babette erlebte, denn sie ist behindert auf die Welt gekommen und war dann der Sündenbock der Familie. Manchmal stört mich auch die indiskrete Neugier unserer Nachbarn, die gerne Fragen stellen über Dinge, die sie nichts angehen. Wir haben gelernt zu lügen oder mehr oder weniger elegant abzuwiegeln. Sie selbst sagen zu ihren Kindern immer, es soll niemand wissen, was zu Hause geredet wird, das geht niemanden was an, aber neugierig sein auf Teufel komm raus! Und wenn sie was zu tratschen haben, sind sie selig. Sich das Maul über alle anderen zu zerreißen ist die Lieblingsbeschäftigung der süddeutschen Landbevölkerung, noch vor ihrer Beschäftigung mit dem sprichwörtlichen Geiz in unserer Gegend! Und am liebsten nehmen sie die Leute vom Gutshaus aufs Korn.

Im Gutshaus, da wohnen übrigens wir. Die O'Keeffes. Die berühmt-berüchtigten O'Keeffes. Das sind natürlich Mam und Paps, wir fünf, nein, nur noch vier Kinder, die wir schon keine Kinder mehr sind, unsere Ehepartner und unsere Kinder. Unser Schwager Joachim, Schwägerin Liesbeth, Konstanze, unsere Großmutter, das jeweils aktuelle Frettchen, die Fische im Fünfhundert-Liter-Aquarium und der Hund.

Ich bin jetzt mal so frech und fange mit uns Kindern und damit an, wie wir Kinder zu unseren Namen gekommen sind, was natürlich auch ausführlichst im Dorf diskutiert worden ist. Ich bin die Älteste von uns und ich bin entstanden, noch bevor Mister O'Keeffe seine Katharina von Schleppenberg geheiratet hat. („Dass die aber auch gar nicht warten konnten, die hatten es ja sehr eilig, also ich hätt den ja nicht genommen, der ist ja ein Ami, das kann doch nicht gutgehen, aber jetzt, wo ein Kind unterwegs ist …" und „Ja was ist denn das für ein Kindername, den kann man ja gar nicht aussprechen, Per… was?") Der Großvater war auch dagegen, gegen die Ehe und, wie ich immer vermutete, gegen mich, aber er war ja auch der beste Freund des durch und durch braunen Pfarrers, ein gestandener Altnazi eben, aber dann hat er doch sein Auto hergeliehen, damit Mam rechtzeitig ins Krankenhaus kommt. Doch schließlich kam uns ein alkoholisierter Autofahrer in die Quere, siehe oben, wir sind hier ja auf dem Land, nicht wahr? Er hat sein Auto ausgerechnet in einer Unterführung geschrottet und in diesem Tunnel bin ich dann geboren worden. Deswegen auch das Mädchen aus der Unterwelt und doch das Versprechen, dass es immer wieder Frühling wird. Eigentlich ein schöner Name: Persephone. Und doch habe ich viele Jahre unter meinem Namen gelitten. Achtzehn lange Jahre, um genau zu sein. Danach war ich sogar ein wenig stolz darauf, keinen solchen Null-Acht-Fuffzehn-Namen zu haben, so was wie Julia, Andrea (wir hatten mal fünf Andreas in einer Klasse) oder, was jetzt so ganz in ist, Anna-Lena und so weiter. Ich bin ja auch zu einer Persönlichkeit geworden. Und ich tauche natürlich noch immer in die unwägbaren Tiefen der Unterwelt ab, in tiefste Depressionen, aber es wird tatsächlich immer wieder

Frühling. Ich finde, die Depressionen, die gehören zu mir, auch wenn es die Leute oft schockiert, wenn ich davon erzähle, das ist mein Geschenk an mich mit diesem Namen, denn meine abgrundtiefe Trauer lässt mich auch viel tiefere Freude und Liebe empfinden. Ich kenne mittlerweile jede Menge Menschen, die vor tiefen Gefühlen, auch vor den sogenannten positiven wie Liebe oder Freude, Angst haben und erst recht natürlich vor den gefährlichen Gefühlen wie Trauer und Hass. Wie schade ist das doch, sie wissen leider nicht, was sie damit an Lebensqualität verpassen. Ich jedoch fühle mich reich durch die Möglichkeit, alles auszuschöpfen, es macht mich fähig zum Mitgefühl und wenn ich doch einmal Vorurteile pflege – wer tut das nicht? (siehe oben) –, kann ich hinterher auch mal über mich selbst lachen.

Ares, der uns schon verlassen hat, kam etwa zwei Jahre nach mir zur Welt. Er brachte ganz andere Tiefen mit sich, denn er schien schon bei seiner Geburt wütend zu sein. Ein kränkliches, wütendes Kind, das ständig mit der Welt auf Kriegsfuß stand. Er schien geprägt von den Auseinandersetzungen, die Mam während der Schwangerschaft mit ihrem Vater hatte. Dieser unfreundliche Mann warf meiner Mutter immer vor, ich sei zu dunkel geraten, ich würde aussehen wie ein Judenkind und das in seiner Familie, wie schrecklich. Mutter sagte ihm dann immer, sie dulde in ihrer Nähe keine rassistischen Reden und sie sei sehr entsetzt zu hören, wie wenig Respekt Adolf vor seinem eigenen Enkelkind habe, und sie erwarte von so einem Menschen wie ihm wenigstens ein Minimum an Höflichkeit. Natürlich erwartete Adolf, der nächste Enkel entspreche ein wenig mehr den arischen Idealen, und natürlich wurde Mutter dann immer maßlos wütend. Sie sei nicht dazu da, um wie eine Zuchtsau für ihren Vater Kindersoldaten zu werfen. Von dieser Wut unserer Mutter hatte mein Bruder auch seinen Namen, der sich ja immerhin auf den alten griechischen Kriegsgott bezieht. Ares, mein düsterer und immer irgendwie zorniger Bruder, hatte ein kurzes, unverstandenes Leben, denn keiner von uns wurde so richtig mit ihm warm, wir alle litten unter seiner Mittelmäßigkeit und er litt sicherlich genauso unter unseren Begabungen. Adolf hatte es leider doch geschafft, ihn zu seinem Kindersoldaten zu machen, auch wenn er es nur einmal gewagt hat, mit Ares im Park Kriegsspiele zu machen und zu exerzieren, weil Mam es dann verboten hat. Damals war sogar unser Paps, der sonst die Ruhe selbst ist, aus dem Häuschen und hat getobt. Seinen Sohn zu Kriegsspielen zu missbrauchen, das dulde er nicht und er lasse nicht zu, dass der Park, den er mit Liebe angelegt hat, durch einen solchen Nonsense entweiht würde. Doch den Kontakt zu Ares konnten sie Adolf nicht verbieten. Ares hat viel von Großvaters verhängnisvollen Gedanken übernommen und das war ein Mitgrund für seinen frühen Tod. Und es ist auch unsere Schuld, dass er so früh sterben musste, aber das ist ein anderes Kapitel.

Lilith dagegen war ein richtiger Sonnenschein, freilich ohne schützende Ozonschicht und mit gelegentlichen Protuberanzen, unter denen besonders Adolf zu leiden hatte, der außer Ares keinen von uns ausstehen konnte und der immer wieder einmal versucht hat, uns zu kränken, und der es besonders auf Lil abgesehen hatte, deren Begeisterung für Indianer in dem Moment entstanden ist, als Kenneth und Evelyn uns das erste Mal in Deutschland besuchen kamen. Sie sind die indianischen Verwandten von Paps und sie fanden den Hitlerbärtchen tragenden Adolf lediglich lächerlich, als sie ihn von einem der Fenster aus gesehen hatten (Adolf ist ihnen tunlichst aus dem Weg gegangen, beleidigt, weil Konstanze ihn darauf hingewiesen hatte, dass er kein Recht habe, dieses Haus als sein Haus zu bezeichnen, denn er habe ja nicht gehalten, was er versprochen hatte.). Wenn Lil so sonnig war, lag das vielleicht auch daran, dass sie nicht wie Ares und ich im Winter, sondern im Sommer geboren wurde. Und wie sich Ares in die Welt gequält hat, so stürmte Lilith ins Leben, eben immer neugierig, immer hungrig auf Erfahrungen, aber dennoch unglaublich beharrlich. Dabei hat sie erst einmal tagelang auf ihren Namen warten müssen, denn Mam fand, dass der Name, den sie für dieses Kind ursprünglich ausgewählt hatte, so ganz und gar nicht passen wollte. Die Säuglingsschwester war stinkesauer und hat richtig getobt, aber Mam blieb ganz gelassen. „Nun beruhigen Sie sich doch, dieses Kind wird sich noch ehe Sie sich zweimal umdrehen einen Namen gemacht haben!“ Dieses „Zweimal-Umdrehen“ dauerte übrigens gerade mal knapp zwanzig Jahre. Beinahe eine Woche später hatte dieses Kind dann auch einen Namen, denn Mutters Bettnachbarin wollte unbedingt Tauben füttern. Für Mutter waren Tauben eine Art tierisches Unkraut, doch die Bettnachbarin hatte eine wunderbare Geschichte zu den Tauben: Die Taube ist der Vogel der Lilith, jener ungebändigten Schwester der Eva, die sich weigerte, Adam zu heiraten. Als Gott nun sah, dass er die störrische Lilith nicht dazu bringen konnte, ihm zu Willen zu sein, weil Lilith ihm sagte, sie sei schließlich eher als er da gewesen und er habe ihr gar nichts zu sagen, verwandelte der wütende Gott Lilith in eine Dämonin, die sich in eine Taube verwandeln kann und die, wie die Juden glauben, noch immer übrigens, kleine Kinder stiehlt. In Wirklichkeit, so erfuhr Mam, hat man nur eine Geschichte erfunden, die verhindern soll, dass Frauen ihre Eigenmacht entdecken und auch darauf bestehen und um die Unerklärlichkeit von sterbenden Säuglingen in Worte zu fassen. Unsere Lil allerdings wird sich nicht weigern, zu heiraten, weil es ihre Entscheidung ist, und somit alles dransetzen, um ihren Traummann zum Standesamt zu bekommen (er ist ja auch nicht Adam, obwohl er sich „wie der erste Mensch“ angestellt hat) und dennoch wird sie beharrlich *ihr* Leben führen.

1981 war für Mam das Jahr, in dem sie sich dann neu und unsterblich verliebt hat. Natürlich nicht in einen anderen Mann, sondern in Griechenland und seine Sprache. Unsere Faschingskostüme waren griechisch, unser Essen war griechisch, unsere Musik, unser Urlaub … Und Mam lernte fleißig, aber so ziemlich erfolglos – Griechisch! Mam kann alles, aber sprachbegabt ist sie absolut nicht. Dafür ist es das Mädchen, mit dem sie schwanger war, das die fremde Sprache und nicht nur diese Sprache in sich aufsaugen wird. Athanasia ist die Unsterbliche, denn das bedeutet ihr Name nämlich. Mit diesem Namen hatte sie es noch schwerer als ich, aber ihr hat das nicht so viel ausgemacht wie mir. Sie empfand die dummen Fragen nach ihrem Namen immer als Auszeichnung, denn dann war sie ganz in ihrem Element: Sie hielt und hält mit Leidenschaft ellenlange Vorträge über ihren Namen und ihre allerneuesten Erkenntnisse auf dem Gebiet der Sprachen. Und uns kann sie damit noch immer unglaublich nerven, andere Leute selbstverständlich noch viel mehr, aber das ist uns viel lieber als eine graue und uninteressante Maus. Außerdem können wir ja gar nichts sagen, wir haben hier alle unsere Marotten. Nein, sie ist alles andere als eine graue Maus, sie ist die schönste von uns Schwestern, hat eine hinreißende Figur, prachtvolles rotes Haar und eine unglaubliche Ausstrahlung. Sie hat gelernt, sich nicht nur mit dem Mundwerk zu verteidigen, sondern auch mit dem Körper, denn die Männer sind ganz verrückt nach ihr, aber Nasie ist eine Emanze, die sich nicht einfach von Komplimenten, aber sehr wohl von Werten beeindrucken lässt, die sie allerdings nur selten bei Männern findet. Als Nasie klein war, hat sie die Menschen in ihrer Umgebung immer erschreckt, denn sie wusste immer eine ganze Reihe schwieriger Fremdwörter, die sie auch noch richtig anzuwenden verstand. Anstatt sich darüber zu freuen und sie als hochbegabt zu betrachten, hatten vor allem Lehrer und Kindergärtnerinnen ein Problem mit diesem Kind und so bekam Mam dann recht viele Vorwürfe, die eigentlich völlig unverständlich waren, wie Nasie sei den anderen zu weit voraus, sie müsse wohl zu viel Verantwortung in unserer Familie tragen und Mam würde sie nur überfordern mit einer Sprache, die nicht kindgerecht sei. Kaum einer hat begriffen, dass es Nasie war, die die Wörter wie ein trockener Schwamm in sich aufsog und die die ganze Familie tyrannisiert hat, um ihren Wortschatz zu erweitern. Nasie war und ist eine richtige Wörterpiratin, eine Freibeuterin der Sprachen und damit noch immer vielen Menschen unbegreiflich.

Meirion ist unser Nesthäkchen und natürlich ist er von uns allen verwöhnt worden. Aber das ist ihm großartig bekommen, denn er ist liebenswert, großzügig und tolerant. Er ist keineswegs egoistisch und ist weit davon entfernt, nur an sich zu denken, wie man meinen sollte, wenn jemand wie er von so vielen Menschen verwöhnt worden ist. Und er ist der Einzige von uns, der nicht in den Genuss von Adolfs Spinnereien kam, denn Adolf war da schon in der Hölle. Das war auch gut so, denn Mei hat eine Eigenschaft, mit der Adolf gewiss nicht klargekommen wäre: Mei ist homosexuell. Dass Mei auf Jungs steht, ist hier im Ort natürlich etwas schwierig, aber uns, seiner Familie, macht es nichts aus, im Gegenteil, es macht ihn erst zu dem, was er eben ist. Er hat Vaters Liebe zu den Pflanzen geerbt und wird einmal, da bin ich mir sicher, einen Beruf ergreifen, der mit solchen Dingen zu tun hat. Allerdings ist er entsetzlich neugierig und manchmal stellt er einen auch bloß, gerade weil's so richtig Spaß macht, wenn der Andere dann ganz rot wird. Wie er das macht, wirst du ja später noch erleben. Ein Genießer ist er sowieso. Darum auch Meirion, der Milchmann, denn seine erste Lieblingsbeschäftigung war, gestillt zu werden. Früher hat ihn das wirklich stiller gemacht, aber obwohl er heute noch genauso gerne isst und trinkt, still bekommst du ihn längst nicht mehr. Er redet gerne, aber außer seiner unstillbaren Neugier ist er ein sehr liebevoller und verständnisvoller Mensch, der einem immer so was wie Angenommensein vermittelt. Mei zeigt mit seiner Anteilname auch immer seine eigene Verletzlichkeit und da ist er uns allen voraus. So bin ich mir sicher, dass Mei auch ein guter Sozialarbeiter oder Seelsorger wäre, doch ohne seine Pflanzen ist er nicht denkbar. Er, der verletzlichste unter uns, hat lernen müssen, sich zu verteidigen, um seine Grenzen zu wahren, denn nicht alle können seine Veranlagung akzeptieren und viele haben wohl Angst, selbst so zu sein wie er, und aus dieser Angst heraus verletzen sie meinen Bruder. Sie tun es mit Worten, aber es kam auch schon vor, dass er auf dem Nachhauseweg von der Schule verprügelt wurde. Nasie, die nicht nur unschlagbar in Wortgefechten ist, sondern auch in zwei oder drei verschiedenen Kampfsportarten, hat ihn unter ihre Fittiche genommen und so ist es nicht ratsam, sich mit einem von den beiden anzulegen.

Na, dann fehlen noch meine Eltern. Sie haben sich auf einer Messe für Textilien kennengelernt. Damals studierte meine Mutter noch in Augsburg und eine ihrer Professorinnen, die Hilda Sandtner, die mittlerweile in Mindelheim ein Textilmuseum gründete, hat Mam damals mit einem Virus infiziert: Katharina sammelt Textilien, und zwar in ihrem Fall Theaterkostüme, alte Trachten aus aller Welt und historische Mode aller Art. Und Mam macht auch immer wieder Kostüme selbst. Darum auch die Messe, denn dort gibt es natürlich etliche ausgefallene und edle Stoffe, in aller Welt produziert. Und es gab Paps. Paps hat sich auf den ersten Blick in Mams üppige Formen und die Fülle ihres roten Haares verliebt und Mam hat sich sofort in Paps feine Hände und seine warmen braunen Augen verguckt. Dabei war das gar nicht so leicht für die beiden, denn Paps war für seine amerikanische Firma unterwegs in Europa und es dauerte ein halbes Jahr, bis er in Deutschland Arbeit hatte, denn dass er und Katharina heiraten wollten, das wussten sie sofort. Leicht hatten sie es allerdings auch deshalb nicht, weil mein Großvater, wie du weißt, ein alter Nazi war, und dass sein Schwiegersohn ein typisch amerikanisches Gewächs aus vielen Wurzeln ist, hat ihn furchtbar auf die Palme gebracht, „aber leider nicht ins Grab," wie meine Großmutter immer gesagt hat. Da Vater zur Hälfte irisch ist und zu je einem Viertel indianisch und jüdisch, gab es zwischen meiner Großmutter und meinem Großvater heftige Auseinandersetzungen, die unter anderem bei meiner Großmutter zu einem Schlaganfall geführt haben. Großvater hat natürlich mit allen Mitteln versucht, die Hochzeit seiner Tochter mit dem Indianerjuden (die Iren hat er dabei vergessen) zu verhindern. Da das Gutshaus aber unserer Großmutter gehört, konnte er meine Mutter und ihren Mann nicht vor die Tür setzen (was uns allen furchtbar leidtut, mir kommen die Tränen). Und Paps war zudem der Liebling unserer Großmutter, die dem jungen Paar dann auch geraten hat, für Nachwuchs zu sorgen, denn ein uneheliches Kind wäre wesentlich peinlicher für meinen geltungssüchtigen Großvater gewesen als ein ungeliebter Schwiegersohn. Du weißt ja, ich kam sehr bald nach der Hochzeit meiner Eltern zur Welt, anscheinend haben sie sich an den Rat unserer Großmutter gehalten.

Meine Eltern sind etwas Besonderes, denn sie leben nicht wie andere Ehepaare nebeneinander her und sie sind sich nicht im Laufe der Zeit gleichgültig geworden, auch wenn ihre Liebe sicherlich nicht mehr so überschwänglich ist wie am Anfang. Sie zeigen einander ihre Wertschätzung, akzeptieren sich so, wie sie sind, mit allen ihren kleinen Marotten und Schwächen. Sie wissen, einen besseren Partner hätten sie nicht finden können. Sie sind damit für uns zum Vorbild geworden, denn dieses Verhalten ist nicht selbstverständlich; sie sind es aber auch deswegen geworden, weil sie nie auf eine Traumfrau oder einen Traummann gewartet haben, sondern weil sie sich immer als die Menschen angenommen haben, die sie waren, und weil sie immer im anderen das Positive gesucht und gefunden haben. Und dennoch können sie auch mal streiten, dass die Fetzen fliegen. Herrlich!

Vater verkauft noch immer wertvolle Stoffe für eine große Firma. Und Mam hat einen eigenen Kostümverleih, der sie ganz schön fordert, aber sie findet immer noch Zeit für uns alle. Im Gegenteil, weil sie uns immer irgendwie in ihre Arbeit eingebunden hat, war es uns nie langweilig und wir hatten immer das Gefühl, etwas Besonderes zu sein. Wir Kinder merkten von Zeit zu Zeit, wie wir heimlich von allen anderen Kindern in der Schule beneidet wurden, besonders dann, wenn am Schuljahresanfang nach dem Beruf der Eltern gefragt wurde. Dann fragten uns immer alle aus: „Wer leiht sich denn da die Kostüme aus? Kommen da viele berühmte Leute? Wo hat die Mama denn all die ganzen Sachen her? Dürft ihr euch eigentlich so oft verkleiden, wie ihr wollt? Kommen da viele Leute und leihen sich was aus? Und was macht deine Mama, wenn nicht Fasching ist? Können wir uns da auch was ausleihen?“ Manchmal habe ich die Macht, die Mutters Beruf für uns brachte, richtig genossen. Meinen Freundinnen habe ich dann versprochen, sie könnten die schönsten Prinzessinnen des Dorfes sein, nach mir, versteht sich. Meinen Feinden habe ich schauderhafte Kostüme angedroht, die meine Mutter angeblich mit Zauberkräften versehen hat. Das hat meine Lieblingsfeinde meist wenigstens für kurze Zeit etwas eingeschüchtert; nur einer, der etwas beschränkt in der Birne war, jedenfalls wie ich damals dachte, der hat sich auch noch gefreut über dieses Angebot. Heute studiert er übrigens Medizin, da sieht man wieder einmal, wie sehr man sich irren kann.

Zu unseren Geburtstagen gab es immer Kostümfeste. Am besten gefiel es mir, wenn Lil im Juni Geburtstag hatte, dann scheuerte Mam auch noch die große Gießkanne und füllte sie mit frischem Himbeersaft. Eine ganze Kanne voll Himbeersaft und die anderen Kinder wollten gar nicht aus dem ungewöhnlichen Gefäß trinken, sodass alles für mich, Ares und Lil übrig blieb! Dafür habe ich meine Schwester immer geliebt, endlich eine von uns, die mitten im Sommer Geburtstag hatte und nicht im Januar wie ich und Ares. Athanasias sommerliche Augustgeburtstage waren dann leider ohne Himbeeren, weil die neuen Himbeerstöcke noch nicht genug gewachsen waren, und wir waren dann auch leider schon fast zu alt für solche egoistischen Orgien, und Mei, der auch im Juni feiert, der war uns dann eindeutig zu jung für diese Späße. Mei hatte dann die ganze Kanne Himbeersaft für sich und er hat es nie geschafft, alles auszutrinken. Mam machte dann immer Himbeergelee aus dem Rest und sehr viel später hat sie mir dann einmal gestanden, die Gießkanne sei eine sinnvolle Strategie gewesen, um von dem kostbaren Saft so viel wie möglich zu erhalten, eben weil sie so gerne Himbeergelee isst, und dabei wirkte das Ganze auch noch unglaublich großzügig. Es sei eben das Pech der Anderen, wenn sie nichts aus einer Gießkanne trinken wollten.

Es gab einen heißen Anlass zur Renovierung unserer Stallungen, in denen Mam ihren Kostümfundus hat. Sie waren eine Weile an eine Nachbarsfamilie verpachtet, die dort im Dachboden Hühner züchtete. Das wäre wohl auch noch länger so geblieben, doch der älteste Sohn der Leute, der Melchior, war schon als Kind sehr feurig. Einmal hat er sein eigenes Bettzeug in Flammen gesetzt, kaum dass er laufen konnte. Als sie ihn dann vom Krankenhaus, in dem man seine verbrannten Ärmchen behandelt hatte, nach Hause fuhren, sah er die Kartoffelfeuer, die es hier im Herbst gibt, und jauchzte voller Freude: „Feuer, Feuer." Dann brannte der Keller in ihrem Haus und zu guter Letzt hat er das Dach der Stallungen in Brand gesetzt. Die Hühner kreischten in Panik, die Erwachsenen haben die Eimer mit den Hühnereiern ausgeschüttet, um zu löschen, und das Ganze war eine anständige Sauerei, sozusagen reif für das Guinness-Buch der Rekorde, als das wohl größte Rührei, das man zumindest bei uns im Ort gesehen hat. Doch mit dem Geld, das Mam dann von der Versicherung bekam, hat sie sich ihren Traum erfüllt, aus den Stallungen einen Kostümverleih der Extraklasse zu machen. Nur das Gekreisch der sterbenden Hühner hat sie noch lange verfolgt. Es ist dieser ehemals kindliche Brandstifter, der regelmäßig die Autoreifen in Flammen aufgehen lässt, die zur Verschmutzung unserer Umwelt beitragen.

Es war auch wahnsinnig aufregend, wenn die Leute vom Film und Theater kamen. Wenn gerade die Schauspielerinnen sehr zickig waren, haben wir schon mal Wetten abgeschlossen, ob und wenn ja, wann Mam die Geduld verliert. Aber Mam hat immer durchgehalten, auch deswegen, weil sie uns immer heimlich Zeichen gemacht hat, wobei der „Vogel" noch das harmloseste war. Vaters Arbeitswelt dagegen war für uns eine geheimnisvolle Angelegenheit, während Mutters Beruf, den sie ungeheuer lustvoll ausgelebt hat, uns zum Leitbild geworden ist: Mache alles mit Lust und Liebe, mache alles mit Überzeugung und lebe dein Talent!

Wir leben also alle im Gutshaus. Und das sicherlich nicht, weil wir Jungen für den Rest unseres Lebens im „Hotel Mama" bleiben wollen. Mam hat dieses Haus in mehrere Einheiten aufgeteilt, weil wir auch unseren Raum brauchen. Diese Einheiten sind nicht zu groß, sondern überschaubar und ausreichend. Daneben gibt es noch die Räume, die wir alle nutzen können. und den alten Park. Dieser Park ist dann auch meine kleine Privatidylle. Hier stehen ein paar alte Buchen, unter denen Salomonssiegel, hohe schwefelgelbe Schlüsselblumen, Veilchen und Walderdbeeren gedeihen. Kein Mensch ahnt, wenn er diesen himmlischen Flecken Erde sieht, dass Paps hin und wieder ordnend eingreift in diese durch und durch natürlich wirkende Szenerie. Manchmal im Frühling und im Sommer liege ich dann abends im Gras, schaue durch die Zweige und beobachte die Fledermäuse, wenn sie unseren Dachstuhl verlassen. Ich brauche dieses Stück Einssein mit der Natur, so wie sie Paps geschaffen hat, ich tanke auf in diesen stillen Augenblicken und bin dann jedes Mal dankbar, dass Mam und Konstanze, ihre Mutter, alles getan haben, um diesen schönen Flecken Erde für uns alle zu erhalten.

Konstanze kommt aus verarmtem süddeutschem Kleinadel. Ihre Vorfahren waren etwas zu verschwenderisch und etwas zu ungeschickt im Umgang mit Finanzen, so dass nicht nur die Ländereien wie Schnee in der Sonne dahingeschmolzen sind, sondern auch der Erhalt des Gutshauses gefährdet war. In dieser Situation kam das Angebot des aufsteigenden Jungnazis Adolf Huber gerade richtig, denn er versprach ihren Eltern, für einen guten Namen mit einem attraktiven „von" ein attraktives Vermögen zu bieten. Hätte es noch andere Bewerber gegeben, die an Konstanze und dem Gutshaus gleichermaßen interessiert gewesen wären, dann wäre Adolf niemals in dieses Haus gekommen, obwohl er sicherlich tadellose Manieren und perfekte Umgangsformen zur Schau trug. Damit konnte er wohl die Urgroßeltern aufs Glatteis führen, aber Konstanze gefiel dieser kalte Karrierist in keiner Weise. Geheiratet hat sie ihn dann nicht zuletzt wegen der Eltern, die befürchten mussten, im Alter noch ihre angestammte Bleibe zu verlieren, und die deswegen in ihrer Angst viel zu viel Druck auf ihre Tochter ausgeübt haben. Sie mussten es allerdings nicht mehr erleben, welchen Fehler sie damit gemacht haben, denn der Urgroßvater starb bald darauf an einem Herzinfarkt und seine Frau hat ihn nur um ein knappes Jahr überlebt. Konstanze jedenfalls kam sich verschachert an den Meistbietenden vor und war alles andere als glücklich. Hätte Adolf sein Versprechen gehalten, mit seinem angeblichen Vermögen das Haus zu erhalten, hätte sie ihm verziehen.

Doch der große Geldsegen blieb aus und eigentlich war meine Großmutter bettelarm. Scheiden lassen konnte sie sich nicht, denn da hätte sie auch noch Unterhalt für ihren Mann zahlen müssen, denn so wurde es im Ehevertrag vereinbart. Zwei Kinder hatte meine Großmutter, Isolde und Katharina. Isolde ist genauso bequem wie ihr Vater, dessen Lieblingstochter sie war, dem sie allerdings in politischen Dingen nicht gefolgt ist. Aber es wäre undenkbar gewesen, wenn *sie* das Gutshaus überschrieben bekommen hätte, denn es wäre ihr zu viel Arbeit gewesen, dieses

Haus zu renovieren und zu erhalten. Isolde wurde ausbezahlt, was nicht so schwer war, denn diese Bruchbude mit dem Dach, durch das es hineinregnete, den feuchten Mauern und den zugigen Fenstern schien nicht mehr viel wert zu sein. Doch Katharina, das wusste meine Großmutter, würde alles dransetzen, dieses Haus zu retten, und sie würde dafür sorgen, dass unsere Großmutter bis zuletzt dableiben könnte, wo sie zu Hause war.

Mutter hat sich dann auch ins Zeug gelegt, um diese Bruchbude in ein behagliches und vor allem bewohnbares Nest zu verwandeln. Und auch da zeigte es sich, wie weise ihre Partnerwahl war, denn Sean O'Keeffe stand ihr dabei ohne zu murren immer treu zur Seite. Am meisten Ärger bereiteten ihnen die Trottel vom Denkmalschutz, die einfach nicht verstehen konnten, dass Mam nur dann das Haus retten konnte, wenn sie sich eben nicht an alle Auflagen halten würde, denn so viel Geld würde sie nicht auftreiben. Sie hat alle antiken Möbel verkauft, sofern noch welche übrig geblieben waren, und sie durch Möbel vom Sperrmüll ersetzt. Erstens sind die gemütlicher und zweitens hat das Geld für die Renovierung gebracht, wenn auch leider nicht mehr viel. Und Mutters Hobby, das dann ihr Beruf wurde, hat uns auch geholfen. Jetzt fehlen nur noch ein Paar Räume, unter anderem der alte Festsaal, aber das können wir ja noch übernehmen.

Mams Glanzstück ist das Bad im Erdgeschoss. Eines Tages wurde es uns von ihr verboten, diesen Raum zu betreten, solange jedenfalls, bis sie es uns wieder erlauben würde. Sie hat uns auf sämtliche Flohmärkte in der Umgebung geschickt, um alte Spiegel, angeschlagenes Porzellan, einfarbige Fliesen und Glasperlen zu kaufen. Dann hat sie sich wochenlang in dieses Bad eingeschlossen. Wie oft haben wir diese feinsinnige und elegante Frau in dieser Zeit hinter ihren geschlossenen Türen wie einen Rossknecht fluchen hören! Unglaublich! Gebadet haben wir in dieser Zeit in einer Zinkbadewanne oder wir sind in die nächste Badeanstalt gefahren, wo wir wenigstens anständig duschen konnten. Für den wasserscheuen Ares war es eine Qual! Er musste sich nicht nur reinigen, er sollte sich auch noch planschend oder sportlich im Wasser bewegen. Zum Glück stand damals noch ein

Plumpsklo hinter den ehemaligen Stallungen. Doch dann kam der Tag der Wahrheit. Die Tür zum Bad war eines Morgens mit einer riesigen roten Schleife geschmückt, die von meiner Mutter feierlich durchgeschnitten wurde. Dahinter lag eine unwirkliche Zauberwelt, wo der Wand groteske Gestalten entwuchsen und selbst die Armaturen dieser Märchenszene angepasst waren. Am eindrucksvollsten war das Lichtband, das sich längs über die ganze Wand zog und in einer aufwändigen Glasarbeit hergestellt war, die Mam geschickt vor uns verborgen gehalten hatte. („Fahrt ihr in den Ferien mal schön zelten.")

Kurz nach der Fertigstellung hatten wir unsere Cousine Ragnhild zu Gast, deren Eltern mal alleine in den Urlaub fahren wollten, um ihre Ehe zu retten. Kaum waren die beiden über alle Berge, musste die ach so ätherische, besser gesagt überspannte Ragnhild mal. Und kam schreiend und mit nasser Hose aus dem Bad gerannt. Die restliche Zeit ist sie lieber in die Büsche gegangen statt auf unser Klo, gewaschen hat sie sich gar nicht mehr, aber das hat eh keinen Unterschied zu sonst gemacht. Nachts hatte sie schreckliche Alpträume, in denen es ihr träumte, sie würde von Dämonen entführt werden. Wir Kinder haben damals alle im Heu geschlafen, weil Mam nach und nach unsere Zimmer in Angriff genommen hat, und die alpträumende Ragnhild ist uns gewaltig auf den Nerv gegangen. Eines Nachts dann waren wir ausnahmsweise alle mit Ares einer Meinung, denn als sie uns wieder aufgeweckt hatte, zischte er: „Wenn du mich noch einmal aufweckst, dann hole *ich* dich und drehe dir blödem Huhn die Gurgel um!", und Nasie krähte: „Umdehn, umdehn!" Ragnhild hat sich seit dieser schönen Zeit konsequent geweigert, uns jemals wieder zu besuchen, und wir haben sie eigentlich auch nicht vermisst, nur dämmert mir allmählich etwas, es könnte vielleicht nicht schlecht sein, auch mit ihr unseren Frieden zu machen.

Der Scheisstag

Es gibt diesen einen Tag im Leben unserer Familie, der uns allen unauslöschlich im Gedächtnis haften bleiben wird. Und dieser Tag wird von uns aus gutem Grund nur „der Scheißtag" genannt. Es geschah am Faschingssamstag im Jahre 1993. Traditionellerweise findet an diesem Tag Mutters großes Kostümfest statt, zu dem sämtliche Schauspieler, Sänger, Tänzer und andere Künstler aus den Theatern im Umkreis von ungefähr hundert Kilometern kommen, wenn sie nur irgendwie können. Da Mam ihre Kostüme an kleinere und größere Theater, ans Fernsehen und an Privatleute verleiht, wenn die es sich leisten können, hat sie immer zahlreiche Gäste. Sie berät Kostümbildner und Regisseure, wenn diese sie um einschlägigen Rat fragen, und sie ist sicherlich eine der besten diesbezüglichen Experten und darum auch sehr gut beschäftigt. Unser Fest hat Kultcharakter und ist entsprechend aufwendig in der Vorbereitung. Welch eine Katastrophe, wenn dann gerade an diesem Tag etwas schiefgeht. In jenem Jahr ist dann tatsächlich eine ganze Menge scheiße gelaufen, wenn du diesen Ausdruck gestattest. Und schon am Tag zuvor hat sich die Katastrophe angekündigt, als nämlich Ljubov, unsere Hündin, in die Sickergrube eingebrochen ist. Ljubov ist so ziemlich das scheußlichste Hundevieh, das man sich vorstellen kann. Wir haben sie aus dem Tierheim und nur deshalb mitgenommen, weil wohl niemand außer uns den Mut hatte, ein derart abstoßendes Tier zu adoptieren. Dafür ist sie auch besonders lieb, weswegen sie den schönen russischen Namen Ljubov erhalten hat, denn „Liebe" hat nichts mit dem Aussehen zu tun, wohl aber mit dem Charakter. Ljubov also setzte sich an jenem rußigen Freitag auf ihren Stammplatz und die morschen Bretter unter ihr gaben urplötzlich nach. Freitagabends hatte Vater aber keine Zeit mehr, das Ding zu reparieren.

Dann kam unser Samstag. Und der begann damit, dass mein geliebter Bruder Mei zu nachtschlafender Zeit (es war acht Uhr morgens) mir und Thomas die Bettdecke weggerissen hat und dann ganz erstaunt war, dass nicht nur er, sondern auch Thomas einen Penis hat. „Bist du sicher, dass alle Männer so was haben? Was ist mit Paps? Ich kann mir das gar nicht vorstellen. Und Ares? Hat der denn auch so was?“, fragte Mei und so ging das dann den ganzen Tag. Wirklich, ich liebe meinen Bruder, gebraten, als Suppe oder Schnitzel und am liebsten durch den Fleischwolf gedreht. Meirion hatte bis dahin noch nie einen nackten Mann gesehen, obwohl er da ja schon sechs Jahre alt war. Vielleicht liegt es daran, dass Paps so prüde ist und Ares sich niemals nackt sehen ließ. So sah mein kleiner Bruder nur uns und unsere Mutter und das ist eben für einen Jungen zu wenig. Fernsehen? Haben wir nicht. Und einschlägige Zeitschriften fehlen auch. Außerdem hatte Mei keine Freunde im Dorf, weil er eigentlich lieber mit dem Schachbrett beschäftigt war, als mit den anderen Kindern im Ort das Paarungsverhalten der Katzen und Hunde zu beobachten und von da auf das Paarungsverhalten der Menschen zu schließen. Das tun die hier, glaub mir, ganz bestimmt sogar.

Mei hatte aber auch noch ein ganz anderes „Hobby“: Er steckte sich gerne beim Essen die Tischdecke in den Hosenbund. Im Team mit Anubis, dem Frettchen, hat er damit die nächste Katastrophe produziert. Das Frühstück sollte eigentlich unsere Lagebesprechung sein, aber weit sind wir nicht gerade gekommen. Ares hatte seine damalige, sehr blasse Freundin Solveig da und Anubis, unser Frettchen lief frei in der Küche herum, weil Mei mal wieder vergessen hatte, wie ungern Mam das Tier in unserer Küche haben wollte und weil er außerdem vergessen hatte, es wieder in sein Gehege zu sperren. Athanasia und ich deckten den Tisch mit Mutters edlem Leinen, ihrem harmonischen Flohmarktsammelsurium an alten Tassen und Silberbesteck. (Anubis konnte warten.) Mei war der Letzte, der sich an den Tisch setzte, aber der erste, der wieder aufstand. Er hatte wie gesagt die Unsitte, sich das Tischtuch in den Hosenbund zu stopfen, und Anubis hatte die Angewohnheit, sitzende Leute von hinten anzuschleichen und kurz, aber kräftig in die Waden zu zwicken, weil es so lustig war, wenn er uns durch das Haus jagen konnte. Beim Frühstück aber war das Ganze eine verhängnisvolle Kombination, weil Mams schönes Porzellan samt Honig, Marmelade, Milch, Wurst und so weiter am Boden landete. Die Wurst wurde eine Beute von Anubis, und nicht Mei, sondern Ares war derjenige, der von Mam mit einer Ohrfeige bedacht wurde. Er war aufgesprungen und wollte Mei schlagen, aber Mam war schneller. Selten habe ich meine Mutter so wütend erlebt. „Du mischst dich nicht in meine Erziehung ein", schrie sie Ares an, und die ach so unscheinbare Solveig lächelte hämisch. „Das ist schließlich alles nicht so schlimm, das lässt sich alles wieder ersetzen." Sicherheitshalber verzichtete Mam aber dann doch eine Weile auf Tischdecken.

Die Sickergrube war natürlich noch vor dem Fest neu abzudecken, denn es wäre undenkbar gewesen, unsere betüddelten Gäste dieser besonderen Gefahr auszusetzen. Also musste Vater nach dem Frühstück zum Werkzeug greifen und sich als Schreiner betätigen. Er macht das fast so gut wie Mam, aber irgendwann haut er sich dabei immer auf den Finger oder ihm passiert sonst ein kleines Missgeschick, so dass es sehr spannend ist, ihm bei derlei Aktionen auf die Finger zu schauen. Dieses Mal konnte er gar nichts dafür, dass sich unser Schauen gelohnt hat. Es war wieder Mei, der für Unterhaltung gesorgt hat. Athanasia, Thomas, Lilith und ich standen im Treppenhaus, von wo aus man die Sickergrube am besten sieht, als Mei aus der Toilette kam und lauthals verkündete, er hätte groß gemacht. Ich weiß zwar nicht, woher dieser plötzliche Rückfall ins Kleinkinderalter bei Mei kam, aber in dieser Situation fanden wir es nicht alarmierend, sondern äußerst spannend. „Ich sage nichts", sagte Nasie altklug, „dann lernt Paps vielleicht, vorher Bescheid zu sagen und nicht mehr so schusselig zu sein." Athanasia konnte nicht ahnen, dass ihr das Schicksal eine ganz eigene Erfahrung zugeteilt hat, mit der dieser freche Ausspruch gerächt werden würde.

Während Paps seinen unfreiwilligen Anschiss kassierte, war Ares damit beschäftigt, seine neue Freundin unserer Großmutter vorzustellen, und er hat dabei einen entscheidenden Fehler gemacht. Konstanze hatte kurz nach der Hochzeit unserer Eltern einen Schlaganfall und ist seit dieser Zeit ans Bett gefesselt. Sie muss gefüttert werden und braucht auch sonst die in diesem Fall übliche Hilfe. Ares aber hat sich wieder einmal davor gedrückt, ihr das Essen zu geben, so etwas ist ja unmännlich und nur was für Weicheier. Er hat diese Aufgabe an Solveig delegiert und nicht damit gerechnet, dass Oma im innersten ihres Herzens eine eingefleischte Emanze ist und sich für die Gleichberechtigung einsetzt, was für sie auch heißt, dass Männer soziale Dienste leisten sollen. Sie war über das respektlose Verhalten ihres Enkels ihr und Solveig gegenüber stinkesauer. Und sie rächte sich auf ihre Art und Weise: Sie machte ihr Geschäft, von dem sie sich rühmt, es bei Bedarf immer und überall machen zu können. Und sie schickte Solveig zu Mam, damit gewährleistet wurde, dass auch der Richtige die Sauerei wieder in Ordnung bringt. Es versteht sich von selbst, dass Ares zwar den Spott und den Schaden hatte, aber von niemandem auch nur ein Fünkchen Mitleid.

All diese nicht vorhergesehenen Missgeschicke sorgten natürlich für reichlich zusätzliche Hektik an einem eh schon hektischen Tag. Trotzdem hat es Vater rechtzeitig geschafft, sich noch zu duschen und endlich loszufahren, um seinen neuen Kollegen abzuholen, der sich freundlicherweise zu unserem Fest eingeladen hatte. Johann Roth, wie sein Name war, bestand darauf, mit dem eigenen Auto zu kommen, und Vater hatte versprochen, ihm den Weg zu zeigen. Deshalb ist er mit dem Zug vom Nachbarort aus in die Stadt gefahren, um dann mit Johanns Auto wieder bei uns anzukommen.

Johann Roth war also, wie Paps es bezeichnet hat, ein Nichttrinker. „Trinkt er denn gar nichts mehr, Paps? Ist der so was wie ein Kaktus? Der ist bestimmt ganz runzlig im Gesicht und am Po, stimmt's?", mutmaßte Mei. Inzwischen war Athanasia zu ihrer Freundin geschickt worden, deren Eltern Hühner züchten, einer hier züchtet anscheinend immer Hühner. Ich hatte meinen

Kimono angezogen, den ich von Ajame, Thomas Misios Mutter, zu unserer Verlobung am Abend davor bekommen hatte, und Lilith hatte sich in eine Tracht der Navajos gekleidet. Das hätte ich fast vergessen, das mit der Verlobung. Thomas Misio und ich sind sehr altmodisch. Uns war es wichtig, zu zeigen, wie ernst es uns mit uns war, bevor wir eine Nacht miteinander verbrachten. Auch wenn Thomas zur Hälfte Japaner ist und die Japaner in Sachen Sexualität nicht so prüde sind wie die Deutschen und mehr noch manche Amerikaner, zu denen auch ein Teil unserer amerikanischen Verwandten gehören. Ares weigerte sich, an unserem Fest teilzunehmen, und sicher war es besser so, obwohl Solveig sichtlich enttäuscht war. Mam verkleidete die ersten Gäste in der Scheune und wurde dabei unterstützt von Chloe, die vor ihrem Erziehungsurlaub Maskenbildnerin an einem der großen Theater in der Umgebung gewesen war. Endlich kam Vater aus der Stadt zurück, in einem fetzigen italienischen Sportwagen und irgendwie ganz grün im Gesicht. Der Fahrer des Wagens war ein ziemlich arroganter, äußerst gut aussehender – Indianer. „Joe Cool" hatte sofort unsere gesamte Abneigung und ausnahmsweise war es Lilith, die nicht mit uns anderen einer Meinung war, statt Ares. Johann „Joe Cool" Roth verschwand ebenfalls in Mutters Scheune und dann rätselten wir, wie er wohl wieder daraus erscheinen würde. Ares meinte, das einzig mögliche Kostüm sei das des Affen, aber Thomas war der Ansicht, dass das eine Beleidigung wäre, für den Affen natürlich. Mei setzte auf eine Mumie und ich hätte ihn gerne als Frankensteins Monster gesehen. „Aber nicht doch, meine Liebe", flötete Leon, der schwule Ballettchef eines uns bekannten Theaters, „das wäre ewig schade um diesen leckeren Anblick!" Doch da fauchte Lilith ihn an: „Lass die Finger von ihm, Leon, das ist mein zukünftiger Mann."

Die Gestalt, die am Ende aus der Scheune trat, war der Drachenkönig aus der Pekingoper. Wie alle anderen Gäste sollte auch Herr Roth fotografiert werden. Doch kaum hatten wir den etwas kamerascheuen Kotzbrocken dazu überreden können, als Athanasia nach Hause zurückkam oder besser rannte, als wäre der Teufel hinter ihr her. Und sie rannte genau in die Arme des trotz seiner fast undurchdringlichen Schminke herrlich blöd dreinschauenden Herrn Roth. (Das war vielleicht ein genialer Schnappschuss von mir, ich weiß gar nicht, woher ich diese tolle Reaktion hatte.) Wir hätten sicher alle so blöd dreingeschaut, wenn wir an seiner Stelle gewesen wären. Denn Athanasia war bei ihrer Freundin in die Jauchegrube gefallen und so stinkend, wie sie war, ist sie hier aufgetaucht. Hühnerkacke stinkt aber auch ganz besonders grässlich. Dann hat Johann uns das erste Mal so etwas wie widerwillige Achtung abgerungen, denn er weigerte sich, nach Hause zu fahren, sondern bestand darauf, sich neu zu verkleiden. Doch dazu musste er erst einmal ein Bad nehmen und wir stellten ihm unser Märchenbad zur Verfügung. Ich weiß, einige sind der Ansicht, es wäre ein Horrorbad, denn so harmlos sind die Grimm'schen Märchen nun auch wieder nicht. Ich hätte nur zu gerne sein betretenes Gesicht gesehen, als er diesen grotesken Ort in seinem grotesken Aufzug betrat. Doch ich war zum Fotodienst eingeteilt, so wie es sich eben für eine „Japanerin" gehört. Lilith versuchte, durchs Schlüsselloch zu spitzeln, aber Johann hat gleich etwas darüber gehängt. Der gebadete Johann hat sich dann für ein Kostüm entschieden, das eine Figur aus dem balinesischen Schattenspiel darstellte und damit wieder für eines, bei dem er sich unter einer dicken Schicht weißer Schminke verstecken konnte. Er schien tatsächlich nur deshalb gekommen zu sein, um sich zu verstecken, doch das gelang ihm natürlich miserabel. Denn Lilith hatte es auf ihn abgesehen und sie flüsterte ihm alle paar Minuten irgendetwas Seltsames ins Ohr. Trotzdem hielt er tapfer durch, bis kurz vor Mitternacht, und dann muss sie ihn mit dieser Flüsterei schwer getroffen haben, denn er erbleichte unter seiner schneeweißen Schminke und verließ so schnell das Fest, dass er sich nicht einmal mehr umgezogen hat.

Schon am nächsten Morgen kam er wieder, um das Kostüm gegen seine teuren Designerklamotten zu tauschen. Als er fahren wollte, fragte Lil ihn auch noch, ob er nicht mit ihr im Tipi übernachten wollte, und er war dann so wütend, er hat sich vor lauter Wut in die halb gegessene Banane gesetzt, die Mei in seinem Angeberauto liegen gelassen hatte. Es gab außer Adolf selten jemanden, der mir mehr zuwider war als Johann dann die nächsten fünf Jahre, aber wenn mir damals jemand gesagt hätte, wie viel Achtung dieser Mann mir noch einmal abverlangen würde und wie sehr sein Leben und das unerwartete Heldentum meines Bruders Ares miteinander verbunden sind, ich hätte es einfach nicht glauben können. Da sieht man einmal mehr, wie sehr man sich irren kann.

Lilith

Der Traummann

Ich habe schon immer ganz genau gewusst, was ich will. Familie, klar. Und Karriere, sicher, die auch. Kann man doch alles miteinander verbinden, Mam hat es vorgelebt. Und Johann, den und keinen anderen. Er war sozusagen mein Traummann. Denn in der Nacht vor unserem „Scheißtag" habe ich von ihm geträumt. Ich habe ihn im Traum so klar und deutlich vor mir gesehen, wie ich dich jetzt vor mir sehe. Und als er dann auch noch zu unserem Fest erschien, da war klar, das kann niemand anderer sein, als mein zukünftiger Mann. Johann allerdings hätte mich damals wohl am liebsten zu Hackbraten verarbeitet, weil ich ihm zu jung war, er ist ja immerhin zwanzig Jahre älter als ich. Und nicht nur deswegen, ich gebe zu, ich habe ihm das Leben solange schwer gemacht, bis ich ihn sicher da hatte, wo ich ihn haben wollte. Das grenzte fast an Stalking, aber er hat nicht wirklich Grenzen gesetzt und man sah ihm an, dass seine Ablehnung mir gegenüber aus sogenannten Vernunftgründen und aus einer Angst vor großen Gefühlen entstanden ist, aber nicht, weil er mich nicht attraktiv gefunden hätte.

Im August des vorigen Jahres war Vaters indianischer Großcousin Kenneth mit seiner Frau Evelyn da. Zu diesem Zweig der Familie haben wir immer noch Kontakt, worüber ich schon sehr froh bin, denn ich sehe selbst sehr indianisch aus und werde oft auf mein Aussehen angesprochen. Und ich interessierte mich schon immer für indianische Kulturen und vor allem für ihre Kunst. Kenneth ist Irokese und seine Frau Evelyn ist Blackfoot und kennengelernt haben sie sich in einer der stammesübergreifenden Schulen. Aber das würde dir sowieso nichts sagen. Das mit dem Tipi, das ich zu meinem siebzehnten Geburtstag bekommen habe, war also Evelyns Idee, denn die Irokesen haben Langhäuser und keine Tipis wie viele Völker der Plains. Wir haben das Tipi gleich in unserem Garten aufgestellt und ich war heilfroh, Großvater unter der Erde zu wissen, denn wenn er noch gelebt hätte, dann wäre mein Tipi möglicherweise mitten in der Nacht in Flammen aufgegangen oder so. Als es dann Jahre später tatsächlich gebrannt hat, gab es andere traurige Gründe dafür. Zugetraut hätte ich es meinem unmöglichen Großvater jedenfalls, das Zerstören meines Tipis. Er hat ja auch herausgefunden, dass ein gewisser Herr Stanislaw Suplatowicz, ein Mann mit polnischer Mutter und kanadisch-indianischem Vater, in Auschwitz gelandet ist. Von seiner Flucht von dort und seinem Kampf im Untergrund hat er nichts gesagt, aber ich habe es trotzdem herausgefunden, und es hat mir eine riesige Freude gemacht, es ihm unter die Nase zu reiben. Ich weiß noch gut, dass ich meine Blackfoottracht angezogen habe, um einen regelrechten Kriegstanz aufzuführen, und wie ich lauthals gesungen habe: „Er hat überle-ebt, er hat überle-ebt!" Tatanka Yotanka, den man hier eher als Sitting Bull kennt, hat unser Großvater als Feigling bezeichnet, weil er von seiner kriegerischen Art abkam und sich friedlich, aber sehr bestimmt für eine selbstbestimmte und würdevolle Lebensweise seines Volkes eingesetzt hat. Ein richtiger Mann kämpft bis zum Abkratzen, hat er immer behauptet. Frieden macht man da nicht. „Ja, Opa, und warum hast du dann nicht gekämpft, bis du abgekratzt bist? Warum nervst du uns immer noch und tust nichts Vernünftiges, nicht mal mit einem Zirkus durch die Gegend ziehen und mit den Löwen durch den Feuerring springen, hä?", fragte ich ihn und irgendwie war er dann beleidigt. Und jetzt habe ich einen indianischen Mann. Großvater wird in seinem Grab rotieren, von wegen ewige Ruhe.

Ich bin in der glücklichen Lage, zwei Heimaten zu haben. Ich habe Eltern, die mich immer geliebt und in meinen Fähigkeiten gefördert haben, die mir mehr innere als äußere Sicherheit gegeben haben, weil, reich waren wir nicht. Die mir Mut für meinen Weg gemacht haben, weil sie fast uneingeschränktes Vertrauen zu mir hatten, und die jede meiner Entscheidungen mitgetragen haben, vor allem weil sie diese respektierten. Und ich habe meine, wie soll ich es nennen, Wurzeln? Meine Anbindung an die Kultur von Kenneth und Evelyn. Sie in den USA zu besuchen, ist jedes Mal wie heimkommen.

Die Zeit mit Kenneth und Evelyn war sehr schön für mich und sehr wichtig. Ich fühlte mich von ihnen fast wie eine der ihren angenommen. Das will schon was heißen, denn was viele Indianer nicht leiden können, sind Menschen, die sich indianisch benehmen, aber keine oder nicht genug Indianer sind. Wie war ich erleichtert, über meinen heimlichsten Wunsch, nämlich einen indianischen Ehemann zu sprechen. Kenneth erzählte mir dann, wie er Evelyn kennengelernt hatte, in einem Traum, noch bevor er sie das erste Mal gesehen hatte. Und Evelyn gab mir den weisen Rat, trotz der Liebe, die ich mir ersehnte, meinen Weg zu gehen, weil es am Ende immer die Frauen sind, die die Verantwortung für die Familie tragen. Auch ich kann meinen Träumen übrigens durchaus trauen. Es kommt immer wieder vor, dass Dinge geschehen, von denen ich geträumt habe. Einmal träumte ich, ich käme von der Schule nach Hause und mir käme ein Hund aus unserem Hof entgegen, er war mir vertraut und ich wusste, es ist unser Hund, obwohl wir damals gar keinen Hund hatten. Beim Frühstück haben wir dann alle gemeinsam beschlossen, einen Hund vom Tierheim zu adoptieren und es war nicht ich, die das Thema angesprochen hat. Ljubov sieht auch noch so aus wie der Hund aus meinem Traum und ich war gar nicht mit dabei im Tierheim, weil ich wegen Röteln zu Hause bleiben musste. Ein anderes Mal kämpfte ich scheinbar die ganze Nacht gegen mörderische Fluten, in denen ich zu ertrinken drohte, und am Abend schickte Mam Mei in den Keller, um was weiß ich dort zu holen, und da war der Keller unter Wasser gestanden. Und sollte es in unserem Dorf brennen, ich träume davon, manchmal sehr konkret, manchmal bin ich nur auf der Flucht vor dem Feuer. Ich erzähle selten jemandem von meinen Träumen, den meisten Leuten ist das unheimlich und ich will nicht als Spinnerin abgestempelt werden. Hier in Deutschland so eine Gabe zu haben, ist irgendwie Verschwendung, denn ich kann damit niemanden vor seinem Unglück bewahren. Sag mal hier zu jemandem: „Du, dein Haus brennt vielleicht heute Nacht“, der hält dich ja glatt für verrückt.

Johann kannte ich zwar schon vor dem Scheißtag, aber nur vom Telephon. Manchmal, wenn ich bei Paps in der Arbeit angerufen hatte, hatte ich nur den geheimnisvollen Herrn Roth erwischt. Den Mann, der mehr Dialekt spricht als irgendeiner von den O'Keeffes oder von Paps sonstigen Kollegen. Ich dachte immer, dieser Herr Roth, also Johann, sei, seiner Stimme nach zu urteilen, ein ältlicher, vertrockneter Mann, groß und hager, mit Halbglatze und blassen, grauen Triefaugen. Der Mann, von dem ich träumte, war ein eher kleiner südamerikanisch-indianischer Mensch, den ich im Kühlraum unserer Metzgerei gefunden habe, ein selbst für einen Traum seltsamer Ort. Ich sollte ein vorbestelltes Herz dort abholen. Der Metzger schickte mich in den besagten Kühlraum und sagte mir, ich würde es auf den ersten Blick finden. Und im Kühlraum fand ich dann einen Mann, der vor Kälte schon ganz blau und durchsichtig war, so dass man seine Adern unter der Haut erkennen konnte. Sein Brustkorb war geöffnet und darin schlug das bestellte Herz: lebendig, warm und rot.

Dieser Traum hatte mich trotzdem nur unzureichend auf Johann vorbereitet. Als er dann am Nachmittag des Scheißtages aus seinem Angeberauto stieg, mit seinen Designerklamotten und arrogant wie nur irgendjemand sonst, da war ich schon enttäuscht. Zwar wusste ich, wer er für mich war, sobald ich ihn nur gesehen hatte, aber mit einem bayrisch geprägten Apfelindianer hatte ich nicht gerechnet. Johann ging zwar Salsa tanzen, aber das war gerade mal ein Feigenblatt für seine seltsame, unidentifizierbare Identität. Vater hatte mir dann von Johanns Adoptiveltern erzählt, die sehr großen Wert darauf gelegt hatten, dieses Kind in unsere Gesellschaft einzugliedern. Das soll jetzt ein, nennen wir es mal „Euphemismus“ sein für die vollständige Zerstörung von Johanns eigentlichen Wurzeln. Jedenfalls war ich erst einmal enttäuscht und wenn dieser Mann nicht so trauernd ausgesehen hätte, ich hätte ihn nicht lieben können. Diese Trauer, die ihm so tief ins Gesicht geschrieben stand, war wie eine ungewollte

Öffnung in seinem Panzer, der die Fähigkeit zu tiefen Gefühlen verriet. Ich bin überzeugt, damals wie heute, ein Mensch, der zu tiefer Trauer fähig ist, kann auch sehr lieben und eine tiefe, alles überwältigende Freude empfinden. Ich sehe das an meiner Schwester, die alle Gefühle tief lebt, egal, ob es Trauer, Hass oder was auch immer ist. Per ist reich dadurch und so war ich mir sicher, Johann würde es auch sein.

Johann, die Burg. Um diese Mauern zu knacken, musste ich zu absolut harten Mitteln greifen. Die übliche Sache mit Flirt und schöne Augen machen war in seinem Fall untauglich. Diesen Menschen musste ich völlig aus der Fassung bringen, auch wenn er durchaus einen gewissen Charme hatte. Und es war klar: Viel Zeit hatte ich erst einmal nicht, um mir eine Strategie zurechtzulegen. Ich entschied mich für jede Menge unanständiger Fragen, zum Beispiel „Stehst du auf Männer oder auf Frauen?“ oder „Stehst du auf FKK?“, „In welcher Stellung machst du es denn am liebsten?“ und so einen Schmarrn. Johann hat sich tapfer bemüht, cool zu bleiben, aber als ich ihm dann den Namen ins Ohr geflüstert habe, der mir immer in den Sinn kam, wenn ich ihn angesehen habe, ist er unter seiner weißen Schminke leichenblass geworden und hat unser Fest fluchtartig verlassen.

Zwei Monate später wusste ich einiges Wichtige: wo er wohnte, wo und wann er zum Tanzen ging, mit wem und welche Frauen er mit zu sich oder besser: welche Frauen er *nicht* zu sich in die Wohnung mitnahm (nämlich keine). Ich wusste, dass er sonntags seine Mutter besuchte und wie himmelschreiend einsam dieser Mensch eigentlich war. Dabei war er sehr begehrt, da war eine hinreißende Rothaarige, für die Johann wohl die große Liebe war, denn sie hat ihn unverhohlen angehimmelt und alle anderen Frauen, die sich für ihn interessierten, mit tödlichen Blicken bedroht. Sie hat ihn regelrecht beschützt, wenn er einmal depressiver war als eh schon, dann versuchte sie ihn aufzuheitern und zwang ihm so ab und zu ein überaus charmantes Lächeln ab. „Schutzengelchen“ nannte ich sie deswegen. Ich tauchte von jetzt ab regelmäßig beim Salsatanzen auf, und wenn er an mir vorbei aufs Männerklo musste (ich habe mich schon so strategisch günstig aufgestellt, wenn er an mir vorbei musste, blieb nicht ein Zentimeter Platz zwischen uns!), raunte ich ihm den geheimen Namen ins Ohr. Vielleicht wäre ich nicht so hartnäckig gewesen, aber wenn ich mich einmal mit einem anderen Mann unterhielt, dann wurde mein Traummann ganz nervös und sah mich sehr wütend an. Aber meinen Vater hat er gebeten, ihm zu helfen, denn er wolle mit mir nichts anfangen, weil erstens „lebten wir in unterschiedlichen Welten" und zweitens wäre ich viel zu jung für ihn. Vater aber sagte nur: „Tut mir leid für Sie, Herr Roth. Wenn sich meine Töchter einmal etwas in den Kopf gesetzt haben, dann ziehen sie es auch durch. Meine Tochter wird Sie heiraten und das kann ich nicht verhindern. Natürlich sind Sie mir in meiner Familie herzlich willkommen, obwohl es mir schwerfällt, Sie als Schwiegersohn zu bezeichnen, da Sie ja nur etwa zehn Jahre jünger sind als ich."

Da das Desinteresse Johanns an mir nur vorgeschützt war, tauchte er ein Jahr später wieder bei Mutters Kostümball auf. Natürlich nicht nur wegen mir, wenn ich ehrlich sein soll, denn von Mutters Fest kannst du nicht mehr lassen, wenn du es einmal erleben durftest. Ich war an diesem Tag bei einer Veranstaltung in meinem Gymnasium und kam erst um halb neun Uhr abends nach Hause. Dann verwandelte ich mich in eine Seminolin. Da hatte sich Johann schon unerkannt unter die Gäste gemischt und ich brauchte all meinen Scharfsinn, um ihn zu finden. Vater war dieses Mal als Schotte verkleidet und seinen Dudelsack hatte er an einer höchst ungewöhnlichen Stelle. Natürlich wollten einige Gäste wissen, was sich unter seinem Kilt befindet, allen voran Leon, der Ballettchef einer nahegelegenen Stadt, der mit seinem überaus schönen dunkelhäutigen Freund da war. Und weil Paps ziemlich prüde ist, hat Mam ihm den Dudelsack auf eine Boxershort gestickt, da wo die rechte Arschbacke ist, sehr zur Freude Leons und meines Bruders Mei, dem natürlich allerhand frivole Wortspielereien zum Dudelsack und seinem „Aufbewahrungsort" eingefallen sind. Die Darbietungen, Kabarett, Ballett, Ajames Tanzshow und der Gesang waren großartig und die Stimmung wunderbar. Ich hatte fast keine Zeit, mich nach Johann umzuschauen, und natürlich war seine Verkleidung wieder ein sehr gut gewähltes Versteck. Das Aussehen eines Menschen ändert sich sehr, wenn er erst in einer indigogefärbten Gandoura und in einem Schech steckt und seine Augen mit Kajal geschminkt sind. Dass dieser Targi mein Indianer war, erkannte ich nur an seinem Verhalten: Ich fühlte mich beobachtet und als ich mich umdrehte, wendete die vermummte Gestalt den Kopf ab. Da also steckte Johann.

Selbst hier wirkte er einsam, unnahbar und gerade wegen seines dicken Schutzpanzers aus Arroganz sehr verletzlich. Natürlich wollte ich ihn nicht verletzen, aber andererseits machte mich der offensichtliche Widerspruch zwischen seinem Verhalten und seinen abweisenden Worten ratlos. Ich hatte einerseits seine Grenzen zu akzeptieren, aber gleichzeitig auch meine Grenzen ihm gegenüber vorsichtig zu erweitern. Und weder Johann noch meine Familie konnten sich vorstellen, wie ich das bewerkstelligen würde, ja selbst ich tappte deswegen meistens im Dunkeln und so musste ich mich auf meine Intuition und den Zufall verlassen. Als ich Johann in dieser Nacht endlich ansprechen konnte, reagierte er sehr ungehalten. „Warum lässt du mich nicht endlich in Ruhe? Warum begreifst du nicht, dass ich nichts von dir will?“ Meine Antwort war sicher nicht nach seinem Geschmack: „Du und ich, wir wissen beide, dass das nicht stimmt. Das sagen nur deine Worte, Johann, aber nicht deine Augen. Und nächstes Jahr um diese Zeit sind wir verheiratet.“ Dieses Mal war es besser, sanft und geduldig zu klingen und nicht so forsch wie das ganze vergangene Jahr über. Trotzdem habe ich ihn erschreckt und ich bedauerte sehr, ihm nicht seine Angst nehmen zu können. Dazu brauchte es Zeit und die Hilfe des Schicksals, aber wie sehr sich dieses Schicksal in unser beider Leben einmischen würde, konnte ich damals natürlich nicht ahnen. Später, als seine Mauern gebrochen worden waren, sagte er mir dann, dass er wohl nur deshalb all das erleben musste, weil er er selbst werden sollte und weil kein anderer an seiner Stelle dieses Schicksal hätte tragen können.

Zwei Tage später war ich in der Stadt unterwegs. Etwas Feiern mit meinen Mitschülern. Und plötzlich war da Johann. Johann mit

Rausch. Ich hatte ihn nie Alkohol trinken sehen und eigentlich finde ich Betrunkene eklig, nur nicht ihn, auch weil ich wusste, dass er eigentlich keinen Tropfen anrührte. In diesem Zustand war er völlig wehrlos und mit dem Schimmer von Indigo, den er noch immer von der Tracht der Tuareg auf der Haut trug, richtig unwiderstehlich. Er konnte seine Maske nicht mehr aufrechterhalten und er war so hungrig, als ich ihm meine Hand auf den Rücken legte. Ich nahm ihn mit zu sich nach Hause und wir schafften es noch nicht einmal ins Wohnzimmer. Hier erlebte ich Johann das erste Mal so, wie er wohl wirklich ist, nämlich sanft und liebevoll und ausgesprochen sinnlich. Als unser erster Hunger gestillt war, konnten wir uns dann mehr Zeit lassen. Und Johann ist in diesen Dingen ein Naturtalent, das es zudem versteht, einem das Gefühl zu geben, wichtig zu sein in seinem Leben. Jedenfalls habe ich mich mit ihm sehr wohl gefühlt, vor allem weil er mir gestand, wie sehr er mich liebte, und als er eingeschlafen war, habe ich mir ein paar leere Blätter gesucht und von seinem Körper einige Aktstudien gemacht. Einige der Blätter habe ich ihm dagelassen. Und dann bin ich, noch bevor er wach wurde, nach Hause gegangen. Weißt du, ich gehöre zu jenen Frauen, die zweimal im Monat ihren Unterleib spüren, denn auch mein Eisprung ist schmerzhaft und an diesem Faschingsdienstag hatte ich deswegen ganz schön Schmerzen. Natürlich haben wir fast ein Jahr später geheiratet, aber ansonsten habe ich Johann von da an in Ruhe gelassen, denn ich habe mich ganz und gar auf mein Studium, meine Karriere und unser erstes Kind, den Leonard, konzentriert. Ich war mir immer sicher, dass er und ich eine Aufgabe zusammen hatten. So richtig *ver*-liebt war ich eigentlich nie in ihn. Mir war klar, er würde immer in erster Linie durch seine Arbeit leben und ich habe auch seine Schattenseiten gesehen. Aber den „Traummann" gibt es sowieso nicht und die wenigsten heiraten aus Liebe, sondern in der Regel, um versorgt zu sein und weil alleinstehende Frauen noch immer diskriminiert werden. Wie gut, dass ich Johann nie dazu gebraucht habe, um mich und mein Kind zu versorgen.

Persephone

Viele Hochzeiten

Lilith hatte ein Opfer gefunden. Nein, das ist nicht richtig, denn Johann war kein Opfer, sondern nur ein Idiot, der sich weigerte, das zu leben, was einem Blinden aufgefallen wäre, nämlich die heiße Liebe zu meiner Schwester. Der Trottel verzehrte sich nach ihr, denn kaum kamen wir in diese verräucherte Salsaspelunke, in der er einmal die Woche zu finden war, konnte er den Blick nicht von ihr lassen. Dass er dabei noch die Unverschämtheit besaß, mit dem rothaarigen Biest in einer Art und Weise zu tanzen, die an alles, aber nicht ans Tanzen erinnerte, machte ihn mir nur noch unerträglicher. Eigentlich erwartete ich von einem fast vierzigjährigen Mann ein wesentlich reiferes Verhalten. Lil allerdings war nicht aus der Ruhe zu bringen und immer guter Dinge. Ihr Optimismus war bemerkenswert. Sie hätte jeden da drin locker um den Finger wickeln können, und obwohl sie Schmalzlocke immer wieder damit ärgerte, dass sie mit irgendwem flirtete, hielt sie an ihrem merkwürdigen Plan fest.

Und das brachte mich in Berührung mit Salsa. Eine flüchtige Berührung, denn meine große musikalische Liebe gilt dem Jazz. Ich bin immer noch hingerissen, wenn ich eine Aufnahme von Ella Fitzgerald höre, und wenn ich nur halb so hinreißend singen könnte, wäre ich selig.

Meine Liebe zur Musik war es, die mir die Bekanntschaft mit Thomas Misio eingebracht hat, denn wir waren beide im selben Studentenorchester, er als Trompeter und ich als Sängerin. Und am Vorabend des Scheißtages hatten wir also beschlossen, zu heiraten. Wir planten ein großes Fest und es wurde ein großes Fest, denn im Gutshaus können auch Studenten groß feiern, ohne ein Vermögen ausgeben zu müssen. Ajame, Thomas Misios

Mutter, bestand darauf, dass ich den kostbaren Hochzeitskimono tragen sollte, in dem sie ihren Mann geheiratet hatte, auch weil ihre Eltern ebenfalls zur Hochzeit kommen wollten.

Ajame ist eine wunderbare Schwiegermutter. Sie war als Turniertänzerin in England, in Blackpool, unterwegs, als sie ihren späteren Mann kennenlernte. Thomas späterer Vater, damals ein langhaariger Lehramtsstudent, machte in England als Anhalter und mit Zelt Urlaub. In Blackpool hatte er sich dann bei einer recht attraktiven jungen Frau untergebracht, die ihn auf eine Tanzveranstaltung mitgeschleppt hat als Gegenleistung für das kostenlose – nennen wir es mal – Übernachten. Er fühlte sich dort reichlich fehl am Platze, doch dann stolperte eine junge japanische Tänzerin über das, natürlich, was denkst du denn, versehentlich falsch gesetzte Bein einer Konkurrentin. Sie schlitterte über die ganze Tanzfläche genau vor die Füße des Deutschen mit den blonden, langen Locken und wusste, sie wollte niemals mehr nach Japan zurück und der Student mit den blonden, langen Engelslocken hätte sie am liebsten gleich mitgenommen. Mit einem Vorwand erreichte sie es, in Deutschland einige Semester studieren zu können, aber eigentlich wollte sie nur diesen netten blonden Deutschen heiraten, und das ist ihr auch gelungen. Als ihr Mann dann allzu früh durch einen Autounfall starb, arbeitete sie als Tanzlehrerin, um ihrem Sohn und sich ein einigermaßen angenehmes und sicheres Leben zu ermöglichen.

Ajame, meine Eltern und wir planten ein wunderbares Fest und das wurde es auch. Niemand machte blöde Späßchen, dafür gab es allerhand wunderbare kulturelle Beiträge. Die Trauung selbst brachte ihren eigenen Spaß, denn der Trauzeuge hat in der Eile statt der kleinen weißen Dose mit den Täubchen drauf, in der die Trauringe waren, die Dose mit dem Süßstoff eingesteckt, worauf der Pfarrer, den wir mit unserer Trauung beauftragt hatten, meinte, an Süße würde es uns in Zukunft sicher nicht mangeln, aber die Ringe wären auch nicht schlecht gewesen. Dieser Priester ist im Übrigen ein bemerkenswerter Vertreter seines Standes, denn er hat sich die Sicherheit seines Glaubens nach einer schweren Erkrankung neu und anders wieder erringen müssen und ist deshalb als Mensch und als Geistlicher glaubhaft. So waren die Worte, die er zu unserer Trauung fand, keine leeren Hülsen, sondern ein Geschenk, das uns unser ganzes Leben begleiten wird, voller Weisheit und Humor. Auf Wunsch meiner Schwiegergroßeltern gab es auch noch eine kleine buddhistische Zeremonie und auch da hatten wir das Glück, wirkliche Herzenswärme und Tiefe zu erleben. Für meinen Bruder Mei war das Beste an der Hochzeit allerdings Mams Tafel, die sie mit wunderbaren japanisch-deutschen Leckereien gedeckt hatte. Und dennoch gab es etwas, das mich ein wenig traurig stimmte: Ares gelang es einfach nicht, seinen Schwager zu akzeptieren. Er nannte Thomas Misio immer nur „das Schlitzauge", was sicher sehr kränkend war für meinen Mann. Ares blieb der Hochzeit fern.

Das war im Sommer 1993. Und trotz des Studiums, das wir beide noch zu Ende führen wollten, mangelte es uns tatsächlich nicht an Süße. Als es dann wieder einmal so weit war mit Mutters Kostümfest, war auch Ajame mit dabei und zeigte eine hinreißende Tanzeinlage. Und zu meiner Überraschung war auch der seltsame Herr Roth wieder da. Na, der hatte ja Mut, soviel musste man ihm immerhin lassen. Natürlich war seine Verkleidung erstklassig, er hatte sich wieder einmal ein fast perfektes Versteck gewählt und wenn er sich nicht so idiotisch verhalten hätte, wäre es ihm auch gelungen, sich vor Lilith zu verstecken. Doch er konnte wieder einmal nicht die Augen von ihr lassen und sogar meinen Eltern fiel es auf, wie zwiespältig er sich verhielt. Und logischerweise gelang es Lil auch dieses Mal wieder, ihn in die Flucht zu schlagen.

Zwei Tage später hatte Lil dann entsetzliche Bauchkrämpfe beim Frühstück. Die hat sie immer, wenn sie ihren Eisprung hat. Doch am Abend war sie dann immerhin so fit, dass sie mit ihren Mitschülern noch ein bisschen Fasching feiern konnte. Dass in dieser Nacht etwas ganz anderes geschehen ist, als nur ein wenig harmloses Feiern, merkten wir, als sie uns am anderen Morgen die wohl erotischsten Zeichnungen, die ich jemals gesehen habe, unter die Nase gehalten hat. Es war Johann, der da so bloß und blank abgebildet worden war. „Die andere Hälfte hat er", sagte sie.

Gut drei Monate später durfte dieser Johann dann antanzen Er hatte ja einige Übung darin, da er sich anscheinend auch noch als Salsalehrer ausbilden ließ, jedenfalls hatte das einer der immer in der Salsaspelunke anwesenden Kubaner behauptet. Er durfte antanzen, denn Lil war schwanger. Da saßen wir also alle im Wohnzimmer meiner Eltern und Johann fühlte sich sichtlich unwohl in seiner Haut. Um ehrlich zu sein, er sah todunglücklich aus, aber, und damit hatte Lilith sich nicht getäuscht, er stand zu seiner Verpflichtung. Er versprach, Lilith zu heiraten. Mehr aber auch nicht. Denn er fühlte sich betrogen und er dachte nicht daran, ein guter Ehemann zu sein. „Das habe ich auch gar nicht von dir erwartet, Johann. Dazu bist du jetzt auch gar nicht in der Lage, aber eines Tages wirst du es sein, denn dass du mich nicht liebst, ist die einzige Lüge, die dir je untergekommen ist, seit ich dich kenne. Und wenn ich dich erst einmal geheiratet habe, dann lasse ich dich auch in Ruhe, denn ich brauche nicht dich, um ein erfülltes Leben zu leben. Dann habe ich Zeit, Johann."

Jeder konnte sehen und fühlen, wie verzweifelt dieser Mann war, doch helfen konnten und wollten wir ihm nicht. Da wir nicht ahnten, warum Johann solche Mauern um sich herum aufbaute, hielten wir ihn einfach nur für einen uneinsichtigen Idioten. Ares sah ihn und natürlich auch Thomas die ganze Zeit hasserfüllt an, damit hatten wir alle auch gerechnet, aber dann vergaß er unglücklicherweise doch noch seine immerhin gute Erziehung. „Ich finde das so scheiße, dass meine Schwestern ausgerechnet ein Schlitzauge und einen kolumbianischen Drogenhändler heiraten müssen. Als ob wir hier nicht genug gescheite deutsche Männer hätten!", spuckte er aus. Meine Eltern wurden leichenblass und dann tat Paps etwas, das ihm sicherlich wahnsinnig schwergefallen ist: Er warf Ares raus. „Morgen ziehst du aus. Du hast wohl vergessen, woher ich komme und woher du damit selbst stammst!" Er sah auf einmal unglaublich alt aus und zudem verletzlich. All das, was ihn immer so stark und sicher wirken ließ, war mit einem Mal verschwunden. Auch Johann sah ein bisschen gekränkter aus, als er es eh schon war. Und Mutter kann gelegentlich ganz schön grausam sein, denn sie sagte zu dem unglücklichen zukünftigen Ehemann noch, wenn es nicht der feste Wille ihrer Tochter wäre, ihn unter allen schlechten Umständen zu heiraten, dann würde sie ihn zum Eunuchen machen, und zu meinem Bruder sagte sie, dieses Mal würde sie ihm sicher nicht helfen und ein gutes Wort für ihn einlegen, denn sie lasse die Wahl ihres Ehemannes von niemandem anzweifeln, auch nicht die Wahl, die wir, Lil und ich, getroffen hatten. Und um das Maß von Johanns Unglück vollzumachen, die einzige Freude für Ares an diesem Abend übrigens, brachte Meirion plötzlich die Aktzeichnungen von ihm in der einen Hand und Anubis in der anderen Hand ins Wohnzimmer und das Frettchen verschwand sofort in einem von Johanns Hosenbeinen und tauchte am Kragen seines Pullis wieder auf. Nie habe ich ein unglücklicheres Gesicht gesehen als das meines zukünftigen Schwagers. Als ich ihn vor die Tür begleitet und das Frettchen ins Gehege gebracht hatte, sah ich, dass er sich verstohlen ein paar Tränen abwischte, sah seine zitternden Hände und das erste Mal fühlte ich etwas anderes als die Verachtung, die ich bisher für ihn gepflegt hatte.

Ende November kam dann der Sohn meiner Schwester zur Welt. Sie gab ihm den Namen Leonard, nach Leonard Peltier, einem Mann, der als Indianer schon seit vielen Jahren unschuldig im Gefängnis sitzt, weil man ihm einen Mord in die Schuhe schieben wollte und dazu sogar Beweise gefälscht hat und der es bisher nicht geschafft hat, frei zu kommen, weil niemand die Verantwortung für einen solchen schrecklichen Justizskandal übernehmen will.

Und kurz nach unserem Kostümfest heirateten Lilith und Johann. Es war eine trostlose Veranstaltung, denn die Trauung fand lediglich vor dem Standesamt statt und danach gab es irgendwo eine Pizza. Ich sang zu Ehren meines neuen Schwagers das „Hochzeitslied für arme Leute" und andere bitterböse Stücke von Brecht und Weill und natürlich das „Bidla Buh" von Georg Kreisler. Alle waren wir bedrückt, allen voran der Bräutigam, nur Lilith war guter Dinge und nichts konnte ihre gute Laune beeinträchtigen.

Wie sie sich die gute Laune während der nächsten drei Jahre erhalten konnte, wird mir immer ein Rätsel sein. Aber sie hat es geschafft, obwohl Johann sich dann so sehr in Arbeit gestürzt hat, dass er uns wie ein Phantom vorkam, denn er war nur da, um kurz zu schlafen und vielleicht noch etwas zu essen. Es waren die drei Jahre, in denen meine Schwester an ihrem frühen Ruhm als Malerin arbeitete, und die Bilder, die sie nach den Aktzeichnungen von Johann gefertigt hatte, halfen diesem Ruhm natürlich erst recht auf die Sprünge. Doch von all dem bekam der frisch gebackene Vater nichts mit. Er wohnte ja noch nicht einmal mit seiner Familie in einer Wohnung, sondern hatte sich quasi ein eigenes Zimmer in unserem Haus genommen. So wie er sich mit seinen Kostümen zu verstecken pflegte, so stürzte er sich in Arbeit, Tag und Nacht, immer auf der Flucht vor irgendetwas Schrecklichem, ohne zu begreifen, dass er bei Lilith und auch bei uns in Sicherheit gewesen wäre. Und sicherlich hätte er sich zu Tode gearbeitet, wenn er nicht dem Tod auf eine andere Weise begegnet wäre.

Thomas und ich arbeiteten in dieser Zeit recht fleißig, wir hatten uns beide vorgenommen, so schnell wie möglich mit unserm Studium fertig zu sein, er studierte Diplompädagogik und ich Lehramt für Deutsch und Geschichte für Gymnasium. Es gelang uns tatsächlich und eigentlich wollten wir dann auch an eigene Kinder denken, doch es sah ziemlich lange so aus, als würde mir dieser Segen vorenthalten bleiben. So steckte ich jahrelang meine ganze Mütterlichkeit in meinen Beruf und Thomas hat, denke ich, ähnlich gehandelt. Er hat nie verstehen können, warum sich dieser seltsame Kolumbianer nicht um seinen Sohn kümmert, doch Johann ließ uns gar keine Gelegenheit, mit ihm ein ernstes Wort zu sprechen. Wir haben ihm auch den ein oder anderen Brief geschrieben, doch die hat er immer ungelesen ins Altpapier gegeben, bis wir es aufgegeben haben. Wie mischt man sich ein, ohne die Selbstbestimmung eines anderen Menschen zu missachten? Wir wussten es nicht und erst Johanns Wandlung hat uns geholfen, nun etwas sensibler mit solchen Situationen umzugehen. Wir hatten ja gedacht, durch unser Studium seien wir solchen unmöglichen Leuten wie Johann überlegen, doch ob wir vollbracht hätten, was er schließlich vollbracht hat, wer kann das schon sagen?

Johann

Sterben

Sechs Jahre nach meinem Studium und nach einer Beschäftigung, die nicht einmal mich zufriedenstellte, fand ich Arbeit bei einer Firma, die mit sehr edlen Stoffen aus aller Welt handelte. Ich hatte in dieser Firma einen Vorgesetzten, der mich durch seine Menschlichkeit ungemein beeindruckt hat. Er wirkte so, als wäre er sehr mit sich im Reinen, und dann war er auch noch Amerikaner, sodass ich mich nicht gar so fremd fühlte. Meistens kommen immer irgendwann Fragen nach meiner Herkunft, denn ich bin der Sohn einer Indianerin und eines ich weiß nicht was aus Kolumbien und ich will mich eben nicht darüber unterhalten, wie blöd es ist, seine leiblichen Eltern nicht oder kaum zu kennen. Dabei habe ich jedes Mal das Gefühl, nur ein anwesender leiblicher Vater bestimmt den Wert, den der Einzelne hat. Oder sie geben mir das Gefühl, ohne meine Adoptiveltern bin ich nichts und wenn die nicht gewesen wären, dann, na, du weißt ja, was ich meine. Dabei weiß ich selbst, dass ich hier werden konnte, was ich in Kolumbien niemals hätte erreichen können. Aber es war auch mein eigener Einsatz und nicht die Leistung anderer, die mich so weit gebracht haben, auch wenn es vielleicht, wie mir andere wiederum vorwerfen, die Folge von Überanpassung war. Fragt sich, ob all das, was ich noch vor wenigen Jahren war, auch so erstrebenswert war, wie man mir das ebenfalls immer gesagt hat. Wenn man die Leute so reden hört, könnte man meinen, indianische Menschen seien weniger intelligent oder nur in Verbindung mit europäischer Erziehung zu intelligenten Leistungen fähig. Dabei habe ich für meinen beruflichen Erfolg und die Anerkennung in meiner Adoptivfamilie immerhin einen unglaublich hohen Preis bezahlt, inklusive Identitätsproblemen, Beziehungsangst, Selbstmordversuchen und einer himmelschreienden Einsamkeit. Ich habe öfter versucht, meinem Leben ein Ende zu setzen, aber irgendwie habe ich es nicht geschafft. Ich habe es nicht einmal geschafft, so krank von den Versuchen zu werden, dass man mir irgendeine Therapie verpasst hat. Einmal habe ich zum Beispiel versucht, mich wieder mit Alkohol und Tabletten ins Jenseits zu befördern, aber da ich Alkohol nicht mehr gewöhnt war, habe ich alles wieder von mir gegeben und lediglich so ziemlich das ganze Wochenende durchgeschlafen. Am nächsten Montag bin ich dann wieder in die Arbeit gegangen, so, als ob nichts gewesen wäre. Irgendwann lernte ich, mich tief in Arbeit zu vergraben, dann musste ich nicht so viel denken. Die Arbeit schaffte mir Distanz zu all den Menschen, die ich eigentlich liebte, die ich auch nicht verlieren wollte, und sie ließ mich meist gar nicht erst spüren, wie groß diese Angst vor der Einsamkeit und dem Verlust der geliebten Menschen war. Lieber sich erst gar nicht auf etwas Ernstes einlassen, lieber die kleine Liebe leben als die große Liebe wagen und vielleicht wieder und wieder alle(s) verlieren. Wie oft überlebt man das?

Als ich vier Jahre alt war, wurde ich von einem deutschen Ehepaar adoptiert, zusammen mit meinem Zwillingsbruder. Sie zahlten damals, 1960, über zwanzigtausend Mark für die Vermittlung, die diese Adoption benötigte. Ich muss ein schwieriges Kind gewesen sein, verstört und unerzogen. Nein, ich behaupte nicht, dass es meine neuen Eltern leicht hatten mit mir, aber dass sie mich schon mal ins Auto gesetzt haben und mit mir zum Flughafen gefahren sind, um mich zurückzuschicken, das ist sicher auch nicht gerade einfühlsam. Meine Bettnässerei war für alle, auch für mich, sehr belastend, denn ich fühlte mich schuldig, weil ich keine Dankbarkeit, sondern nur eine mir unverständliche Wut fühlte und meine neuen Eltern erwarteten wohl auch, dass ich in ihrer Obhut zu einem anständigen und tüchtigen Menschen heranwachsen würde und jeden Morgen im nassen Bett aufwachen gehört halt nicht gerade zu einem anständigen Jungen. Richtig schlimm wurde es, als ich in die Schule kam. Ich war nicht im Kindergarten, denn mein Vater war der Ansicht, wir hätten das nicht nötig, wo Mama doch zu Hause war. So war die Schule ein Schock für mich, denn ich war nicht darauf vorbereitet, mit anderen Kindern in Kontakt zu kommen, mit Kindern, die oft genug die Vorurteile der Eltern weitergaben und die sich nicht bewusst waren, wie oft sie mich verletzten mit ihren indiskreten Fragen. Sie fragten mich zum Beispiel, warum meine Haut so dunkel war, ob ich mich denn nicht richtig waschen würde. Ein kleines Mädchen, das ich sehr gerne hatte, durfte ich nicht besuchen, jedes Mal, wenn ich es besuchen wollte, rief seine Mutter bei uns an und hatte eine andere Ausrede, warum ich nun doch nicht kommen konnte. Manchmal war ich was Besonderes, der edle, aber primitive Held à la Winnetou, manchmal war ich ein blutrünstiger Wilder, dessen Verwandte noch auf den Bäumen hausten. Richtige Freunde hatte ich keine, ich war viel zu verstört und zu verschlossen, um jemanden an mich ranzulassen, und so war ich derjenige, den sie auf dem Pausenhof verprügelten, an den Haaren zogen und mit ekelhaftem grünem Rotz bespuckten, wenn sie mich nicht einfach übersehen haben.

Einmal haben sie mich gepackt, sie waren zu siebt, und jeder hat mir seinen Kaugummi ins Haar gerieben. Meine Mutter musste mir eine Glatze schneiden und sie hat mich dabei gefragt, was *ich* denn getan hätte, dass mich die Jungen so schlimm behandeln würden. Was ich getan hätte! Als die Mitschüler mir am anderen Tag auch noch mit Filzstiften auf die Glatze schrieben, bin ich krank geworden. Ich hatte am anderen Morgen Fieber und schreckliche Alpträume, ich träumte, ich wäre hoffnungslos in einem Spinnennetz gefangen und käme nicht mehr raus, ich wachte von da an fast jeden Tag mit schlimmen Bauchschmerzen auf und keiner kam auf die Idee, dass ich das Mobbing der anderen Schüler nicht mehr ertragen konnte, alle glaubten, ich wolle mich nur vor der Schule drücken. Von da an war ich erst einmal als faul abgestempelt. Mein Vater meinte zu mir, als ich ihn fragte, warum die anderen Kinder denn so gemein zu mir seien, da wäre ich selbst schuld, doch ich habe nie herausgefunden, warum oder woran in aller Welt ich denn Schuld hätte. Dann lernte ich, mich zu behaupten und von da an waren es meine Eltern, die vor die

Lehrer zitiert wurden, wenn ich mal wieder jemanden verprügelt hatte. Dann bekam ich ellenlange Vorträge, in denen mir immer wieder gesagt wurde, so benehme man sich nicht in Deutschland und ich solle mich anpassen an das Land, in dem ich leben durfte und das mich so gnädig aufgenommen hatte. Sie sagten mir nie, mit welchem Recht mich meinerseits die deutschen Kinder auslachen, anspucken und verprügeln durften und sie sagten mir nie, wie ich mich sinnvoll gegen diesen Hass wehren konnte oder meinem Bruder helfen konnte, wenn er statt meiner das Opfer war. Ich fühlte mich grenzenlos verlassen und hilflos.

Geborgenheit und Halt sind eben nicht gleichbedeutend mit einem Dach über dem Kopf und materieller Versorgung, aber diese beiden Menschen haben eben nur das weitergegeben, was sie selbst erfahren hatten. So lebte ich jahrelang in ständiger Angst, weggegeben zu werden, und hatte das grausame Gefühl, wertlos zu sein, weil mich keiner wirklich haben mochte. Mit siebzehn waren meine Arme aufgeschlitzt und man konnte mich getrost als jugendlichen Alkoholgefährdeten und Kettenraucher bezeichnen. Vollends durchgedreht bin ich dann, als ich zufällig an die Adoptionsunterlagen geraten bin. Ich hatte dann auch einen Wert, so um die zwanzigtausend Mark, wie ein Sklave, nur dass ein Sklave wenigstens noch was taugte, doch wozu war ich schon zu gebrauchen? Als der Herzeige-Indianer vielleicht? Ehrlich gesagt, ich halte nichts von dieser Winnetou-Romantik und dem edlen Wilden. So hin- und hergerissen zwischen Karl-May-bedingten überhöhten Erwartungen und Versagen, zwischen der Angst, noch einmal weggeschickt zu werden und der Hoffnung, dass eine in Wirklichkeit wunderbare und warmherzige leibliche Mutter mich holen kommt (ich malte mir ganz oft aus, dass diese Mutter mich nie hatte hergeben wollen und dass sie verzweifelt nach ihrem entführten Sohn suchen würde), und der unbarmherzigen Wirklichkeit, wo mir grausam bewusst war, dass mich doch schon meine eigene Mutter nicht hat haben wollen, wusste ich nicht mehr, wer ich eigentlich war, wozu ich lebte.

Und das allerschlimmste für mich war mein Zwillingsbruder, der so sonnig und begabt war und den ich mir immer als Vorbild hätte nehmen sollen. Wie ich ihn gleichzeitig hasste und liebte, wie ich litt, wenn er nicht da war, weil er mir fehlte, wie ich litt, weil er mit einer hingebungsvollen Liebe an mir hing und an mich glaubte, und dennoch war ich oft wütend und grob zu ihm. Die Gründe für mein Anderssein, als er es war, schoben sie auf meine indianischen Gene und meine Mutter, während es für Joachim wenigstens ein Segen war, dass der leibliche Vater irgendein europäischstämmiger Mann war. Mit achtzehn Jahren landete ich dann in der Jugendpsychiatrie, weil ich einen anständigen Tablettencocktail nebst einer Flasche Wodka geschluckt hatte, nachdem ich erfahren hatte, dass Joachim und ich das Ergebnis von Armut waren, denn meine Mutter hatte ihr Geld auf dem Strich verdient. Dort gab ich es auf, aufmüpfig zu sein, dann hatte ich wenigstens meine Ruhe. Denn wenn ich zwischen meinen durch Tabletten verursachten Betäubungszuständen einmal einigermaßen ansprechbar war, gab es diese Psychologenfuzzis, die mich Löcher in den Bauch gefragt haben und noch weniger verstanden haben, was ich mir schon nicht erklären konnte, beziehungsweise mir die Überzeugungen zerschmettert haben, die ich hatte, ohne einen vernünftigen Ersatz zu bieten. Ich fühlte mich ausgebeutet, keinesfalls ernst genommen. Immerhin lernte ich dort den Johann kennen, der lernen konnte und sich mit Lernen und Arbeit betäuben konnte, und ich machte das bis zum Umfallen. Arbeit und Lernen waren meine Zuflucht vor der seelischen Nacktheit, die man von mir erwartet hat. Und ich lernte meine erste Frau und damit meine erste große Liebe kennen. Sie schien es mir wert zu sein, trotz allem weiterzuleben und sich doch noch eine Zukunft zu erarbeiten. Ich war sehr verliebt, aber natürlich hatte diese Ehe, zu früh und unter falschen Bedingungen geschlossen, keinen Bestand und fast wäre ich ein zweites Mal in der Psychiatrie gelandet vor Trauer, aber allein der Gedanke daran war so erschreckend, dass ich nicht wagte, nach außen auch nur andeutungsweise zu zeigen, wie es in mir wirklich aussah. Dafür arbeitete ich mehr und wenn es eine Frau wagte, mir in irgendeiner Weise nahezukommen, konnte ich mein Arbeitspensum noch einmal steigern. Nur nicht denken, nur nicht fühlen, nur nicht alles noch einmal erleben. Ich war arbeitssüchtig und es störte mich nicht weiter. Je früher dieses Leben zu Ende war, umso besser. Gott, lass mich sterben, bitte, bitte, so dachte ich damals.

Doch dann hatte ich diese Arbeit in der ehemaligen Textilmanufaktur. Dann war da dieser Kollege, der mich einfach so akzeptierte und keine schmerzhaften Fragen stellte. Diese Arbeit verdankte ich der Tatsache, dass ich, der durch und durch unbegabte Johann, nach einer minderwertigen Metzgerlehre mein Abitur nachgemacht hatte und mein Studium durchgezogen habe. Dann erzählte also Sean vom Kostümfest seiner Frau. Und alle unsere Kollegen schwärmten davon.

Ein Kostümfest? Ich war so neugierig, dass ich es entgegen meiner Gewohnheiten tatsächlich wagte, zu fragen, ob ich nicht auch kommen könnte. Hätte ich geahnt, wie sehr sich mein Leben durch dieses Fest ändern würde, ich hätte mich lieber erschossen. Doch stattdessen stand ich an diesem verhängnisvollen Tag vor diesem Gutshaus, das einmal meine Heimat werden sollte, und sah sie: Lilith in irgendeiner indianischen Tracht und sie war unglaublich schön und viel zu jung und sah so authentisch aus und sie wollte und durfte so sein, wie ich niemals wagte zu sein. Und wieder hasste und liebte ich gleichzeitig. Und sie sah mich an, als würde sie mich schon seit einer Ewigkeit kennen. Etwas Erschreckenderes als diese junge Frau hätte mir nicht passieren können. Sie schien mich zu verfolgen, denn wann immer es ihr möglich war, sprach sie mich an und stellte mir seltsam schlüpfrige Fragen. Ich wünschte sie zum Teufel, denn sie wollte unbedingt meine heiligen Mauern sprengen. Aber niemals sollte diese junge Frau hinter meine Masken sehen können und niemals würde ich mich von so einem Rotzlöffel verjagen lassen, denn unter meiner Maske fühlte ich mich wohl und geborgen und was machte es schon aus, wenn mir dieses stinkende Mädchen in die Arme gelaufen war? Seans Frau hatte noch einige Kostüme mehr auf Lager und jedes einzelne davon war faszinierend. Und was machte es schon aus, dass ich in diesem surrealistischen Bad mit seinen grotesken Figuren, in dem ich selbst noch fremder als irgendwo sonst war, in meinem chinesischen Kostüm beinahe tatsächlich einen Herzinfarkt bekommen hätte? Aber an diesem Abend wollte ich leben, soweit es mir damals möglich war. Ich hatte nicht vor, aufzugeben. Doch dann flüsterte mir diese Lilith einen lang verdrängten Namen ins Ohr, den Namen meiner Exfrau, und all der alte Schmerz brach sich Bahn. Dann bin ich doch geflüchtet und ich weiß nicht, wie ich in dieser Nacht meine Wohnung lebendig erreicht habe, nur noch, dass ich unterwegs einmal angehalten habe, um am Steuer meines Wagens hemmungslos zu weinen.

Ein Jahr lang verfolgte mich dieses seltsame Geschöpf und machte mein Leben zur Hölle. Heute weiß ich, dass sie keine Ahnung hatte, was dieser Name für mich bedeutete, aber damals war ich davon überzeugt, sie müsse irgendetwas darüber wissen, was vor meiner wundersamen Wandlung vom menschlichen Müll zur immerhin wirtschaftlich nutzbaren menschlichen Maschine gewesen ist. Hätte sie mich auch noch in der Arbeit verfolgt, ich wäre unweigerlich untergegangen. Doch sie tauchte lediglich dort auf, wo ich einmal in der Woche meinem einzigen Vergnügen nachging: beim Salsatanzen. Sie sprach praktisch nie mit mir, dafür flüsterte sie mir fast jedes Mal den unseligen Namen ins Ohr. Doch man lernt, damit zu leben, nicht wahr? Wer gibt schon lieb gewonnene Gewohnheiten auf, wenn es da ein verliebtes Gör gibt, das einfach nicht begreifen kann, dass man doch so gar nichts von ihm wissen will. Warum nur empfand ich dann jedes Mal einen gewaltigen Stich, wenn sie so wahnsinnig erotisch mit irgendwelchen Fremden tanzte? Warum war ich dann nicht in der Lage, eindeutige und klare Grenzen zu setzen? Warum litt ich lieber, anstatt diesem ganzen Theater, und ein Theater war es letzten Endes, ein Ende zu bereiten? Ich ließ den Verstand sprechen und meine Vorurteile, geboren aus meinen schlechten Erfahrungen, anstatt das zu tun, was mein Gefühl hätte haben wollen, und um nicht zu spüren, wie sehr ich diese Frau liebte, arbeitete ich umso schwerer. Mann, was war ich für ein Heuchler.

Ein Jahr später hat sie mich betrunken erwischt. Und ich war nicht fähig, mein Lügengebäude aufrechtzuerhalten. Soweit ich mich überhaupt erinnern kann, muss ich ihr alles gestanden haben, und ich habe mich ihr und meinen Gefühlen ganz hingegeben. Doch am anderen Morgen, als mich nicht nur die panische Angst vor der Einsamkeit, vor dem Ungeliebtsein, wenn Lilith nur erst meine Schattenseiten sehen würde, sondern auch ein gewaltiger Kater heimgesucht hatten, da bereute ich zutiefst, zu was ich mich hatte hinreißen lassen. Dann sah ich das halb getrunkene Glas Wein von ihr, sah ihren Lippenstift am Glas und sah mich. Sie hatte mich gezeichnet, nackt, und es war entsetzlich für mich, diese Erotik, die Liebe und auch die Perfektion in ihren Zeichnungen zu sehen. Das halb getrunkene Glas landete an meiner weißen Wand, die danach burgunderrote Flecken hatte, damit ich diese Nacht auch wirklich nicht so schnell vergessen sollte.

Lilith wurde schwanger und ich bin nicht der Mann, der sich davor drückt, die Mutter seines Kindes zu heiraten. Aber das hatte meine Mauern nicht gebrochen. Im Gegenteil, sie ist mir so nahegekommen wie nie ein Mensch zuvor. Ich hatte längst wieder verdrängt, was ich eigentlich für diese Frau empfinde, ich hatte nicht vor, außer meiner unbedingten Pflicht als Versorger meiner kleinen Familie irgendeiner anderen Sache nachzukommen. Lilith hatte dieses Kind gewollt, sollte sie sich doch darum kümmern. Ich war schließlich voll und ganz damit beschäftigt, nicht zu fühlen und mich noch mehr zur Arbeitsmaschine zu machen. Ich verließ morgens das Haus, um spät nachts heimzukommen, und nur einmal in der Woche gönnte ich mir das übliche Salsatanzen. Das machte ich sechs Tage in der Woche, immer zwei, drei Jobs nebeneinander, und am Sonntag war ich dann bei meiner Mutter, die nie verstehen konnte, warum ich Lilith geheiratet habe, wenn mir doch so wenig an ihr lag.

Dann kam Joachim aus Venezuela zurück, wo er ein paar Jahre als Ingenieur gearbeitet hatte. Wo er verheiratet gewesen war und zwei Kinder hatte. Er kam als Witwer wieder, denn seine Frau war bei einem Autounfall verunglückt und er war trotzdem in besserer seelischer Verfassung als ich, jedenfalls sah es so aus. Er hatte seine Elena geliebt, aber er war so gefasst, auch weil ihn seine Kinder brauchten, so dachten wir damals eben. Wir hatten dann tief greifende Gespräche, Gespräche, die ich eigentlich wie den Teufel fürchte. Da sagte er etwas, woran ich noch eine Weile zu kauen hatte, das ich erst ein paar Wochen später verstand, nachdem mich das Schicksal gezwungen hatte, mein bisheriges Leben zu überdenken. Er sagte mir, dass ich es gewesen sei, der all die Schwere seines Lebens und des Lebens unserer leiblichen Mutter getragen hätte und dass er es niemals hätte tragen können und dass er mir deswegen zu Dank verpflichtet sei. Und dass ich eigentlich verdient hätte, von Grund auf glücklich zu leben. Er sagte mir, wie sehr er meine Stärke bewunderte, aber nun müsse ich ihm versprechen, von nun an meine Kraft in ein Leben zu stecken, das auch erfüllt sei von Liebe und all den anderen wichtigen Seiten des Lebens. Ich stand im dunklen, kalten Garten meiner Eltern und das Licht, das er mir geben wollte, blendete nur, machte Angst. Mein Leben war Verlust und nun sollte alles anders sein? Ich konnte es mir nicht vorstellen, dass das jemals anders hätte sein sollen. Und doch wusste ich, dass Joachim recht hatte, mein Leben musste anders werden. Und so entschloss ich mich, diese meine unglückliche Ehe zu beenden und mich scheiden zu lassen. Ich liebte Lil noch immer und eigentlich wünschte ich mir, wir könnten endlich eine glückliche Familie sein, doch ich glaubte nicht an meine eigene Fähigkeit zu lieben, ich war überzeugt, ich müsste erst einmal lernen zu lieben und Lil habe es nicht verdient, mit einem Mann wie mir zu leben. Es wäre besser für uns beide, wenn ich mich auf diese Weise aus unserem unglücklichen Leben entfernen würde.

An dem Abend, besser in der Nacht, in der ich es Lilith sagen wollte, parkte ich mein Auto wie üblich im Hof vom Gutshaus, aber noch ehe ich aussteigen konnte, wurde die Autotür aufgerissen und mein Schwager Ares, der mich aufgrund meiner Herkunft nicht ausstehen konnte, zerrte mich an den Haaren aus dem Auto. Sich zu wehren hatte keinen Zweck, denn er war nicht alleine und die anderen Männer waren mit Messern und Baseballschlägern bewaffnet. Sie brachten mich zu einer alten Scheune und fingen an, auf mich einzuprügeln. Sie waren größer als ich und insgesamt zu viert, bis auf Ares hatten sie alle

Messer oder Baseballschläger und einmal mehr bereute ich, dass ich in diese Familie hineingeheiratet hatte. Das Einzige, was ich tun konnte, war, so gut wie möglich meinen Kopf zu schützen und zu hoffen, das Ganze auch zu überleben. Doch dann änderte sich die Situation schlagartig, als einer der Angreifer mich auf unerträgliche Weise ansprach: „Ein Mann mit langen Haaren, der aussieht wie eine Frau, soll auch so behandelt werden." Vorher hatte ich keine Angst, ich glaube, in einer solchen Situation hat man einfach keine Angst, das kommt erst hinterher, aber kaum hatte er das gesagt, wusste ich, dass nicht nur mein Leben in Gefahr war, sondern dass etwas noch viel Schlimmeres geschehen würde. Der Wahnsinnige schnitt mir den Gürtel meiner Hose durch und zog sie herunter und stieß mich brutal zu Boden. In meinem Kopf dröhnte es, ich fühlte kaum die Kälte unter meinem Gesäß und konnte gerade noch mit letzter Kraft Ares anflehen: „Mein Gott, hilf mir doch, du kannst doch nicht so etwas zulassen, du hast doch auch indianisches Blut in dir, hast du das denn vergessen?" Ares stand wie betäubt da, er sah aus, als hätte er ein Gespenst gesehen, unfähig zu reagieren. Doch plötzlich, buchstäblich in letzter Minute, explodierte er in einer ungeahnten Wut, einer Wut, die viel größer war als das, was ich bisher in meinem Leben jemals gespürt hatte. Für kurze Zeit wurde es dunkel in mir, und als ich wieder zu mir kam, sah ich, dass es nun Ares war, der den Angriffen ausgesetzt war, und bei ihm waren sie noch brutaler, denn Ares galt nun als Verräter. Ich musste mitansehen, wie sie ihn niederstachen, und ich wollte nun ihm helfen, also kroch ich auf ihn zu und da sah ich, wie er mich anlächelte! Ich hatte ihn ja nicht oft gesehen früher, aber er war immer grimmig und düster, doch in diesem Lächeln lag eine ganze Welt, eine ganze Sonne. Und da hatten wir dann eine stumme, aber gewaltige Versöhnung. Da riss schon jemand an meinen Haaren und ich fühlte einen scharfen Schmerz an meinem Hals, mein Mund füllte sich mit Blut und noch einmal wurde alles dunkel in mir.

Katharina

Klinikmonolog

Regen rinnt an den Scheiben herunter, die Tropfen bilden Spuren, die sich vereinigen und trennen. Es regnet, der Himmel weint. Ich kann nicht weinen, ich bin noch wie betäubt, seit gestern mein älterer Sohn in meinen Armen gestorben ist. Wie fern wir uns waren, als er noch lebte, und da stirbt er und im Tod erst kann ich ihn halten, im Tod erst! „Halt mich, Mama!“ Mehr konnte er nicht sagen, aber er hat gelächelt, nie hatte ich ihn jemals so heiter und gelassen gesehen.

Nachts bin ich es, die unsere Hündin Ljubov rausbringt. Ich bestehe darauf, weil ich die Nacht liebe, weil ich diese stille Stunde brauche, mit ihren eigenen Gerüchen und Geräuschen. Dann gehe ich eine Weile über die menschenverlassenen Felder und werde begleitet von streunenden Katzen, Igeln auf Futtersuche, den Fledermäusen, die bei uns im Dach eine Wohnung erhalten haben. Ich klaue Blumen aus den Gärten der Nachbarn und wenn ich dann sicher bin, dass niemand mich hören kann, mache ich, was sonst nur die Persephone macht: Ich singe. Auf der Bank am Saum eines nahen Waldes mache ich eine Pause, sitze ganz still und hoffe, das Käuzchen zu hören, das dort in den Bäumen nistet. Manchmal huscht eine Maus an mir vorbei, schaut mich kurz dabei mit ihren glänzenden kleinen Äuglein an und dann ist sie verschwunden, mich staunend zurücklassend. Manchmal höre ich dem Todeskampf eines Hasen zu, wenn er dem Fuchs zum Abendessen wird. Und auf dem Heimweg lege ich mich noch in eine Wiese, wenn das Wetter gut ist und der Himmel klar. Ich stelle mir vor, meine Seele löst sich von meinem Körper und steigt auf zu den Sternen, um ihnen die letzten Geheimnisse zu entreißen, nimmt Teil an dem Tanz der Sterne und kehrt zurück in ihren Körper. Wenn ich dann meine Mitte gefunden habe, kann ich endlich nach Hause gehen. Als ich mit Persephone schwanger war, habe ich damit angefangen, und als ich mit Ares, meinem gestern Nacht verstorbenen Sohn, schwanger war, hatte ich einen bitteren Streit mit dem Mann, den ich so schwer als meinen Vater akzeptieren kann. Ich hatte keine Kraft, dorthin zu gehen, wo ich mir sonst Kraft holte und nun schon lange wieder hole. Per schaute die Sterne an und Ares war zornig. Bis gestern.

Gestern fand Ljubov das leere, aber offenstehende Auto meines seltsamen Schwiegersohns. Ljubov bestand darauf, mich zu einer Nachbarscheune zu führen, und da kamen mir diese vermummten Gestalten entgegen, schnell und heimlichtuerisch. Zuerst sah ich gar nichts, als ich von Ljubov regelrecht in die Scheune gezerrt wurde. Doch dann sagte jemand „Mama“ und als ich mich an die Dunkelheit gewöhnt hatte, sah ich zwei Körper auf dem Boden liegen. Ich habe ein Handy und manchmal weiß ich nicht, ob diese Erfindung ein Fluch oder ein Segen ist, aber dieses Mal hat dieses Ding einem Menschen das Leben gerettet, denn dank meiner gelegentlichen Vergesslichkeit hatte ich es noch bei mir an diesem Abend. So konnte ich den Rettungsdienst benachrichtigen und meinen Mann, damit er mit einer Taschenlampe kommt und mit Decken, denn es war bitterkalt in jener Nacht. Sean war natürlich schneller als der Rettungsdienst und was wir sahen, war grauenvoll. Ares und Johann lagen da, schrecklich zugerichtet und Johann war halb entkleidet, ich mochte mir gar nicht erst vorstellen, was man ihm da angetan hatte. Beide waren sie verletzt und Ljubov heulte wie ein Wolf, denn sie spürte die Nähe des Todes. Ares presste seine Hand auf seinen Bauch, Blut zwischen den Fingern und Johann hatte eine klaffende Wunde am Hals. Es sah nicht so aus, als ob diese beiden Menschen noch einmal einen neuen Morgen erleben würden. Sean kümmerte sich um Johann, nicht ohne seinem Sohn noch einmal über die Haare zu streichen, mit Tränen in den Augen. Sie hatten sich gegenseitig zu vergeben und dazu brauchte es keine Worte, wie viel lag in dieser einfachen Geste! Und ich hielt Ares, mein Kind, das ich erst fand, als es im Sterben lag.

Johann hat überlebt und ich hoffe, dass er sein Leben von nun an besser gestaltet als bisher, denn ich könnte ihm niemals verzeihen, wenn Ares sein Leben vergeblich gelassen hätte, denn dass mein Sohn diese Situation herbeigeführt hat, daran ist nicht zu zweifeln. Und doch bin ich sicher, Ares wollte, dass Johann lebt. Ich weiß gar nicht, was ich fühlen oder denken soll, etwas in mir ist in dieser Nacht mit meinem Sohn gestorben.

Wie wäre es mit Schuld? Wie wäre es, wenn ich Schuld empfinden würde? Wie hätte ich es verhindern können, dass mein älterer Sohn das Opfer von diesem Mann wurde? Ich habe mich immer so ohnmächtig gefühlt, wenn mein Vater meinen Sohn vereinnahmt hat, weil er mit diesem Kind einen unkritischen und willigen Zuhörer für seine Hetzreden hatte. Und ich, ich hatte zu diesem schwierigen Kind so gar keinen Zugang und das ist meine Schuld. Meine anderen vier Kinder waren so leicht zu haben, sie waren so begabt und eigen, kleine starke Persönlichkeiten, aber Ares war quengelig und ständig krank, lernte spät laufen und spät sprechen und schien so ganz und gar nicht begabt zu sein. Persephone kam einfach so auf die Welt, quasi im Handumdrehen, in einer Unterführung, so dass ich dieses Kind halten konnte, bis wir endlich in der Klinik waren. Ares quälte sich auf die Welt, als wollte er gar nicht leben oder als wollte er den einzigen geschützten Ort, den ich ihm je auf dieser Welt bieten konnte, erst gar nicht verlassen und so war schon sein erster Schrei ungewöhnlich zornig.

Ach, was stehe ich hier am Fenster und starre in den Regen? Da drüben unter einer weißen Decke liegt mein totes Kind und ich bin mir sicher, seine Seele ist noch da und beobachtet mich, deshalb führe ich ja dieses Selbstgespräch, damit er mich hört, damit er es weiß, wie sehr ich ihn vermissen werde und wie …

Trauer? Ist das Trauer? Es wäre so erleichternd, endlich weinen zu können, aber meine Tränen wollen immer noch nicht kommen. Ares war schon krank, als er zur Welt kam, er hatte einen merkwürdigen Ausschlag und der Arzt beschloss, dass dieses Kind zur Beobachtung in die Kinderstation verlegt werden sollte. Erst Tage später habe ich ihn zum ersten Mal in den Arm nehmen können und da hat er nur geschrien, weil er mich nicht kannte und ich ihn nicht. Es dauerte ein halbes Jahr, bis ich einigermaßen das Gefühl hatte, dieses Kind ist tatsächlich mein Sohn, doch da gehörte er schon dem Rumpelstilzchen, meinem Vater, der schon während der Schwangerschaft mit Ares Anspruch auf das entstehende Kind angemeldet hat. Er hat es auch noch als eine Großtat von sich dargestellt, denn Ares ist eigentlich nicht arisch genug für einen Mann, der begeistertes Mitglied der NSDAP gewesen ist und bis zu seinem leider gar nicht bitteren Ende dem Untergang des Dritten Reiches nachtrauerte. Er hat mir schon während dieser Schwangerschaft das Leben schwer gemacht, weil er behauptet hat, das ich ihm eines meiner Kinder schuldig sei, weil ich es gewagt habe, einen Mann zu heiraten, der „unsere gute Rasse mit seinen jüdischen und den anderen minderwertigen Einflüssen" schädigt. Damals dachte ich, es wäre das Beste, wenn wir weit weg von meinen Eltern leben könnten, aber meine Mutter hat dieses große Opfer für mich gebracht, denn ihre Behinderung war auch deswegen zustandegekommen, weil sie mir helfen wollte, den Mann zu heiraten, den ich liebte und der auch ihr ans Herz gewachsen war. Nein, ich durfte nicht zulassen, dass mein liebloser Vater zwischen mir und meiner über alles geliebten Mutter stand.

Heute weiß ich, dass es immer falsch ist, einer Mutter und einem neugeborenen Kind nicht die Gelegenheit zu geben, sich kennenzulernen. Da hat eine hirnrissige medizinische Ansicht mitgeholfen, meinem Vater dieses Kind zuzuspielen, und ich als Mutter war nicht in der Lage, es zu verhindern, was ich mir vielleicht nie vergeben kann. Man sagt auch, dass es das Kind ist, das sich seine Rolle innerhalb dieser Familie sucht. Wenn das stimmt, dann sind wir alle tief in Ares' Schuld, denn er hat es auf sich genommen, meinen Vater mit seinen Hassgedanken in Schach zu halten, und die Opferrolle, die Ares sich ausgesucht hat, hat diesen Mann vom Rest der Familie abgehalten. Das mag stimmen, aber trotzdem empfinde ich es als trostlos, wenn ein junger Mensch das alles erleben muss. Jedenfalls werden wir in Zukunft nicht mehr behaupten können, Ares sei am wenigsten von uns allen begabt gewesen, denn in dieser Form auf einen anderen Menschen eingehen zu können, dazu war nur er fähig, aber er hätte einen anderen Großvater verdient gehabt.

Johann

Liebe rettet mich oder Auferstehung

Es war ein Wunder, dass ich noch einmal erwacht bin. Und ich war gar nicht allein. Die Sprache, die Stimmen waren zuerst da, mitten in der Dunkelheit. Die eine Stimme war mein Bruder und die andere Stimme war Lilith. Sie waren nicht weggegangen, sie waren geblieben. Ich war nicht allein! Wie war das gut! Da hielt jemand meine Hand und jemand hatte seine Hand auf meinen anderen Arm gelegt. Joachim sagte: „... und da haben sie ihn ins Auto gesetzt und zum Flughafen gefahren und ihm erzählt, dass sie ihn zurückschicken würden, weil er ihnen nur Schande bereite und weil sein Bett jede Nacht nass sei. Sie konnten nicht verstehen, warum Johann nichts als Scherereien machte, jedes andere Kind sei dankbar, nur er nicht. Mich haben sie zu Hause gelassen, wo ich dann geweint habe, denn wenn Johann nicht mehr wiederkommen hätte sollen, dann wäre ich allein mit diesen schrecklichen Eltern gewesen und dann wäre niemand mehr da gewesen, hinter dem ich mich verstecken hätte können, denn ich war nie so mutig, um wie mein Bruder zu rebellieren." Und eine warme Hand strich mir die Haare aus der Stirn. Es war mein Bruder, so roch nur mein Bruder, ein wenig wie feuchte Erde, ein wenig wie Regen an einem heißen Sommertag.

Es war wie ein Traum, aber irgendwie war es auch Zeit, aufzuwachen. Ich musste die Augen aufmachen, mich in irgendeiner Weise bemerkbar machen, auch weil mein Hals so schmerzte, wieso wohl mein Hals so schmerzt und nicht nur der Hals?, dachte ich, bringe ich denn überhaupt ein Wort heraus? Meine Lippen formten „Joachim", aber ich war unfähig, zu sprechen, durch den Schmerz kam kein Laut. Es war ein bittersüßes Erwachen, denn mit dem Erwachen kam die Erinnerung, und mit der Erinnerung die Dankbarkeit, noch am Leben zu sein, die Dankbarkeit für Ares' Opfer. Jahrelang wollte ich vom Schicksal, vom Leben befreit werden, doch jetzt, nachdem ich dem Tod begegnet war, empfand ich eine tiefe Dankbarkeit, weil ich noch am Leben war. Und noch etwas anderes konnte ich nicht mehr verdrängen: Da waren zwei Menschen, die ich unendlich liebte, mein Bruder und meine Frau. Aber ich hatte einen bitteren Preis für dieses neu gewonnene Leben zu zahlen, denn ich hatte die Fähigkeit zu sprechen verloren. Mein Kehlkopf war durch den Schnitt in meinen Hals zerstört worden. Und was noch viel schwerer wog, Ares war tot.

Da war auf einmal so viel in mir, das ich Lilith oder irgendjemandem sagen wollte, wenn Lilith gerade nicht bei mir war, aber es war unmöglich, mich auch nur halbwegs verständlich zu machen. In diesem unglücksseligen Zustand kam ich von der Intensivstation auf ein Zimmer, das ich mit einem ältlichen Frischluftfanatiker teilte. Es war erst April und nachts noch immer bitterkalt. Ich stamme aus dem warmen Teil Kolumbiens, aus Cali, und ich bin unglaublich verfroren und so lag ich in diesem Bett, konnte wegen der gebrochenen Beine nicht aufstehen und konnte nichts sagen und dieser Mensch lässt nachts das Fenster auf! Ich konnte vor Kälte überhaupt nicht schlafen. Und da fing, noch bevor es hell wurde, eine Amsel an zu singen. Das erste Mal hörte ich ganz bewusst eine Amsel singen, hörte die Melodie und die Harmonie in dieser Melodie und den Schmelz, den gerade ein Amselhahn zustande bringt, morgens, eine Stunde vor Sonnenaufgang, im Frühling. Da brach etwas auf in mir und ich weinte, ließ all das Leid, das ich all die Jahre in mir getragen hatte, aus mir herausfließen und konnte nicht aufhören, weinte unter fürchterlichen Schmerzen, denn das Weinen schmerzt eben auch, ausgerechnet im Hals, weinte, bis sie mir eine Beruhigungsspritze verpasst hatten, damit ich schlafen konnte.

Als ich aufwachte, war Lilith da. Sie brachte mir etwas zum Schreiben mit, damit ich mich verständigen konnte, und ich hatte natürlich nichts anderes zu tun, als ihr zu schreiben „Ich liebe Dich und ich wünsche mir so sehr, von Dir umarmt und geküsst zu werden, aber ich habe Angst, Dich so sehr enttäuscht und verletzt zu haben, dass Du mich nicht mehr liebst.“ Doch meine Angst war unbegründet und als Lil mich umarmte, da hatte ich das lange vermisste Gefühl, endlich nach Hause gekommen zu sein.

Ich lebte und dieses Leben war mehr und tiefer, als ich es mir jemals hätte vorstellen können. Dennoch wurde die folgende Zeit sehr schwer für mich, denn nun kamen die Fragen der Polizei, nun bemühte sich wieder einmal ein Psychologe um mich und es wurden viele alte Wunden aufgerissen, die eh nie richtig ausgeheilt waren. Zudem hatte ich schreckliche Alpträume. Wenn ich schlafen konnte, dann träumte ich davon, wie dieser Unmensch mir den Hosengürtel aufgeschnitten und mich ausgezogen hat und wenn Ares mich dann rettete, dann sagte dieses Monster jedes Mal, dass es mich eines Tages doch noch erwischen würde, wenn Ares einmal nicht dabei wäre.

Man bot mir ein Gerät an, wie es einige Männer hatten, die ihren Kehlkopf wegen Krebs verloren hatten, um mich zu verständigen, aber das wollte ich nicht. Jetzt, da ich endlich lebte, wo ich nicht mehr eine menschliche Arbeitsmaschine war, wollte ich kein technisches Gerät, um mich verständlich machen zu können, außer einem Computer, um zu schreiben. So begann ich schon während der Reha-Kur mit dem Unterricht in der Gebärdensprache. Und ich vertauschte den unmotivierten Klinikpsychologen mit einem Therapeuten, der humorvoll, väterlich, warmherzig und geduldig war. Diese Begleitung war auch bitter notwendig, denn innerlich war ich zutiefst verunsichert und deshalb habe ich oft genug versucht, mich in altes Verhalten zu flüchten, aber da ich wegen meiner Form von Sprachlosigkeit nicht mehr in meinem alten Beruf arbeiten konnte, war das schlichtweg unmöglich. Wenn da nicht in mir eine Instanz gewesen wäre, die sich beharrlich geweigert hat, glücklich zu sein, hätten wir alle es leichter gehabt. Doch ich wurde getragen von meiner neuen Familie und von meinem Bruder. Nur meine Mutter wurde umso depressiver, je besser es mir ging. Joachim war von da an der Ansicht, dass ich auch noch diesen Schatten getragen hatte all die Jahre, und da ist sicherlich etwas dran. Aber ich war nicht mehr bereit, anderer Leute Schatten zu tragen, denn ich wollte *meinen* Schatten kennenlernen und wie ein Geschenk annehmen und damit hatte ich schließlich genug zu tun. Da war auch noch etwas, das ich aufholen und wiedergutzumachen hatte: Drei Jahre war mein Sohn ohne Vater aufgewachsen und ich fühlte eine tiefe Schuld in mir.

Katharina

Lieben lernen

Auf den Nachbargräbern blühen Primeln und gefüllte Gänseblümchen, es riecht nach Frühling und allmählich wird es warm. Nur in mir ist etwas kalt geblieben, noch nicht wieder lebendig geworden angesichts des frischen Grabhügels, unter dem mein geliebter Sohn und mein ungeliebter Vater ruhen. Wir alle sind traurig und ratlos, obwohl Johann einen Weg in seiner neuen Art von Sprachlosigkeit gefunden hat, um uns unseren Ares in einem ganz neuen Licht erscheinen zu lassen. Ja, es tröstet, zu wissen, wie versöhnt mit sich und der Welt dieser junge Mensch aus dem Leben geschieden ist, aber wenn ich daran denke, wie wenig innige Liebe dieser Mensch bis dahin erfahren durfte, dann zerreißt es mir das Herz. Wir alle fragen uns, wer die Schuld an der Einsamkeit unseres Sohnes und Bruders getragen hat und weitertragen soll und wir finden keine befriedigende Antwort darauf. Ich muss funktionieren und tatsächlich gibt mir die Arbeit Kraft, weiter zu bestehen, aber meine nächtlichen Spaziergänge mit Ljubov haben eine andere Qualität bekommen. Natürlich klaue ich noch Blumen aus den Gärten der Nachbarn, aber mein Heimweg führt mich seit der Beerdigung über den Friedhof, wo ich die Blumen dann immer liegen lasse. Manchmal finde ich dort Dinge, die so typisch sind für meine anderen Kinder, zum Beispiel einen Brief von Persephone, den ich dann laut lese, damit Ares ihn vielleicht doch hören kann. Einen Brief voller Fragen, voller Schuld und Trauer. Oder ich finde ein Päckchen Kondome, die nur Mei dorthin gelegt haben konnte und ich bin mir sicher, er hat es nicht respektlos gemeint, denn ich weiß, dass er irgendwie glaubt, dort drüben kann er sie sicherlich brauchen. Sean sucht jetzt schon Pflanzen aus, die er seinem Sohn später aufs Grab pflanzen wird. Und Athanasia hat mit Lackstiften auf das schlichte, einfache Grabkreuz aus Holz geschrieben und wenn ich mich nicht täusche, dann hat sie ihm in vielen verschiedenen Sprachen „Ich liebe dich“ geschrieben. Manchmal finde ich auch eine Zeichnung von Lilith, die inzwischen ein kleines Vermögen kosten würde, wenn man sie verkaufen würde.

Wir alle haben etwas wiedergutzumachen. Uns alle zwingt dieser sinnlose Tod dazuzulernen und es ist – Johann, der uns auf unserem Weg hilft. Denn er kämpft um sein Leben, und „Leben“ ist hier mehr als bloßes Existieren. Johann erinnert mich ein wenig an Faust, an eine Persönlichkeit, die sich aufgemacht hat, um zu erfahren, „was die Welt im Innersten zusammenhält.“ Ares war für ihn wohl so etwas wie Mephisto und Gretchen in Personalunion. Johann wirkt ganz neu, unbekannt, nicht nur uns unbekannt, auch sich selbst unbekannt, er wirkt wie neugeboren, allerdings von den Geistern seines früheren Lebens verfolgt, die er noch immer nicht recht zu bannen weiß. Er glaubt noch immer nicht daran, bereits fähig zu sein, aus tiefstem Herzen die zu lieben, die ihn begleiten, und was er zu tun hat, er ist sich noch immer nicht sicher, ob er die richtigen Worte findet für jeden von uns und ob er die Fülle eines neuen, anderen Lebens auch wirklich verdient hat. Manchmal fühlt er, wie tief der Groll in mir ist, dass nicht mein Sohn, sondern er überlebt hat, aber eigentlich wissen wir beide, Ares’ Opfer kann nur dann richtig gewürdigt werden, wenn er, Johann, nun endlich beginnen kann, ein durch und durch erfülltes Leben zu führen. Durch die Gespräche mit Johann und seinem Bruder Joachim wurde mir bewusst, dass Ares sich hätte selbst verleugnen müssen, wenn er meinem Schwiegersohn nicht zu Hilfe gekommen wäre. Und ich lerne allmählich zu schätzen, welch große Kraft dahintersteckt, wenn jemand die Summe der Schatten, die alle eben so haben, für seine Familie trägt. Ares und Johann, die Schattenträger. Nun also ist es Zeit, unsere Schatten selbst zu tragen und den Toten sowie den Lebenden endlich im Licht stehen zu lassen. Und wir haben damit zu kämpfen, genau wie Johann mit dem ungewohnten Licht zu kämpfen hat.

Wenn ich an meinen einst ungeliebten Schwiegersohn denke, dann spüre ich, wie in mir ein Keim gepflanzt ist, der auf den ersten warmen Regen wartet, der den Frühling bringt. Lilith kann ich nur aus tiefstem Herzen bewundern, denn sie hat nie etwas anderes getan als an den Sinn ihrer Liebe zu Johann zu glauben und ihre Liebe ist nicht aus blinder Verliebtheit erwachsen, sondern aus dem tiefen Glauben heraus, mit diesem Mann eine Aufgabe zu haben. Sie schien ihn tiefer gekannt zu haben als sogar er selbst sich hätte kennen sollen, denn in all den Jahren hat sie nie ein schlechtes Wort über ihn verlauten lassen und jetzt stellt sich heraus, wie recht sie hatte. Dieser mit sich kämpfende Mensch wird über sich hinauswachsen und das beschämt mich. War ich all die Jahre eifersüchtig auf ihn, weil ich Angst hatte, meine Tochter zu verlieren? Hatte ich Angst, er würde Lilith tief verletzen? Ich weiß nicht, woher es kam, dass ich nicht genug Vertrauen in die Urteilskraft meiner Tochter hatte. Ich denke, ich bin deswegen manchmal so wütend auf Johann, weil ich nicht nur meinen Sohn verloren habe und mich deswegen mit Schuld und ihren Ursachen, mit Vergebung und all dem auseinanderzusetzen habe, sondern auch damit, dass ich einem Vorurteil erlegen bin und taub und blind war für die Nöte eines zutiefst einsamen Menschen. Wenn Johann an seiner inneren Einsamkeit zugrunde gegangen wäre, welchen Anteil an Schuld trüge ich dann?

Johann

Heimkommen

Natürlich hatte ich es eilig, endlich ganz und gar nach Hause zu kommen, aber erst einmal schickte man mich in eine Rehaklinik. Es war fast nicht zu ertragen, diese aufgezwungene Geduld, die ich nun aufbringen musste, während die Ärzte und Therapeuten in der Klinik in mir ein hilfloses Opfer für das Ausleben ihrer perversen Seiten gefunden hatten. Es ging los mit respektlosen Fragen, seit wann ich denn schon keinen aktiven Sport mehr gemacht hätte, weil ich damals etwa zehn Kilo zu viel auf meinen Rippen hatte, zehn Kilo, die Lilith hinreißend fand, die aber für den verantwortlichen Arzt Anlass waren, mich wegen einer beginnenden Fresssucht anzupöbeln. Der Masseur war nicht nur grob, sondern auch unfreundlich und besserwisserisch, denn als ich ihn mittels eines Zettels gebeten hatte, etwas sanfter mit mir umzugehen, meinte er nur, er müsse so grob sein und ich als Mann sollte doch nicht so zimperlich sein. Na danke, als ob Männer gerne wie Hackklötze behandelt werden wollen, noch dazu, wenn jede Massage den durchschlagenden Erfolg der Unmöglichkeit, meine Übungen im Folterkeller durchzuführen, mit sich brachte. Der Folterkeller war vollgestellt mit Geräten, die entfernt an die Ausstattung eines Kraftstudios denken ließen. Doch damit hatte es sich schon, denn diese Geräte waren nicht dazu da, sich einen Waschbrettbauch anzutrainieren, sondern dienten dazu, den Muskelabbau, der durch Knochenbrüche zwangsläufig eintritt, in Grenzen zu halten wenn nicht gar einigermaßen rückgängig zu machen. Die monotone Tätigkeit jedoch ließ mir zu viel Zeit zu denken und das war nicht immer gedeihlich für mich, denn die Angst, meinem neuen Leben nicht gewachsen zu sein, quälte mich unendlich, immer wieder genährt durch den Folterknecht dieser Einrichtung, der jegliches

Einfühlungsvermögen vermissen ließ, obwohl er selbst ein Bein bei einem Unfall verloren hatte. Er hatte offensichtlich gerade in mir ein leichtes Opfer für seine miese Laune gefunden. Und da war noch der Psychologe, dem es anscheinend immer langweilig war und der ständig so saudoofe Fragen stellte, wie: „Und wie stellen Sie sich jetzt das Leben vor, wenn Sie nicht mehr sprechen können, meinen Sie, Sie können in Ihrer Sprachlosigkeit einen Sinn finden?“ Wie kann man nur so hirnrissig fragen?! In der Sprachlosigkeit einen Sinn finden! Dabei war ich ganz und gar nicht sprachlos, aber der Idiot war nicht in der Lage, meine Art von Sprache zu verstehen, obwohl er sicherlich schon einmal von nonverbaler Kommunikation gehört haben sollte. Man stelle sich einmal eine Unterhaltung eines Psychologen mit einem Sprachlosen vor (der Sprachlose *schreibt* die Antworten):

„Also Sie meinen, die Situation ist nicht das Problem, denn Sie sind gar nicht sprachlos? Nun, das zeigt mir, dass es Ihnen schwerfällt, sich mit Ihrem neuen Zustand abzufinden. Das zeigt, dass Sie die neue Situation noch nicht akzeptiert haben. Ich empfehle Ihnen, in eine Nervenklinik zu gehen, wo Sie lernen können, mit dem Problem der mangelnden Akzeptanz umzugehen.“

„Wieso fällt es Ihnen denn so schwer, zu begreifen, dass ich in diesem Zustand erst meine Sprache gefunden habe? Denn solange ich irgendwie kommunizieren kann, bin ich alles andere als sprachlos. Vielleicht schreibe ich ein Buch und dann habe ich viel zu sagen. Man muss dazu nicht immer viele Worte machen, wenn ich das mal so ausdrücken darf, und es gibt viele Arten, etwas mitzuteilen.“

„Aber offensichtlich haben Sie doch die Fähigkeit zu sprechen verloren. Ihre Antworten zeigen doch nur, dass Sie sich gegen diese Tatsache wehren. Sie können einfach nicht akzeptieren, dass Sie nun sprachlos sind. Sie versuchen zu verbergen, dass Sie wütend sind und Ihre Wut ist doch nur verständlich.“

„Aber ich bin nicht wütend, nicht wegen meiner verlorenen Stimme.“

„Sie geben also zu, dass Sie wütend sind? Na also, Sie machen Fortschritte. Also, wenn Sie wollen, dann kann ich Ihnen einen

Platz in einer hervorragenden Klinik beschaffen, Sie werden diesen Platz brauchen, um den Verlust Ihrer Sprache zu verarbeiten."

„Um meine verlorene Stimme zu ersetzen, lerne ich die Gebärdensprache. Das ist es auch nicht, was mich wütend macht. Es verletzt mich viel mehr, wenn irgendwer sich erdreistet, zu wissen, wie ich mich jetzt fühle, so wie Sie gerade eben. Ihnen ist nicht klar, welche Chance ich mit meinem neuen Leben erhalten habe, und Ihnen ist auch nicht klar, dass es in meiner Situation schlimmere Dinge gibt als die verlorene Stimme. Sie weigern sich beharrlich, mir zuzuhören, mich ernst zu nehmen, denn meine verlorene Stimme war nie das Problem, nur Sie machen es zu einem Problem, weil Sie unfähig sind, mir zu sagen, wie ich am besten mit der beinahe geschehenen Vergewaltigung umgehen soll. Oder bekommen Sie vielleicht Provisionen für jeden überwiesenen Klienten?"

„Jetzt lenken Sie vom eigentlichen Problem ab, denn es ist Ihnen ja nichts geschehen. Sie sollten das nicht so ernst nehmen. Lassen Sie los und kümmern Sie sich um ihr eigentliches Problem. Ihre Abwehrstrategie zeigt, dass Sie dringend Unterstützung notwendig haben. Ich kann Ihnen nur zum Klinikaufenthalt raten."

„Nun, ich sehe schon, ich brauche einen vernünftigen Therapeuten. Ich werde mich nach der Reha darum bemühen und Ihnen rate ich, holen Sie irgendwelche Qualifikationen nach, besonders im Lesen sollten Sie sich noch etwas üben. Im Übrigen werde ich mich bei der Klinikleitung über Sie beschweren. Guten Tag!"

Um das Maß vollzumachen, war das Essen grauenhaft und mein Bettnachbar schnarchte. Als alleinstehender Mann war er jedes Wochenende da, so dass ich nicht einmal eine Nacht allein sein konnte, geschweige denn auch nur einen unbeobachteten Augenblick mit meiner Frau allein verbringen konnte, auch weil er, gerade wenn Lil da war, keinen Augenblick aus dem Zimmer gegangen ist, damit er aber auch gar nichts verpassen würde. Er liebte die Dunkelheit, denn er sperrte jedes bisschen Sonnenlicht aus, weil es ihm zu warm geworden wäre, nachdem mal endlich nach einem langen und nebeligen Winter die Sonne schien. Da kämpfte ich mit schweren depressiven Anfällen und dann wollte dieser Maulwurf es auch noch dunkel haben!

Endlich war ich bereit, Nähe zuzulassen, ja ich brauchte gerade die Nähe zu meiner Frau wie ein Verschollener in der Wüste einen Schluck Wasser, aber in einem Doppelzimmer ist es nicht möglich, auch nur einen ungestörten, intimen Augenblick allein zu verbringen. Besonders schlimm fand ich, dass ich mich so schlecht mit meinem Sohn verständigen konnte. So verliefen die Besuche meiner Frau und meines Sohnes meistens irgendwie unbefriedigend. Mir half es allerdings, mich in die Lernarbeit zu stürzen, denn schließlich hatte ich eine neue Sprache zu erlernen, und weil die ganze Familie mitmachte, fühlte ich mich seltsam getröstet. Doch zunächst konnten wir uns nur schriftlich verständigen, denn Telefongespräche, bei denen einer nicht antworten kann, sind nicht gerade erbaulich. So erhielt ich sehr bald einen Brief von Lil. Dieser Brief war wichtig, er enthielt reichlich Trost, die Bestätigung, geliebt zu werden, war für mich aber auch verstörend. Darin schrieb sie:

Mein geliebter Johann

Fünf Jahre musste ich Dir gegenüber schweigen, denn wenn ich Dir gesagt hätte, wie und was ich für Dich empfinde, Du hättest es nicht ertragen können. Joachim hat uns viel von Dir erzählt und nun kommt Dir nicht nur von mir tiefstes Verständnis entgegen. Vater war immer mit mir einer Meinung, er glaubte nämlich auch an Dein großes menschliches Potenzial. „Aber mit der Mutter kann man das nicht leben", hat er immer gesagt. Manchmal habe ich ihm im Garten geholfen, da konnte ich am besten mit ihm über Dich sprechen, da waren wir beide ungestört und wir hatten das Gefühl, wir sind allein mit unserer Zuneigung für Dich und mit unserem Verständnis. Du sollst wissen, dass Deine Mutter ab und zu bei Vater im Betrieb angerufen hat und über Dich gejammert hat, wie schwer sie es mit Dir hatte. Vater kann diese Frau nicht ausstehen, denn er ist der Meinung, diese Frau hat keine Ahnung, was ein Kind braucht, wenn es verstört und traumatisiert zu uns kommt, egal aus welchem Land. Ich will Dir nun sagen, wie tief meine Liebe für und mein Glauben an Dich sind und wie sehr (nicht nur) ich Deine Haltung bewundere.

Doch als Vater mich aus dem Krankenhaus angerufen hat und mir erzählt hat, in welchem Zustand sie Dich und Ares gefunden haben, da wurde es auf einmal ganz kalt in mir. Du schienst vergewaltigt worden zu sein und damit sah es so aus, dass ich Dich auch dann verlieren würde, wenn Du überleben solltest. Denn wie solltest Du als Mann damit fertig werden, wenn es schon Frauen schwerfällt, damit zu leben? Wenn Männer betroffen sind, ist das noch immer ein Tabuthema und sie sind so sehr viel mehr damit alleingelassen als jede Frau, für die es doch immerhin Anlaufstellen gibt, selbst wenn ihre Familie nicht zu ihr hält. Aber was macht ein Mann in einem solchen Fall? Wohin kann er gehen? Wie überlebt er so etwas? Kenneth erzählte mir, dass viele der von den in christlichen Schulen erzogenen Indianer ihre Missbrauchserfahrungen an ihre Kinder weitergeben, und deswegen hatte ich Angst, weil ich durch diese schreckliche Tat möglicherweise meine große Liebe aufgeben hätte müssen, um meinen Sohn zu schützen.

So stand ich nach Paps Anruf an Leonards Bett und mir war ganz kalt. Es kam mir so ungerecht vor, dass unser Sohn seinen Vater auf so absurde Weise verlieren sollte, denn eigentlich hatte ich ja immer gehofft, Du würdest einmal die Kraft finden, Deine Liebe zu leben und auch ein guter Vater zu sein. Zwei Stunden glaubte ich alles verloren und ich fühlte mich leer und betrogen durch ein perverses Schwein, dem ich womöglich irgendwann in irgendeinem Gerichtssaal begegnen würde. Nie in meinem Leben habe ich mich hilfloser gefühlt, denn alles wollte ich Deinetwegen durchstehen, nur wie sollte ich Dir dabei jemals helfen können? Und ich liebte Dich so sehr. Was sollte ich nur tun? Doch dann kam der erlösende und doch so bittere Anruf: Du hast wenigstens überlebt, warst nicht vergewaltigt, doch Ares war tot, und Du hattest Deine Stimme verloren, doch das konnten wir wieder überstehen.

Ich hoffe, Du kannst mir meine Zweifel und die Angst, die ich in dieser Situation hatte, verzeihen. Ich kann Dir immer nur sagen, wie sehr ich Dich liebe und dass wir jetzt alle hinter Dir stehen. Wir werden mit Dir gemeinsam lernen, wir haben uns schon geschlossen in einer Volkshochschule für einen Gebärdensprachkurs angemeldet. Und ich freue mich schon auf Deinen wunderbaren Körper, denn nach über vier Jahren Abstinenz bin ich schrecklich hungrig! Du kannst mir ja „Ich liebe Dich" auf den Rücken buchstabieren! Werde bitte ganz schnell gesund.

In Liebe, Lilith und Leonard

Noch vor ein paar Wochen hätte ich mir nicht vorstellen können, Freude daran zu finden, mich mit meinen Lernfortschritten mit Meirion zu messen. Dieses Kind hatte mich einmal schrecklich bloßgestellt, denn seine sexuelle Neugier ließ ihn durchs Schlüsselloch schauen, als ich einer dringend notwendigen Betätigung nachkam, worauf er im ganzen Haus herumgebrüllt hat, ich hätte einen kleinen Penis (was ja auch stimmt, aber das geht nur mich und Lilith etwas an). Damals hat er mit seiner Respektlosigkeit Wunden aufgerissen, denn meine erste Ehe war definitiv an jenem Tag beendet, als ich von der Hochschule nach Hause kam und meine Frau mit einem sogenannten guten Freund im Ehebett vorfand, worauf sie mich eben auch aufgrund meines kleinen Penises verhöhnt hat. Als ich also Opfer von Meirions Neugier wurde, da habe ich vor lauter Wut die Tür des Bades aufgerissen und beinahe hätte ich ihn geschlagen, aber mit heruntergelassenen Hosen war ich natürlich nicht in der Lage, das flüchtende Bürschchen zu verfolgen.

Athanasia dagegen war für mich völlig fremd, bis ich gezwungen war, mit meinen Händen sprechen zu lernen. Ihre Begeisterung für diese Art zu sprechen hielt sich an keine Grenzen und sie war dabei um einiges schneller als wir alle. Nicht zuletzt hat sie uns alle über sämtliche Formen der nonverbalen Konversation aufgeklärt und nun kam auch ich in den Genuss ihrer ellenlangen Vorträge über Sprache. Es *war* lästig! Aber die Art und Weise, wie mich meine neue alte Familie nun integriert hat, half mir, zu meinem Sohn den dringend erforderlichen Zugang zu finden. Langsam wuchs ich in die Vaterrolle hinein, und mit dieser Rolle durfte ich auch innerlich wachsen und erfahren, wie heilsam es ist, sein eigenes inneres Kind an der Hand nehmen zu können.

Jedenfalls war es großartig, nach Hause zu kommen, denn das Haus war geschmückt und Katharina hat mir zu Ehren ein Festessen gekocht. Wenn ich nicht schon sprachlos gewesen wäre, mir hätte es wirklich die Sprache verschlagen. Dabei hätte ich ganz gut auf das leckerste Essen verzichten können, denn ich hatte auf etwas ganz anderes Hunger. Ich wollte endlich da einziehen, wo ich eigentlich zu Hause war, denn obwohl ich schon mehr als drei Jahre im Gutshaus wohnte, hatte ich bis zu diesem besonderen Tag meine Wohnung noch nicht gesehen. Katharina sagte mir, sie hätte vollstes Verständnis, wenn ich ihr Essen gierig hinunterschlingen würde, denn der eigentliche Hunger wäre ja sowieso anders gelagert, doch das Essen war viel zu lecker, um es einfach hinunterzuschlingen. Und das Besondere daran war, dass sie extra für mich etwas typisch Kolumbianisches gekocht hatte. Sie wollte mich wohl ein wenig dazu bringen, nach meinen Wurzeln zu suchen, aber es sollte noch dauern, bis ich so weit war.

Endlich durfte ich nach Hause kommen, ungefähr sieben Wochen, nachdem ich meiner Frau sagen wollte, dass ich die Beziehung beenden wollte. Ich war so überwältigt, dass ich noch nicht einmal fähig war, zu schreiben. Denn ich begegnete – mir! Vom Eingang kommst du bei uns direkt in den Wohnraum, der so schön großzügig ist, und da hängt ein wunderbares Porträt von mir, aber das ist etwas, das ruhig jeder sehen kann. Hungrig nach Sex und Berührung war unser Weg eh der ins Schlafzimmer und da hänge auch ich, nur eben nackt, nach den Zeichnungen geschaffen, die Lil in jener letzten Endes nun doch glückseligen Nacht gefertigt hat, in der Leonard entstanden ist. Mein Sohn war die ganze Nacht über bei seiner Tante Persephone, damit wir endlich Zeit für uns hatten, und das war auch gut so, denn ich war dank meiner langen Abstinenz reichlich ungeübt, aber das ging schnell vorüber. Es war eine sehr schöne Nacht und Leonard sollte neun Monate später auch noch eine Schwester haben, ein Kind, auf das ich mich sehr gefreut habe und das nicht von mir vernachlässigt werden sollte. So wächst Leo nun nicht mehr allein auf, denn zu meinen eigenen Kindern kommt noch das Kind meines Schwagers Ares, um das sich meine arme Schwägerin nicht mehr kümmern kann, und ich erlebe ein kleines Wunder, denn ich erlebe mit Dankbarkeit, dass ich fähig bin, tief zu lieben, auch dieses Kind zu lieben, als wäre es mein eigenes. Auch wenn es Tage gibt, an denen ich den Schmerz ertragen muss, den meine Vergangenheit mit sich bringt, empfinde ich es als heilend, wenn mein inneres Kind mit meinen Kindern wachsen darf und wenn meine Frau mich trotz allem bedingungslos liebt. Ich bewundere Lil für diese Gabe und hoffe, dass ich diesbezüglich noch viel von ihr lernen kann.

Doch erst kam die schrecklichste und doch schönste Zeit in meinem Leben, denn nun musste ich einen Therapeuten für mich suchen, um all den Schmerz und all die Trauer meines Lebens zu verarbeiten. Bis ich einen für mich passenden Therapeuten gefunden habe, musste ich mir viel Mist anhören und mich gegen mancherlei Anmaßung wehren. Wie kommen nur diese Menschen auf die Idee, zu glauben, seelische Schäden, die durch Lieblosigkeit, Ablehnung und übermäßige Strenge entstanden sind, kann man mit weiteren manipulativen, distanziert-lieblosen und autoritären Maßnahmen aufheben? In dieser Zeit habe ich einiges gelesen und fand für mich wenigstens in den Büchern Therapieformen, die mir erfolgversprechend erschienen. Da war vor allem Peter Schellenbaum, der behauptete, es sei wichtig, dem Klienten zunächst das Gefühl von Annahme und Geborgenheit zu geben, um darauf eine Therapie aufzubauen, die seine Verantwortung für sich selbst fördert. Doch ohne die Hilfe von Persephone, die erfahren ist im Umgang mit Depressionen, hätte ich es nicht so einfach geschafft, in relativ kurzer Zeit zu meiner Mitte zu finden.

Liesbeth

Das Tagebuch

10. Mai

Ares ist also jetzt begraben. Ares. Aus. Er war ja nun wirklich kein guter Mann. Aber auch kein schlechter. Er war da, damals, als sie Robbi begraben haben. Zuerst dachte ich, er sei der Täter. Ein völlig Fremder am Grab meines Sohnes, der fast zwei Wochen vorher nicht mehr nach Hause kam und den man eine Woche später auf einem leer stehenden Grundstück fand. Tot. Vergewaltigt. Robbi, mein Kind. Zehn war Robbi, als er ermordet wurde. So klein und so fröhlich. Manchmal denke ich, er wurde nur so ermordet, weil er so entstanden ist, durch Vergewaltigung. Aber wie viele Kinder entstehen so? Ich bin mir sicher, es sind viel mehr, als wir uns vorstellen können. Doch wer außer mir macht sich schon Gedanken wegen solchen Dingen? Bin ich vielleicht auch so entstanden? Und deshalb vielleicht klingt die Beteuerung meines Vaters unglaubwürdig, die Beteuerung, er würde mich lieben? Ist oder war es normal, seinen Missbraucher zu heiraten? Und wie viele meiner „Freundinnen“ waren sofort bereit, mir wenigstens einen Teil der Mitschuld am Tod meines Sohnes zu geben. Was bitte ist denn ihrer Meinung nach falsch an mir, dass ich all das Leid anziehe? Hab ich vielleicht nicht genug positives Denken? Kann ich mich nicht so annehmen, wie ich bin? Was soll die Fehlersuche denn? Sie, die Freundinnen, wenn man sie denn so nennen will, hatten alle möglichen Erklärungen bereit, um zu beweisen, dass ich mein Unglück selbst verursache, von „du bist nicht angepasst genug“ bis zu „du liebst dein Kind zu sehr“ oder „versuch halt, ein bisschen zuzunehmen“. Aber seit wann müssen wir denn perfekt sein, makellos, ohne Fehler, um Achtung, Liebe und Respekt zu erhalten? Sie, die Freundinnen, sie sind doch nur froh, dass ihnen das alles nicht passiert ist. Und sie glauben, mit Anpassung, einem makellosen Körper und einem betont „coolen" Wesen kann man sich alles Leid vom Halse halten. Wie naiv!

25. Mai

Ich fühle mich wieder ausgeliefert und schutzlos. Eine Frau allein. Und seit gestern weiß ich auch noch, dass ich schwanger bin. Dann muss ich auch noch mit der Schuld von Ares leben. Da sind all die nutzlosen und unverschämten Fragen der Polizeibeamten. So, als hätte ich ihn ändern können. Gestern fragte mich eine Beamtin, wie man denn mit so jemandem überhaupt leben könnte. Weiß die denn, was Einsamkeit ist? Wer hätte mich denn haben wollen? Mich, den „Besenstiel", mich, die „Blöde"? Mich, die ich mir zu viel Bildung angemaßt habe? Eine beschädigte Frau, aus einem beschädigten Mädchen hervorgegangen? Ares, nein, meine große Liebe war er nicht. Weil es seine Leidenschaft ist, ach was, war, er lebt ja nicht mehr, im Internet auf Kinderschänderjagd zu gehen. Wie oft hat er mir von dem kleinen Mädchen erzählt, das von seinem Vater missbraucht wurde, und er lag im Heu versteckt, weil er mit ihm spielen wollte, und dann war er zu klein und zu verängstigt, um seiner Freundin zu helfen. Er hat mir von dem Bauern erzählt, der jener Vater des Mädchens ist, und dass sie alle Angst vor ihm hatten. Als das Mädchen dann ein paar Jahre später gewagt hat, seinen Vater anzuzeigen, galt es als Nestbeschmutzerin und hatte die Schande zu tragen, während der Täter mit der Solidarität des beinahe ganzen Dorfes rechnen konnte. Natürlich hat man die junge Frau aus dem Dorf gemobbt. Vor mir hatte er es im Übrigen noch nie jemandem erzählt. Dass Ares seine Freizeit vor dem Computer verbrachte und der Polizei Tipps gab, war seine Art, seine vermeintliche Schuld ihr gegenüber abzubauen. Und das war schon in Ordnung für alle. Doch jetzt, wo sein Schattenleben ins Licht gerückt ist, jetzt soll er plötzlich nur noch ein Monster sein?

2. Juni

Heute war ich bei Johann. Für mich war es ein schwerer Gang, denn auch wenn niemand Ares hätte aufhalten können, als seine Frau fühle ich mich doch irgendwie verantwortlich. Ich weiß, es ist idiotisch, wahrscheinlich finden die ausgesprochenen und unausgesprochenen Vorwürfe der Polizisten in mir einen nur zu geeigneten Nährboden, denn niemand kann für die Entscheidungen eines anderen geradestehen. Johann geht es gut. Eigentlich dachte ich, er müsse wütend sein, aber er war wider Erwarten ausgeglichen und beinahe fröhlich. Meine Schwiegermutter sagte mir, er wäre vor Ares' Überfall verschlossen und ausgesprochen abweisend gewesen. Erst die Nähe zum Tod und die damit verbundenen Erkenntnisse hätten ihn verändert. Alle hoffen, dass dieser zunächst ungeliebte Schwager und Schwiegersohn sich weiter so entwickelt. Johann hat ja nun seine Stimme verloren und ist auf Notizzettel angewiesen, um sich verständlich zu machen. Mich hat er auf diese Weise alles über Ares gefragt. Auch alles über mich und meinen Sohn. Was hat dieser Mann für ein sprechendes Gesicht! Ich hatte zum ersten Mal seit Langem das Gefühl, verstanden zu werden, verstanden und nicht verurteilt.

13. Juni

Heute fand ich in der Post einen Brief von Johann. Seine Geschichte gegen meine. Ich bin absolut überrascht! Da liegt seine Lebensbeichte vor mir und was er da geschrieben hat, ist viel und steht meinem Scheißleben in nichts nach. Nur dass er sich schuldiger gemacht hat, als ich es jemals konnte. Schuld. Was ist eigentlich Schuld? Werden wir einfach schon deswegen schuldig, weil wir leben? Oder weil wir überleben wollen? Johann. Ares. Ich? Was ist das denn, Schuld? Johanns Schuld ist die, nicht genug geliebt zu haben, wie er meint. Aber konnte er denn lieben? War da nicht diese große Wunde von Ungeliebtsein, die nicht geheilt war, als er Lilith kennenlernte? Hat man da denn noch Schuld? Wie kann man denn derart verwundet da sein für seine Frau und sein Kind? Wer wird da denn nicht unfähig, zu vertrauen? Und ich, und Ares? Wo sind wir durch unser Ungeliebtsein schuldig geworden? Wie heilt man seine Wunden, um gerade die nicht zu verletzen, die einen am meisten brauchen, am meisten lieben? Er, Johann, schreibt, dass es „sozusagen Rache" war, weil er selbst auf so schändliche Weise verlassen worden war. Oder es war Angst vor dem Verlust. Wer weiß? Nicht einmal er selbst weiß das im Moment so genau. Johann fragt mich, ob ich bereit wäre, die Geschichte mit Ares in einer Therapie zu verarbeiten. Aber das weiß ich noch nicht. Es dauert mit Sicherheit lange, um einen guten Therapieplatz zu finden. Gute Therapeutinnen oder Therapeuten sind rar.

Johann hat mir Hilfe angeboten und er schreibt, dass er und die ganze andere Familie der Meinung wären, ich gehöre zu dieser Familie und sie wollten mich nicht im Stich lassen. Ich hab daraufhin die letzten drei Stunden bitterlich geweint. Ich kann mir gar nicht vorstellen, zu einer Familie zu gehören, die nicht ständig an mir herummäkelt. Wenn ich nicht so Angst hätte, alles wäre nur ein schöner Traum, dann könnte ich mich so sehr freuen. Was soll ich tun? Was soll ich nur tun?

22. Juni

Heute war ein seltsamer Tag für mich. Abgesehen davon, dass mir den ganzen Tag übel war, kam das erste Mal so etwas wie Trauer in meine Seele. Trauer um Ares. Sicher habe ich ihn nicht geliebt. Geschlafen haben wir auch nur sehr selten miteinander. Er fand mich wohl auch nicht sehr attraktiv. Dachte ich jedenfalls. Aber dann sagte mir seine Schwester, ich sei eigentlich genau die Art von Frau, die er anziehend fand. Blond und schlank. Vielleicht bin ich ihm ja zu schlank. Mein Gott, ich schreibe „bin", als würde er noch leben. Aber eigentlich war es auch gut so. Sexualität als bloße Pflichterfüllung? Ich finde so was schrecklich. Ich hatte jedenfalls nichts davon, nichts außer dem Gefühl, beschmutzt zu sein. So war meine Trauer nicht da, weil ich Ares geliebt hätte. Sie war da, weil ich um diesen Menschen trauerte, der letzten Endes ein gutes Potential und doch das Pech hatte, in seiner Familie ein Außenseiter zu sein. Seine Eltern und seine Geschwister sind bestimmt sehr liebenswert, aber deswegen hat es doch nicht wirklich gepasst zwischen ihnen. Ares war auch wirklich sehr verschieden von seinen Leuten.

Seltsam, ich fühle mich sehr aufgehoben dort und laufe deswegen Gefahr, viel von meinem Verständnis für Ares zu verlieren. Aber kann ich ihn überhaupt verstehen? Ich weiß es ehrlich nicht. Ich weiß nicht einmal, ob meine Trauer echt und ehrlich ist. Muss ich ihm gegenüber noch loyal sein? Oder darf ich die neue Geborgenheit einfach so genießen? Ich weiß es wirklich noch nicht. Ja wirklich, ich genieße es, dass mit Ares' Tod die Grenze zwischen mir und seiner Familie eingerissen wurde, andererseits ist gerade der tragische, zu frühe Tod eines Menschen ein sehr hoher Preis für all das Gute, was mir durch diese Familie geschieht.

1. Juli

Ich habe Tage, an denen mich der Schmerz über den Verlust meines Sohnes wie ein wildes Tier überfällt. Es sind die Erinnerungen an ihn, die ich nun nie mehr mit ihm teilen kann. Es ist die Vorstellung, was wohl aus ihm geworden wäre. Früher, als Robbi noch gelebt hat, war das alles unwichtig. Es war so egal, wie die Zukunft aussehen würde, ich hatte einfach ein ungeheures Vertrauen in meinen Sohn. Ich wusste, er kann nur eine irgendwie großartige Person werden. Aber jetzt ist er mit Vorstellungen belegt, die ihm vielleicht nicht gerecht werden. Und das tut mir am meisten weh. Ich habe noch so viel Trauer zu verarbeiten, damit mein zweites Kind nicht in Robbis Schatten leben muss. Und ich fühle mich fast nicht dazu imstande.

Robbi wollte und durfte die Haare lang tragen. Er sah damit sehr hübsch aus. Trotzdem war er ein richtiger Junge, der gerne Fußball spielte und wie ein Wilder Fahrrad fuhr. Als er tot war, gab es Leute bei der Polizei, in meiner Familie und in meinem Bekanntenkreis, die mir vorwarfen, Schuld an seinem Tod zu haben. Schon wegen der langen Haare! Sie behaupteten, dass Robbi niemals missbraucht worden wäre, wenn ich ihn gezwungen hätte, die Haare zu schneiden. Ohne Ares, der mir immer wieder versicherte, nur der Täter trage in solchen Fällen Schuld und niemals das Opfer oder ich als Mutter, hätte ich mich wohl umgebracht. Da war – außer Ares natürlich – niemand, der ein gutes Wort für mich übrig gehabt hätte. Natürlich hat mein späterer Mann mich auch nie in den Arm genommen und so fühlte ich mich trotzdem oft genug unendlich einsam. Am schlimmsten aber waren für mich die Menschen, die mir sagten, ich könne nicht loslassen, ich würde zu lange trauern und Robbi wäre doch schon lange tot und jetzt sollte ich doch bitte nicht mehr so ernst sein und mich mehr amüsieren. Oder jene Freundin, wie man so schön sagt, die mir versichern wollte, Robbi hätte in seinem früheren Leben wahrscheinlich auch einmal jemanden vergewaltigt, sonst wäre ihm das bestimmt nicht zugestoßen. Sie glaube schließlich an die Karmatheorie und ich muss mich eben mit allem abfinden, auch weil ich wahrscheinlich in meinem früheren Leben nicht alles richtig gemacht habe. So ein Unsinn!

Jedenfalls hat sich dann herausgestellt, dass der Täter schon mehrere kleine Jungen getötet hat, alle mit kurzen Haaren. Nach dem Tod meines Sohnes bin ich noch einsamer geworden, als ich es ohnehin schon war. Ich habe mich total in mich zurückgezogen. Ich wundere mich noch immer, warum ich Ares nicht weggeschickt habe. Wohl weil er mich mit seiner Anwesenheit vor meinem Tod bewahrt hat. Ich weiß noch, wie oft ich damals vor Robbis Bett stand, seine Spielsachen betrachtete, seinen Teddybären in der Hand hatte und in Tränen ausbrach. Nach all dem Leid in meinem Leben auch noch Robbis Tod! Wer soll das alles ertragen?

9. Juli

Bei den O'Keeffes fühle ich mich sehr wohl. Langsam kann ich auch verstehen, was Ares von seiner Familie getrennt hat. Gegenüber den anderen O'Keeffes war Ares eher plump, nicht so sehr äußerlich, vielmehr in seiner ganzen Art des Denkens und Handelns. Der Vater ist tüchtig in seinem Beruf, dabei ein großartiger Gärtner, der nur noch von Meirion übertroffen wird. Die Frauen sind in allem, was sie machen, brillant. Also lauter kleine Genies. Dagegen war Ares einfach nur mittelmäßig. Er war ein ausgezeichneter Schreiner, wenn er nur genaue Angaben hatte, nach denen er sich richten konnte. Ohne Anleitung hätte er nicht arbeiten können. Er war nicht, wie seine restliche Familie, originell. Nur bei seiner Suche nach Pädophilen war er großartig. Wie tragisch, dass viele Polizisten ihn nicht ernst genommen haben, vielleicht hätte es ihn vor dieser grauenvollen Tat bewahrt, die ihn das Leben und Johann die Stimme gekostet hat.

Wie seltsam als er dann doch noch zum Helden wurde. Ich empfinde es fast wie eine späte Rache an Robbi, Johann mit den langen Haaren, der von Ares gerettet wurde, weil seine Kumpels ihn vergewaltigen wollten, die nichts von Ares' Wut gegenüber Gewalt in Verbindung mit Sexualität gewusst haben. Wäre Ares nicht gestorben, so hätte er jetzt die Möglichkeit, wieder heil zu werden. Seine Neigung, sich irgendwelchen Neonazis anzuschließen, ich glaube, das war nur, weil er innerlich zutiefst verletzt war. Dabei haben es seine Eltern wirklich gut mit ihm gemeint. Und trotzdem!

28. Juli

Johann lernt Gebärdensprache und ich ziehe in das Haus der O'Keeffes. Da fühle ich mich sicher. Aufgehoben. Da brauche ich dann keine Angst mehr zu haben. Die Miete, ICH habe darauf bestanden, sie ist sehr gering und wenn ich wirklich einmal wenig Geld haben sollte, brauche ich mir nicht vor Angst in die Hosen zu machen. Bis Robbi ermordet wurde, hatten wir schon viel mitgemacht. Hinterher war es dann, als würde meine Welt zusammenbrechen. Durch meine Einsamkeit, auch innerhalb der Familie, hatte ich es immer sehr schwer. Meine ach so schöne und anmutige Schwester, die zu allen anderen liebenswürdig sein kann nur nicht zu mir, meine eigene Schwester sagte mir nach, der Missbrauch, durch den Robbi entstanden ist, ich hätte es ja nicht anders gewollt. (Nein, Bettina, keine Frau will das.) Mein Vater, für den ich jahrelang kostenlos den Haushalt führte, meinte großzügigerweise, er könne mir nicht helfen. Meine Mutter begriff gar nicht, dass Abtreibung für mich ein Tabu war. „Treib doch ab. Wer will denn einen solchen Bastard? Dazu bist du doch viel zu schade." Ihren freundlichen Rat werde ich nie vergessen. Sie wussten nichts von den vier

Wochen panischer Angst. Entweder wir beide würden leben oder wir beide würden sterben. So war das für mich damals. Und ich wusste, wie einsam ich sein würde, denn all diese Worte sind scharf wie Messer, verletzen zutiefst durch die Respektlosigkeit und Achtungslosigkeit, die in ihnen zum Ausdruck kommen.

Als ich mich dann für mein Kind – und damit für das Leben – entschieden hatte, da war klar, es soll nie für die Fehler seines Vaters büßen müssen. Es ist unschuldig. Und darum soll es mit all der mir möglichen Liebe aufwachsen. Robbi war es, der mich stark gemacht hat, so stark, um trotz des von meinem Vater prophezeiten Untergangs mein Abitur zu machen. Für eine bessere Zukunft für uns beide.

29. Juli

MEIN Abitur: Ganz tapfer habe ich es angefangen. Ich saß in dieser Schule, dem Kolleg, und fragte mich, was ich dort denn überhaupt wollte, denn das könne ich sowieso nicht schaffen. Doch dann besiegte ich meine Angst – und war das erste Mal im Leben eine gute Schülerin. Die erste Zeit habe ich genießen können. Dann aber wurde es schwierig, weil ich so wenig Geld hatte und dazuverdienen musste. Auch das ging ganz gut, aber als Robbi in die Schule kam, brach die Hölle über uns herein. Robbi war immer aufgeweckt und neugierig. Er war kein Kind, das sich für Spielsachen interessierte. Er stellte ständig irgendwelche Fragen, oft zu hochphilosophischen Themen. Und wehe, ich beantwortete die Fragen nicht! Mit sechs Jahren wollte er lieber Erwachsenenliteratur vorgelesen bekommen als Pippi Langstumpf. Droste Hülshoff, ja *das* war spannend.

Ach Robbi, ich vermisse dich ja so! Wenn ich das alles nicht aufschreibe, dann … werde ich verrückt. Ich habe so Angst, das alles mit meinem zweiten Kind noch einmal zu erfahren. Damals,

als Robbi in die Schule gekommen ist, wie sehr war er da von Hoffnung erfüllt. Wie viel Elan hatte er und Vorfreude auf das Lernen. Und wie sehr wurde er enttäuscht. Wieder bloß Ausmalen, wie im Kindergarten. Und ganz schnell wurde aus seiner Vorfreude Enttäuschung und Langeweile. Und dann hattest du eine Lehrerin, die dich für jeden Fehler vor der ganzen Klasse bloßstellte, und du hast mit monatelangen Alpträumen, Bettnässen und Zähneknirschen reagiert. Doch dein schlimmster Überlebensmechanismus war die totale Verweigerung von Hausaufgaben. Wie soll sich ein sechsjähriges Kind auch sonst gegen eine haushoch überlegene Erwachsene wehren können, die ihm und seiner Mutter Tag für Tag dicke rote Kommentare ins Heft schreibt? Kommentare, die ihn gegenüber der geliebten Mutter auch noch einmal bloßstellen und die Last, sich ihr gegenüber zu beweisen, noch mehr verstärken. Wie sehr muss er wohl darunter gelitten haben, mich vermeintlich enttäuscht zu haben. Und wie sehr habe ich darunter gelitten, ihm so wenig helfen zu können. Am schlimmsten empfand ich es, wie sie (die Lehrerin und ihr Direktor) versucht haben, Robbi in die Förderschule abzuschieben. Dagegen habe ich gekämpft. Wirkliche Hilfe habe ich nicht erfahren. Man gab mir die Schuld, weil ich nicht hart genug war, nicht das klassische Leben einer Mutter führte, nicht auf meine Ausbildung verzichtete und man verlangte von mir, ich sollte meine Ausbildung abbrechen, es sei besser, wenn ich putzen ging, aber bitte nur vormittags, den Rest unseres Einkommens könne ich ja über Sozialhilfe decken.

Ich sehe noch immer meinen Sohn vor mir, wie verstört er war, als seine Lehrerin schon nach zweieinhalb Wochen wollte, dass er in eine sogenannte Förderschule gehe. Dieser Trampel hat das vor meinem Kind zu mir gesagt, und Robbi weinte auf dem ganzen Nachhauseweg bitterlich. „Mama, warum liebt mich die Lehrerin nicht?“

1. August

Ich packe. Ende des Monats will ich bei den O'Keeffes einziehen. Mal geht es mir gut, mal na ja. Gestern Abend fand ich einiges, was ich in irgendwelche Ecken gelegt und wohl absichtlich vergessen hatte. Robbis Pippi-Langstrumpf-Buch. Ein vollgeschriebenes Tagebuch von mir. Ein T-Shirt von Ares. Zwei seiner Unterhosen, die ich flicken wollte. Dann saß ich da und las und weinte. Ich bin doch eine echte Heulsuse. Aber der Schmerz ist gar so groß. Mein ganzes Leben war so bitter und der einzige Mensch, der mich bedingungslos geliebt hat, ist tot. Ich weinte um die leeren Jahre mit Ares, die ich in nur scheinbarer Geborgenheit verbracht hatte. Als ich Ares kennenlernte, wusste ich nichts von seinen Neonazi-Neigungen. Dann hatte er Streit mit seiner Familie – mir war nicht bekannt, dass er seine Schwäger beleidigt hatte – und er zog bei mir ein. Jetzt, im Nachhinein, kann ich seinen Vater gut verstehen. Wer will schon gerne von seinem eigenen Kind wegen seiner Herkunft gekränkt werden? Noch nicht einmal als ich heiratete, wusste ich von Ares' Schattenleben. Was durchaus für ihn spricht, denn er hat mich nicht missioniert und er hat meine politische Ausrichtung respektiert. Doch warum hat er so etwas wie diesen Überfall auf Johann gemacht? Warum hat er uns das angetan? War es nur die Treue zu seinem Großvater, die ihn in dieser lächerlichen Neonazigruppe bleiben ließ? War es die Angst vor Veränderung, aus dem Gefühl heraus geboren, als Halbamerikaner keine richtige Identität zu haben? War es ein Hilferuf nach einer Aufmerksamkeit, die er, der Unbegabte, nie von seinen Eltern und Geschwistern im ausreichenden Maße bekommen hat? Hatte er denn nie Zweifel? Und vor allem, warum hat er es vor mir geheim gehalten? Hätten wir zusammen einen anderen Weg finden können? Er hat mir geholfen, aber ich habe ihm nicht helfen können. Wie trostlos!

7. August

Ich habe mir den Schmerz schon einmal von der Seele geschrieben. Wenn ich das jetzt von Neuem lese, ist alles wieder da. Diese ständige Angst, nicht gut genug zu sein, etwas falsch zu machen. Immer war ich zu langsam oder zu eigensinnig. Vater litt falsch, wir litten unter Vaters Kontrollsucht. Er fand es offensichtlich ganz normal, wenn er unangemeldet auftauchte, um Mutter beim Rauchen zu überraschen oder ihre Arbeitsweise zu kontrollieren. Und so kann ich es bis heute nicht ausstehen, wenn irgendwelche dahergelaufenen Heinis dieses „Habe-ich-dich-ertappt"-Spielchen spielen. Meine Mutter hatte drei kleine Kinder, schnell hintereinander und damit einen Vierundzwanzig-Stunden-Tag, das sieben Tage die Woche und zweiundfünfzig Wochen im Jahr (mit Vater waren es vier kleine Kinder). Aber Vaters Spruch lautete immer: „Was tust du schon den ganzen Tag?" Seit ich selbst ein kleines Kind hatte, weiß ich, was sie geleistet hat, da kann man über diese Frau sagen, was man will. Sie hat das ja auch allein getragen, denn Vater sah Kindererziehung immer als alleinige Aufgabe der Frauen an.

Was haben wir alle unter Vaters Widersprüchen gelitten! Frauen seien minderer anzusehen als Männer und Dienen und dienende Arbeiten seien weniger wert als typische Männertätigkeiten. Aber als Frau oder Mädchen hast du keine Möglichkeit, dich höherzuarbeiten. Dienende Arbeiten sind das Los der Frauen und wer sich gegen dieses Los stellt oder für die natürlich selbstverständliche Leistung Anerkennung erwartet, der ist als Frau nur nicht sexuell ausgelastet, gehört „anständig durchgefickt", ist nicht angepasst genug. Was immer du tust, es ist gut und anerkannt, wenn du weniger intelligent, aber fleißig bist, es ist schlecht, wenn du Leistungen aus deiner Intelligenz heraus bringst, dir selbst schlüssige Lösungen suchst. Es wird dir dann Faulheit unterstellt, weil du in den Pauk-Fächern vielleicht nicht mehr so gut bist. Aber ein halbwegs intelligenter Mensch kann sich doch nicht mit den allzu mageren Antworten, die dir die normale Schule bietet, zufriedengeben. Lesen ist eben nicht nur ein Zeichen von Arbeitsunlust, sondern vielmehr ein Zeichen, dass da jemand nach Antworten sucht, sich die Mühe macht eine eigene Meinung zu entwickeln. Aber ein Vater wie der meine hat natürlich Probleme damit, wenn jemand eine eigene Meinung hat, denn das kann man ja natürlich nicht kontrollieren. Selbstverständlich war es in Ordnung, wenn er seine Erfolge auf die intelligente, aber faule Weise erbrachte. Doch für uns Mädchen galt: Das Urteil, intelligent zu sein, war, gerade für mich, immer negativ besetzt. Dazu war ich zu dünn („Mir gefällt's ja, aber die anderen Männer wollen doch lieber etwas mehr auf den Rippen und nicht so eine Hundehütte. In jeder Ecke ein Knochen, ha ha ha."), zu belesen („Lies nicht so viel, die Männer kriegen ja nur Angst vor dir! Die wollen keine so gebildete Frau, Frauen sollen zu uns aufsehen können und nicht umgekehrt!") und zu unsportlich („So hölzern, wie du dich bewegst, so bewegt sich noch nicht einmal eine Oma! Für eine Tänzerin bist du zu dürr, das sieht unappetitlich aus!").

Und trotzdem habe ich so sehr, so sehr um seine Liebe gerungen, alles habe ich ihm vor die Füße gelegt, nur damit er drüber trampelt. Nichts war ihm gut genug. Ich schwankte zwischen den Zeiten, in denen ich alles gab, in der Schule, in Vaters Geschäft, aber er hatte weder ein gutes Wort für mich, wenn mir etwas besonders gut gelungen ist, noch war es mir möglich, so zu sein, wie er es sich vorstellte. Und dazwischen waren die Zeiten, in denen ich wie gelähmt war vor Angst und Resignation, in denen ich prompt überzogen wurde mit den bekannten Vorwürfen, ich sei faul, hässlich und allein sowieso nicht lebensfähig.

Warum liebt man einen solchen Menschen? Warum nur? Warum sehne ich mich noch immer nach der Liebe meines – oder eines – Vaters, obwohl er mich zutiefst verletzt, missachtet, ausgebeutet und zuletzt auch noch missbraucht hat? Und wenn er nicht zugelassen hat, dass sich zwischen mir und meinen Geschwistern liebevolle Bindungen entwickeln, wohl aus der Angst heraus, dass er von Neuem erlebt, ausgegrenzt zu werden, wie damals, als er ein kleines Kind war? Dies ist der Schlüssel zu meiner inneren Einsamkeit, zu meiner inneren Heimatlosigkeit, zu diesem lebenslangen Kämpfen um väterliche Liebe, zu dieser unglaublichen Hoffnungslosigkeit.

14. August

Wenn irgendjemand eines Tages mein Tagebuch lesen sollte, glaubt er vielleicht, ich wäre immer nur schwermütig und depressiv gewesen. Er weiß dann nicht, wie mich die Kleinigkeiten, die wir so leicht und gerne übersehen, am Leben erhalten. Mitten im größten Dunkel, in der größten Trauer, hält mich der Gesang der Vögel am Morgen lebendig. Ich weiß, wann ich garantiert einen Regenbogen zu sehen kriege, und ein besonders schöner Kieselstein macht mich wieder ein wenig reicher. Aber ich leide auch etwas mehr, wenn man in der Nachbarschaft wieder einmal meinen Lieblingsbaum fällt. Trotzdem, die Kleinigkeiten halten mich irgendwie am Leben. Und manchmal passiert etwas ganz Besonderes, etwas, das mich dann noch viele Jahre nährt. Einmal waren Ares und ich draußen bei irgendeinem Fischteich. Es war später Sommer und der Tag ging zu Ende, die Luft war ein einziges, fast flüssiges Grün. Ich hätte mich an diesem Grün betrinken mögen. Da sah ich für einen Bruchteil einer Sekunde einen Eisvogel. Mein Herz setzte für einen Bruchteil einer Sekunde aus, als ich dieses Juwel sah, und wenn ich in diesem Augenblick gestorben wäre, es wäre im vollkommenen Glück geschehen.

Aber trotzdem, ich habe Angst. Mache ich womöglich etwas falsch, wenn ich bei den O'Keeffes bin? Kommen sie mit meiner Trauer klar? Verliere ich ihre Zuneigung, weil ich irgendetwas falsch mache? Johann schreibt mir, und ich lese in seinem Brief, dass er genau dasselbe empfindet. Ich rede mir ein, alles wird gut, aber ich kann es immer noch nicht glauben.

15. August

Morgen kommen Persephone, Thomas, Meirion und Athanasia. Die Wohnung weißeln. Die Leere hier ist seltsam. Es ist ungewöhnlich für mich, so viel zuverlässige Hilfe zu haben. Es tut gut. So gut. Trotzdem weine ich, weine, weine, weine. Mein Gott, woher kommt all diese Bitterkeit? Gut, ich habe einiges erlebt, Armut, Einsamkeit, Gewalt. Ich hatte mein Kind im Heim, saß zwanzig Tage wegen wiederholten Schwarzfahrens im Gefängnis und weil ich nicht genug Geld hatte, die Strafe zu bezahlen. Der Tod meines Sohnes, der Tod von Ares.

Soll jetzt alles gut werden? Wirklich alles gut werden? Ich wollte, ich könnte es glauben.

Als ich im Gefängnis war, da sah ich noch mehr so arme Schweine wie mich. Eine der Beamtinnen sagte mir, es wäre alles nicht so schlimm, wie man es im Fernsehen sieht. Nicht so schlimm? Ich weiß ja nicht, was man im Allgemeinen im Fernsehen sieht, aber wer kann denn ermessen, wie es ist, wenn man seiner Menschenrechte beraubt wird? Nicht unbemerkt auf die Toilette kann oder nicht duschen gehen kann, ohne dass dich jemand anstarrt? Oder stundenlang in einer kleinen, schmutzigen Zelle eingesperrt zu werden? Oder die Tatsache, dass sich innerhalb der Gefängnismauern kaum einer der dort Beschäftigten an die Regeln hält? Wer kann sich denn schon vorstellen, dass die Angestellten und Beamten sich ein System von Schikanen ausgedacht haben, um ihre legalisierte kriminelle Energie umzusetzen? Wer glaubt mir denn, dass es dort genügend Frauen gibt, die genauso aus Gründen der Armut dort einsitzen wie ich damals? Wer glaubt mir denn, dass man dort eine Frau ohne Beistand und ärztliche Hilfe ein Kind gebären ließ, das beinahe gestorben wäre und dadurch jetzt behindert ist? Ich habe selten so viel Zynismus und Sadismus erlebt wie dort. Ich glaube nicht, dass diese Menschen wissen, was es für eine missbrauchte Frau bedeutet, wenn man ihr an so einem Ort von Rechts wegen in den unbekleideten Schritt schaut. Mein Gott, wie weit sind wir doch von einer wirklich humanitären Gesellschaft entfernt.

Als ich wieder nach Hause kam, wollte man mir meinen Sohn nicht mehr nach Hause lassen. Auch und gerade der Vertreter des Jugendamtes hat mit Ironie und mit Drohungen gearbeitet. Zum Glück hat mir eine Anwältin geholfen, aber man hat uns trotzdem noch über ein Jahr vom Jugendamt aus überwacht. Man hat mir in dieser Zeit meine Armut angekreidet, wollte verhindern, dass ich meine Ausbildung fertigmache (wenn ich nicht aufhörte, nehme man mir mein Kind wieder), aber ich sollte doch bitte Verständnis dafür haben, wenn Robbis Vater, der doch immerhin ein höherer Beamter ist, seinen mir schuldigen Unterhalt in kleinen Raten abbezahlte. Regelmäßig suchte mich eine völlig desorientierte Mitarbeiterin des Jugendamtes heim, die nichts Besseres zu tun hatte, als mit dem Finger über meine Möbel zu fahren, ob sie auch gut genug abgestaubt waren. Die meinem Kind Suggestivfragen gestellt hat, worauf es jedes Mal stark verunsichert war und ganz schwierig und rebellisch wurde. Fragen, wie: „Du willst doch auch, dass die Mama mehr Zeit für dich hat, oder?" und: „Findest du es nicht auch schöner, wenn hier alles besser aufgeräumt wird?" Jedes Mal brauchte ich Tage, um unsere alte Harmonie und meine Erziehungsautorität wieder herzustellen. Das war im Jahr vor meinem Abitur. Ein Kind mit Schulproblemen, drei Jobs, damit Geld für das Nötigste da war, aber Geld für eine neue Waschmaschine haben sie mir nicht gegeben, ich habe dann auch noch ein dreiviertel Jahr mit der Hand gewaschen, weil ich mir keinen Waschsalon leisten konnte. Doch mein Abitur habe ich mit einem Zweierschnitt geschafft.

Kann ich das den O'Keeffes erzählen? Verstehen diese Menschen mit ihrer Familienharmonie, dass Gefängnisse die in Stein gehauene Paranoia von Machthabern sind, denen es nicht um menschenwürdige Moral geht, sondern um … ja was denn überhaupt? Kann ich ihnen zum Beispiel von der Frau erzählen, die ihren Mann erschossen hat, weil keiner glauben wollte, dass er seine Töchter missbraucht hat und weil man ihm und nicht ihr das Sorgerecht zugesprochen hat? Kann ich ihnen davon erzählen, wie besonders hart man ihre Tat beurteilt hat, wenn doch ein Mann Verständnis erwarten kann, wenn er seine Frau aus

Eifersucht und gekränkter Männlichkeit abschlachtet? Ich habe beim Ausräumen auch das Bild einer Inuit-Frau gefunden, ein zu Herzen gehendes Bild einer in Haft genommenen Kreatur, voller Verzweiflung und Hoffnungslosigkeit. Es stammt aus einem Spiegel-Artikel, der genau das Thema von eben hatte. Bleibe ich mit diesem Teil meiner Geschichte allein?

Meirion

Farbe bekennen

Ich war elf Jahre alt, als Johann seine Stimme verlor. Ganz schön bescheuert, wie wir den Überfall auf Johann bezeichnen, was? Keiner wagt es, die versuchte Vergewaltigung und den Überfall als das zu bezeichnen, was es schließlich war. Keiner, außer Johann selbst. Johann ist ganz schön cool, das muss man ihm wirklich lassen. Ganz schön ist er auch. Er war meine erste große Liebe, stell dir das mal vor. Muss ich mich im zarten Alter von gerade mal zwölf Jahren in meinen Schwager verlieben! Saublöd war da, dass ich eigentlich nicht mehr im richtigen Alter war, um ungestraft durch Schlüssellöcher schauen zu können, und so musste ich von meinen Erinnerungen zehren, denn natürlich hatte ich in der Vergangenheit längst ausgekundschaftet, wie Johann nackt aussieht. Das brauchst du schon, wenn du von demjenigen träumen willst, den du liebst. Nur blöd, dass Johann mit meiner Schwester verheiratet ist, weil ich meine Schwester sehr, sehr lieb hab und ich sie nicht unglücklich sehen wollte, und saublöd ist auch, dass Männer wie Johann eigentlich nicht auf Männer und schon gar nicht auf kleine Jungs stehen. So träumte ich, Johann hätte einen Doppelgänger, was ja auch wahr ist, denn sein Zwillingsbruder Joachim sieht schließlich genauso aus wie er, aber auch Joachim hatte natürlich nichts mit schwulen kleinen Jungs am Hut, sondern war (un-)heimlich in Ares frühere Frau Liesbeth verliebt. Echt beschissene Situation, was?

Ich und auch meine Familie haben eigentlich kein Problem mit meiner sexuellen Orientierung, aber wie wollte ich auf dem Land zwischen all den konservativen Landeiern einen Partner finden und überhaupt erst einmal sinnvolle sexuelle Erfahrungen machen? Dabei bin ich gerne zu Hause und ich mag es gar nicht, mich in der Stadt in den einschlägigen Discos oder so rumzutreiben. Ich mag keine Übertreibungen, so wie es Leon so oft demonstriert. Ich steh nicht auf so was. Dabei bin ich mir sicher, dass das ganze Dorf mich nach äußeren Anzeichen meines anderen Ufers hin beobachtet. Geht mich das vielleicht was an? Die können mich doch sowieso alle mal! Leicht gesagt, aber belastend ist es doch irgendwie. Nun ja, wir waren doch sowieso noch nie wirklich in die Gesellschaft dieses Kaffs integriert, weil wir eben die aus dem Gutshaus sind und die anderen „nur" die Bauern. Von uns erwartet man eine Vorbildfunktion, eine Skandalliefererfunktion, ein wenig Exzentrik, aber ansonsten sind wir wie aus einer anderen Welt. Persephone ist Lehrerin und das ist für unsere Bauern schon ein viel zu profaner Beruf für eine aus dem Adel, egal wie popelig dieser Adel auch ist. Was die Skandale betrifft, da sind unsere Mitbürger sicherlich bestens bedient, denn sie glauben hundertprozentig, dass ich und Athanasia ein unglaublich aufregendes Sexleben haben, dabei ist meine Schwester nur in Folgendes verliebt: in ihren Sohn und in ihr Sprachgeschichte-Studium. Und so anders wie alle anderen liebe ich auch nicht. Ich hab in solchen Dingen auch keine anderen Werte als andere Menschen auch.

Aber so ganz am Anfang, so mit dem Kribbeln im Bauch, wenn ich mit Johann zusammen lernte, denn wir alle mussten mit ihm die Gebärdensprache lernen, das war schon komisch. Ich hab es dann nach einem dreiviertel Jahr der Persephone erzählt und die hat mir dann erzählt, wie das war, als sie Thomas Misio kennengelernt hat. Das war auch nicht einfach, aber das Beste an dem Gespräch war für mich, zu wissen, dass das mit der Liebe zuweilen ganz schön schwierig ist. Und dabei hatte ich erwartet, Per macht mich echt fertig dafür, dass ich mich nun nicht in ein Mädchen, sondern in Johann verliebt hatte. Ich hatte schon Angst, dass meine Familie nicht damit leben könnte, wie ich bin, aber das hat keinen gestört. Abweichungen dieser Art sind in Ordnung, du bist halt so, wie du bist, aber wenn jemand es sich aussuchen kann, wie er ist, dann wird es schon schwierig, so wie mit Ares, er hätte sich ja auch dafür entscheiden können, den Scheiß nicht zu machen. Dachte ich jedenfalls, aber mittlerweile bin ich mir da auch nicht mehr so sicher. Thomas, Pers Mann, sieht übrigens auch klasse aus und er war der Nächste, der mich dahinschmelzen ließ. Klingt ganz schön kitschig, was? Aber Liebe ist immer etwas kitschig, jedenfalls für mich.

Na ja, wir haben alle zusammen mit Johann gelernt und nur ich war schneller als er, hab mich gefreut, dass ich der Schnellste von uns allen war. (Stimmt nicht, natürlich war Athanasia die Schnellste, aber das ist schon so selbstverständlich, dass man das nicht auch noch extra zu sagen braucht.) Paps war am langsamsten, sogar noch langsamer als Mam, die sicherlich nicht gerade sprachbegabt ist, und es hat uns zusammen (trotzdem) richtig Spaß gemacht. Irgendwie ist es deine eigene Sprache und ist doch was total Fremdes. Ich kann schon verstehen, wenn man die Gebärdensprache eine Weile verboten hat, denn wer diese Sprache nicht kennt, fühlt sich oft ausgeschlossen von der Welt der Gehörlosen. Außerdem gibt es da sogar Dialekte und das Ding ist gar nicht einheitlich, so wie ich immer gedacht habe, und einige Gehörlose wollen lieber sprechen lernen, damit sie nicht so auffallen, doch wie soll jemand wie Johann noch sprechen können, abgesehen von einem heiseren Flüstern, das sowieso keiner recht versteht? Am Anfang haben wir uns oft versprochen, was viel komischer ist, als wenn man Fehler in einer Fremdsprache macht. Echt cool eben. Ich fand es auch klasse, wie Johann mit jedem neuen Wort in dieser Sprache aufgetaut ist und ich habe manchmal auch Witze darüber gemacht, so etwa in der Art wie „schon wieder fünf Grad mehr, Johann" und Johann hat sich richtig darüber gefreut. Dabei gab es Tage, an denen Johann lieber allein bleiben wollte und einmal habe ich ihn auch weinen gesehen. Besonders dünnhäutig war er, als er von Kolumbien zurückkam, wo er das erste Mal seit seiner Adoption war, um nach seiner Mutter zu suchen. Zum Glück hatte er da schon die Arbeit bei Mam, das hat ihn ganz gut abgelenkt, denn danach war er so in Trauer, da musste man richtig Angst um ihn haben. Wär doch schade gewesen um so einen hübschen Mann.

Was gut war nach der Sauerei mit Ares' zweifelhaften Freunden, war das Lachen wegen der unfreiwilligen Komik, die da ist, wenn einer plötzlich nicht mehr sprechen kann. Johann hat selbst damit angefangen und es war gut so, denn wenn er es nicht gemacht hätte, dann hätten wir alle ein schlechtes Gewissen gehabt. Da waren zum Beispiel überall die Zettel, auf denen Johann Fragen und Antworten aufgeschrieben hat, bevor er mit den Händen reden konnte. Athanasia hat gemeint, dass man damit einen skurrilen Roman schreiben könnte, wenn man sie alle sammeln würde und in beliebiger Reihenfolge abschreiben würde. Die Zettel lagen im ganzen Haus verteilt herum und jeden Samstag, an unserem Haushaltsgroßkampftag, sammelten wir dutzende von den Dingern ein. Der Roman hätte in etwa so ausgesehen: – Wo sind meine Schlüssel? – Die hab ich ins Klo geschmissen. – Welcher Idiot hat denn das gemacht? – Ich nicht, ich bin doch nicht blöd. – Kommst du auch noch mit ins Kino? – Mach du das! – Ja, ich kann das morgen im Wald erledigen. – Und so weiter.

Ach ja, Kino! Wir waren mit Johann im Kino und *er* hat darauf bestanden, die Karten zu kaufen. Man, das war echt komisch, wir haben uns echt einen abgelacht und am meisten hat Johann gelacht. Er hat gemeint, wenn er schon nicht mehr sprechen kann, dann will er wenigstens seinen Spaß dabei haben. Er ist echt hinreißend. Meistens trägt er einen Rollkragenpulli, damit niemand seine Narbe sieht, und die Leute meinen dann natürlich, weil er mit den Händen redet, ist er taub, und wir spielen mit. Klar hören wir da Sachen, die die meisten Leute nicht sagen, wenn die anderen alles hören können. Im Kino war das auch so. Die Kartenverkäuferin hat nämlich gleich mit einem Kollegen getratscht, so nach dem Motto, schau dir die an, die geh'n ins Kino, obwohl sie gar nichts hören können. Möchte bloß wissen, was'n Tauber davon hat, wenn er nur die Bilder sieht und noch nicht einmal die Synchronisation stimmt oder der Mund nicht zu sehen ist, weil die Schauspieler mit dem Rücken zur Kamera stehen und so. Manchmal macht sich Johann einen Spaß daraus, die Leute bloßzustellen, und wenn sie dann merken, dass sie da einen Scheiß gequatscht haben, dann kann Johann sich kringeln vor Lachen. Im Kino war das dann auch so, da hat er dann einen Zettel geschrieben und du hast ihm angesehen, wie sehr er sich auf die blöden Gesichter freute, weil er sich das Lachen kaum verkneifen konnte. Dann hat er den beiden den Zettel gegeben und da stand geschrieben: „Ich würde auch gerne wissen, was ein Gehörloser vom Kino hat. Es wäre sicher ganz interessant, wenn ich mir die Ohren zustopfen könnte, und vielleicht mache ich das auch irgendwann. Und wenn ich es dann weiß, dann sage ich es Ihnen!“ Dann zeigte er ihnen die Narbe am Hals und lachte sein leises, unheimlich heiseres Lachen, bei dem die Leute garantiert Alpträume bekommen.

Auch sonst hat Johann mitunter die besten Ideen von uns allen und das, obwohl wir im Gegensatz zu ihm erprobt sind mit Einfällen aller Art. Nadja, die mit mir Abitur gemacht hat, hat Geburtstag gehabt und ich wollte ihr eine ganz besondere Überraschung machen, weil sie einfach ein ganz liebes Mädel ist und weil sie sich immer so für uns alle einsetzt. Doch irgendwie hatte ich einfach keine gute Idee. Beim Familienfrühstück am Samstag kamen dann einige Vorschläge und es war Johann, der die Idee mit den Luftballons hatte. Wir haben also Samstagnacht Mams Lieferwagen ausgeliehen und das ganze Auto voller Luftballons gemacht. Mir war vom Aufblasen schon ganz schwindlig und Johann meinte, ich hätte ja dann wenigstens Ahnung vom Blasen, ha ha ha, aber diese Bemerkung fand ich gar nicht witzig. Hinterher mussten wir die Ballons in den Garten schmuggeln und ich hatte Glück, dass ich den Hund von Nadja schon kannte, er hat uns nicht verraten. Er hat mir nur einen seiner Haufen in den Weg gesetzt, sehr zu Mams und vor allen Dingen meinem Ärger, denn die Fußmatte vor meinem Sitz musste ich dann am anderen Tag schön brav selbst sauber machen. Aber es hat sich gelohnt. Nadja tauchte irgendwann am Sonntagabend auf und war ganz begeistert. „Stell dir vor, Mei, da hat jemand letzte Nacht unseren ganzen Garten voller Luftballons gemacht. Die ganze Nachbarschaft hat mich beneidet. Das war wirklich eine supersüße Idee. Ich hab allerdings keine Ahnung, wer das war. Aber Fluffy muss ihn oder sie gekannt haben, sonst hätte er gebellt. Hast du ’ne Ahnung, wer es war, Mei?“ Ich wollte schon sagen, ich wüsste von nichts, als wir Johanns heiseres Lachen hörten. Dieser gemeine Verräter hat mal wieder nicht dran gedacht, dass es mir wichtiger war, Nadja so glücklich zu sehen, als den Ruhm für unsere Heldentat einzukassieren. Nadja hat es nämlich gar nicht leicht, sie ist auch adoptiert und ich glaube, ihre Eltern verstehen sie genauso wenig, wie man Johann verstanden hat. Aber Johann weiß davon ja nichts.

Gut, dass da jetzt Johann in unserem Leben ist. Das lenkt mich ab von dem, was zum Beispiel in unserer Schule abgeht. Ich mach bald das Abi und das Lernen macht mir nichts aus, aber einer meiner Lehrer hat schon mal meine Eltern kommen lassen, weil er der Meinung war, ich sollte wegen meiner Veranlagung eine Therapie machen. Klar machen sich auch einige meiner Mitschüler über mich lustig. Wenn man dann so ist wie ich, ist es nicht mehr witzig, wenn alles, was abgewertet wird, als „schwul" bezeichnet wird. Du weißt ja, was ich meine. Da ist das oberschwule Fahrrad, nur weil sich einer der Jungs ein rosafarbenes Fahrrad von seiner Schwester ausgeliehen hat, weil sein Fahrrad morgens kaputt war und er noch rechtzeitig in der Schule sein wollte. Oder jemand ist ein Schwuli, weil er nicht die besten Noten hat, die falschen Klamotten oder die falschen Eltern und so weiter und so weiter. Nur die Mädchen hängen an mir, weil ich mehr so bin wie sie selbst und sie erzählen mir dann immer, was sie so alles erleben. Ich hör auch lieber den Mädchen zu als den Jungs, weil mich der typische Jungenscheiß eh nicht interessiert. Ich steh nicht auf Fußball und natürlich auch nicht darauf, Mädchen anzumachen. Ich mag keine Autorennen, keine „Heldenerzählungen" vom Saufen und Mädelsaufreißen und ich hab auch nichts davon, mich zu bekiffen. Und unsere Lehrer sind oft auch nicht besser. Einmal war ich mit im Schullandheim und es war schrecklich. Die Lehrer haben abends im Keller Bier getrunken und die Schüler haben sich aus irgendwelchen Spraydosen Zeug ins Gesicht gesprüht und es auch noch angezündet. Sie haben sich die schmutzigen Seiten im Internet angeguckt und auf der Heimfahrt war einer meiner Mitschüler so besoffen, dass er sich einen runtergeholt hat und nachher noch nicht einmal was davon wusste. Als meine Mutter dann meinen

Klassenlehrer zur Rede gestellt hat, meinte der doch tatsächlich, es wäre alles gar nicht so schlimm gewesen und ich solle mich doch ein wenig ändern, ich sei sowieso viel zu sozial eingestellt. Einmal haben meine lieben Mitschüler mir im Klo die Hose heruntergezogen und mich vor allen anwesenden Jungs lächerlich gemacht. Daraufhin habe ich gelernt, mich zu wehren, und dann habe ich doch immerhin im Laufe der letzten sechs Jahre einige Verweise kassiert, dass ich nicht mehr so „sozial" eingestellt bin, ist also auch nicht recht. Ich meine, ich gehe auf ein Gymnasium mit einem humanistischen Bildungsanspruch, da sollte man doch meinen, die Schüler müssten anders erzogen sein als beispielsweise in einer Hauptschule, aber anscheinend gibt es so was wie eine Wohlstandsverwahrlosung, eine Nicht-Erziehung oder noch schlimmer eine Erziehung zur Arroganz und Unmenschlichkeit, etwas, das mir von zu Hause aus fremd ist, denn wir sind immer dazu erzogen worden, zu schauen, wie sich wohl der andere in seiner Haut fühlt, auch wenn wir genauso wenig frei sind von Vorurteilen. Aber so, nein, so war nicht einmal Ares.

Ich helfe lieber meinem Vater im Garten und hab auch jetzt mein eigenes Gewächshaus bekommen, in dem ich Versuche machen kann, Versuche, neue Blumen- und Gemüsesorten zu züchten. Für die anderen Jungs bin ich eben ein Schwuli, aber es gibt auch einige, die es nicht nötig haben, sich über mich lustig zu machen. Zwei oder drei Mal ist es auch vorgekommen, dass einer meiner Mitschüler wissen wollte, wie das so ist mit einem anderen Mann. Da bin ich mir dann ganz schön benutzt vorgekommen, vor allem als der eine Idiot auch noch in aller Öffentlichkeit darüber gesprochen hat. Ich finde das echt fies, wenn sie so tun, als wären sie so wie ich und dann ist doch bloß alles 'ne einzige Lüge. Es verletzt so tief, nur benutzt zu werden, und ich bin dann vorsichtiger geworden. Es ist sicher leichter, normal zu sein, und ich kenne einige, die meinen, wenn ich es nur schaffen würde, so zu sein wie eben „alle", dann hätte ich keine Probleme mehr, doch seine sexuelle Ausrichtung kann man sich nicht einfach aussuchen und es sind die anderen, die mit mir ein Problem haben, nicht umgekehrt. Ich verlange ja auch nicht, dass jemand schwul wird, damit ich mit ihm besser klarkomme, oder? Ich kann so Sprüche wie „Du brauchst dich nicht wundern, wenn sie dich mobben, wenn du keine normale Sexualität hast!" echt nicht ausstehen, das ist dumm und unverschämt, denn meistens sagen nur solche Leute was, deren Sexualität alles andere als normal ist.

Mit Johann kann ich gut über solche Sachen reden, weil er auch erfahren hat, wie weh es tut, wegen irgendetwas diskriminiert zu werden, und weil die Leute glauben, er wäre taub, wird er oft doppelt diskriminiert. Einmal bin ich mit ihm im Bus gefahren, als jemand zu einem anderen gesagt hat: „Schau mal den an, jeden Scheiß lassen sie rein, die dürfen auch noch kommen, wenn sie behindert sind, und für die eigenen Leute ist dann kein Geld mehr da." Ich hab richtig gesehen, wie betroffen Johann war. Ich hab dann ganz laut mit ihm geredet und mit ihm über seine Arbeit gesprochen. Ich wollte, dass sich die Leute schämen. Doch Johann sagte mit seinen Händen, dass er auch einmal Menschen diskriminiert hätte, zum Beispiel weil sie dick waren und man in der Salsaszene die dicken Frauen den Afrikanern überlassen hat. Es sei normal, wenn Menschen Vorurteile hätten, und es sei die Aufgabe derer, die anders sind, Vorurteile abzubauen.

Manchmal denke ich auch darüber nach, wie es wäre, wenn ich ganz normal wäre und nicht auf Jungs stünde. Wäre ich dann auch so wie die meisten normalen Jungs? Oder wie? Dann fällt mir auf, dass die anderen ebenfalls nicht alle gleich sind. Also hab ich auch meine Vorurteile. Da ist es doch gut, anders zu sein, es ist schwerer, aber ich kann wenigstens besser lernen, meine eigenen negativen Seiten besser in den Griff zu kriegen. Vielleicht hab ich es auch deswegen einfach, weil bei uns doch alle ein bisschen anders sind. Aber möglicherweise bin ich auch nur deswegen daran, an mir zu arbeiten, weil ich einen älteren Bruder hatte, der Neonazi war, und damit musst du auch erst einmal fertig werden. Wie haben das denn die Kinder von Naziverbrechern geschafft oder deren Geschwister?

Wie kommt es eigentlich erst dazu, Vorurteile zu haben? Ich frag mich das schon lange. Ich bin mit einem Vater aufgewachsen, der jüdische und indianische Wurzeln hat, ich hab eine Mutter aus altem Kleinadel und von beiden erwarten die Leute irgendetwas Besonderes, zum Beispiel, dass Vater seelische Schäden hat, weil irgendwelche Verwandten von ihm im KZ gestorben sind, was Paps aber gar nicht weiß, weil seine jüdischen Verwandten schon Anfang des neunzehnten Jahrhunderts nach Amerika gekommen sind. Oder sie glauben, dass Mam was Besonderes ist, eben superexzentrisch und besonders zart, eben wegen dem Adel, und von mir erwarten sie, dass ich ständig mit 'nem anderen Freund auftauche, weil Schwule eh nicht treu sein können. Athanasia ist eine schlechte Mutter, weil sie sich weigerte, mit dem Vater ihres Kindes zusammenzuleben und weil sie Karriere machen will, zu jung ist und so. Ein paar „wohlwollende" Nachbarn haben uns das Jugendamt ins Haus geschickt und weil Athanasia auch noch nicht angeben wollte, wer der Vater ihres Kindes ist, haben die vom Jugendamt dann natürlich auch noch versucht, uns zu tyrannisieren. Wie gut, dass Mam gute Beziehungen zur Filmszene hat, die Androhung, die Machenschaften dieser Verbrecher an die Öffentlichkeit zu bringen, hat Wunder gewirkt. So einen Scheiß wie mit denen habe ich wirklich noch nie erlebt. Macht gepaart mit Vorurteilen, das ist absolut gefährlich. Ich bin mir vorgekommen wie im Dritten Reich. Mich haben sie blöd angeredet, weil ich homosexuell bin, als würde ich damit automatisch meinen kleinen Neffen gefährden, und Johann hat als Behinderter sowieso nicht alle Tassen im Schrank und nach der versuchten Vergewaltigung hat er sowieso nichts anderes zu tun, als kleine Jungs zu missbrauchen, dabei ist es Johann, der eine Selbsthilfegruppe gegründet hat, weil Männer mit Missbrauchserfahrungen keinen Raum haben, sich auszutauschen und sich wieder stark zu machen. Glaub mir, ich habe nie in meinem Leben so viel Dummheit und Ignoranz gesehen wie mit diesen Volltrotteln. Es war wirklich eine schlimme Zeit für uns, vor allem weil diese Zyniker versucht haben, Athanasia zu erpressen, und wir alle Angst hatten, dass man ihr das geliebte Kind nimmt. Doch wieso haben Leute überhaupt so ein Verhalten nötig? Vielleicht weil sie nur stark sein können, wenn andere für sie schwach sind? Weil sie Angst haben, dass ihr Weg zu leben der falsche Weg ist, wenn andere mit ihrer ungewöhnlichen Lebensweise Erfolg haben?

Dabei ist es Athanasias Lebensweise, die mir jetzt die Aussicht auf eine ehrliche Liebesgeschichte beschert hat. Sie hat ausnahmsweise einen Araber in die Mangel genommen, weil er irgendwie anders war als seine Landsleute. Ihr ist aufgefallen, dass er mit Frauen nichts am Hut hat, und so hat sie ihn angesprochen und eingeladen. Er kam mit demselben Zug an, mit dem ich normalerweise von der Schule nach Hause fahre, und ich bin ja nicht dumm. Und jetzt tasten wir uns vorsichtig aufeinander zu. Nasie ist selig, so ein schön leichtes Opfer für ihre Sprachstudien hatte sie sicherlich noch nie. Das mit mir und ihm ist ganz schön spannend, aber auch ganz schön schwierig, weil ich nicht weiß, ob er bleiben kann, und weil ich Angst um ihn haben müsste, wenn er nicht bleiben könnte. Schon seltsam, wir haben wohl alle ein merkwürdiges Verhältnis zur Liebe, irgendwie scheint sie bisweilen unmöglich, wie bei Lil und Johann oder bei Liesbeth und Joachim, sie ist auch schon mal ungelebt wie bei Nasie und bei mir ist sie schlichtweg gefährlich. Wie gut, dass es da das Märchen von Katharina und Sean gibt. Die Liebesgeschichte meiner Eltern ist dagegen richtig romantisch und die Geschichte von Persephone und Thomas fällt auch nicht aus dem Rahmen. Im Moment bin ich wohl ein bisschen neidisch, ich weiß. Doch das ist ja wohl auch verständlich, oder?

Athanasia

Liebesleben

Ich bin ein Mensch, der sich einen Teufel darum schert, was andere sagen. Warum auch. Das halbe, ach, was sage ich, das ganze Dorf denkt, ich hätte einen Mann nach dem anderen, total lose Sitten und ich wäre durch und durch verdorben. Ich bin mir noch nicht einmal sicher, ob meine Familie weiß, was sich hinter meiner Tür abspielt. Per allerdings ist da schon eine Ausnahme, sie weiß Bescheid. Sie hat mich einmal mit meinen ganzen Unterlagen angetroffen und so habe ich es ihr eben erklärt. Johann jedoch weiß nicht, warum ich immer den schönen jungen Männern hinterherschaue. Schöne Frauen gibt es massenweise, dicke, dünne, alte und junge, beinahe jede Frau hat etwas Schönes (ich kenne eigentlich nur eine wirklich hässliche Frau, eine Assyrerin, die nicht nur scheußlich aussieht, sondern auch noch von einer ganz unangenehmen Art ist, aber das ist jetzt wieder eine ganz andere Geschichte). Aber ein schöner Mann ist echt ein Ereignis. Ich finde nicht oft einen Mann anziehend, und wenn, dann ist er oft „besetzt“, so wie Johann. Ich mag es, wenn ein Mann ganz weich und sensibel aussieht, fast ein wenig wie wir Frauen, und der schönste Mann, den ich je gesehen habe, war ein Indianer aus Südamerika, er sah aus wie ein wunderschönes junges Mädchen und als solches wollte ich „sie“ schon ansprechen, als ich im letzten Moment merkte, das da ist – ein Mann!

Die Nächte mit all den Männern sind dazu da, um im Allgemeinen nichts als Wörter, Satzstrukturen, grammatikalische Besonderheiten und dergleichen mehr zu sammeln. Du weißt ja, dass ich Wörterbücher sammle und mich auch damit beschäftige. Aber es gibt nicht für jede Sprache, die mich interessiert, ein Wörterbuch und auch das beste Wörterbuch ist dürftig. Wer denkt schon daran, dass Arabisch in Algerien anders gesprochen wird als, sagen wir mal, in Ägypten? Oder dass Farsi Elemente aus dem Arabischen, Indischen und Mongolischen enthält? Kannst du dir vorstellen, wie schwer es war, ein Wörterbuch für das Türkisch vor der atatürk'schen Sprachreform zu finden? Mein Wörterbuch für Lakota ist selbstverständlich äußerst dürftig und so kam ich irgendwann auf die glorreiche Idee, mich diesbezüglich mit einem Sioux zu unterhalten. Sogar meine englischen Wörterbücher sind so „bescheiden", da findest du selten so spezielle Sachen wie „Nymphensittich", „Blaumeise" und „Familienstellen", Vokabeln, die ich brauche, wenn ich meinem amerikanischen Brieffreund schreiben will.

Meirion glaubt jedenfalls ganz fest daran, dass ich mich auf jeden der Männer einlasse, die eine Nacht mit mir verbringen. Das sind aber seine sexuellen Phantasien und nicht mein wirkliches Verhalten. Ein Irrtum, der entstanden ist, weil er einmal durchs Schlüsselloch geschaut hat, als ich ausnahmsweise einmal mehr wollte als „bloß" Wörter und Sprache. „Er" war ein Indianer aus Ecuador, klein, scheu und tatsächlich von einer Schönheit, wie man sie bei Männern sehr selten findet. Er hatte die Gabe, dir das Gefühl zu geben, eine Königin zu sein, auch wenn wir beide wussten, dass uns nur diese eine Nacht blieb. Und er praktizierte eine so natürliche und unverdorbene Sexualität, wie sie islam- und christentumverdorbene Männer eigentlich nicht mehr oder nur noch sehr selten besitzen. Wir hatten diese Nacht voller spontaner Liebe und ich habe es sehr genossen, als ich plötzlich das untrügliche Gefühl hatte, beobachtet zu werden. Ich schob den Indianer von mir runter, ging zur Tür und riss sie auf. Mei stand davor, wer denn sonst. Es war ihm nicht einmal peinlich. Er hat eben dieses unsägliche Talent, andere in peinliche Situationen zu bringen, ohne selbst auch nur rot zu werden. „Sag mal, Nasie, haben Afrikaner wirklich einen sooo langen Penis?", so was sagt er garantiert immer dann, wenn jemand aus Afrika da ist, wie damals der afrikanische Tänzer von einem unserer Theater, der bei uns Fasching gefeiert hat und anschließend bei Bauer Greinhuber im Heu übernachtet hat. Bauer Greinhuber verdient sich immer wieder einmal ein wenig mit unseren Gästen dazu, wenn sie zu betrunken sind, um nach Hause zu fahren. Hinterher kommen sie dann zu uns zum Frühstück und da kann es dann schon mal passieren, dass Meirion so einen Blödsinn daher quatscht. Da stand er also vor mir, mein lieber Herr Bruder, und stellte sich auch noch auf die Zehenspitzen, um meinen Liebhaber besser sehen zu können, und damals kam mir das erste Mal der Verdacht, dass Mei nicht nur einfach neugierig war, sondern ein ausgeprägtes Interesse an Männern entwickelte. Was für unser konservatives Dorf natürlich ein weiteres gefundenes Fressen ist.

Was mein angeblich verwerfliches Liebesleben anbelangt, so ist es mir nur dreimal passiert, dass ich schwach geworden bin. Und dabei kenne ich keinen Mann, der nicht fast immer und überall zu fast allem bereit wäre. Und es ist nicht einfach, diesen Trotteln klarzumachen, wie wenig man als Frau auf diese leichte Verfügbarkeit männlicher Potenz steht, sondern stattdessen auf die Erotik intelligenter Gespräche und ehrlichen Interesses, auf die Schönheit einer Linie am Oberlid, an den Lippen, den Händen. Keiner scheint zu wissen, wie erotisch der Verzicht auf Machtgebaren ist, was ebenso innere Stärke signalisiert wie Machtgebaren ein untrügliches Zeichen für schwache Männer ist. Ich kann diese Großspurigkeit absolut nicht leiden, gerade diese Männer verlieren jeden Respekt vor den Frauen, wenn frau auf ihrem Selbstbestimmungsrecht über ihren Körper besteht. Es sind diese Männer, die mich regelmäßig als prüde, psychisch gestört oder gar als primitiv bezeichnen, wenn ich nicht bereit bin, sofort mit ihnen ins Bett zu hupfen, aber es sind auch diejenigen, die schnell dazu bereit sind, eine Frau, die sich von ihnen beschwatzen hat lassen, als Hure zu bezeichnen. Das erste Mal, als ich mehr als Wörter wollte, war, als ich Alfredo, den Quechua, bei mir hatte. Ein anderes Mal war es ein Targi, das ist der Singular von Tuareg, falls du den Begriff noch nie gehört haben solltest. Da wusste ich bereits, dass diese Menschen ein anderes Verhältnis zu Frauen haben als die meisten anderen Moslems. Bei ihnen gilt das System der matrilinearen Vererbung, die Frauen suchen bereits vor der Ehe sexuelle Erfahrungen und sind dabei doch hoch geachtet, davon kann selbst eine europäische Frau noch träumen. Die Kel Tamaschek, „die Leute, die Tamaschek sprechen", wie man die Tuareg besser nennen sollte, Tuareg bedeutet auf Arabisch „die von Gott Verlassenen", sind oft lange in der Wüste unterwegs, auf Reisen voller Gefahren, da bedeutet eine liebevolle Sexualität viel, auch wenn es nicht die eigene Frau oder der eigene Mann ist, mit der oder dem man schläft. Es ist Wärme in der kalten Wüstennacht, es ist Sprache ohne Worte, es ist eine notwendige Unterbrechung der Einsamkeit. Für mich ist das eine Garantie, auch in der heiklen Situation der Verletzlichkeit, die man während des sexuellen Aktes mit einem Fremden hat, geachtet und respektiert zu werden. Natürlich werden die Tuareg aufgrund ihrer Lebensweise von konservativen arabischen Kräften bekriegt. Auch wenn diese Leute eigentlich von vielen afrikanischen Völkern stammen, es ist die gemeinsame Kultur, die eint. Und mit ihrer Sprache haben sie sich auch noch eine eigene Art von Poesie geschaffen. Per würde sich bestimmt brennend dafür interessieren, welche Religion sie vor dem Islam ausgeübt haben. Und deshalb habe ich mich in diesem Fall auch auf Wörter konzentriert, die vielleicht Hinweise auf jene Religion sein könnten. Und interessant ist auch, dass die mutterorientierten Kel Tamaschek kein ausgesprochen friedliebendes Volk sind, sondern überaus kriegerisch. Aber dieses Phänomen findet sich auch bei diversen Indianervölkern, bei denen die Frauen einen hohen Stellenwert in der Gesellschaft haben.

Zu meinen Liebhabern gehörte auch ein australischer Didgeridoo-Spieler, Djalu. Mit ihm traf ich mich öfter, er war meine und ich war seine große Liebe und er ist der Vater meines Kindes. Aber für mich stand immer fest, dass ich niemals heiraten werde, meine Lebensaufgabe ist das Erforschen von Sprachen und sein und mein Sohn. Irgendwann werde ich aber nach Australien reisen, damit Adam seinen Vater kennenlernen kann. Aber bis dahin will ich einen entscheidenden Teil dazu beitragen, die Ursprache zu finden oder wenigstens herauszubekommen, wie Sprachen sich entwickelt und verbreitet haben und wie sich eventuell mit den Völkern die Sprachen verbreitet haben. Bereits jetzt geht man davon aus, dass der Ursprung aller Menschen und damit auch ihrer Sprachen in Afrika liegt. Und dass die Bantu-Sprachen der Ur-Sprache am nächsten sein müssten. Aber da sind auch Fragen wie jene, ob die große Vielfalt der Indianersprachen Rückschlüsse auf die Besiedelung des Kontinentes zulässt oder nicht, wo indogermanische Sprachen ihren Ursprung haben oder welche Bedingungen vorhanden sein müssen, damit eine Pidgin-Sprache entsteht. Aber auch, wie es möglich war, dass sich eine so überwältigende Vielfalt an Sprachen entwickeln konnte. Ich finde das alles sehr spannend und faszinierend und es ist wahrscheinlich mein Umgang mit meinen deutschen, irischen, jüdischen und indianischen Wurzeln, wenn ich nach dem Etwas suche, das alles verbindet. Es beruhigt mich, wenn ich in uns allen die Einheit, das Vertraute erkennen kann, aber ich weiß auch, es gibt Menschen, die brauchen sehr enge Definitionen ihrer Wurzeln, denn die Weite und Unbegrenztheit, die ich nötig habe, erschrecken sie nur. Ares war wohl solch ein Mensch. Wäre er noch am Leben, dann könnte ich ihm seine Grenzen erweitern helfen und er mir eine Stütze sein, wenn ich mich dann doch hin und wieder im Grenzenlosen verliere.

Mam weiß inzwischen auch, was ich wirklich in diesen Nächten treibe, die ich mit all den fremden Männern verbringe. Sie hat sich schon etliche meiner Tonbandaufnahmen anhören müssen, die ich mache, um nicht nur die korrekte Schreibweise, sondern auch die Aussprache der Wörter zu dokumentieren. Sicher stöhne ich darauf auch manchmal, aber das ist schließlich kein Wunder, wenn du einem Ausländer fünfmal erklären musst, was du jetzt wieder wissen willst, oder wenn du ihm mal wieder deutlich klarmachen musst, hier, mein Herr, ist die Grenze und ich will eigentlich keine Wörter aus dem Vokabular der Rotlichtszene seines Landes wissen. Ich arbeite gerne vormittags in der Küche, gerade auch am Wochenende, wenn Mam groß aufkocht. Würde ich ihr beim Kochen helfen wollen, wäre es nur störend für sie. So aber sind wir beide nicht alleine, keine ist der anderen im Weg, denn Platz ist ja genug in Mams Großküche, und wir haben jede Menge Spaß, denn Mam spielt mit Begeisterung mit dem Sinn oder dem Klang meiner nächtlichen Ausbeute. Und es bleibt sogar noch genug Zeit, sich zu unterhalten.

Wäre meine Familie so reich, wie es unser alter Gutshof vermuten lässt, hätte ich ein eigenes Sprachlabor, doch das können wir uns nicht leisten. Ich hab das jetzt so gelöst, dass ich mein Bett verstellt und aus meinen Bücherregalen einen Raumteiler gebaut habe. Dann, das ist mir immer sehr wichtig, wird der betreffende Herr über meine Arbeitsweise in Kenntnis gesetzt. Sollte er als Gegenleistung irgendwelche Liebesbeweise erwarten, wird er darüber informiert, dass ich einmal in der Woche in der Volkshochschule in M. einen Selbstverteidigungskurs gebe, was ich mit meinen zahlreichen Karate- und Capoeiratrophäen eindrucksvoll zu belegen weiß. Araber lade ich aus guten Gründen erst gar nicht ein, da mich einmal einer gefragt hat, ob ich mit ihm bumsen wolle, nachdem ich zwei oder drei höfliche Sätze mit ihm gesprochen hatte. Wenn der gewusst hätte, wie ICH „bumsen“ in einem solchen Fall interpretiere, er hätte sich diese Frage mit Sicherheit erspart. Schade eigentlich, denn der Gute hätte zu seiner Heilung sicherlich ein paar Alpträume nötig gehabt. Allerdings habe ich doch eine Ausnahme gemacht, denn Ahmed war irgendwie anders, er war scheu, richtig lieb aussehend und ich konnte beobachten, wie er rot wurde, wenn er mit einem gut aussehenden Mann sprechen musste, aber bei Frauen blieb er ruhig und höflich. Ich denke mir, Ahmed ist jemand für meinen Bruder, jemand, der mich achtet, der es bestimmt nicht leicht hat, weil der Islam Homosexualität nicht vorgesehen hat. Mal schauen, was sich da für wen ergibt.

Mit Afrikanern arbeite ich nur dann, wenn sie absolut verstanden haben, dass ich weder eine heiße Nacht, noch und schon gar keine Ehe mit ihnen will. Wegen meiner harten Haltung gelte ich unter den Immigranten als Afrikanerhasserin, aber ich empfinde es als respektlos, wenn sexuelle Beziehungen auf der Basis von tatsächlichem oder eingebildetem Rassismus geschaffen werden sollen. Das hat nichts mit Liebe zu tun aber viel mit Erpressung und wer schon einmal erlebt hat, wie sehr Liebesbeziehungen tatsächlich unter den Vorurteilen von Staat und Gesellschaft zu leiden zu haben, der kann sich vorstellen, wohin eine solche Beziehung führen wird. Der Vorwurf, rassistisch zu sein, wenn du nicht bereit bist, das angeschlagene Ego eines Afrikaners zu pflegen, ist eben auch eine Form von umgekehrtem Rassismus. Weiße Frauen sind da sehr begehrt, weil die Nachkommen schon etwas heller sind als Papa, also mehr wert sind und weil es Spaß macht, die weiße und damit angeblich höherwertige Frau zu unterwerfen. Daran kann man erkennen, wie sehr der afrikanische Mensch seine ihm seit Jahrhunderten eingeredete Minderwertigkeit verinnerlicht hat. Dass diese Selbstverachtung vor allem zur Verachtung anderer schwarzer Menschen führt, aber auch zur Verachtung derjenigen hell(er)häutigen Menschen, die sich auf eine Beziehung zu ihnen einlassen, ist tragisch. Was diese Männer brauchen, ist eine speziell auf sie bezogene Therapie und Selbsthilfegruppen, die dieses Problem und die damit verbundenen Minderwertigkeitsgefühle aufgreifen. Sie brauchen starke *afrikanische* Frauen, als Mütter und Schwestern, mit deren Hilfe sie ihre alten, sowohl europäisch wie auch afrikanisch-islamisch begründeten frauen- und menschenfeindlichen Traditionen durch etwas Neues ersetzen. Und wenn man ihnen schon Entwicklungshilfe zukommen lässt, dann doch bitte nicht einfach nur von oben herab, sondern mit einigem Taktgefühl und unter der Beteiligung, ja sogar unter der Führung, wenn nur irgend möglich, der Afrikaner selbst, damit diese Völker wieder ein Gespür für ihre eigene Achtung und Würde bekommen. Dann irgendwann sind ihnen auch wieder liebevolle Beziehungen zu wem auch immer möglich. Amen!

Sollte ich noch vor dem Morgengrauen mit meiner Arbeit fertig werden, schläft der betreffende Herr in unserem Gästezimmer. Alle scheinen das zu wissen, nur Mei irgendwie nicht und der will es nicht wissen. Aber vorher arbeiten wir uns durch die von mir entworfenen Fragebögen und Karteikarten. Natürlich finden einige meine Arbeitszeit seltsam, aber die Arbeit mit Männern erfordert eine andere Art von Aufmerksamkeit als die mit Frauen und da arbeite ich am liebsten nachts. Die Nacht hat andere Dimensionen als der Tag und es ist zumindest für mich so, dass mich dann weniger ablenkt, auch weil ich bei Männern noch eine ganz andere Achtsamkeit brauche als bei der Arbeit mit Frauen. Ich muss da mehr auf mich aufpassen, mich nicht von ihren Bedürftigkeiten ablenken zu lassen, die sie so oft zu meinen eigenen zu machen versuchen. Ich habe immer mehr das Gefühl, dass die Männer in den meisten Kulturen nicht lernen, selbst für das Gleichgewicht ihrer Seele zu sorgen, sondern die Sorge für ihre Seele den Frauen überlassen, womit sie allerdings so etwas Seltsames wie eine entseelte Sexualität verstehen. Natürlich kann das nicht gutgehen, auf diese Weise bleiben doch nur zwei verletzte Menschen zurück und es ist klar, dass ich bei solchen Sachen nicht mitmache. Aber es ist anstrengend, sich immer so stark abgrenzen zu müssen, und es macht mich traurig, wie wenige es gelernt haben, das mit der Liebe anders zu handhaben. Sie wissen nicht, was sie verpassen, wenn sie „Liebe“ nur in dieser engen Form sehen. Da waren meine drei Männer wahrhaftig ein Geschenk für mich und ich werde mich immer in aller Dankbarkeit ihrer erinnern.

Bei den Wörtern, die ich suche, geht es mir immer um solche, die zum einen nicht im Wörterbuch stehen, also um Dialekt und dabei hauptsächlich um so eine Art Schlüsselwörter, wie „Feuer“, „Erde“, „Atem“, „Kopf“, „Arm“, „Vater“, „Mutter“ und so weiter. Weißt du, das ist in unseren Dialekten nicht anders. Auch hier haben wir Wörter, die auf einen fremden Einfluss hinweisen, so gibt es beispielsweise im Niederbayrischen das Wort „okenden“, also „anzünden“, das stammt noch direkt aus dem Lateinischen von „accendere“, oder „Feal“ für „Mädchen“ im Allgäu, das von „filia“, lateinisch „Tochter“, stammt. Interessant sind auch die Übereinstimmungen beim Wort „Mutter“: im Chinesischen heißt es „mou“, englisch „mother“, russisch „matka“, lateinisch „mater“, sanskrit „matar“ und dann, im Türkischen haben wir plötzlich „anne“. Wie kommt das? Als der Mensch die Liebe entdeckt hat, waren die Völker wohl schon sehr weit verstreut, denn da haben wir ganz gewaltige Unterschiede: englisch „I love you“, japanisch unter anderem „Aischiteru“, makedonisch „Jas te sakkam“, navajo „Ajor anoschni“, lateinisch „te amo“, arabisch „ana ba hebbak“ oder „ana ba hebbek“, kischuaheli „nakupenda“.

Und Schönheit wurde wohl auch erst spät in Worte gefasst: Sinti und Roma sagen „schucker“ oder „schukar“, im alten Ägypten sagte man „nefer“, im alten Rom „pulcher“ und die Engländer haben ihr „beautiful“.

Wie passen die Wörter in eine Reihe? Gab es Lautverschiebungen? Welches der Wörter ist ein Lehnwort? Was ist die Wurzel des Wortes?

Wenn die Herren am anderen Morgen nach dem Frühstück den Heimweg angetreten haben, dann kümmere ich mich um all diese Fragen und das ist dann die Hauptarbeit, die ich zu leisten habe. Da bleibt nicht viel Platz für Liebe und Sex, mein lieber kleiner Bruder!

Meine Gesprächspartner sind unter anderem ausländische Studenten und Dozenten. Aber da ich auch Mitglied bin in der Gesellschaft für bedrohte Völker, haben wir auch immer wieder Vertreter von sogenannten Naturvölkern bei uns zu Gast, die dann in M. einen Vortrag halten und über die Situation in ihren Gesellschaften berichten. Sie sind meist sowieso bei uns untergebracht, das macht es mir leicht, mit ihnen zu arbeiten, und meine Familie ist ganz begeistert. Mam will nur ein neues Gewand für ihre Sammlungen als Gegenleistung für die Übernachtung und schon ist sie ganz selig. Oft haben diese Menschen einen hervorragenden Draht zu kleinen Kindern, was meinen Nichten und Neffen und meinem Sohn ausgezeichnet bekommt. Und ich bekomme meine Wörter. Nur unsere Nachbarn springen im Dreieck. All die seltsamen Kaffern, Indianer und Schlitzaugen! Unser ach so armer Großvater, den sie zu seinen Lebzeiten ganz und gar nicht ausstehen konnten, dreht sich doch sicher im Grab um! Ach, wie vergesslich der Mensch doch ist! Anscheinend wollen unsere Nachbarn lieber das Grauen der Diktatur erleben als Teil einer bunten und vielfältigen Welt zu sein. Doch das ist nur die Angst vor dem Fremden, vor allem dem Fremden in sich selbst.

Mit den Vertretern von indigenen Völkern ist das Ganze auch entstanden. Da zwischen den einzelnen Terminen der Leute sehr wenig Zeit bleibt, arbeiten wir eben nachts. Oft ist es allerdings notwendig, Überzeugungsarbeit zu leisten. Durch das, was man ihren Völkern angetan hat, sind viele dieser Menschen zutiefst misstrauisch geworden. Oft glauben sie, dass man ihre Sprache falsch bewerten wird, also als primitiv abstempelt. Dabei sind gerade diese Sprachen von einer unglaublichen Komplexität und für einen „zivilisierten" Menschen nur schwer zu lernen. Sie glauben auch, dass man ihnen wieder etwas stehlen wird, was ihnen gehört, wie sie es schon so oft erlebt haben, und deswegen brauche ich auch all mein Fingerspitzengefühl, um ihr Vertrauen zu gewinnen. Aber es lohnt sich. Ich denke, eine Sprache ist tatsächlich fähig, die Seele eines Volkes widerzuspiegeln und wenn wir uns die Mühe machen, diese Volksseele zu verstehen, dann können sich auch Achtung und Respekt entwickeln.

Ein indianischer und ein halb japanischer Schwager sind da sehr hilfreich. Auch mein hübscher Sohn, der ja nun alles anderes als deutsch aussieht, hilft, das Eis zu brechen. Ein Stück weit leben wir schon eine Einheit, die sonst selten zu erleben ist. Und wenn unsere fremdländischen Gäste dann noch Paps und Meirion im Garten arbeiten sehen oder Mam beim Kochen erleben, dann sind sie so beeindruckt von deren fast schon religiöser Hingabe, da muss sich einfach ein gewisses Vertrauen aufbauen. Wir sind weit von dem Klischee entfernt, nach dem der Mensch der sogenannten weißen Rasse den Bezug zu der ihn umgebenden Natur vollständig verloren habe. Immer diese Klischees! Du meine Güte! Ich kenne da übrigens auch einige Indianer verschiedenster Herkunft, welche, die bei den Amis im Militär dienen oder dienten, und da ist selten jemand dabei, der dem Klischee des naturverbundenen amerikanischen Ureinwohners entspricht. Wenn wir auch als Außenseiter gelten, mir hilft es, eine Ebene des Vertrauens zu schaffen. Oft werde ich gefragt, wie es kommt, dass wir diese Einheit zwischen Natur und Mensch leben können, und dann kann ich nur sagen, es ist so, weil wir daran glauben. Worüber ich nicht spreche, ist mein Verdacht, Ares hat für uns alle ein Opfer gebracht, der Verdacht, er ist nur deshalb gestorben, damit wir diese Einheit ungestört leben können. Ich habe es bisher noch niemandem gesagt, aber für mich ist Ares fast so was wie ein Schutzheiliger, der vom Jenseits aus schützend die Hand über uns hält. Ich ertappe mich bisweilen dabei, nicht zu einem Gott zu beten, sondern zu Ares, aber ich glaube längst nicht mehr, dass das eine Gotteslästerung ist, denn warum sollte nicht in jedem von uns das enthalten sein, was Gott letzten Endes ausmacht? Und schließlich hatte Ares' Tod doch auch so was wie ein Märtyrertum, da kann ich schon mal sagen, heiliger Ares, bitte für uns. Und dann schreibe ich schon mal in vielen Sprachen „Danke" auf seinen Grabstein, weil's geholfen hat.

Ich erzähle meinen Leuten auch, wie sehr Vater um jede Tier- und Pflanzenart trauert, die ausgestorben ist, und wie sehr ich um jede vom Aussterben bedrohte Sprache und um das diese Sprache sprechende Volk trauere. All das bedeutet für uns alle eine Verarmung, es bedeutet den Verlust von Möglichkeiten, sich zu seinem Verhalten eine Alternative zu suchen, wenn die alten und überholten Traditionen ersetzt werden müssen. Andere Verhaltensweisen, Potentiale, Worte und Wertvorstellungen sind wichtige Ressourcen für alle, denn es gibt kaum eine Kultur, die nicht irgendetwas zu verbessern hat. Viele meiner Gäste sind im Übrigen ziemlich erstaunt, von europäischen Sprachen zu hören, die am Aussterben sind, wie das Rätoromanische oder das Sarterfriesische, dessen sich jetzt witzigerweise ein dunkelhäutiger Amerikaner angenommen hat. Um auf die guten oder schlechten Traditionen zurückzukommen, hier in Süddeutschland sind die Menschen aus Tradition heraus richtiggehend geizig, das kannst du nachprüfen, wenn du Oskar Maria Grafs „Leben meiner Mutter" oder „Das Bayerische Dekameron" liest oder wenn du in Oberschönefeld die Dauerausstellung anschaust. In Afrika werden Frauen an ihren Geschlechtsteilen verstümmelt, in vielen islamischen Ländern werden Frauen gesteinigt, wenn ein Mann sie vergewaltigt, und das Kriegerideal mancher Indianervölker ist auch nicht das Gelbe vom Ei. Wir alle haben voneinander zu lernen, aber weil sich die Vertreter der ach so hochwertigen weißen Rasse (wie kann man nur so bescheuert sein?) so furchtbar überlegen fühlen, wird ein lebendiges gegenseitiges Wachstum verhindert. Ist das nicht schade? Dabei haben wir gemeinsame Wurzeln und ich finde es bedauernswert, wie sehr diese Wurzeln verleugnet werden, übrigens von beiden Seiten, denn viele indianische Menschen zum Beispiel wollen lieber die Metaphern eines Schöpfungsmythos für bare Münze halten als den gemeinsamen Ursprung aller Menschen anzuerkennen. Dabei wird ein Schöpfungsmythos nicht dadurch entwertet, dass man ihn als Metapher betrachtet, im Gegenteil, er bleibt deswegen immer noch die wichtigste Auskunft, wie ein Volk zu dem geworden ist, was es nun einmal ist. Er bleibt deswegen trotzdem von einer inneren Wahrheit, die tief berühren kann. Mich schockiert der Eifer der Kreationisten, die versuchen, jegliche Evolutionstheorie zu widerlegen, und dabei übersehen, welche Freiheit uns das Verstehen eines Schöpfungsmythos als Metapher bietet, wie er uns aufbrechen lässt in eine wirklich freie Gesellschaft, die es nicht nötig hat, andere aufgrund der eigenen Geschichte auszuschließen, zu der oft genug auch die Geschichte um seine Entstehung gehört.

Nun gut. Vielleicht glaubst du jetzt, ich rede hauptsächlich mit Männern, aber das stimmt nicht. Mit Frauen habe ich eine andere Vorgehensweise. Das verdanke ich gewissermaßen meinen Schwestern. Per hat mich dazu angehalten, einiges an Frauenliteratur zu lesen. Sie hat unsere Hausbibliothek erneuert und ergänzt und großes Gewicht darauf gelegt, uns Frauengeschichte und Literatur von Frauen zur Verfügung zu stellen. Gelegentlich ist sie ein bisschen zu sehr lehrerinnenhaft, aber ihr Wissen ist wirklich ganz enorm. Wenn die Geschichte aus Frauenperspektive schon ganz anders wirkt als aus Männerperspektive, dann wird die Sprache von Frauen auch einige Unterschiede aufweisen, dachte ich mir. Und so ist es manchmal auch. In Japan, in China und bei einigen Indianervölkern existieren regelrechte Frauensprachen, die natürlich nicht von den Männern verstanden werden. Diese Sprachen waren vor allem dort ein Segen, wo Frauen stark diskriminiert wurden, weil sie den Sprecherinnen einen Freiraum ließen, der ihnen im alltäglichen Leben sonst gefehlt hätte. Natürlich fragt man sich dann, ob Sprachen ein Geschlecht haben. Sind sie weiblich? Sind sie männlich? Oder neutral? Durch Lil habe ich gelernt, wie selten Frauen denselben Grad an Berühmtheit erlangen wie Männer, auch wenn ihre Leistung gleich ist oder gar noch größer. Angelika Kaufmann, die zu ihrer Zeit eine sehr gefragte Malerin war und die auf musikalischem Gebiet genauso begabt war, kennt kaum jemand. Oder Fanny Hensel, die Schwester von Felix Mendelssohn-Bartholdi. Und dann denke an Camille Claudel, die Bildhauerin, die trotz ihrer (oder wegen?) ihrer Begabung in der Irrenanstalt gelandet ist, zu einer Zeit, als man den Frauen noch die Klitoris herausoperiert hat, um ihre „Hysterie" zu heilen.

Mit Frauen gehe ich anders um. Da interessiert mich immer auch die persönliche Geschichte. Zuerst gehen wir ein paar Mal Kaffee trinken und dann kann es schon sein, dass sie mit und ohne Kinder für ein Wochenende zu uns aufs Land kommen. Sie sind nie wie die Männer, die sich beim Frühstück bedienen lassen, sie bringen immer etwas mit, decken den Tisch und bringen sich ein. Mam ist begeistert. Am besten gefällt es ihr, mit den fremden Frauen zu kochen. Dann lernt sie noch einige fremdländische Rezepte mehr. Dieses Einbringen kommt uns nur von den ausländischen Frauen entgegen. Unsere deutschen Freundinnen stehen mehr auf Bedientwerden und im Gegenzug bedienen sie dich dann, wenn sie dich einladen. Aber etwas gemeinsam machen, macht uns allen mehr Spaß, mehr als einer anderen Frau zuzusehen, wie sie abwäscht.

Die Arbeit, die ich mit den Frauen leiste, ist dieselbe, nur dass das Ganze wesentlich entspannter abläuft, weil ich einerseits nicht so auf der Hut sein muss und andererseits kann ich mit einer Frau nebenbei auch noch einiges andere sprechen, ohne sie durcheinanderzubringen (mach das mal mit Männern, du lieber Himmel!), weil Frauen im Gegensatz zu Männern immer mehrere Gedankengänge gleichzeitig haben können, ohne durcheinanderzukommen. Dadurch haben sich mir schon ganz wunderbare Freundschaften gebildet. Da ist zum Beispiel Rosangela, eine schwarze Frau aus Kolumbien. Ich weiß, ich weiß, ich sollte nicht „schwarz" sagen, aber wenn ich es so sage, dann kann sich jeder vorstellen, wie Rosangela aussieht und, das ist noch viel wichtiger, er kann sich einen Begriff davon machen, mit welchen

Schwierigkeiten sie zu kämpfen hat. Verstehst du? Im Übrigen glaube ich, zwischen der Unterdrückung von Frauen und der Unterdrückung von Menschen einer anderen Rasse besteht ein Zusammenhang. Rosangela kann das sicher mehr als irgendjemand anderes bestätigen. Sie hat sich in Kolumbien in einen sehr netten deutschen Arzt verliebt, ihn geheiratet und dann in Deutschland festgestellt, dass dieser Mann ein Monster ist. Er hat ihr zum Beispiel verboten, Deutsch zu lernen, weil sie außer ihm ja sonst niemanden braucht, er hat ihr verboten, eine Ausbildung zu machen, einkaufen zu gehen oder ihn in der Praxis zu besuchen. Er hat sie nicht mit der Faust, aber doch mit Worten geschlagen und mit Sätzen misshandelt und wie es in China so schön heißt, Wunden von Schwertern vernarben, Wunden von Wörtern vernarben niemals. Als es Angela gelang, sich von ihrem Mann zu trennen, verlor sie ihr Kind, die Dorothee, denn wenn ein angesehener Arzt behauptet, eine Mutter könne ihr Kind nicht richtig ernähren, dann findet er beim Jugendamt, von dem ich dir auch noch einiges zu erzählen habe, bestimmt mehr Glauben als eine ausländische Frau, deren Schulbildung nicht mit der unseren zu vergleichen ist. Der Richter, der dann alles zu entscheiden hatte, sprach dem Vater das Sorgerecht zu, mit der Begründung, Angela könne nicht gut genug Deutsch. Dorothees Vater und ihre Stiefmutter versuchen jetzt, dem Mädchen beizubringen, dass Angela nicht zu ihrer Familie gehört. Die Begründung, nicht gut genug Deutsch zu können, ist an sich schon lächerlich, weil man dann sehr viele Kinder von ihren Eltern trennen könnte und davon wären auch deutsche Familien betroffen und in Angelas Fall erst recht, weil sie trotz des Verbotes ihres Mannes, Deutsch zu lernen, unsere Sprache gelernt hat, und das hat sie ganz ausgezeichnet gemacht. Sie wird es noch allen zeigen, denn nun hat sie angefangen, ihre Schulbildung nachzuholen, und sie ist gut, sie will eines Tages Jura studieren und ich bin sicher, sie schafft das auch.

Etwas ist anders bei der Arbeit mit Frauen. In der Regel lernt das Kind die Sprache von der Mutter. Mich interessiert dabei, ob es einen Unterschied macht, wenn die Muttersprachen sich unterscheiden. Scheinbar haben alle Säuglinge die gleichen Möglichkeiten, sich auszudrücken, nur verlernen die Kinder wohl eine ganze Menge Laute, die in ihrer Muttersprache einfach nicht gebraucht werden. Später darf man dann den ganzen Mist im Englischunterricht oder in Französisch wieder lernen. Ich möchte wirklich einmal wissen, wie die Kinder der Pygmäen die Klicklaute lernen. Ich bin bestimmt sprachbegabt, aber *das* habe noch nicht einmal ich gelernt. Vielleicht gibt es einen Zusammenhang zwischen der Entstehung von Sprache und dem Erlernen der Muttersprache? Machen wir im Schnellkurs die Entwicklung unserer Ur-Ur-Ur-... Ahnen durch? Werden wir das je wissen?

Ich weiß, manchmal nerve ich meine Familie mit meiner Wörterbesserwisserei. Sie glauben, ich würde mich nur für Sprachen interessieren, aber das stimmt nicht. Ich bekomme sehr wohl mit, was um mich herum geschieht. So war der Tod von Ares für mich genauso schlimm wie für jeden anderen. Ich trauere sehr um ihn, von dem ich glaube, er hätte seine Anhänglichkeit an Großvaters Ideen sicherlich überwunden, wenn er damals überlebt hätte. Das ist etwas, das mich sehr beschäftigt. Ares hatte von uns niemanden, der ihm besonders nahestand, außer unseren Großvater. Per war immer mit Lesen, Singen oder Schreiben beschäftigt, wenn sie nicht gerade in einer Phase tiefer Depression steckte und alle sich mit ihr beschäftigt haben. Lilith, unsere Künstlerin, war so unglaublich kreativ, klar, dass sich Ares ihr gegenüber im Nachteil fühlte. Mei war zu jung für Ares und hatte auch mehr Interesse an uns Schwestern und ich, ja ich, auch ich muss mir vorwerfen, mich nicht um den düsteren Ares gekümmert zu haben. Ohne meinen Großvater wäre er ganz alleine gewesen, doch wahrscheinlich war es auch mit ihm sehr wohl einsam, bitter einsam, weil dieser Mann nur einen willigen Zuhörer gebraucht hat und kein Interesse an Ares als Persönlichkeit hatte. Manchmal, in ruhigen Nächten, wenn ich nicht schlafen kann, dann stehe ich am Fenster und starre in die Dunkelheit und ich fühle die Schuld, an der wir alle zu tragen haben. Johann, der eine Therapie macht, und nicht nur wegen des Überfalls, sagt, das mit der Schuld sei relativ. Wahrscheinlich hätten wir ihn nicht ändern können, aber auch nicht uns. Wahrscheinlich wäre er immer ein Fremder für uns geblieben. Johann glaubt auch, unser Großvater hätte Ares emotional missbraucht, denn dem Adolf ging es nie um Ares, sondern nur darum, dass da einer war, der ihn kritiklos bewunderte. Eben das, was ich auch immer sage. Es ging nie um Lieben und Geliebtwerden, denn dazu war Adolf gar nicht in der Lage. Ihm war nur seine Macht über Ares und vielleicht dadurch auch über Mam wichtig. Ares ist dadurch niemals um seiner selbst willen geliebt worden. Welch ein Betrug! Ich habe so wunderbare und liebevolle Eltern mit so viel Verständnis für jeden von uns, nur Ares konnten sie nicht verstehen. Ich stehe dann am Fenster und denke über alles nach und starre in den Nachthimmel und plötzlich muss ich weinen, bitterlich weinen um Ares.

Persephone

So kann man sich irren

Musik ist mein Leben. Ohne Musik hätte ich nicht die Kraft, die ich für meinen Beruf als Lehrerin brauche, und nicht die Kraft, mit meinen immer wiederkehrenden Depressionen fertig zu werden. Ich kann damit leben, auch wenn es immer wieder Leute gibt, die dadurch etwas irritiert sind. Die Letzten, die mir einreden wollten, ich wäre für meinen Beruf ungeeignet, waren die Dame und der Herr vom Jugendamt, die wegen meiner Schwester und ihrem unehelichen Kind bei uns aufgetaucht sind, sogar schon vor der Geburt! Die hatten sich als Detektive betätigt und sämtliche Unterlagen, die es über irgendjemanden aus unserer Familie gegeben hat, durchgestöbert nach Informationen, die es „gerechtfertigt“ hätten, unseren kleinen Neffen illegal in Obhut zu geben, sollte Athanasia sich weigern, in ein Wohnheim für jugendliche Mütter zu ziehen. Da sind sie auch auf Unterlagen gestoßen, die von meinem Aufenthalt in der Psychiatrie berichten. Ich war damals zarte siebzehn und hatte versucht, mir das Leben zu nehmen. Zum Glück habe ich jetzt einen Schüler, der sich in seiner Freizeit als Hacker betätigt, und was der über unsere Peiniger zutage gefördert hat, war schlichtweg bemerkenswert.

Der Herr hatte selbst ein uneheliches Kind, dem er einige Jahre Unterhalt schuldete, hatte etliche illegale Inobhutnahmen auf dem Kerbholz und wir haben auch noch jemanden gefunden, der den Mut hatte, in seinem Beisein über dessen Drogenkonsum an der Fachhochschule zu berichten und über einige Übergriffe auf Studentinnen, die allerdings nicht zur Anzeige kamen, weil der Herr es verstanden hatte, die Mädels einzuschüchtern. Die Dame war selbst in therapeutischer Behandlung wegen Alkoholsucht und von ihr war bekannt, dass sie die Arbeit nur mit Hilfe von kleinen bunten Pillen erledigen konnte. Deswegen war sie auch so aufgeschwemmt und hatte diese besonders dick angeschwollenen Augenlider. Bei ihrem letzten angekündigten Besuch war freundlicherweise der ehemals drogengebrauchende Mitstudent, eine der übel behandelten Studentinnen, die nicht länger eingeschüchtert war, ein mit uns befreundeter Psychologe („Sind Sie denn nicht auch der Meinung, das, was Sie hier veranstalten, Herr Eisenweich, ist ein handfester Missbrauch Ihrer Macht? Das ist nicht eben professionell, nicht wahr? Ich kann Ihnen nur empfehlen, sich beruflich umzuorientieren, denn Sie sind Ihrem Beruf eindeutig nicht gewachsen und Ihnen die Adresse eines mit mir befreundeten Therapeuten geben, damit Sie sich bei ihm wegen einer Behandlung melden können."), ein bekannter Regisseur von Dokumentarfilmen und sein Kameramann anwesend, der das ganze Treffen filmte. Die beiden Jugendamtler kamen übrigens nicht noch einmal ins Gutshaus.

Damals, als ich siebzehn war, bekam ich Bücher über das Phänomen des Sterbens in die Hände. Zum Beispiel von Elisabeth Kübler-Ross. Mich hat das Ganze magisch angezogen. Das Erlebnis zu sterben musste etwas ganz Besonderes sein und ich wollte es unbedingt erleben, und zwar nicht erst, wenn ich alt und grau wäre, sondern am besten noch gestern. Doch da gab es einen Haken: Wäre ich erst einmal tot, dann würde ich nicht mehr ins Leben zurückkehren können, und das Leben wollte ich nun auch nicht gerne verpassen. Ich wollte beides: Ich wollte die Erfahrung des Sterbens und ich wollte unbedingt leben. Sterben wollte ich erleben, weil alle, die dem Tode schon mal recht nahe waren, von einer großartigen, alles überwältigenden Erfahrung berichteten, und Leben wollte ich dann noch mehr, denn diese Erfahrung machte offenbar weise. Das erschien mir nur allzu verlockend, doch wie sollte ich es anstellen, zu sterben und dennoch zu leben? Wochenlang studierte ich alle möglichen Berichte über Medikamente und einiges mehr, um mir eine Methode des zeitweißen Ablebens auszudenken, was ich gefunden habe, verrate ich aber besser niemandem, denn es hätte auch anders ausgehen können und ich hätte tatsächlich die Radieschen von unten betrachten dürfen oder, schlimmer noch, wie Liesbeth in einem Stadium zwischen Leben und Tod verweilen müssen. Ich machte einen Zeitplan und hatte Glück, dass nicht wieder ein besoffener Idiot sein Auto in einer Unterführung zerlegt hatte, denn dann wäre alles schiefgelaufen. So kamen Mam und Paps rechtzeitig nach Hause, um meinen Brief zu finden und mich rechtzeitig ins Krankenhaus zu bringen. Mein Brief:

Liebe Mama, lieber Papa,

ich habe nicht vor, Euch Kummer zu bereiten, ich will Euch auch nicht erschrecken. Aber ich habe … Stück von den und jenen Tabletten genommen und jetzt brauche ich Eure Hilfe, um nur ein ganz wenig zu sterben und danach gleich wieder aufzuwachen. Ich will einfach nur mal wissen, wie das so ist mit dem Sterben und ob ich da oben jemandem begegne, der mich tief beeindruckt. Und dann möchte ich wieder leben, auch weil ich gelesen habe, dass man hinterher sehr viel weiser ist als vorher. Ich muss unbedingt vor sechzehn Uhr in der Klinik sein, damit das Mittel nicht zu stark wirkt. Ich weiß, Ihr schafft das, und ich freue mich schon, Euch wiederzusehen.

Macht Euch also keine Sorgen, ich hab Euch lieb.

Persephone

Natürlich habe ich nicht das erlebt, was ich mir gewünscht habe. Und als der Arzt mir erzählte, was alles *nicht* auf dem Beipackzettel stand, da war mir klar, dass ich den Versuch nicht noch einmal wiederholen wollte. Die behandelnde Psychologin wollte mich gar nicht mehr gehen lassen, weil sie sonst nicht so amüsante Fälle hatte und weil unsere Gespräche wirklich tief greifend waren. Ihr wäre noch nie jemand untergekommen, der den Tod erleben wollte, um weise zu werden, meinte sie, und noch weniger jemand, der trotz der offensichtlichen Freude am Leben mal den kurzen Abstecher in den Zustand nach dem Leben wagen wollte. Die meisten Menschen hätten Angst vor dem Leben und sie hätten gleichermaßen Angst vor dem Tod, wären in diesem Zustand jedoch höchst unlebendig und hätten vergessen, wie viel Tod und Wiedergeburt in eines jeden Leben bedeuteten. Denn auch ein abgeschlossener Abschnitt im Leben, auch jeder Winter wäre ein wenig wie sterben. Oder denke man an Beziehungen, die auseinanderbrechen, an Ängste, die man durchgestanden hat, an Extremsportarten, die einen immer mit der Möglichkeit zu sterben in Berührung bringen. Dieses Sterben geschehe nicht bewusst, würde auch oft verdrängt, verleugnet. In unserer Kultur fehle der positive Umgang mit dem Tod, der Tod sei längst nicht mehr der logische Abschluss einer Phase, er sei zur Strafe geworden, zur Bedrohung, denn er könne durch Krieg, Kriminalität, Todesstrafe und Terror zur Unzeit eintreten. Der Mensch hätte eben schon viel zu früh angefangen, erst im Namen irgendeines Gottes, einer Göttin, dann im eigenen Interesse in das Zusammenspiel von Leben und Tod einzugreifen. Die sogenannte „Vernichtung unwerten Lebens“ im Dritten

Reich, die Todesstrafe in vielen Ländern, aber auch die Medizin, die den Menschen auch dann noch am Leben erhalte, wenn dadurch die Würde des Menschen verloren gehe, seien nur zwei extreme Seiten einer einzigen Münze. Dann ließ sie mich an ihren Erfahrungen mit Leben und Tod teilhaben und ich durfte unglaublich viel lernen. Sie hat viele Menschen auf dem Weg in den Tod begleitet und so erfuhr ich, wie schwer sich einige mit dem Sterben tun, wie man dann spürt, da ist eine Seele, die mag oder kann noch gar nicht in diese andere Dimension eintreten, die verweilt. Andere gehen leicht und da dauert es nicht lange, bis man merkt, jetzt ist die Seele ganz da, wo ihr Bestimmungsort ist. Jemanden beim Sterben zu begleiten sei ein ganz besonderer Segen, sagte sie mir. Und ich habe es auch schon erfahren, denn es bringt uns in Kontakt mit dem, was Bestand hat, wenn unser Körper längst von den Würmern verzehrt wurde.

Wir haben unglaublich viel gelacht in dieser Zeit und das in der Nervenklinik! Am witzigsten war die Geschichte von dem türkischen Mann, der immer gesagt hat: „Frau Doktor, in meine Kopf pieps", und dann hat sich herausgestellt, dass es die Armbanduhr des Mannes im anderen Bett war. Allerdings hatte man dem armen Teufel da schon einige Medikamente verabreicht. Da ich indianische Vorfahren habe, wurde ich allerdings auch nach irgendwelchen Visionen gefragt. Doch damit konnte damals keiner von uns dienen und ich glaube auch nicht, dass indianische Menschen sehr viel mehr Visionen haben als andere Menschen, doch wozu sollten Europäer davon berichten, wenn sie nur Angst haben müssen, im Irrenhaus zu landen? Letzten Endes hat mich mein Wunsch, mal kurz zu sterben, tatsächlich weiser gemacht, allerdings auf eine ganz andere Weise, als ich es mir gedacht hatte. Er hat mich fähig gemacht, meine Bestimmung zu tragen und locker mit den Irrtümern des Lebens umzugehen. Die Psychologin ist übrigens nicht mehr allzu lange geblieben, sie hat eine Stelle gefunden, wo sie ihre Fähigkeiten besser als in der Klinik einbringen konnte.

Apropos Irrtümer: Thomas Misio ist auch so ein Irrtum, denn als ich ihn kennengelernt habe, hätte ich mir nicht denken können, dass gerade er mein zukünftiger Mann werden würde. Er war wie ich in der Unijazzband und ich fand ihn ganz nett, einen lieben Kumpel, auf den man sich verlassen kann, mehr nicht. Kein Wunder, ich war ja so verliebt in unseren Oberfuzzi. Verzeih mir den Ausdruck, aber er hat es nicht anders verdient. Ich hatte mich so unsterblich in Clemens verliebt und er schien auch ganz angetan von mir. Nur gehörte ich nicht zu den Mädchen, die das so nach außen zeigen. Ich finde es sehr peinlich, dieses Augenaufschlagen und Gesäusel, dieses Minirockgedöns und Stiletto-Absatz-Gestolpere. Die perfekt abgepassten kleinen Zufälle und was noch alles zu diesem würdelosen Umgarnen gehört. Ich mach mich doch für keinen Mann zur Närrin, wer bin ich denn?

Clemens allerdings schien auch keinen Wert auf so etwas zu legen, er war einfach nur süß und ich hab deshalb lange nicht begriffen, was für ein billiges Bonbon er eigentlich war. Am Kontrabass hatten wir eine Frau, Karin, und Karin wusste Bescheid. Sie ist immer noch eine gute Freundin von mir und ihr verdanke ich auch die Erkenntnis, wie Clemens wirklich war, denn eines Tages bin ich tatsächlich zu früh zum Üben gekommen und wurde so Zeugin eines denkwürdigen Gesprächs:

Karin: Sag mal, ist dir denn wirklich nicht aufgefallen, dass Per in dich verliebt ist? Bist du so blind?

Clemens: Ach, die Per? Aber die ist doch gar nicht mein Typ. Wie kommt denn die dumme Pute auf die Idee, ich würde sie toll finden?

Karin: Also mal ehrlich, Clemens. Wenn du mich so behandelt hättest, ich würde mir auch einbilden, dass ich für dich was Besonderes wäre.

Clemens: Wieso denn das? So behandelt man nun mal seine Sängerinnen, hast du denn das nicht gewusst? Man, ihr seid aber naiv. Wenn sie mir gefallen würde, hätte ich sie längst vernascht.

Karin: Aha, deshalb machst du mir jetzt dieses „tolle“ Angebot, mit dir ins Bett zu gehen? Na klasse. Und wer war die schicke Blondine, mit der ich dich am Samstag im Jazzkeller gesehen habe?

Clemens: Ach die. Das ist meine Freundin, aber so toll finde ich sie auch nicht. Ich hab eh vor, irgendwann demnächst mit ihr Schluss zu machen. Es stört dich doch nicht? Ich wäre gerne mit dir befreundet und Sex gehört für mich einfach dazu.

Karin: Aber für mich gehört das nicht zu einer ganz normalen Freundschaft. Ich finde es ziemlich respektlos, wenn ich um einer Freundschaft willen eine Frau betrügen soll, noch dazu wenn ich diese Art von Freundschaft gar nicht will. Deine Freundin hat einen sehr sympathischen Eindruck gemacht und es ist schade, dass sie bei der Wahl ihres Freundes so sehr ins Klo gelangt hat.

Clemens: Jetzt hab dich nicht so. Sei nicht so verklemmt. Du hast doch sicher auch Lust oder bist du frigide?

Karin: Für mich ist dieses Gespräch jetzt beendet. Aber wenn die anderen kommen, werde ich das Thema noch einmal ansprechen, denn mit dir können wir so nicht weiterarbeiten.

Ich war tief verletzt und wütend, als ich zufällig Zeugin dieses Gesprächs wurde, es war mir gar nicht aufgefallen, dass noch jemand diese Frechheiten belauscht hatte: Sylvia, die sympathische blonde Freundin unseres Oberfuzzis. Clemens verlor an diesem Abend nicht nur seinen Posten in unserem Orchester und es war Thomas, der ihn nicht nur ersetzte, sondern uns auch noch um einiges besser leitete, er verlor auch seine Freundin, die kurz darauf einen wirklich lieben Freund gefunden hat. Thomas war nicht nur unser neuer Leiter, er war es auch, der mir zuhörte und der mir half, mit der Enttäuschung zurechtzukommen. Dazu brauchte er viel Geduld, denn eine der Folgen dieser Enttäuschung war ein satter Anfall von Depression, aber Thomas harrte aus. Es scheint ihm nicht bedrohlich zu sein, dass ich von Zeit zu Zeit in diese Tiefen abtauche und dann schwer zugänglich erscheine, er kann damit zurechtkommen und fühlt sich auch nicht bemüßigt, mich aus meiner Unterwelt zu retten oder mir das Gefühl zu geben, mit mir sei irgendetwas nicht in Ordnung. Er wartet einfach ab und ist trotzdem da. Er weiß, wenn ich ins Licht zurückkehre, bringe ich immer etwas mit, mit dem ich arbeiten kann. Ich war sozusagen Schatztauchen in der Unterwelt. Er ist mutig, er hat keine Angst, wenn ich abtauche, und genau das macht mir auch Mut, diesen Zustand nicht als sinnlose Belastung zu erleben, sondern als Bereicherung und genau deswegen kann ich das Leben ansonsten aus vollem Herzen genießen, eben in seiner gesamten Fülle, mit Schatten und mit Licht. Weil Thomas sich nicht über mich wichtigmacht, weil er nicht meine Schatten missbraucht, um sich über mich zu stellen, sondern mich uneingeschränkt angenommen hat, ist er mir wichtig geworden. Das war die Basis, auf der meine Liebe zu ihm gewachsen ist, was mir die Sicherheit gegeben hat, mich zu öffnen. Aber Thomas hat ja auch durch seine ungewöhnliche Mutter eine ungewöhnliche Erziehung erfahren. Ajame hat es gewagt, ihre eigene Kultur sowohl liebevoll als auch kritisch unter die Lupe zu nehmen. Sie hat bewahrt und betont, was in ihrer Kultur positiv ist, so auch die starke Position der Frauen als ihr wertvollstes Erbe, aber sie hat auch gewagt, Unsinniges durch Sinnvolleres zu ersetzen, so hat sie sich geweigert, ihren Sohn einem fast unmenschlichen Drill auszusetzen, so wie ihn viele japanische Kinder erfahren, die möglichst schon mit drei Jahren perfekt lesen und schreiben können. Ajame dagegen wollte Thomas in der Art fördern, dass er eine eigenständige Persönlichkeit werden konnte, und das ist ihr ja auch gelungen. Sie behauptet immer, das Beste in ihrem Leben war ihr deutscher Mann und ist ihr Sohn, denn damit wurde sie davor bewahrt, als unpersönliches Teil in der japanischen Gesellschaft aufzugehen, wo der Einzelne nichts, die Gesellschaft aber alles zählt. Sie glaubt fest an die Kraft des Individuums, aber auch in dem Sinne, sich dann so wertvoll wie möglich für alle einzubringen. Für sie ist es die einzig sinnvolle Synthese aus östlichen und westlichen Idealen und Thomas hat von dieser Haltung sicherlich sehr profitiert. Ajame hat ihm auch die Fähigkeit mitgegeben, einen anderen so zu akzeptieren, wie er ist.

Trotzdem waren und sind unsere Beziehung und unsere Ehe immer auch harte Arbeit. Trotz aller Nähe und trotz allem, was uns verbindet, ist unsere Liebe nie etwas Selbstverständliches, sondern etwas, das man pflegen und hegen muss. Sie erfordert zudem eine stete Balance aus Nähe und Distanz. Thomas zum Beispiel ist nicht unbedingt das, was man einen gläubigen Menschen nennt. Er glaubt nur das, was er sieht, allerdings sieht er viel. Er ist, was das angeht, sehr viel sachlicher als ich, die ich meine Gläubigkeit in der Zeit entdeckt habe, als ich mich mit Leben und Sterben beschäftigt habe. Thomas ist in vielem rationaler und sachlicher als ich, aber er kann das auch mit einer seelischen Ausgeglichenheit verbinden, die schon wieder fast asiatisch ist. In seinem Beruf braucht er das auch, denn er arbeitet mit Jugendlichen und viele dieser jungen Leute haben massive Probleme mit sich, mit ihren Familien oder mit der Schule. Da sind innere Balance und Ruhe gefragt und das macht Thomas auch erfolgreich. Er nimmt die Jugendlichen, aber auch deren Eltern ernst und er ist, trotz seiner rationellen Art, fähig zu lieben: seine Arbeit, die Kinder, seine Mitmenschen und – mich. Mich zu lieben ist, denke ich, nicht immer einfach. Ich neige zu depressiven Tagen oder gar Wochen, die ich als Lehrerin nicht zeigen darf und es ist meist Thomas, der es abbekommt. Er muss dann meine Schweigsamkeit, mein Grübeln ertragen und er weiß, dass er dann nicht viel von mir erwarten kann. Wenn er mir den Rücken massiert an solchen Tagen, dann kann ich ihm noch nicht einmal danken, obwohl ich unendlich dankbar bin. Wenn es mir wieder gut geht, gleiche ich es aus, sonst würde ein Ungleichgewicht entstehen, das auf Dauer unserer Beziehung schaden würde.

Wie sieht das aus? Thomas schreibt so gerne Haikus und ich höre ihm dann gerne zu. Bei einem Festessen, versteht sich. Auch wenn niemand so gut kochen kann wie Mam, bei mir schmeckt's auch und Thomas scheint wohl zufrieden mit mir als Köchin zu sein. Ich liebe das, was er schreibt, es öffnet einem die Augen für unsere Natur und lädt gleichzeitig ein, einmal ruhig zu halten und zu beobachten. Mein Lieblingsthomashaiku ist folgender:

Bei meinen Füßen
huschte lautlos eine Maus
durchs kniehohe Gras.

Diese Maus habe ich auch gesehen, an einem der Juniabende in Vaters Park. Ein wunderbares, geschmeidiges Tier, das sich da ganz furchtlos vor uns bewegte. Thomas hat einen guten Blick für solche Situationen. So bemerkt er auch mit seiner Sensibilität, wie sich unsere Natur immer mehr verändert. Immer öfter erleben wir, wie ein paar wagemutige Schwalben erst sehr spät im Jahr, lang nach allen anderen Vögeln, in den Süden ziehen. Daraus wurde folgender Haiku:

Da, hinter dem Haus,
eine einzige Schwalbe,
lange bleibt sie nicht.

Aber auch wenn er als hauptsächlich europäisch geprägter Mensch eine andere Beziehung zur Natur entwickelt hat, an die Formen, die es bedarf, um ein gutes Haiku zu schreiben, hält er sich doch. Er hat es mir oft genug erklärt, aber ich selbst kann das nicht so wie er. Zu meinen schweren Zeiten sagt er, ihm sei es recht, denn dafür ist auch meine (und damit seine) Freude größer. Es stimmt tatsächlich, denn meine Fähigkeit, Freude zu empfinden, ist größer als die anderer Menschen, auch weil es selbst an meinen schlimmsten Tagen irgendetwas gibt, über das ich mich freuen kann. Da wären zum Beispiel unsere Fledermäuse. Da wären die ersten Veilchen in unserem Park und die unglaublich prachtvollen Feuerwanzen. Die schön gewachsenen Kristalle des frisch gefallenen Schnees und das Paar Türkentauben, das da seit Neuestem in unserem Park in einer der alten Buchen nistet. Das zärtliche Krächzen von verliebten Krähen und das Schäkern einer Elster. Der Flug eines Falken, der über den Feldern rüttelt. Der schwere Geruch von Erde und die sandfarbene Löwin im Käfig eines Zirkusses, die ich doch lieber frei sähe, der ich aber dankbar bin, denn ich darf ihre Schönheit fast hautnah bestaunen.

Auch die Hände von Thomas und die Schönheit seiner Augen, seiner Stimme, seine Güte. Das Vertrauen meines einstmals von mir verachteten Schwagers, die Anmut meiner Nichten und Neffen, die Kraft meiner Mutter, die Güte meines Vaters, die

Anmut und Kreativität von Lilith und die bisweilen nervtötende Leidenschaft von Athanasia. Da ist mein kleiner Bruder, der sich mit seiner Veranlagung tapfer schlägt und immer liebenswerter wird. Da ist mein eigener innerer Reichtum, eben weil ich im Vollbesitz all meiner Gefühle bin. Ich kann hassen, wenn das notwendig sein sollte (wobei der Hass wie ein kleines Kind ist: Hast du ihn erst einmal wahrgenommen und gehätschelt, dann trollt er sich meist von selbst wieder). Ich kann lieben, mein Leben, meinen Mann, meinen Beruf, „meine" Kinder, meine Familie. Ich kann wütend sein, so sehr, dass mir dann niemand in die Quere kommen darf, aber ich kann sehr elegant wütend sein, wie die Idioten vom Jugendamt, die Athanasia belästigt haben, bestimmt gerne bestätigen werden. Meine Zunge ist spitzig und meine Zähne werden durchaus nicht jeden Tag rasiert. Aber immer ist meine Wut auch ein Ausdruck meiner tiefen Liebe zum Leben. Mein Gott, wir haben doch nur diese eine, noch immer wunderbare Welt! Wie kann man sie nur so kaputt machen, sapperlott, das geht doch nicht! Und wie wir miteinander umgehen! Eine Schande ist das!

Leben, für mich ist das die ganze Fülle und mitten in dieser Fülle das Bewusstsein der immer vorhandenen Möglichkeit zu sterben. Ares und Johann haben es uns eindrucksvoll vorgelebt beziehungsweise vorgestorben. Leben ist für mich mehr als die bloße Sicherung der Existenz unseres Körpers. Würde ich nur so denken, hätte ich das Gefühl, lebendig tot zu sein. Was hat eine Sophie Scholl dazu getrieben, ihr Leben für die Idee eines moralisch einwandfreien, eines philosophisch einwandfreien, freien Landes zu geben? Was hat eine Antigone dazu verleitet, lieber den Tod als die Unfreiheit eines Lebens abseits von ihrer eigenen Persönlichkeit, abseits ihrer eigenen Liebesfähigkeit zu suchen? Was ist es, das einen Johann fast in den Tod getrieben hätte? Das ihn jetzt leben lässt? Ich glaube fest daran, dass unsere Seele stirbt, wenn wir den Bezug zu uns selbst verlieren. Und das geht so schnell, wie ich immer wieder an meinen Schülern feststellen kann. Wie viele von ihnen haben niemals die Möglichkeit, festzustellen, wozu sie überhaupt fähig sind, schon weil das in ihren Familien gar nicht erwünscht ist. Da werden Sündenböcke gebraucht, keine kleinen Helden. Da haben Väter Angst vor starken Mädchen und Jungen lernen noch immer, dass derjenige stark ist, der seine Gefühle abspaltet. Doch wer auch nur einen Teil seines Selbst verleugnet, der hat sich schon verraten. Es ist eine sehr schwere Aufgabe, diese jungen Menschen ein Stück weit auf ihrem Weg zu begleiten und ihnen zusätzlich etwas mitzugeben, das sie für die Zukunft stark machen wird. Es setzt voraus, dass ich nicht unbedingt genug über die Kinder weiß, um das Richtige zu sagen. Ich muss zuhören, herausfinden, was sie stark macht und was sie wirklich brauchen. Ich muss ihnen die gleiche Achtung entgegenbringen, die ich mir selbst wünsche. Sie müssen spüren, dass sie geliebt werden, und sie müssen spüren, dass ich innen etwas habe, von dem ich überzeugt bin. Und gelernt habe ich immer leidenschaftlich. Ich habe ihnen beizubringen, im richtigen Moment über die rote Ampel zu gehen, das ist das Wichtigste, die ungeschriebenen Gesetze ihres Lebens, die nicht immer fair und gerecht sind, zu brechen, ohne sich in Gefahr zu bringen. Und dennoch kommt es vor, dass eines der Kinder, und Kinder sind sie auch noch, wenn sie siebzehn oder achtzehn sind, nicht zu erreichen ist. Dass es lieber den Weg in den Tod wählt, als sich ein eigenes Leben zu erkämpfen.

Da war das Mädchen, Christina hieß es, dessen Vater in einer dieser neukirchlichen Sekten ist. Es ist ein Jahr vor dem Schulabschluss schwer an Leukämie erkrankt. Stell dir einmal vor, da kommt also der Vater und will nicht, dass Christina bestimmte Behandlungen erhält, weil das gegen Gottes Gebote sei. Er kommt und schlägt sie sogar noch im Krankenhaus! Im Krankenhaus! Ich habe Christina regelmäßig besucht und einmal habe ich das Ganze mit eigenen Augen gesehen und die herbeigerufenen Polizisten konnten angeblich nichts anderes machen, als den Schweinehund für eine Nacht in eine Zelle stecken. Die Begründung des Vaters war bemerkenswert: Gott habe den Eltern befohlen, die Kinder zu züchtigen, so stehe es schon im Alten Testament. Welch ein Glauben! Wie tödlich. Christina hatte sich aufgegeben und alle ärztliche Kunst konnte ihr Leben nicht retten, obwohl sie aus rein medizinischer Sicht zu retten gewesen wäre. Der Vater hat mir noch nicht einmal erlaubt, auf die Beerdigung zu gehen. Und das ist noch lange nicht alles: Wir haben auch einige Jungen an der Schule, die ihre Probleme mit Gewalt zu lösen versuchen. Wenn du sie allein erwischst und mit ihnen redest, dann wird dir erst bewusst, wie einsam diese Jungen wirklich sind, wie sehr sie sich im Leben fürchten. Einer dieser Jungen hat mir ein riesiges Geschenk gemacht: Er hat mir erzählt, wie sein Vater seine Mutter und ihn mit dem Messer bedroht hat und dass er einfach Angst hat, wenn sich jemand komisch verhält. Kannst du ermessen, wie viel Vertrauen dieses zutiefst verletzte Kind mir geschenkt hat?

Am meisten trifft es mich, wenn ich merke, da wird ein junger Mensch sexuell missbraucht. Und es sind nicht nur immer die Mädchen, wie man vielleicht denken könnte. Doch die Jungen sind damit im Allgemeinen sehr alleingelassen, so dass angenommen werden kann, sie werden als erwachsene Männer wieder jemanden missbrauchen. Und so wie nicht immer nur die Mädchen zum Opfer werden, so sind die Täter nicht immer nur die Männer. Das erschüttert mich noch mehr, denn ich bin selbst Frau. Da ist auf einmal keine Zuflucht mehr, nicht mehr die Möglichkeit, sich als das eigentlich bessere Geschlecht zu fühlen. Da ist nur noch jene Trostlosigkeit, wenn man auf etwas keine Antwort mehr findet, auf die Frage, was und wer denn gut oder böse ist. Alles verwischt, wird unklar und schickt mich wieder in die Unterwelt. Plötzlich ist da kein Halt mehr, nur mehr die fruchtlose Frage, warum ein Gott, Allah oder was auch immer das überhaupt zulässt. Kein Trost scheint vorhanden in einer solchen Welt. Ich leide dann unter einer Hilflosigkeit, die mich wahnsinnig macht. Wie kann ich kleine Persephone denn so viel Leid lindern? Was kann ich denn in meinem Beruf diesen leidvollen Erfahrungen entgegensetzen? Und dann muss ich erleben, wie die Angestellten im Jugendamt unsere Familie tyrannisieren, während man ganz selten einem meiner Kinder in der Schule geholfen hat, weil, es ist ja ein Vater da. Man will sich nicht in eine „heile“ Familie einmischen.

Unser Gutshaus und meine Ehe sind mein sicherer Hafen, meine Zuflucht. In der Zeit, als uns die Leute vom Jugendamt belästigt haben, fiel es mir aber schwer, mich dort zu Hause zu fühlen. Es war ein Übergriff in unsere Privatsphäre und es war eine Verletzung unseres heiligen Platzes der Geborgenheit. Es hat lange gedauert, bis wir alle uns danach wieder wohlgefühlt haben. Wichtiger als dieser Ort, an dem ich aufgewachsen bin, ist Thomas. Mein Leben wäre viel schwieriger ohne die Sicherheit, die mein Mann mir gibt. Seine Kraft, sein Verständnis und seine Liebe sind das, was mein Leben noch mehr leuchten lässt, und ich kann nur hoffen, dass ich ihm ebenso viel wieder zurückgebe. Mein Zusammensein mit Thomas war anfangs ein Irrtum, eine eigenartige Geschichte und Lil hat ihren Mann einfach in eine Ehe gemogelt. Doch manchmal ist Liebe auch wie ein Märchen, so wie bei Mam und Paps.

Sean

Drei Aufgaben

Es ist ja doch schon lange her, dass ich hierher kam. Anfangs war es gar nicht so einfach, denn mein Schwiegervater hat mich nicht leiden können. Er war ein Anhänger von Adolf Hitler und ich als Amerikaner war natürlich für ihn die Verkörperung des Feindes schlechthin. Egal, ob man es ganz nüchtern sieht, und ich dachte immer, das ist nicht mein Problem, das ist seines, trotzdem geht es einem natürlich an die Nieren. Doch da war auch Konstanze, meine bezaubernde Schwiegermutter, die schon bald nach meiner Ankunft in Deutschland schwer erkrankte und danach behindert war. Sie brauchte uns, mich und meine Frau. Und Adolf hat sich schließlich selbst ins Abseits gestellt, nicht wahr? Und doch, er ist der Bestandteil meines Märchens, er ist das, was Mephisto dem Faust ist: der Geist, der stets verneint, der stets das Böse will und doch das Gute schafft.

Schon als ich das Haus und vor allem den Park zum ersten Mal sah, war ich ganz hingerissen. Der Park entsprach nicht den Hollywoodbildern von Prinzessinnenmärchen, so wie ich mit meiner Familie in New York spekuliert hatte. Er war ein wildes, ungepflegtes Etwas voller Geheimnisse, voller unberührter Winkel, an die seit Generationen wohl schon kein Mensch mehr Hand angelegt hatte. Nur im vorderen Teil, der repräsentieren soll, standen die Rosen wie Soldaten in Reih und Glied. Ja, tatsächlich, die Rosen waren wie Soldaten, denn sie hatten all ihre Persönlichkeit verloren, standen gestutzt und verschüchtert da, die wenigen Blüten an kahlen, mickrigen Stängeln. Es war ein jämmerlicher Anblick. Und noch schlimmer war, dass dieser unfreundliche alte Mann diese schönen Kreaturen mit der Giftspritze traktierte. „Gehen Sie mir gefälligst aus dem Weg, Sie amerikanischer Trottel, sonst werde ich die Rassenschande meiner Tochter doch noch verhindern.“ Da stand er also und bedrohte mich mit der Giftspritze. Er war so lächerlich, dass ich lachen musste, und ich begann den in seinen Augen unverzeihlichen Fehler, ihm zu raten, Knoblauch und Lavendel zu den Rosen zu pflanzen, anstatt die Schönen mit Gift zu traktieren. Beinahe hätte er eine andere Waffe geholt als nur die Giftspritze. Er hat natürlich getobt, doch als er sich beruhigt hatte, glaubte er, mich mit einem Trick zu vertreiben. „Ich wette, es wird Ihnen nicht gelingen, diese vermaledeiten Rosen gesund zu bekommen, genauso wie es Ihnen nicht gelingen wird, diesen Garten im Winter zum Blühen zu bringen oder gar mir im Winter frisches Obst zu bescheren. Versuchen Sie es einmal, wenn Sie sich trauen. Ich überlasse Ihnen gerne die ganze verdammte Scheißarbeit. Ich habe schließlich Wichtigeres zu tun, als mich um die Rosen meiner Frau zu kümmern“, schnaubte er, drückte mir die Giftspritze in die Hand und verschwand. Kurz bevor er im Haus war, drehte er sich noch einmal um und sagte: „Sollte Ihnen das alles gelingen, dann habe ich nichts mehr dagegen zu sagen, dass Sie meine Tochter heiraten.“

Da stand ich nun mit meiner Giftspritze, die irgendein scheußliches Gift enthielt, von dem Rachel Carson befürchtet hat, das es uns den Gesang der Vögel im Frühling und auch damit die Lebensgrundlage nehmen werden würde. Schon am anderen Tag rückte ich mit Lavendel und Knoblauch an und hoffte zutiefst, die Gartenratschläge aus der Wochenzeitschrift meiner Mutter würden was taugen. Sorgfältig steckte ich die Knoblauchzehen in den Wurzelbereich der Rosen. Ich pflanzte den Lavendel und beschwor diese Pflanzen, mir bei meiner Aufgabe zu helfen und mir die Rosen gesund zu machen. Dann wurde ich Dauergast im Münchner botanischen Garten und in diversen Bibliotheken, wo ich nach winterblühenden Pflanzen suchte, und ich wurde fündig.

Ich kam an im Mai 1971. Im späten Juni waren die Rosen gesund und ich kannte jeden Winkel im Park, immer argwöhnisch beäugt von meinem Schwiegervater, der stets an einem der zahlreichen Fenster stand und mir zusah. Natürlich hätte ich Katharina auch ohne die Erfüllung dieser Aufgaben geheiratet. Doch mit diesen Aufgaben hatte ich die Möglichkeit, mich in einem fremden Land zu verwurzeln. Ich liebte diesen Garten und ich liebte jeden einzelnen Baum in diesem Garten. Ich saugte gierig jedes bisschen Grün auf, das ich hier finden konnte. Meine indianischen Verwandten wurden ausführlichst per Brief nach allem Möglichen gefragt, denn ich wollte selbstverständlich schon lange wissen, was alles von ihnen in mir steckt. Evelyn und Kenneth entsprechen wirklich noch denjenigen naturverbundenen indianischen Leuten, die man sich gerade hier, im Ursprungsland des modernen Naturschutzes, so vorstellt. Sie sind damit allerdings auch schon lange eine Ausnahme, denn viele indianischen Menschen haben nur noch dann eine Beziehung zu Mutter Erde, wenn sie, wie es uns ein berühmter indianischer Schriftsteller gesagt hat, betrunken darauf liegen. Er hat leider recht. Nun gut, letzten Endes half mir diese Aufgabe, einen Teil von mir selbst zu finden und heimzukommen, denn in der großen Stadt, in der ich geboren und aufgewachsen bin, war ich nie so recht zu Hause und bei meinen Verwandten im Reservat fühlte ich mich auch nicht wohl, denn ich war einfach zu wenig indianisch, um dort integriert zu sein. Das also ist das Gute, das mir mein Mephisto namens Adolf beschert hat. Und ein Märchen ist es obendrein.

Mittlerweile wurde es Sommer und da wusste ich schon, welche Pflanzen im Winter Blüten tragen: der Winterjasmin, die Zaubernuss, der Duftschneeball, der Efeu und die Gänseblümchen. Dazu würde ich Stiefmütterchen pflanzen. Ich suchte die besten Plätze heraus und sah mich nach geeigneten Baumschulen um. Und ich brauchte einen Platz für die deutsche Mispel, denn wenn der Frost im Januar die Mispelfrüchte erst einmal mürbe gemacht hat, dann ist das ein ganz wunderbares Winterobst. Doch davon sagte ich erst einmal gar nichts. Ich würde pflanzen und da ich die meisten Pflanzen nicht kannte, würde ich erst einmal nur hoffen können, dass mir meine Überraschung auch gelingen würde. Der Herbst kam so heran und der Winter. Jeden Tag ging ich in den Garten und überprüfte die Knospen und die Gesundheit der Rosenpflanzen. „Gloria Dei“ entpuppte sich als üppige Strauchrose, wo vorher nur eine mickrige und empfindliche Krüppelrose wuchs, und eine Rose namens „Compassion“ hatte mich – und ich bin nicht klein – einfach überwuchert. Eine Rose ohne Namen, die ich einfach nur „die Himbeerrose“ nannte, weil ihre Blüten nach Himbeeren dufteten, trug nun unaufhörlich Blüten. Diese Aufgabe hatte ich also gelöst. Und ich hatte den Königinnen Begleitung verschafft, es blühten Veilchen und Schleierkraut und einiges mehr zu ihren Füßen.

Dann, mitten im Winter, brachen die Blüten des Duftschneeballs auf. Weißrosafarbene Blüten, die auch noch verschwenderisch einen intensiven Duft verströmten. Die Gänseblümchen wurden natürlich erst gar nicht wahrgenommen, denn sie waren so selbstverständlich, dass der Mephisto sie gar nicht als winterblühende Spezies sah, sondern nur als Unkraut. Doch er kam mit hochrotem Kopf mit einem Zweig Duftschneeball an und fuhr mich an, was das sei. Adolf hatte sich vor lauter Wut beinahe in ein Rumpelstilzchen verwandelt und ich hoffte schon, er würde sich selbst in der Mitte auseinanderreißen. Leider musste ich dann doch darauf verzichten, zu erleben, wie sich mein Mephisto-Rumpelstilzchen in der Mitte auseinanderriss, so dass er mir sogar einige Bewunderung dafür abrang, wie er in seiner Wut noch so beherrscht sein konnte. Kein Wunder, dass er wütend war, hatte er doch seine Wette zu zwei Dritteln verloren. Die Mispeln hatten sich dann noch ein paar Jahre Zeit gelassen, denn der Mispelbaum braucht Jahre, um Früchte zu tragen. Aber Adolf hat es doch noch erlebt, dass dieser Mispelbaum Früchte getragen hat. Er hat zwar immer behauptet, sie würden ihm nicht schmecken, aber heimlich hat er sie doch immer gegessen. Ich glaube, ich war der Einzige, der um Adolf getrauert hat, als er starb, und kein Wunder, dass ihn niemand geliebt hat, doch er war nun einmal derjenige, dem ich meine Wurzeln in diesem Land zu verdanken hatte, und ich hoffe, sein nächstes Leben wird besser als sein vergangenes, damit auch er weiß, wie es ist, geliebt zu sein, damit auch er etwas anderes hat als den zweifelhaften Halt einer unmenschlichen Ideologie.

Jetzt scheint es so, als ob ich mich hier immer nur mit dem Garten beschäftigt habe, aber das stimmt natürlich nicht. Wichtiger als der Garten war und ist Katharina. Doch da wir anfangs nur eine einzige Woche hatten, in der wir uns sehen konnten, und ich dann schon wieder nach Amerika musste, kam ich auch mit gemischten Gefühlen wieder in Deutschland an. War meine Entscheidung wirklich richtig, eine mir fast Unbekannte zu heiraten? Wir hatten uns zwar Briefe geschrieben, aber so richtig würde ich sie erst kennenlernen, wenn ich einmal in diesem fremden Deutschland wäre, das waren meine Gedanken, als ich noch in Amerika war. Meine Familie war nicht begeistert von meiner Idee, ausgerechnet nach Deutschland zu heiraten, gerade mein Vater und seine Geschwister waren dagegen. Der Vater meines Vaters, also mein Großvater, war polnischer Jude. Doch auch die Verwandten meiner Mutter, die indianisch sind, fanden die Idee gar nicht gut, denn bei uns herrschte allgemein die Vorstellung, dass viele Deutsche noch immer rassistisch sind, was ja auch stimmt. Meine indianischen Verwandten sind jedoch so realistisch, dass sie auch den Rassismus im eigenen Land sehen, unter dem gerade sie noch immer besonders zu leiden haben, und als ich ihnen dann von Deutschland aus erzählen konnte, wie sehr man hier Menschen wie sie idealisiert, Dank eines Karl May, waren sie doch sehr erstaunt, allerdings auch nicht sehr glücklich, als sie davon hörten, denn sie wollen lieber als Menschen dieser Zeit, dieser Welt und mit allen Stärken und Schwächen angenommen sein statt als zweifelhafte Helden, die auch noch in jeder nur erdenklichen Weise falsch dargestellt werden. Sie sind keine edlen Wilden, sie sind Lehrer und Wissenschaftler, die es sich zur Aufgabe gemacht haben, den Angehörigen ihres Volkes die Würde zu erhalten oder erst noch zu ermöglichen.

Die Arbeit im Garten hat mir geholfen, all das Unbekannte und all das Unbehagen zu verarbeiten, das ich im neuen Land erlebt habe. Da waren die Dörfler, die mich immer anstarrten, als wäre ich ein exotisches Tier und kein ganz normaler Mensch. Und dass niemand so prüde ist wie einige Amerikaner mit ihrer protestantischen Erziehung. Als Katharina mir die Texte übersetzt hat, die man so in einem Bierzelt singt, da bin ich ganz rot angelaufen. Mein Schwiegervater mit seinen Ansichten und

Boshaftigkeiten hat mir natürlich auch zugesetzt und manchmal habe ich mir gewünscht, ich könnte mit Katharina einfach woanders neu anfangen. Katharina. Eine Frau, die ich kaum kannte und von der ich nicht wusste, wie es ist, den Alltag mit ihr zu erleben. Und da war die bange Frage, ob ich den Erwartungen von Katharina entsprach. Wer hätte zudem gedacht, welch ein Unbehagen ich noch in diesem Garten verspüren sollte, damals, 1986, als der Supergau in Tschernobyl war und ich verzweifelt vor meinen Johannisbeeren stand, die wie die Rubine in Aladins Zaubergarten leuchteten, die uns allen unheimlich geworden waren, weil von ihnen eine nicht sichtbare Bedrohung ausging. Welch eine Verschwendung, solche Pracht ungenutzt verkommen zu lassen, welch eine Schande, diese wunderbaren Gaben einfach auf den Müll zu kippen, wo wir doch so froh waren, wenn Katharina daraus Saft und Marmelade zauberte. Seither wünscht sie sich ein Collier, aus Rubinen und Onyx, mit emaillierten Blättern, ein paar Zweige mit reifen Johannisbeeren darstellend, und eines Tages soll sie es bekommen. Als die radioaktiven Werte wieder gesunken waren, war mir der Garten, waren mir meine Pflanzen noch mehr ans Herz gewachsen, denn durch solche Ereignisse wird einem erst der Wert bewusst, den die Natur für uns hat. Haben sollte jedenfalls. Unsere Nachbarn um uns her aber haben nichts geändert. Sie hatten nachher noch immer ihren „Pro-Atomkraft-Aufkleber" auf dem Auto.

Und überhaupt, Katharinas Marmeladen! Das ist nicht nur etwas zum Essen, das ist Heilung, Genuss für Synästhetiker und der Grund, warum man morgens aufsteht. Sie verarbeitet nicht nur Obst, sondern auch Blüten: Rosen, Veilchen, Holunderblüten, Löwenzahn und Lindenblüten, Jasminum sambac und Orangenblüten aus dem Gewächshaus. Ich liebe es, mitten im Winter diese Blütendüfte zu schmecken. Wir müssen immer mal wieder Heizung sparen und da tut es gut, die eingefangene Wärme zu genießen. Katharina setzt die Marmeladen und die Sirups auch ganz gezielt ein, wenn es jemandem von uns nicht besonders gut geht. Joachim bekam Rosenmarmelade, damit er sich öffnen konnte, und es half ihm meines Erachtens tatsächlich, dieser offene und liebenswerte Mann zu werden, der er heute ist. Johann bekam Veilchenmarmelade, wenn er sich unwürdig und unwert unserer Liebe fand, damit bekam er etwas von dem Gefühl seiner eigenen Wertigkeit zurück, außerdem wirken Veilchen antidepressiv und wundheilend. Bei Erkältungen gab es auch Veilchen, dazu Holunder und Lindenblüten. Bei Unterleibsschmerzen unserer Frauen und Mädchen gab es Orangenblüten. Und für die ganz Verschlafenen von uns Jasmin, denn der macht munter. Einige unserer Gäste sind ganz besonders begabt, sie sind Synästhetiker, die sind immer ganz besonders hingerissen von Blütengelees, besonders Leon. Wenn Leon bei uns frühstückt, dann ist er so ganz anders als sonst, nicht aufgekratzt, sondern ruhig und fast schon andächtig. Katharina schafft es, mit ihren geheimnisvollen Zaubermitteln dafür zu sorgen, dass jeder sich von seiner besten Seite zeigt, und so haben wir die Freude, die meisten Menschen wirklich schätzen zu können. Ich finde, wir sind ein hervorragendes Team: Ich liefere die biologisch erzeugten Produkte, die Rosen, Rosa rugosa und Rose de Resht, die Veilchen, die anderen Blüten, und Katharina macht damit kleine Zauberprodukte, die wir alle nicht missen wollten. Und so haben wir wohl alles in unserem gemeinsamen Leben gelöst, immer geben wir dem anderen das Beste, was wir haben.

Katharina war das zweite Mal genauso eine angenehme Überraschung für mich, wie sie es das erste Mal gewesen ist, damals auf der Textilmesse. Aber ich erwartete auch nicht, dass sie so ist, wie es meine Mutter gewesen ist, die nur für mich und Vater da war und die genau deswegen nie wirklich für uns da war. Katharina lebte ihr Leben und nichts hätte sie davon abbringen können. Und genau deswegen war sie auch immer für uns alle da. Sie forderte nicht von uns, sie zu bewundern, weil sie sich aufopferte, sie wurde bewundert, weil sie ein Leitbild war. Zu ihrem Leben gehörte und gehört nach wie vor, uns genauso hochzuhalten, wie wir es mit ihr tun. Sie schafft es, mir das Gefühl zu geben, ich wäre etwas ganz Besonderes. Sooft es ihre Zeit erlaubt, steht sie bei mir im Garten und lässt sich erklären, was ich nun wieder vorhabe und was da nun schon wieder im Garten blüht. Sie ist finanziell nicht von mir abhängig, denn ihr Kostümverleih bringt mehr ein als meine Arbeit, aber deswegen fühle ich mich ihr nicht unterlegen. Katharina ist eine starke Frau und doch braucht sie mich, um sich auch einmal anzulehnen. Wir lehnen uns gegenseitig an und das ist gut so, denn auch bei uns ist nicht alles gut gelaufen. Ares ist für uns ein Fremder geblieben und ich glaube, hier haben wir versagt. Und doch weiß ich nicht, was wir hätten anders machen können, denn Ares, für mich bedeutet das Grenzen, die ich nicht überwinden konnte. Der Nazi, vor dem mich meine Verwandten gewarnt haben, war nicht mein Schwiegervater, der eigentlich nur ein alter, geltungssüchtiger und verblendeter Mann war, sondern mein eigener Sohn, der nicht wusste, wohin er gehört. Ares kam mit der Vielzahl unserer Wurzeln nicht klar, denke ich. Es schien nichts für ihn dabei zu sein, nicht die adelige Abstammung meiner Frau, nicht meine Wurzeln, die irisch, jüdisch und von den Irokesen sind, nur sein Großvater hat ihm scheinbar was geboten, das ihm Halt gab. Aber was für einen Halt! Ares wurde nicht als der Mensch, der er war, von uns allen, auch nicht von seinem Großvater geliebt, sondern er wurde nur benutzt als wehrloser Zuhörer für Adolfs „Heldentaten", ungeschützt durch die Achtung seiner restlichen Familie, die nie mit seiner anscheinend nicht vorhandenen Begabung zurechtgekommen ist.

Ich werde mich wohl immer fragen, was ich hätte anders machen können. Wie ich meinen Sohn vor seinem Großvater hätte schützen können. Vielleicht hätten wir doch so lange wegziehen sollen, bis Adolf tot war? Adolf hätte sich nicht mehr geändert und ich habe mich lange gefragt, wie es kommt, dass ein Mensch so wird, wie es Adolf war. Hätte, hätte, hätte. Das ist alles aus und vorbei, nicht wahr, was nützt jetzt noch das „Hätte"? Und was ich nicht verstehe, ist, wie es kommt, dass nicht die Kinder dieses Mannes seine Gedanken übernehmen, sondern sein Enkel, der eigentlich doch in einer intakten Familie groß geworden ist. Meine Frau hat sich immer geschämt, einen Vater zu haben, der im Zweiten Weltkrieg Menschen an die SS verraten hat. Und Isolde, ihre Schwester, die das Pech hatte, Adolfs Lieblingstochter zu sein, litt auch unter dieser Tatsache. Sie hat bald schon die Flucht von Zuhause ergriffen, auch weil sie nicht ganz so an ihrer Mutter hing wie Katharina. Isolde hat jahrelang Therapien gemacht, weil sie unter der Vereinnahmung meines Schwiegervaters gelitten hat. Sie hat immer noch das Gefühl, mit an der Schuld dieses Mannes zu leiden. Sie leidet darunter, blond und blauäugig zu sein, denn es scheint sie immer als das Kind eines Nazis zu kennzeichnen. Ares war es, der Adolfs Gedankengut geerbt hat. Ares hat ausgeführt, was Adolf gedacht hat, und es hat ihn getötet und es hat ihn im Tod zum Helden und uns einen verhassten Schwiegersohn, Johann, liebenswert gemacht. Wenn Ares gewusst hätte, dass Adolf noch nicht einmal sein Großvater war, möglicherweise hätte er sich für einen anderen Weg entscheiden können, doch Konstanze hat bis zu ihrem Tod nicht verraten, wer der eigentliche Vater von Katharina war, ja noch nicht einmal, dass es einen anderen Mann in ihrem Leben gab. Als Konstanze starb, war Ares schon lange tot und die Erlösung kam einfach zu spät, wenigstens für Ares. Und doch war es auch immer die Entscheidung meines Sohnes, die Gedanken von Adolf für sich selbst anzunehmen. Dies zu respektieren, fiel mir lange Zeit unendlich schwer, ja ich war eigentlich nicht richtig fähig dazu. Doch ich habe dazugelernt. Ares hat mir gezeigt, was ich zu lernen habe: Ich muss mein Kind so annehmen, wie es ist, so allein macht man auch die Kinder stark, die nicht mit den Stärken der anderen, sondern mit einer besonderen Aufgabe geboren werden. Ares ist am Ende seines Lebens zum Helden geworden und ich bin ihm gegenüber noch immer viel zu beschämt, um ganz frei davon erzählen zu können. Ich gestehe ein, nichts von Ares Stärken mitbekommen zu haben, und das erfüllt mich mit einer ganz bestimmten Trauer. Es hat mir beigebracht, erst genau hinzusehen, genau nachzufragen, bevor ich mir über irgendwen ein Urteil erlaube. Davon haben seither alle in unserer Familie profitiert, auch wenn ich in Liesbeths Fall noch viel zu träge gehandelt habe.

Seit Ares tot ist, gehen wir anders miteinander um. Wir sind tiefsinniger geworden. Jeder neue Tag ist wertvoller geworden und wir fragen mehr nach. Wie entstehen Vorurteile? Ich war als Amerikaner ins süddeutsche Hinterland gekommen und habe da auch Vorurteile erlebt. Eine Grundschullehrerin zum Beispiel hat mich immer auf New York angesprochen und mir jegliches Gefühl für Abläufe in der Natur abgesprochen. Und sie hat bis heute ihre Meinung nicht geändert. Sie kann nicht verstehen, dass man durch diesen Mangel an Natur auch hungrig nach Grün werden kann. Ja, ich bin richtig hungrig geworden danach und ich bin jedes Mal unendlich froh, wenn es Frühling wird, und ich bin dankbar, dass Rachel Carson uns sicherlich mit ihrem Buch „Der stumme Frühling" den Lärm der Vögel erhalten hat. Doch zurück zu den Vorurteilen. In unserer Familie gibt es sehr bemerkenswerte Menschen, die man nur bedingt als „angepasst" bezeichnen kann. Der viel beschworene deutsche Leistungswille ist bei uns allen vorhanden, aber ansonsten sind wir nicht so, wie man es von uns erwartet. Ich bin längst kein Amerikaner mehr, denn mit dem Garten habe ich mich selbst auch hierher verpflanzt und Wurzeln geschlagen. Die amerikanische Mentalität ist mir inzwischen fremd und die amerikanische Politik, die so arrogant glaubt, immer und überall für „Recht und Ordnung" zu sorgen, ist mir zuwider, da es doch nur um eigene Interessen geht, um Erdöl, um Absatzmärkte und um Weltherrschaft. Und ich bin ein schlechter Amerikaner, denn ich glaube nicht, dass das Streben nach Glück es rechtfertigt, andere Menschen zu bestehlen und auszubeuten. Mein jüngster Sohn ist homosexuell, meine jüngste Tochter hat sehr jung ein Kind bekommen und wird sich wohl auch noch in Zukunft weigern zu heiraten und doch ist sie eine höchst aufrechte Persönlichkeit. Meine beiden Schwiegersöhne sind sichtbar nicht deutsch und doch haben sie auch deutsche Wurzeln, weil ein Elternteil deutsch war oder weil man hier aufgewachsen ist. Lilith scheint mehr indianisch als irgendetwas anderes zu sein und fällt dadurch auf wie ein bunter Hund und Persephone singt unanständige Lieder. Was sind wir hier gehasst und gefürchtet und doch erwarten diese Menschen hier nichts anderes, denn wir sind aus dem Adel. Verrückt, nicht?

Hätte ich mich nicht verwurzelt, ich würde es nicht einen Tag hier länger aushalten. Doch sagen sie mir, wo es denn anders ist? Lass die Leute Leute sein, denke ich mir, denn wenn ich Pech gehabt hätte, wäre ich an deren Stelle geboren worden. So aber bin ich Sean O'Keeffe und ich bin ein erfüllter und im Großen und Ganzen glücklicher Mann, denn ich habe meine Familie und ich habe meinen Garten und jeden Morgen diesen unglaublichen Ausblick auf die unnachahmlichen sanften Hügel neben mir im Bett und um unser Dorf herum. Was, außer Weisheit vielleicht, will ich noch mehr?

Lilith

Endlich zu dritt

Fünf Jahre dauerte es also, bis ich meinen Johann für mich hatte. Fünf Jahre, in denen ich mein Studium gemacht habe und ein kleines bisschen berühmt geworden bin. Etwa ein halbes Jahr vor meinem Abitur ist Leonard, unser Sohn, geboren worden. Johann hat es gar nicht zur Kenntnis nehmen wollen. Ich weiß nicht, woher ich die Sicherheit nahm, alles werde gut. Ich bedauerte meinen Mann, denn er lebte eine schmerzliche Einsamkeit, die undurchdringlich schien. Einmal hat sein Bruder angerufen. Aus Venezuela, weil seine Frau verunglückt ist. Natürlich war Johann arbeiten und Joachim hat mir dann einiges erzählt. Von sich, seiner Frau, seinen Kindern und natürlich Johann. Wir haben uns oft lange Briefe geschrieben und so erfuhr ich, warum Johann so ungeheuer verletzt war.

Joachim war der jüngere der beiden Zwillinge. Er war der Pflegeleichte, der Sonnige, während Johann alle Anzeichen eines als kleines Kind vernachlässigten Menschen zeigte. Ein Einnässer, ein Junge, der Nägel kaut, der Scheiben kaputt schießt und klaut, der mit dreizehn schon rauchte und mit vierzehn heimlich Bier und Schlimmeres trank. Der aber auch das Pech hatte, recht lieblose Stiefeltern zu haben. Anstatt gehalten zu werden, hat er in ständiger Angst gelebt, noch einmal weggeschickt zu werden. Johann hat im Schlaf geredet, er hat Spanisch geredet und hat auf Spanisch nach seiner Mutter gefragt. Dann hat man ihn geweckt und ihm gesagt, er solle seine leibliche Mutter vergessen, und hat ihn dann noch aufs Klo geschickt, im Glauben, dadurch werde er irgendwann trocken sein. Dabei weinen Bettnässer mit der Blase, denn Weinen mit den Augen ist noch gefährlicher. Wenn er nicht folgsam war, musste er stundenlang alleine im

Zimmer verbringen und bekam kein Lächeln, keine Umarmung, nichts. Johanns lebenslange Einsamkeit. Und Joachim glaubt, sein Bruder hätte auch noch seine eigene Einsamkeit getragen und die seiner Mutter obendrein. Und waren nicht auch die Stiefeltern einsam, wenn sie nicht einmal merkten, wie sehr da ein kleiner Junge gelitten hat? So oft wie Johann verlassen worden ist in seinem Leben, da braucht man sich nicht wundern, dass er nicht mehr da war für mich oder seinen Sohn. Da verlässt man doch auch sich selbst am Ende.

Joachim hat sich lange überlegt, ob er in Südamerika nach seiner Mutter suchen soll. Aber er hatte nicht den Mut, sich der Wahrheit zu stellen, und Johann wollte nicht, denn er war mit Überleben, also mit Arbeit beschäftigt. Erst musste Johann den langen und schmerzhaften Weg zu sich selbst gehen, um an eine solche Reise zu denken, und er wollte dann gar nicht, dass ich ihn begleite, auch weil er überzeugt war, für zwei so indianisch aussehende Menschen sei es nicht ganz ungefährlich. Doch die Begegnung wäre sicherlich schon viel früher wichtig gewesen. Beide Brüder leiden auch noch darunter, den Vater nicht zu kennen, auch weil sie nicht wissen, ob sie ihn hätten lieben können oder nicht. Für sie ist es, als ob man ihnen die Wurzeln genommen hätte, als ob sie gar keinen Grund unter den Füßen haben durften. Vater hat sie dann an der Hand genommen und mit ihnen Bäume gepflanzt und solche Sachen, denn obwohl die Stiefeltern ein Haus und einen Garten haben, diese symbolische Handlung haben sie niemals machen können, den Garten machte die Mutter und die wollte nicht, dass irgendwer ihr in die Quere kam. Seit Johann zu sich selbst findet, beginnt die Mutter zu spinnen. Sie leidet plötzlich unter Depressionen, denn jetzt braucht Johann kein Heldentum der Marke „Du bist unmöglich, unerträglich, doch ich liebe dich trotzdem und nun erwarte ich von dir grenzenlose Selbstaufgabe“ mehr. Johann hatte sich selbst aufgegeben, denn er war immer das Sorgenkind, das mit seinem schockierenden Leben dieses „Heldentum“ aufrechterhalten hat. Das sich hingegeben hat, damit sich die anderen stärker fühlen können. Nur ich habe mich herausgenommen, denn ich musste aus mir selbst stark sein, und so glaubte Johann, ich würde ihn nicht wirklich lieben. Doch da hatte er sich natürlich geirrt. Ich habe fünf Jahre gehofft, es werde etwas geschehen, das ihn zwingt, der zu sein, den ich im Traum gesehen hatte, einen Menschen, der viel Kälte erfahren hat und der doch ein lebendiges, warmes Herz hat, und ich bin froh, niemals aufgegeben zu haben, denn nun weiß ich, wie wahr mein Traum war.

Mein Mann, so erfuhr ich, war auch schon einmal verheiratet. Diese Ehe, die sehr früh geschlossen wurde, war nicht von langer Dauer, denn da waren zwei, die versuchten, sich aneinander festzuhalten, ohne selbst inneren Halt zu haben. Johann hatte seine Frau in einer Nervenklinik kennengelernt, wo er wegen eines Selbstmordversuches behandelt wurde. Corinna war dort, weil sie sich immer wieder selbst verletzt hatte, auch in Folge von Missbrauch in der Familie. Die zwei haben sich gesucht und gefunden, denke ich. Anfangs ist das sicher wichtig, in einer solchen Institution jemanden zu haben, mit dem man sich versteht. Doch für eine Ehe reicht es natürlich nicht. Eigentlich, so behauptet Joachim, ist an dieser Ehe auch seine Mutter schuld, denn sie hatte nichts anderes zu tun, als Johann immer wieder unter die Nase zu reiben, wie schlimm sie seinen Aufenthalt in der Klinik fand, denn die Nachbarn würden reden und nun auch noch diese Freundin, aber Johann würde so wie er ist eh nichts Besseres als dieses Mädchen finden und eigentlich wäre es besser, er bliebe allein. So hat er sich in eine zu frühe und zu belastete Ehe geflüchtet, auch um zu zeigen, wie sehr er zu seiner Corinna hält. Doch Corinna war eigentlich genauso wenig geheilt entlassen worden wie Johann und sie hat sich dann auch so verhalten, wie es viele dieser Mädchen und Frauen machen. Sie war ihm nicht treu und hat ihn nicht nur einmal betrogen. Sie war süchtig nach Sex und weder sie noch ihr Mann waren sich dessen bewusst. Zur Liebe waren sie beide nicht fähig, obwohl Johann diese Begabung wie ein Wunder in sich trägt. Johann hatte also nicht erfahren, was es heißt, bedingungslos angenommen zu sein. Nicht bevor er bei uns gelandet ist, nicht bevor er begonnen hat, als Johann zu leben. Dennoch strahlte er immer eine Fülle aus, die es zu entdecken galt. Unter der Kruste seines einsamen und trostlosen Menschseins war Licht. Er hatte die Gabe, trotz allem reich zu sein, ein Reichtum aus dem Nichts entstanden, der sich anfangs nur dadurch zeigte, dass er litt. Johann war lange Zeit eine wandelnde Allegorie der Trauer und ich war immer davon überzeugt, wer so trauern kann, ist auch zu einer ganzen Reihe anderer Gefühle fähig.

Doch dann kam die Nacht im März, in der Ares zum Helden wurde und Johann seine Stimme verlor. Seit dieser Nacht fallen allmählich alle Krusten von ihm ab. Aber das ist harte Arbeit, die er auch leistet. Mag ja sein, dass ich genial bin, jedenfalls sagen das andere von mir, doch Johann ist derjenige von uns, der alle Achtung verdient, denn er lässt sich ein, obwohl er Angst hat vor Nähe, er ist ja noch lange nicht heil und ganz. So ist es nicht immer leicht mit ihm, er und ich haben noch nicht gelernt zu streiten und wenn wir Streit haben, ist er sehr schnell verletzt. Er hat sozusagen ein Fettnäpfchen ums andere um sich herumgestellt, so dass man automatisch immer wieder in eines gerät, wenn man sich mit ihm abgibt. Er weiß es auch und er bemüht sich fast schon verzweifelt, gelassen damit umzugehen, aber das gelingt natürlich nicht immer. Ich kenne das von vielen tief verletzten Menschen her und indianische Menschen sind bestimmt mit am schwierigsten. Doch Johann sieht sich nicht als indianischen Menschen, er hat keine Ahnung von diesen Dingen, hat sich nie damit beschäftigt. Er ist hier aufgewachsen und fühlt keinen Bezug mehr zu dem Land, aus dem er kommt. Und wenn jemand von ihm erwartet, er solle sich seiner Herkunft gemäß verhalten, kann er ganz schön ungehalten werden, denn solche dummen Sprüche sieht er als Vorurteile. Nicht alle Südamerikaner sind automatisch Machos, aber dafür immer gut drauf und oberflächlich. Und nicht alle Indianer, der er ja sowieso nur halb ist, sind edle Wilde oder Krieger oder ein Winnetou-Abklatsch. Er ist nun ja auch nicht gerade ein fröhlicher Mensch, sondern eher in sich gekehrt und mit einem äußerst hintergründigen Humor begabt. So gelingt es ihm immer wieder, die Leute mit seiner angeblichen Taubheit zu foppen und sie bloßzustellen, jedoch ohne sich deshalb überlegen zu fühlen, denn dann lacht er auch über sich und seine eigenen Vorurteile. Noch schwankt er zwischen genialer Einfühlungsgabe, auch seinen Kindern gegenüber, und tiefer Verletztheit, doch er arbeitet hart daran, diese Verletztheit zu überwinden beziehungsweise sie gar als eine seiner ureigensten Stärken zu sehen.

Johann war es dann, der sich drei Wochen Zeit in Kolumbien genommen hat, um sich auf die Spuren seiner leiblichen Mutter zu machen. Er wollte es wissen. Er wollte nicht sein ganzes Leben davor davonlaufen oder gar erst damit konfrontiert werden, wenn schon alles vorüber zu sein scheint. Von Kolumbien hat er eine zutiefst verstörende Geschichte mitgebracht, die er nur schwer verdauen konnte, und wir alle hatten Angst um ihn. Doch Ares ist nicht nur für sich zum Helden geworden, sondern hat dieses Erbe an Johann weitergegeben mit der Aufgabe, dass da ein Mensch über sich hinauswächst. So kann ich mich an meinen Mann mittlerweile anlehnen, wenn mir danach ist, und ich kann mich auf ihn verlassen. Denn mit einem hatte ich immer recht: Er liebt mich seit dem Tag, an dem er mich das erste Mal gesehen hat.

Ich selbst konnte all die Jahre nichts für ihn tun, denn es ist unmöglich, einen anderen zu ändern. Das Warten selbst kostete mich all meine Kraft und niemand kann sich vorstellen, wie oft ich nahe daran war, aufzugeben. Selbst an dem Tag, an dem Johann fast vergewaltigt worden wäre, stand ich noch abends vor dem Fenster und dachte daran, mich von Johann scheiden zu lassen. Doch das war etwas, das ich mit mir alleine ausmachen musste. Ich hatte mich für ihn entschieden und ich musste aus meiner Situation das Beste machen. So machte ich erst einmal mein Studium und so ganz nebenbei Karriere als Künstlerin. Das war gar nicht beabsichtigt, es kam einfach so, weil ich mich an einigen Kunstausstellungen beteiligte und nebenbei ein paar Preise einheimste. Ich wurde herumgereicht als künstlerisches Wunderkind und konnte so immer mehr für meine Bilder verlangen. So erfreulich die plötzliche Prominenz war, so belastend war sie auch, denn auf eine solche plötzliche Berühmtheit war ich natürlich nicht vorbereitet. Es gab auf einmal eine ganze

Menge Verehrer und ich war einerseits damit beschäftigt, diese lästigen Kerle abzuschütteln, und andererseits sollte ich der Presse etwas über mich verraten, ohne meinen Schutzraum preiszugeben. Natürlich hatte ich dadurch auch Neider und da wäre ein starker Mann an meiner Seite sicherlich ganz angenehm gewesen, doch Johann war (noch) nicht für mich da. Das machte erst einmal nichts, denn meine Geschwister und meine Eltern waren da. Das Dumme daran war, dass ich einen seltsamen Kunstprof hatte, der mit meiner Art von Malerei und meinen Zeichnungen nie einverstanden war. Hätte ich etwas von ihm lernen können, hätte ich seine Kritik ja akzeptieren können. Doch von Lernen konnte bei diesem Herrn keine Rede sein, denn er wirkte stets desorientiert und er hatte eigentlich keine Ahnung von Kunst. Es gab dort auch andere Dozenten und in dieser Zeit habe ich noch unglaublich dazugelernt, doch dieser eine Professor war eine Plage. Er hat sich doch tatsächlich erdreistet, der Presse gegenüber zu erzählen, wie unbegabt ich eigentlich sei, welch ein Fehler es sei, mich so hochzuloben, und wir hätten einige ganz geniale Studenten an der Uni, die weit mehr Beachtung als ich verdient hätten, nur waren das leider nicht die Studenten, die ich für begabter als mich gehalten habe. Pech für ihn, dass er sich damit ins eigene Fleisch geschnitten hat. Er war so idiotisch mit seinen Äußerungen, dass er die Universität verlassen musste, und er hat nie verstanden, dass er für meine Bilder auf diese Weise auch noch die beste Werbung gemacht hat, doch anfangs hat mich das viel von meiner Ruhe gekostet, weil die Presse in dieser Zeit erst recht lästig geworden ist. Selbst das Fernsehen wollte mich in einer Reportage vorstellen.

Johann war ein Grund für meinen Erfolg. Ich habe die Skizzen, die ich in jener Nacht angefertigt hatte, in der Leo entstanden ist, zur Basis für Acrylbilder und Zeichnungen verwendet. Die Bilder waren sensationell und ich konnte alle bis auf mein liebstes aus dieser Serie verkaufen. Und in allen wichtigen Tageszeitungen des Umlandes waren Kritiken darüber zu lesen, die von Lob nur so überströmten. Natürlich war ich nicht bereit, etwas über Johann zu sagen, über mein liebstes Modell, und so hatten die Bilder auch noch was Geheimnisvolles. Als dann nach dem Überfall die Geschichte an die Öffentlichkeit kam, da stiegen die Bilder noch einmal im Preis. Doch das allerschönste Bild würde ich auf keinen Fall verkaufen. Es hängt in meinem, nein, in unserem Schlafzimmer. Johann hat es erst gesehen, als er damals von der Reha nach Hause kam. Keines meiner Bilder hat diese einmalige Mischung aus Erotik und Liebe, ich konnte ihn schließlich jahrelang nur mit den Malerutensilien lieben. Erst als er dieses Bild gesehen hatte, wusste er, wie tief meine Liebe all die Jahre gewesen ist. Und ich schäme mich trotzdem, denn als wir noch nicht wussten, was man ihm in jener Nacht im März angetan hat, da dachte ich, ich müsse meine Ehe aufgeben, um zu verhindern, dass mein Sohn Opfer eines Mannes wird, der vergewaltigt worden ist und der das vielleicht weitergibt. Ich hatte damals das Gefühl, dass ich nicht stark genug bin, um immer wachsam zu sein, um zu verhindern, dass mein so sehr geliebter Mann vom Opfer zum Täter wird.

Das, was Johann mitgemacht hat, ist schlimm genug. Es gibt genug Nächte, in denen er von Alpträumen geplagt wird. Es gibt genug Situationen, in denen er grundlos zornig wird oder depressiv. Ich erlebe immer wieder, wie er mit seinen Gefühlen kämpfen muss, wie er Worte für etwas finden soll, das von den allermeisten Menschen mit Schweigen bedacht und unter den Teppich gekehrt wird. Wir haben eben keine negativen Gefühle und Männer haben oft überhaupt keine Gefühle mehr, noch nicht einmal mehr positive. Angeblich jedenfalls. Solche Dinge, wie Johann sie erlebt hat, werden dann oft mit einem „da muss man einfach drüberstehen" kommentiert und so bleibt der Betroffene allein, hat keine Möglichkeit, etwas zu thematisieren, was ihn unter der Oberfläche ja nun doch beschäftigt. Wir scheinen vollkommen gefühllos und doch fühlen wir alle. Die einen bewusst, die anderen unbewusst. Johann leistet sich einen für einen Mann unglaublichen Luxus: Er steht zu seinen Gefühlen und nicht nur zu den schönen, sondern auch zu seiner Trauer und zu seiner Wut. Er hat die Möglichkeit für sich entdeckt, diese Gefühle in Worte zu fassen und sich zu fragen, was denn nun wirklich dahinter steht. So vermeidet er meistens Ungerechtigkeiten, die ohne diese Frage entstehen würden. Das, was er sich erarbeitet, gibt er weiter in einer Selbsthilfegruppe für missbrauchte Männer, die er in Ermangelung einer solchen selbst gegründet hat, mit Hilfe seines Therapeuten. Dieser Therapeut ist ein echter Glücksgriff, denn er arbeitet aus der Liebe zu den Menschen heraus, die er sich aus dem Erleben eigener Krisen geschaffen hat, und diese liebevolle Haltung ist es, die Johann hilft, wieder oder besser das erste Mal er selbst zu werden. Das alles ist sehr spannend und niemand weiß letztlich, was sich alles für abgründige Tiefen in meinem Mann verbergen. Wenn man nicht bereit ist, mit einem Partner zu wachsen, und nicht bereit ist, jede Veränderung mitzutragen, dann ist sicher eine Ehe in einer solchen Phase stark gefährdet. Aber ich sehe das Ganze recht locker. Ich glaube, dass wir alle dadurch profitieren und als Gelegenheit, selbst auch noch ein bisschen reifer zu werden. So ist Johann zu einem Geschenk geworden, das ich mir letzten Endes selbst gemacht habe, das er mir immer wieder neu macht.

Nur eines gibt es zu bedauern: dass Leonard drei Jahre ohne seinen Vater auskommen musste. Bis jetzt kann allerdings niemand sagen, ob es ihm geschadet hat oder nicht. Er hatte einen starken Großvater und somit eine positive väterliche Gestalt um sich herum. Ach was, nicht nur eine, denn Thomas lebt ja auch im Haus und auch mein kleiner Bruder bringt sich ein. Nach Johanns Reha entdeckte er erst einmal, dass die Mama nicht nur für ihn da ist, aber auch, dass da noch jemand da war, der sich intensiv um ihn kümmerte. Natürlich war es anfangs schwer für Johann, als väterliche Autorität von seinem Sohn angenommen zu werden. Gerade am Anfang quälte meinen Mann die Frage, ob er mit seinen Erfahrungen denn auch geeignet wäre, überhaupt ein Kind zu erziehen. Wie kann man den eigenen Schmerz, die eigene Verlassenheit so verwandeln, dass niemand mehr darunter leiden muss? Johann hat sich für einen schweren Weg entschieden, denn er will nicht vergessen, er will in Erinnerung behalten, was ihm widerfahren ist, und dennoch sinnvoll damit umgehen. Damit die Balance zu halten, ist ein Kunststück und Abstürze von diesem

Lebens-Hochseil sind fast schon vorprogrammiert, aber Johann behauptet immer, wenn er anfangen würde, zu vergessen, dann würde er nicht mehr merken, wenn er weitergibt, was er selbst erfahren hat. Ich finde, das ist eine mutige Entscheidung, vor allem, weil Johann langsam aufhört, wütend auf die zu sein, die ihm so viel Leid zugefügt haben. Er behauptet immer, sie hätten es eh nur getan, weil die Weigerung, sich zu erinnern und nachzufühlen, fast immer den Menschen vom Opfer zum Täter machen würde und er wolle es schaffen, weder Opfer noch Täter zu sein. Ich finde, er macht seine Sache ausgesprochen gut.

Seit dieser Märznacht bin ich auch gläubiger geworden, wenn auch nicht im ländlich-katholischen Sinn. Mein Bruder ist mit seinem Tod nicht einfach nur verschwunden, nein, irgendwie ist er präsenter als jemals zuvor. So bin ich mir sicherer als jemals zuvor, dass wir eine unsterbliche Seele haben. Nicht dass ich glaube, Ares würde spuken, auch wenn das zu unserem Haus passen würde, aber ich fühle mich diesem einst ungeliebten und unverstandenen Bruder sehr verbunden. Ich habe das Gefühl, er ist jetzt an einem Ort, wo ihm zuteilwird, was wir ihm nicht geben konnten, und wo all die alten Verbundenheiten, zum Beispiel an unseren Großvater, von ihm abgefallen sind. Er ist zu Hause und es geht ihm gut, aber er hat uns verpflichtet, sein Erbe, sein Heldentum zu ehren. Und doch wollte er sicher nicht, dass uns das zur Last wird. So habe ich ihm eine Serie von Bildern gewidmet, Vater hat ihm zu Ehren ganz besondere Bäume gepflanzt, für jede seiner Wurzeln einen. Diese Bäume gedeihen ungewöhnlich gut, was nicht immer mit Vaters Bäumen der Fall ist. Der Baum, der für Liesbeth gepflanzt wurde, der kränkelt, seit Liesbeth versucht hat, sich das Leben zu nehmen, und er wird sterben oder leben, wenn Liesbeth einmal tot sein wird, was von Joachim, der sie lieben gelernt hat und der sich um sie kümmert, seit sie eben wegen diesem Selbstmordversuch im Dauerkoma liegt, mit großer Aufmerksamkeit verfolgt wird. Doch die Bäume, die für Ares gepflanzt wurden, die gedeihen ungewöhnlich gut, besser als diejenigen, die Vater für uns andere gepflanzt hat. Einmal im Jahr feiern wir an Ares' Grab. Im Nachbarort gibt es eine Zigeunerfamilie, die einmal im Jahr sozusagen ein Picknick am Grab ihrer Ahnen macht. Die Familienmitglieder graben ein kleines Loch in die Erde über der Grabstätte und geben ihren verstorbenen Angehörigen von allen Speisen etwas ab. Ich konnte das einmal beobachten, als ich dort war, um von den wenigen verbliebenen alten Grabkreuzen Skizzen zu machen. Es hat mich tief berührt und als ich zu Hause davon erzählt habe, haben wir uns entschlossen, eine ähnliche Sache für Ares zu machen und auch für die ein Jahr darauf verstorbene Konstanze.

Meine Großmutter hat uns übrigens ein ganz ungewöhnliches Erbe hinterlassen, das irgendwie auch noch posthum meinen großen Bruder von seiner unglückseligen Verbindung mit seinem Großvater befreit hat. Jeder hat es gespürt, dass da einer freigelassen wurde, in unseren Träumen, in unserem Alltag, in unserer Religiosität. Meine Großmutter hat uns allen die allerschönsten Liebesbriefe hinterlassen, die man sich nur denken kann, allerdings nicht von ihrem Mann, sondern von einem russischen Fremdarbeiter, der damals auf einem der Bauernhöfe, genauer gesagt, bei Bauer Greinhuber, untergebracht war. Und diesen Briefen ist auch zu entnehmen, wer der eigentliche Vater von Katharina war, nämlich der Fremdarbeiter. Sie sind zwischen 1943 und 1951 entstanden und zeigen uns, wie tief diese beiden Menschen miteinander verbunden waren, so sehr, dass auch noch nach dem Krieg eine Verbindung bestand, und wie tief diese Verbindung war, habe ich erst begriffen, als ich meinen richtigen Großvater endlich kennenlernen durfte. Mein Großvater ist im Übrigen sehr gebildet. Seine Briefe sind von einer so schönen Sprache, dass Persephone sich überlegt, sie zu veröffentlichen, aber Mam ist natürlich nicht einverstanden. Mam wollte natürlich auch ihren Vater kennenlernen, von dem sie so lange nichts gewusst hat. Sie nutzte dabei die Erfahrungen, die Johann in Kolumbien gemacht hat. Und Vater hat noch einen Baum für Ares gepflanzt, eine wunderbare Birke, eben auch noch für die russische Wurzel. Ich kann nicht behaupten, mein Leben wäre langweilig. Ich wachse mit meinem Mann, ich hoffte für meine Mutter, sie möge unseren wahren Großvater noch lebendig finden, und wir alle waren froh, dass Wassili noch am Leben war.

Dazwischen bin ich noch einmal Mutter geworden und ich kann nur sagen, es ist ein Riesenunterschied, ob man sein Kind allein aufzieht oder ob der Vater sich auch einbringt. Johann ist der beste Vater, den man sich vorstellen kann, auch weil er einiges wiedergutzumachen hat. Aber auch, weil er entdeckt hat, welche Bereicherung so ein Kind ist. Als wir das Kind zuerst sahen, war es nur wenige Millimeter groß. Ein lebender Organismus, der sich gerade in eine feste Form findet, dessen späteres Herz schon pulsiert. Ein Wunder, das wir zustande gebracht hatten, das uns zugefallen war, das wir erleben durften. Dieses zerbrechlich-kraftvolle Etwas würde ein Teil unserer Aufgabe sein, eine ganz besondere Gabe, die man mit Vorsicht und Liebe zu behandeln hat, ein ganz besonderes Geschenk. Persönlichkeit von Anfang an. Genau wie wir alle und nun ist es so, dass jedes neue Leben in unserer Familie uns ermahnt, diese Einmaligkeit auch anzunehmen und als Geschenk zu betrachten, damit nicht wieder ein Ares alleingelassen wird. Keiner von uns fragt mehr danach, ob das neue Leben, das neue Wesen in unserer Familie Begabungen hat oder nicht, wir wissen es einfach und wir sind uns dessen bewusst, dass die Begabung unserer Kleinen nicht immer das ist, was wir früher erhofft oder erwartet hätten. Nun endlich sind wir voll und ganz bereit, den neuen Menschen als den anzunehmen, der er ist, aus, basta. Und sind unendlich bereichert.

Ganz nebenbei werde ich auch noch als Malerin anerkannt, obwohl ich das nicht unbedingt verstehe, denn es gibt auch noch andere sehr gute Künstler in meiner Altersklasse. Johann nutzt seine Begabung, die er bei der Vermarktung von Textilien erworben hat, um meine Bilder möglichst teuer zu verkaufen. Er ist so gut darin, dass auch schon andere Künstler um seine Hilfe gebeten haben, doch Johann ist so fest in Mams Kostümfundus eingespannt, dass er dafür keine Zeit mehr hat, auch weil er noch leben will, auch noch Vater und Ehemann sein will. Ares sei Dank.

Johann

Gras wachsen hören

Es ist seltsam, wenn die Leute dich für behindert halten, benehmen sie sich wie die Idioten. Bei mir glauben sie immer, ich wäre gehörlos. Anfangs wurde ich immer wütend, wenn sie mich dann wie einen Vollidioten behandelt haben. Ich bin Deutscher, auch wenn ich nicht so aussehe. Behindert sein und dann scheinbar auch noch Ausländer sein? Sicherlich ein doppelter Grund, einen Menschen zu diskriminieren. Ich machte und mache also einige unangenehme Erfahrungen. Manche Menschen glauben, weil meine Haare schwarz sind, meine Augen mandelförmig und meine Haut brauner als die anderer Deutscher, hätte ich kein Recht, hier zu leben. Sie glauben, ich würde ihnen Sozialleistungen, Arbeit oder sonst was nehmen, auf die ich ihrer Meinung nach gar keinen Anspruch hätte. Doch sie vergessen, wie viele Deutsche zum Beispiel nach Amerika ausgewandert sind und dort kräftig mitgeholfen haben, die einheimische Bevölkerung zu unterdrücken oder besser noch auszurotten. Der berüchtigte General Custer, der in den Indianerkriegen besonders brutal war, stammte ebenfalls aus Deutschland. Manchmal habe ich schon überlegt, den Leuten diese Dinge zu sagen, aber ich glaube, diese ihre rassistischen Gedanken kommen aus einer sehr verständlichen Existenzangst heraus, die nicht nur bedeutet, weniger zum Leben zu haben, wenn sie mit anderen etwas teilen sollten, sondern die viel tiefer sitzt. Ich glaube, die eigentliche Existenzangst ist die, die man hat, wenn etwas Fremdes das Alte, Vertraute infrage stellt. Wenn verschiedene Lebensweisen sich begegnen, die so unterschiedlich sind, dass wenigstens eine davon falsch erscheint. Wenn es scheinbar nur ein „Entweder-Oder“ statt ein „Sowohl-als-Auch“ gibt. Ich hatte nie viel am Hut mit Literatur, doch in der Zeit nach meiner Reha, als ich noch nicht wusste, wie es mit mir weitergehen sollte und ich einfach nur die freie Zeit genossen habe, da habe ich die Bibliothek entdeckt und mit ihr so Schätze wie die Ringparabel von Lessing und auch „Des Teufels General" von Zuckmayer, die Geschichten von Lena Christ, Sherman Alexie und Rafik Schami. Ich hätte solche Sachen ja schon aus der Schule kennen sollen, aber damals war ich nicht offen für die Schönheiten dieser Sprache, für die Feinheiten, die sich aus einer sinnvollen Interpretation dieser Literaturschätze ergeben. Da fand ich dann Antworten und Argumente. Antworten auf die Frage: Woher kommen die Ängste? Und Antworten darauf, wie ich damit umgehe. Und ich lerne immer noch, gelassen zu sein, denn es gibt genug Tage, an denen ich nicht die Kraft habe, in meiner Mitte zu bleiben, wenn ich mal wieder der Angst der anderen begegne. Ich habe dann auch Angst, bestehen zu bleiben, denn ich sehe auch, was diese Angst alles anrichten kann, sehe es an der Narbe an meinem Hals, sehe es in meinen Alpträumen, in Dachau, in den Flüchtlingsströmen dieser Welt und ich bin ratlos, fühle mich klein und unbedeutend, denn ich konnte mich selbst schon nicht schützen, was will ich denn dann für andere machen? Doch dann zeigt mir Lil diese Internetseite eines indianischen Schauspielers, der auf den ersten Blick eitel erscheint und vielleicht ist er es auch, er hätte sich diese Eitelkeit ja auch verdient und es würde ihn um einiges begreifbarer machen, denn einen scheinbaren Engel kann keiner begreifen, ihm kann man sich nicht sehr nahe fühlen, doch da ist ein Mann, der erst auf den zweiten Blick aussieht wie einer, der sich seine Weisheit hart hat erkämpfen müssen – und Lil behauptet immer, er habe die gleiche Trauer in seinem Blick wie ich –, der so viel Menschlichkeit, Offenheit und Weisheit in dem hat, was er schreibt, dass ich immer sehr berührt bin. Ich sollte ihm mal schreiben, wie sehr es mir hilft, seine Seite zu studieren, wie sehr es mir hilft, wieder zu meiner Mitte zu finden. Natürlich ist keiner von uns „Mutter Teresa", doch ein bisschen können wir eben doch verändern und so macht doch jeder, was er tun kann. Die Sache mit dem Tropfen auf dem heißen Stein kann man auch so sehen:

Viele Tropfen ergeben einen satten Regenguss und das ändert schon mal jede Menge.

Doch manchmal kann es auch ganz amüsant sein, wenn die Leute glauben, in deiner Gegenwart alles sagen zu können. Als ich mich noch mit Zetteln verständigen musste, brauchte ich eine neue Hose und Athanasia auch. Also sind wir zusammen einkaufen gegangen. Ich schiebe also einer der Verkäuferinnen meinen Zettel zu, um sie nach den Sonderangeboten zu fragen, da sagt sie doch, kaum dass ich mich umgedreht hatte, zu ihrer Kollegin, sie finde meinen Hintern so süß, nur schade, dass ich schon so eine große Tochter hätte. Ich kaufe also unsere Hosen und was wir sonst noch so gefunden haben und dann denke ich mir, na ja, schaust du mal, wie die Damen reagieren, wenn sie feststellen, du bist ja gar nicht taub. Also schreibe ich noch einen Zettel: „Vielen Dank für das nette Kompliment, aber meine Tochter ist das nicht, sondern meine Schwägerin, und taub bin ich auch nicht", und zeige ihnen meine Narbe. Es ist doch immer wieder nett, wie schnell die Leute rot werden, und denen war es besonders peinlich. Wie seltsam es doch ist, wenn es als peinlich gilt, einem Menschen was Nettes zu sagen, besonders wenn das auf dessen Körper bezogen ist.

Mein Körper, wenn wir schon davon reden, reagierte auf das ungewohnte Nichtstun mit einem für mich ganz und gar ungewohnten Schlafbedürfnis. Es schien so, als wollte er den jahrelang entbehrten Schlaf endlich nachholen, doch eigentlich bin ich nicht der Mensch, der es lange aushält, nichts zu tun. Und doch, endlich hatte ich Zeit, im Gras zu liegen, neben Persephone, abends wenn die Fledermäuse ausfliegen, hatte Zeit, im Treppenhaus den Spinnen zuzusehen, wie sie ihre Netze spinnen. Da hab ich dann auch meine Zuneigung zu diesem unmöglichen Meirion entdeckt, der mir das Leben in dieser Familie mit seiner aufdringlichen Neugier für verborgene Körperstellen so schwer gemacht hat. Am Anfang meiner Ehe konnte ich noch nicht einmal auf die Toilette gehen, ohne dass er durchs Schlüsselloch geschaut und mein bestes Stück mit dem meines Schwagers verglichen hat. Ich hätte ihn umbringen können. Doch an diesem Regentag saß ich im Treppenhaus auf dem Fensterbrett und sah zu, wie eine Spinne ein Netz webte, als mir Meirion in die Quere kam. „Was machst du da?", fragte er mich. „Ich schau zu, wie ein Spannennetz entsteht", antwortete ich ihm mit meinen Händen. „Zuerst spannt sie die Rahmenfäden, nicht wahr?" Meirion lachte sich natürlich schief und ich verstand zunächst gar nicht, warum. Da sagte Mei mir endlich, ich hätte mich versprochen, mal wieder das „I" und das „A" vertauscht. Und natürlich, zuerst spinnt eine Spinne die Rahmenfäden und danach die Speichen, gefolgt von den Fäden, auf denen die Spinne sich bewegt, und erst zum Schluss kommen dann die Klebfäden. Er setzte sich zu mir und wir beobachteten nun beide, wie die Spinne ihre Arbeit verrichtete. Mei fragte mich, ob ich schon einmal gesehen hätte, wie ein Schmetterling aus seiner Hülle schlüpft und beinahe unendlich langsam seine Flügel aufspannt. Er hatte sich eine Puppe in ein Einmachglas gelegt, die aus einer Raupe entstanden war, die in und von einem von Katharinas geklauten Blumensträußen lebte. Ich hatte dann die Aufgabe, darauf zu achten, dieses Schauspiel nicht zu verpassen, und so durfte ich auch noch erleben, wie eine bizarre Puppe sich in einen Schmetterling verwandelte und es sind diese Erlebnisse, die mich so sehr mit Mei verbinden. Es sind unsere ganz persönlichen Schätze, auch wenn ich damals gar nicht wusste, wie unglücklich Mei in mich verliebt war. Er wurde mir so vertraut, ich konnte ihm dann auch Gedanken anvertrauen, die man sonst nicht jedem auf die Nase bindet. So fragte ich ihn eines Tages, ob er sich denn auch immer vorstellen würde, wie es wäre, einer der Fische zu sein, die sich mit unglaublicher Anmut im Aquarium bewegten. Ob er denn auch gelegentlich fast schon in Trance geriet, wenn er versuchte, sich so etwas vorzustellen? Und es war gut, nicht mehr mit diesen Gedanken allein zu sein, auch wenn es Kenneth war, der mir viel später einmal die richtige Antwort auf meine Fragen geben konnte.

Wir beobachteten also Schmetterlinge, die frisch aus der Hülle geschlüpft in unvorstellbarer Langsamkeit ihre eigentliche Pracht entfalten. Vor dem Aquarium verbrachte ich Stunden und Tage in den Wäldern, immer auf der Suche nach neuen Sensationen, nach verborgener Schönheit und nach Resten von Leben wie dem Mäuseschädel, der jetzt in einer Streichholzschachtel in der Vitrine liegt. Ich sah Eulen, Füchse und Hasen, beobachtete das Ausschlagen der Bäume und das Aufblühen von Blumen, von denen ich vorher ja gar keine Ahnung hatte. Hörte mir geduldig und mit einer für mich ungewohnten Neugier an, was Sean mir dazu sagen konnte, und fühlte mich auf einmal ungeheuer reich. Oft erlebte ich diese Dinge zusammen mit meinem Sohn, dem ich noch nicht einmal etwas erzählen konnte. Meine fehlende Stimme machte ich mit Farbstiften wett, die ich immer dabeihatte, und ich lernte, so gut das ein künstlerisch unbegabter Mensch wie ich nun einmal schafft, so genau wie möglich zu zeichnen, um zu beschreiben, was ich gesehen hatte, denn die Bilder waren allemal aussagekräftiger als die Worte, die ich vielleicht dafür gefunden hätte.

Einmal, im Winter, als ich schon wieder zu arbeiten begonnen hatte, war ich mit Lilith, Leonard, Meirion und Athanasia unterwegs. Die Felder waren weiß vom Schnee und es schneite noch immer in dicken Flocken. Schnee war für mich früher sonst eher etwas Lästiges, etwas, das mich hinderte, schnell zu fahren, und nur auf der Skipiste eine Existenzberechtigung hatte. Doch die gleichsam in ein Leichentuch gehüllte Welt hatte was sehr Tröstliches an sich, eine Sinnlichkeit, die ich vor meinem jetzigen Leben niemals wahrgenommen hätte, die mich davon träumen ließ, Lilith im Schnee, in dieser weißen Klarheit zu lieben, denn er schien mir nicht kalt, sondern lediglich weich zu sein. In den Geruch von Schnee mischte sich bereits eine erste Ahnung des irgendwann folgenden Frühlings und ich fühlte eine eigenartige Ahnung und Sehnsucht auch nach Auferstehung. Eine ganze Weile gingen wir schweigend, es war also Raum genug, mich meinen Träumen hinzugeben, doch dann hatte Nasie die Idee, dass wir uns Wörter für „Schnee“ einfallen lassen sollten. „Die Inuit kennen eine ganze Menge Wörter für Schnee, da ist unser eigener Schnee-Wortschatz ziemlich armselig dagegen. Dafür haben wir aber sicherlich auch jede Menge Bezeichnungen für Grüntöne“, behauptete sie. „Lasst uns doch mal sehen, was uns so alles einfällt." So fanden wir Grobkristallschnee und Zarte-Flocken-Schnee, den Eiderdaunen-Schnee und auch ich schrieb einige Schnee-Wörter in denselbigen. Diamantenstaubschnee und Nasekitzelschnee. Welch ein Tag!

Welche Zeit für mich überhaupt, alles schien neu zu sein, alles war, als hätte ich es zum ersten Mal gesehen. Ich war gleichzeitig ganz jung und uralt. Ich war Kind und Mann und ich wurde reicher von Tag zu Tag. Der erfüllte Müßiggang ging etwa ein halbes Jahr, in dem ich lernte, genau hinzuschauen, nicht nur in der Natur, sondern auch in meiner Therapie und in der Selbsthilfegruppe, die ich in meiner Not gegründet habe und in der ich lernte, wie viele Männer tatsächlich von so einem Problem wie Missbrauch betroffen sind. Ich lernte zuhören, weil ich gezwungen war zu schweigen und ich lernte, mich sehr genau auszudrücken, damit ich auch wirklich verstanden werde. Und ich hatte nun sehr viel zu erzählen, so viel, dass Persephone immer sagt, ich wäre vergleichbar mit dem Seher Theiresias, der erst durch den Verlust des Augenlichtes sehend wurde, denn mit dem Verlust der Stimme hätte ich nun ein fast unstillbares Mitteilungsbedürfnis. Das stimmt auch und meine Mutter ist davon gar nicht begeistert, denn nun geht es ans Eingemachte. Ich will einiges wissen, über das wir nie gesprochen haben. Ich will wissen, wie meine Eltern auf die Idee gekommen sind, Kinder zu adoptieren, wenn sie eigentlich gar nicht wirklich kinderfreundlich sind. Ich will wissen, warum sie auf die Idee gekommen sind, sich ausgerechnet Kinder aus einem so fernen Land anzuschaffen und warum sie sich nicht vorher darüber informiert haben, wie man mit Kindern umgeht. Haben sie die Kinder, mich und Joachim, adoptiert, weil sie auf die Dankbarkeit von armen, verlassenen Geschöpfen angewiesen waren? Haben sie sich stark gefühlt, sicher in sich selbst? War es sehr schlimm, als sie erkennen mussten, wie ohnmächtig sie angesichts des Leides waren, das wir mit uns gebracht hatten? Gab es damals denn fachkundige, liebevolle Hilfe oder waren sie mit ihren Problemen alleingelassen? Hätten sie sich überhaupt Hilfe holen können? Mutter reagiert ungehalten, noch immer, sie kann gar nicht zufrieden sein. Sie hätte doch allen Grund, froh zu sein, denn nun geht es mir gut, ich habe eine liebe Frau, wunderbare Kinder, einen Beruf, der mich mit aller Freude erfüllt. Doch tief in ihr drinnen nagt etwas, lässt sie mit nichts wirklich zufrieden sein, denn nun mäkelt sie an ihren Enkeln herum, an denen immer irgendwas nicht in Ordnung ist. Nimue ist zu dick, Leonard ist unhöflich, wenn er ihr kein Küsschen auf Kommando gibt, und wie nachlässig er oft gekleidet ist. Kennt man ja, nicht wahr?

Jetzt, wo nicht mehr ich es bin, der die Schatten unserer Familie trägt, ist sie es, die Drogen in Form von Psychopharmaka zu sich nimmt. Sie ist es, die jetzt mich als Helden braucht und sie ist immer bemüht, uns allen zu beweisen, wie sehr ich sie hasse, dabei habe ich ihr längst vergeben, ich will eigentlich nur verstehen, was hinter ihrer Krankheit, hinter meiner freudlosen Jugend und hinter eben all dem Leid steckt, das außer mir noch so viele andere Menschen erleiden müssen. Ich will verstehen, um den anderen Männern, die ich regelmäßig sehe, eine Antwort geben zu können. Ich will verstehen, warum dieses Leid entsteht und noch mehr, wie es sich in Zukunft vermeiden lässt. Und ich will lernen, die Frau, die mich aufgezogen hat, zu lieben, auch wenn ich von ihr niemals Liebe erhalten habe und auch nicht erwarten kann. Ich frage ja nicht nur nach der Vergangenheit, die nur mich oder Joachim betrifft, ich frage vor allem nach ihrer eigenen Kindheit, nach dem, was sie über die Kindheit und Jugend unserer Großeltern weiß. Ich sehe auch eine Linie, ich sehe, wie Lieblosigkeit von einer Generation zur nächsten weitergegeben wird, und ich begreife auch, was es heißt, in einer solchen Reihenfolge leben zu müssen. Mir ist auch bewusst, welche Last es bedeutet, wenn man sich entschlossen hat, diese Reihe zu unterbrechen. Da ist niemand, an den du dein Leid weitergeben kannst, da bist du ganz alleine. Gut, wenn man dann das Glück hat, einen liebenden Menschen an der Seite zu haben. Für Liesbeth kam dieser Mensch zu spät, sie wollte eigentlich ihren Weg heraus aus dem Generationen-Teufelskreis suchen, doch sie ist letztlich daran zerbrochen und Joachim, der nach dem Überfall, der mich fast das Leben gekostet hat, seine Schatten alleine tragen musste, war ihr trotz seiner großen Liebe zu ihr keine große Hilfe und nicht nur das, er war ihr sogar eine tödliche Last.

Durch mein hartnäckiges Fragen habe ich dann doch von meiner Mutter so einiges erfahren. Mein Stiefgroßvater, der immer mit äußerster Verachtung von meinem Vater behandelt worden war, weil er mit einer angeblichen hündischen Anhänglichkeit an meiner Großmutter gehangen hat und sich in den Augen meines Vaters nie gegen ihre Herrschsucht zur Wehr gesetzt hat, wurde als Kind ins Allgäu verkauft, mit erst sechs Jahren, weil seine Familie so arm war, dass sie das Geld brauchte und froh war, einen Esser weniger am Tisch zu haben. Er hatte so arg Heimweh, dass er den ganzen langen, weiten Weg alleine nach Hause zurückgelegt hat, zu Fuß, nur um wieder zu Hause zu sein. Kein Wunder, dass dieser Mann später so unterwürfig erschien, ihn hat sicherlich die lebenslange Angst verfolgt, wieder weggeschickt zu werden. Der Großvater meiner Mutter ist nur mal schnell ein Bier holen gegangen, um Jahre später von Amerika wiederzukommen. Ihr Vater ist im Krieg geblieben und ihre Mutter hatte ein Verhältnis mit einem verheirateten Mann. Dennoch hatte meine Mutter nie Verständnis für eine ihrer Tanten, die nicht nur ein ähnliches Verhältnis hatte, sondern diesen Mann auch noch heiratete. Oder war es genau deswegen? Wie fühlt sich ein Kind, das miterleben muss, wie die Nachbarn sich die Mäuler zerreißen, weil die Mutter ein Verhältnis hat? Eine ihrer Großmütter hat ihren Mann verbluten lassen, weil der Transport ins nächste Krankenhaus zu teuer gewesen wäre und es die Existenz der ganzen Familie gefährdet hätte, ihrem Mann die benötigte Hilfe zukommen zu lassen. Meine beiden Eltern hatten ihre Väter im Krieg verloren und sie waren Sündenböcke für den Rest der Familie, für die Onkel und die Tanten, für Lehrer und Mitschüler. Vater landete in der Hilfsschule und hatte Glück, einen Lehrer zu haben, der seine überragende Intelligenz erkannte, aber er war stigmatisiert und aus dieser Erfahrung heraus versuchte er, allen zu beweisen, was alles in ihm steckte. Doch ein großes Haus und ein Mercedes vor der Tür ersetzen nicht eine liebevolle Zuwendung einer nie vorhandenen Vatergestalt, sie sind nur bloße Kosmetik. Beide wurden missbraucht, nicht nur körperlich, und damit alleingelassen. Als meine Mutter mit meiner Großmutter darüber reden wollte, meinte die nur, darüber bräuchten sie nicht mehr reden, das sei ja schon längst vorbei. Ist es da ein Wunder, dass wir alle so einsam waren? Nein, ich bin nicht wütend auf meine Mutter, noch nicht einmal auf meinen Vater, im Grunde genommen liebe ich sie sogar, ich darf aber auch nicht den Fehler machen, ihr Leid zu meinem zu machen. Das Wissen über unsere Geschichte hilft mir lediglich, zu vergeben und damit meine Eigenmacht wiederzufinden.

Ich kenne einige indianische Menschen, weil sich Lil für diese Menschen engagiert, und ich höre oft den Vorwurf, der europäische Mensch sei nicht so gut wie sie und die europäischen Systeme seien den indianischen Systemen des Zusammenlebens im Grunde unterlegen. Ich kenne diesen Vorwurf auch aus der indianischen Literatur. Im Prinzip halte ich die Vorwürfe durchaus für berechtigt, denn das europäische Leben hat so seine Tücken und es ist nicht gerade ein Verdienst, es in so viele Länder exportiert zu haben. Doch ich weiß auch, wie schwer es ist, das erlittene Leid nicht weiterzugeben, all das aufzulösen, was seit Generationen schwer auf dem Einzelnen lastet. Vorwürfe bringen da nichts, nur eines kann wirklich helfen, nämlich die ausgestreckte Hand für die, die bereit sind, diese Arbeit auch zu leisten. Ich bin mir bewusst, was es heißt, wenn ein Mann im Amerika der Fünfziger-, Sechziger-Jahre nicht zugeben darf, dass ein Teil seiner Vorfahren indianisch ist, weil er sonst kein eigenes Haus, keinen eigenen Grund und Boden besitzen darf. Ich weiß auch nur zu gut, was es bedeutet, den eigenen Vater gar nicht zu kennen, wie es im Fall von Lils indianischem Schauspieler ist. Ich bewundere diesen Menschen aufrichtig, denn er scheint gar nicht verbittert zu sein, er ist eher wie ein Gewächs, das in seiner eigenen Herkunft wurzelt, aber seine Triebe in die ganze Welt ausstreckt. Er kann damit einigen unserer indianischen Freunde eine notwendige Hilfe sein, denn dieses Nicht-Verbittern, das ist nicht leicht, und die meisten schaffen es nicht. Ja, wirklich, ich sollte ihm schreiben und ihn fragen, wie er es macht, so offen und liebevoll-freundlich zu sein, vielleicht kann ich noch etwas lernen. Ich kann mir lebhaft vorstellen, wie verletzend es ist, wenn eine lernbehinderte Lakota, die hier aufgewachsen ist, kein Englisch kann, geschweige denn Lakota, die dann von anmaßenden anderen Lakota dumm angemacht wird, weil sie es nicht kann. Wer hätte es ihr denn beibringen sollen? Ich hab das erlebt, es ist ein ganz liebenswertes Mädel und der betreffende Herr hat es ausgenutzt, dass es so verwundbar und verwundet war, hat man doch auf seinen Armen so deutlich seine Narben gesehen. Ich habe ihn dann zur Seite genommen und gesagt, das, was wir entwickeln müssen, ist das Verständnis für Zusammenhänge, die uns Menschen so machen, wie wir sind, einerseits um zu vergeben, andererseits um den Schmerz zu verhindern, den man sonst gar so leicht weitergeben kann, und im Weitergeben sind wir alle ohne Ausnahme Weltmeister. Dann darf man nicht vergessen, wie wichtig die Kenntnis der Zusammenhänge ist, wenn man werden will, wer man ist. Dieses Verständnis kann vielleicht auch die Basis sein für Achtung und Respekt, auch sich selbst gegenüber, ohne die wir ja doch nicht auskommen können.

Wenn ich auch nicht mehr sprechen konnte, so blieb mir wenigstens ein heiseres Lachen, das meinem Sohn und später auch meiner Tochter viel Spaß und den meisten anderen Leuten eine Gänsehaut machte. Leonard bittet mich oft um dieses Lachen und ich tue ihm den Gefallen, auch wenn mir nicht immer nach Lachen zumute ist. Oft quält mich die Erinnerung und es gibt diese Tage, an denen ich lieber tot sein will, als meinen Schmerz wieder und wieder zu erleben, und sei es auch nur nachts in meinen Träumen. Es gibt Tage, an denen ich mich ohnmächtig und wütend erlebe, weil ich das Gefühl habe, niemanden zu erreichen, oder weil ich einfach überschwemmt werde von Zorn, Erinnerung, Trostlosigkeit. Es ist immer ein körperlich spürbarer Schmerz dahinter, so als ob in mir eine Wunde wäre, die nicht heilen will, ein riesiges Loch, das eitert. Gerade dann überkommt mich eine Form von sexuellem Verlangen, wie ich es früher nicht gekannt habe, voller Aggression und irgendwie zerstörerisch, verstörend, dem ich nur dadurch begegnen kann, indem ich mich in mein Atelier zurückziehe, hinter mir zuschließe, mich selbst befriedige, während ich gleichzeitig meine Oberschenkel oder meinen Bauch mit einem Messer behandle. Das kenne ich ja noch immer, nicht wahr? Deswegen kann ich es auch bei anderen erkennen, wie bei unserer Selma, unserer Lakota. Es ist zur Not besser, als Lil oder jemand anderen leiden zu lassen, auch wenn Lil anfangs schockiert war. *Ich* leide, sonst keiner, ich darf es nicht weitergeben.

Ich habe mit meinem Therapeuten darüber gesprochen und er hat mich nicht in die Ecke von Borderliner und Co. gestellt, denn wir haben in der Tat wenig Möglichkeiten, anders damit umzugehen, wir sind damit alleine. Insgeheim wird von uns erwartet, andere nicht mit unserem Schmerz und unserer Verzweiflung zu konfrontieren. Dabei verursachen auch kulturelle Prozesse Verletzungen in uns, mit denen wir leben müssen. Ich bin überzeugt davon, auch der Sonnentanz vieler Indianervölker hat seinen Ursprung im Überlebenmüssen solcher Verletzungen, denn ich glaube nicht, dass irgendein Junge, ein junger Mann ohne Schaden davonkommt, wenn das höchste Ideal im Kriegführen und in lebensgefährlichen Jagdmethoden besteht. Wir haben uns noch andere kulturelle Methoden angesehen, wie Menschen mit solchen Verletzungen umgehen. Ich bin mir seither sicher, auch Schönheitsoperationen, Piercing oder schlimmere „Verschönerungen" des Körpers fallen irgendwie in diese Kategorie und dann sind da noch die vielen schmerzhaften Schmucknarben, in Afrika zum Beispiel. Die Menschen brauchen anscheinend diese Schmerzen, sie sind nun einmal sehr viel verletzlicher, als ihnen bewusst ist, und Leid und sich wegen was auch immer Schmerz zufügen, das bedeutet auch, sich seiner Verletzlichkeit bewusst zu werden. Doch Veränderungen, die diese Rituale unnötig machen, so haben wir erkannt, können nur durch Akzeptanz kommen. So schrecklich ich es selbst finde, in diesen Momenten nur auf diese Weise am Leben zu bleiben, aber ich bleibe am Leben, das und die Tatsache, fähig zu sein, meine Familie vor meinen schlimmen Erfahrungen zu schützen, ist das, was wirklich zählt. Langsam lässt diese sexualisierte Wut zum Glück auch nach, aber ich gehe auch sehr viel sensibler mit Berührung um, selbst wenn es nur eine einfache Umarmung ist, wenn jemand das nicht will, lasse ich es bleiben, und vor allem in meinem Liebesleben bin ich viel vorsichtiger geworden und achte sehr darauf, meine Frau nicht mit meinem Schatten zu konfrontieren. Bei all dem hilft es tatsächlich, zu wissen, warum ich all das erleben musste, es hilft mir auch, zu wissen, so etwas kommt wahrscheinlich nicht wieder vor, wenigstens für mich nicht.

Doch auch Katharina hat mich etwa ein halbes Jahr nach dem Überfall um mein Lachen gebracht. Sie war eines Tages der Meinung, ich hätte genug gefaulenzt und nun sei es an der Zeit, mit etwas Neuem anzufangen. Sie hat mir mehr zugetraut als ich mir selbst, denn abgesehen vom handwerklichen oder wirtschaftlichen Können sind bei ihrem Beruf auch Menschenkenntnis und Einfühlungsvermögen vonnöten und daran, so glaubte ich, hatte ich gewaltige Mängel. Doch gerade da traute mir Katharina mehr zu als ich mir selbst. So wurde ich von einem Tag auf den anderen sozusagen ihr Auszubildender und zu lernen hatte ich viel. Anfangs lernte ich, wie man frisch geschorene Wolle wäscht, sie färbt, spinnt und verwebt. Ich lernte Farben aus Naturstoffen selbst herzustellen, blaumachen natürlich auch, natürlich mit Ammoniak aus der Apotheke statt mit literweise Bier und der dadurch entstehenden Pisse. In meiner Seele gab es dadurch eine Explosion von Farben, denn man weiß nie, wie die Stoffe oder Garne aus den Färbesuden oder -küppen herauskommen. Ich wurde gierig nach dem Geruch von Sandelholz, mit dem wir orangefarbene und rote Farbtöne hervorbrachten, ich konnte gar nicht genug bekommen von den Gerüchen der verschiedenen Hölzer oder von Krappwurzeln. Katharina brachte mich damit sowohl der Erde als auch dem Himmel näher, denn Riechen bewirkt immer mehr als nur den spontanen Genuss und auch Farben wirken viel tiefer, als es den meisten Menschen bewusst ist. Und diese herrlichen Naturfarben, sie sind in ihrer Wirkung sehr viel subtiler als die oft viel zu grellen Anilinfarben.

Sie brachte mir Nähen bei, Sticken, Klöppeln und so ganz nebenbei einiges über Mode und Kostümkunde. Ich lernte dabei, gut von der in diesen Dingen erfahrenen Katharina beraten, die hohe Kunst, Beruf und Familie miteinander zu verbinden und auch dann noch zuzuhören, wenn ich gerade mit irgendeiner Weberei oder Näharbeit beschäftigt war. Dafür brachte ich mein kaufmännisches Wissen ein, denn die lausigsten Zahler waren diejenigen, die am meisten Geld hatten. Manchmal war ich nach so einem langen Arbeits-Familien-Tag so sehr erschöpft, dass mir die Tränen gekommen sind. Unglaublich, was eine Frau alles leistet, die das alles unter einen Hut bringt. Wie war ich froh, wenn Lil in dieser Zeit viel Verständnis dafür hatte, wenn ich den Tränen nah erschöpft mal so ganz und gar keine Lust auf Lust hatte. Ob ich umgekehrt ohne diese Erfahrungen auch so viel Verständnis gehabt hätte, na, da habe ich so meine Zweifel.

Ich musste von alten Gemälden Kleidung kopieren und lernte, diese Ideen in Schnittmuster umzusetzen. Wir waren tagelang in Bibliotheken unterwegs, um ein Schnittmuster aus einer bestimmten Zeit zu suchen, und stritten uns mit Regisseuren wegen passender oder besser unpassender Kostüme. Ich lernte unglaublich viel in unglaublich kurzer Zeit. Und ich leckte Blut. Ich habe einen sehr spannenden Beruf, der sowohl Können wie auch Menschenkenntnis erfordert und der mich immer fordert. Und ich finde immer wieder etwas Neues zum Entdecken. So fand ich mich gleich am Anfang meiner Ausbildung in Pers Bibliothek wieder und stöberte in einem Kunstband, als ich unvermittelt auf einem der Bilder Liesbeth sah. Natürlich war das nicht Liesbeth, sondern Madame Gautreau, eine Pariser Bankiersgattin, eine skandalöse Frau, die sich wohl mehr als einen Geliebten genommen hat, sich die Haut in seltsamen Farben puderte und deretwegen der Maler des Gemäldes, ein Amerikaner namens John Singer Sargent, das Land verlassen musste. Doch diese Frau sah auch aus wie Liesbeth, so wie sie dastand, sich mit einer Hand auf einem kleinen Tisch abstützte und dem Betrachter die kalte Schulter zeigte, nur nicht blond, sondern dunkelhaarig. Das Kleid, das sie trug, war genial. Im Stil der Kleider mit aufgebauschter Gesäßpartie, das Bild ist 1884 entstanden, aber ohne all die überflüssigen Rüschen, doch mit einem für diese Zeit ungewöhnlich tiefen Dekolleté. Dieses

Kleid, so stand für mich fast sofort fest, sollte Liesbeth zu Weihnachten bekommen, und ich stürzte mich auf eine Arbeit, die für mein damaliges Können fast eine Nummer zu groß war, aber mit der Hilfe von Katharina bewältigte ich auch diese Herausforderung und so verwandelte ich ein schüchternes Mauerblümchen in eine femme fatale. Und so sorgte ich vielleicht auch ein wenig mit dafür, dass sich mein verwitweter Bruder wieder in eine Frau verliebte. Es wäre so schön gewesen, wenn diese Romanze für die beiden glücklich geendet hätte, und ich habe mich schon so manches Mal gefragt, ob es nicht besser gewesen wäre, dieses Kleid nicht herzustellen. Und doch, ich bin mir sicher, für den unglücklichen Ausgang einer Liebe bin nicht ich verantwortlich.

Joachim

Wertmaßstäbe

Im Februar 1998 kam ich mit meinen beiden Kindern nach Deutschland zurück. Elena, meine Frau, die ich während meines beruflichen Aufenthaltes in Venezuela kennengelernt hatte, war im Sommer davor bei einem Autounfall ums Leben gekommen. In Venezuela verdiente ich als Ingenieur gut und da die Löhne der Einheimischen gering sind, konnten wir uns Personal leisten, das sich um meine Kinder und um den Haushalt kümmerte. In Deutschland verdiente ich zwar auch nicht schlecht, aber Personal konnte ich mir keines mehr leisten. Nun musste ich plötzlich selbst waschen, kochen und abstauben, natürlich alles neben der Arbeit, und das gelang mir nur mittelmäßig (eigentlich eher saumäßig, wenn ich ehrlich sein soll). Die neue Familie meines Bruders bot mir zwar die Möglichkeit, bei ihnen im Gutshaus zu wohnen, was meinem beruflichen Hintergrund durchaus entsprach, aber alle waren so beschäftigt, dass eine Hilfe im Haushalt eben nicht gegeben war. Johann hatte dann diesen Überfall, man muss schon fast sagen, dass das gut war für ihn, denn er wurde endlich er selbst, und dadurch also bin ich mit diesen lieben Leuten in Kontakt gekommen. Und ich war plötzlich mit meinem Schatten allein. Bis zu diesem Zeitpunkt gab es für niemanden einen Anlass, an mir zu zweifeln, außer für mich selbst, aber mein eigener Zweifel war auch fest in mir und, vor allem, vor mir verschlossen.

Bei den O'Keeffes lernte ich dann Liesbeth kennen und ich verliebte mich in sie, allerdings nicht auf den ersten Blick. Sie war keine attraktive Frau, eher mager, nachlässig gekleidet und nicht geschminkt. Sie war, bis kurz vor der Geburt ihrer Tochter, berufstätig und alles andere als eine ordentliche Hausfrau, denn sie arbeitete eher zu viel als zu wenig und las auch noch sehr viel. Da bleibt keine Zeit, um den Haushalt komplett staubfrei zu halten, wie ich es von meinen fetten Zeiten in Kolumbien gewohnt war. Eigentlich dachte ich, sie sei gar keine richtige Frau, keine, die Interesse an Männern hat und es genießt, einen Mann zu verwöhnen und ihn zu verführen. In den fünf Jahren Südamerika habe ich sicherlich viel von den Werten hier vergessen und ich war es auch nicht gewohnt, mich als Mensch zu betrachten, der für bestimmte Dinge selbst verantwortlich war, vor allem was den Haushalt anbelangte. Da hatte ich eine gewaltige Erwartungshaltung gegenüber Frauen und ich wertete auch entsprechend. Eine gute Frau war Hausfrau und kümmerte sich um den Haushalt und die Kinder und sah gut aus, hatte Lust am Sex und strebte nicht nach dem, was ich für Frauen an Selbstständigkeit für überflüssig hielt. Liesbeth war eindeutig keine gute Frau für mich, so dachte ich jedenfalls. Doch dann kam Weihnachten und Johann hat mit Hilfe von Katharina dieses Wunderwerk an Kleid geschaffen, das aus der grauen Maus Liesi ein göttliches Geschöpf gemacht hat. Mir hat es die Sprache verschlagen und ich konnte diesen Anblick nicht aus meinem Kopf verdrängen in den nächsten Monaten. So begann ich, dieser Frau zu sagen, wie sehr es mir gefallen würde, wenn sie sich öfter so schön anziehen würde, nicht nur zu Weihnachten oder für die Oper. Ich wollte gar nicht wahrhaben, dass Liesi anders war, dass sie nicht immer der strahlende Star war, den ich an diesem Weihnachtsabend entdeckt hatte. Sie war Mutter eines Babys und das war Knochenarbeit, doch davon hatte ich selbstverständlich keine Ahnung, denn als meine Kinder so alt gewesen waren, hatte ich oft so lange gearbeitet, dass ich sie oft nur schlafend gesehen hatte, und ich hatte natürlich keine Ahnung, wie viel Hilfe meine Frau durch die bezahlte Haushaltshilfe hatte und noch weniger davon, wie viel Aufmerksamkeit eine gute Erziehung von Kindern wirklich erfordert. Mit anderen Worten, ich war ein kompletter Idiot.

Johann empfahl mir, diese Frau so zu nehmen, wie sie eben war. Doch das konnte ich nicht. Im Nachhinein musste ich erkennen, dieses Nicht-Annehmen war der hilflose Versuch, in einer für mich unverständlichen Situation die Kontrolle zu behalten. Ich wollte mir eine Frau formen, wie ich sie kannte, wie meine

Mutter war, wie meine Frau war, und sicher glaubte ich, so könne ich verhindern, dass ich sie verliere. Wenn sie machen würde, was ich mir vorstellte, dann könnte nichts Schlimmes mehr passieren. Ich hatte offensichtlich eine andere Methode, mit dem Verlust der leiblichen Mutter umzugehen, als Johann sie hatte. Diese Methode war gesellschaftlich anerkannt, etwas ganz und gar Unauffälliges und Normales. Doch letzten Endes nicht minder zerstörerisch als die Johanns. Nein, sie war noch viel zerstörerischer, denn als Johanns Mauern brachen, da war er ein freier Mensch, doch was ich angerichtet habe mit meinem Anspruch, das kann niemand mehr gutmachen, da fühle ich mich noch immer gefangen, auch wenn niemand mich ins Gefängnis steckt. Meine Schuld ist es, die mich unfrei macht.

Ich begehrte Liesbeth und ließ keine Gelegenheit aus, es ihr zu zeigen. Liesbeth war auch nicht wirklich abgeneigt, mit mir eine Beziehung einzugehen, und sie verstand sich prima mit meinen Kindern und die Kinder hatten sie bald lieb gewonnen. Doch ihre Art war für mich nur schwer erträglich. Ich erwartete selbstverständlich, dass das Essen fertig war, wenn ich abends nach Hause kam, also zunächst einmal, dass sie mir abends etwas zum Essen anbot, damit ich nicht auch noch kochen brauchte. Und ich erwartete auch, dass sie sich dann abends extra für mich frisch machte, denn wenn man den anderen liebt, dann sorgt man ja auch dafür, immer sauber und adrett zu sein, nicht wahr? Doch Liesbeth war nicht so und der Vorschlag, sie könne nach dem Erziehungsurlaub zu Hause bleiben, wurde kategorisch abgelehnt, was ich gar nicht verstehen konnte, denn ich konnte doch durchaus Sicherheit bieten. Die Sicherheit eines goldenen Käfigs, wie ich heute weiß. Ich stritt mich deswegen oft mit Liesbeth, die statt immer schöner immer dünner und blasser wurde, deren Haare statt voll und glänzend zu sein immer dünner und strähniger wurden und die alles andere als glücklich war, obwohl sie sicher noch nie so sehr die Möglichkeit einer glücklichen Beziehung gehabt hatte.

Ich sprach wie mit Engelszungen: Sie solle alles vergessen, was in der Vergangenheit gewesen sei, sie solle sich attraktiver herrichten, dann wäre sie auch beliebter (welche Dummheit und Arroganz von mir, so als brauchte Liesbeth ausgerechnet mich, um nicht einsam zu sein), sie solle doch nicht immer so spröde sein und ich empfahl ihr, doch angepasster zu leben, denn die Gedanken einer Hannah Ahrendt taugten halt nur für eine Hannah Ahrendt und nicht für eine normale Frau, die eine Beziehung leben wollte und die ein ganz normales Frauenleben zu führen hatte. Manchmal fragte ich mich, warum ich mich nur mit dieser störrischen Frau abgab. Ich verstand überhaupt nicht, warum sie meinen wohlmeinenden Rat nicht angenommen hatte, denn schließlich meinte ich es doch nur gut mit ihr, oder etwa nicht? Ich wollte doch nur, dass sie es leichter hatte, und ich begriff gar nicht, Liesbeth gehörte zu den Menschen, die nach der Wahrheit hinter den Dingen zu suchen haben und das ist nie ein leichtes Leben, das ist immer schwer. Nur war ich damals nicht so weit, um zu begreifen, ich war eben verbohrt in meine falschen Ansichten und glaubte, ich wüsste für alle, was gut sei für sie. Und warum kämpfte ich so lange um sie, anstatt mir eine Frau zu suchen, die besser zu mir passte? Offensichtlich hatte ich mit dieser Frau noch einiges zu lernen und die Lektion, die mir bevorstand, war ungeheuer hart und bitter.

Es ging ein ganzes Jahr lang so. Wir waren beide ausgelaugt und die Beziehung stand vor dem Aus. In dieser Zeit holte ich mir nur diesen einen Rat von Johann und der hat mich natürlich nicht befriedigt. Es war nur noch eine Frage der Zeit, wie lange wir noch so weitermachen würden, und ich habe mir schon überlegt, wie ich mich am elegantesten davonmachen würde. Da bekam ich ein Paket aus Venezuela von meiner früheren Schwiegermutter. Sie schrieb mir, sie sollte diese Briefe eigentlich nicht an mich schicken, denn Elena, meine verstorbene Frau, hatte es nicht gewollt. Doch da sie sich Sorgen um ihre Enkel machen würde, die am Telefon gesagt hätten, dass der Papa schon wieder eine ganz, ganz liebe Frau, die sie gerne als ihre Mama haben wollten, schlecht behandelte, da war ihr klar, etwas müsse geschehen. Es waren Briefe von Elena an ihre Mutter, in denen sie genau die Dinge schilderte, die ich immer für normal hielt, die aber für meine Frau so quälend und erniedrigend waren, dass sie sich umgebracht hat. Sie starb also nicht durch einen Unfall, wie ich immer gedacht hatte, sie starb, weil ich nicht sie, sondern ein Ideal geliebt hatte, dem sie nie und nimmer genügen konnte und an dem sie schließlich zerbrochen ist. Erst aus ihren Briefen habe ich erfahren, wie sehr sie meine automatisierte Sexualität verachtet hat, meine Sexualität, die nur den Körper wahrnahm, aber die Seele unbeachtet ließ, die nicht die Einheit des ganzen Menschen, weder meine noch ihre, ehrte, sondern Befriedigung lediglich als eine Art von Körperhygiene betrachtete. Wie sehr sie es gehasst hat, sich mir zuliebe zu schminken, auch dann, wenn sie Schmerzen hatte, auch dann, wenn sie müde war. Sie hat unglaublich unter ihrer Abhängigkeit von mir gelitten, denn ohne meinen Verdienst hätte sie gar nichts gehabt und hätte genauso arm gelebt wie unser Personal. Sie war in unserer Ehe unwürdig einsam, denn unsere Unterhaltungen fanden entweder überhaupt nicht statt, auch weil ich nicht verstand, ein paar Wörter zu irgendeinem Thema sind eben keine Unterhaltung, oder ich stellte mich als der große Herr Roth dar, der ich für sie gar nicht war. Da war nichts Liebevolles, da waren aber viel Kritik und ein nicht zu erfüllender Anspruch auf Perfektion meinerseits, so dass sie sich dauernd irgendwie unzulänglich und auch ungeliebt fühlte. Ich war nicht der freundliche, ausgeglichene Mensch, als den sie mich kennengelernt hatte, da war ein kleinlicher und beengender Mensch, der für andere unerträglich war. Als ich die Briefe zu Ende gelesen hatte, war mir klar, dass ich tatsächlich so war. Ich hatte meine Frau in den Tod getrieben, war blind gegenüber ihrem Leid gewesen und nun behandelte ich noch einmal eine Frau so. Ich fühlte mich wie ein Monster, wusste aber nicht, wie ich mich anders verhalten konnte. Aber immerhin war ich bereit, Rat anzunehmen, und ich lud mich ein zum Abendessen bei Katharina, obwohl ich keinen Bissen runter bekam.

Zuerst gab ich ihr die Briefe. Doch sie konnte kein Spanisch, so dass ich diese Briefe auch noch übersetzen musste, und es war mir sehr peinlich, so laut die Dinge auszusprechen, die ich lieber nicht laut gehört hätte. Katharina hörte schweigend zu, bis ich den letzten Brief zu Ende gelesen hatte. Dann erst begann sie vorsichtig zu sprechen. Sie verurteilte mich nicht, was mir aber lieber gewesen wäre. Aber sie empfahl mir, eine Therapie zu machen, denn sie glaubte, wie ich heute eben auch, dass ich nur Angst hätte, die Kontrolle und, noch schlimmer, eine weitere Mutterfigur zu verlieren. Doch Frauen seien schließlich nur für ihre Kinder und nicht für ihre Männer Mütter. Sie erzählte von sich und ihrer Ehe, von Persephone und Thomas, von Lil und Johann und diese Ehen würden schließlich genau deswegen funktionieren, da keiner versuchen würde, den anderen ändern zu wollen, da man sich eben so akzeptierte, wie man sei. Und ich wusste, sie hatte recht. Doch wie würde ich es so leben können? Und hatte ich noch die Zeit, meine Beziehung zu retten? Konnte ich lernen, die wunderbare Liesbeth zu entdecken, die sie zweifelsohne war, auch wenn sie sich nicht für mich in Schale werfen und schminken würde? Ich fühlte mich unzulänglich und voller Zweifel und ich war versucht, Liesi zu sagen, dass ich eh nicht für sie geeignet sei und dass sie sich einen Mann suchen sollte, der es wirklich wert war, von ihr geliebt zu werden. Doch für einen solchen Schritt sollte ich keine Zeit mehr haben.

Als ich dann endlich in meiner Wohnung war, erwartete mich nicht Liesbeth, die ich bei meinen Kindern wähnte, weil das eigentlich immer so war, sondern mein Bruder. Er war beunruhigt, denn er hatte mich natürlich längst zurückerwartet, und ich bedauerte, nicht extra angerufen zu haben. Liesbeth hatte ihn gebeten, auszuhelfen, denn sie hatte etwas anderes vor und sie wusste nicht, wann ich zurückkam. Ihr kleines Mädchen war auch da und das war ungewöhnlich, denn sonst wäre sie nicht ohne Leah weggegangen. Wir warteten noch eine halbe Stunde, aber Liesbeth meldete sich nicht. Da begann ich mich zu fürchten. Ich rief bei ihr an, doch auch da meldete sich niemand. Ich rief bei einer ihrer Freundinnen an, doch die wusste auch nichts, versprach aber, weitere Anrufe zu tätigen. Eine Stunde später kam der Rückruf, der allerdings nur erbrachte, dass von Liesbeth keine Spur zu finden war. Dann holten wir bei Katharina einen Schlüssel zu Liesis Wohnung und da erst fanden wir sie: Sie hatte versucht, sich mit einem Tablettencocktail das Leben zu nehmen.

Liesbeth

Das Tagebuch

25. Dezember

Die vergangene Nacht war denkwürdig, jedenfalls für mich. Ich habe sowieso nicht viel Lust, in die Kirche zu gehen, und die O'Keeffes auch nicht. Trotzdem oder vielleicht deswegen war es ein großartiges Fest. Keiner hat etwas verschenkt, das nur eine Notlösung gewesen wäre, alle haben sich über ihre Geschenke sehr gefreut und es waren ja auch tolle Sachen dabei. Der Baum war hinreißend mit seinen gläsernen Engelchen und Teufelchen und diesen ganzen zauberhaften Dingen aus Glas. Und erst das Essen! Schade, dass man nur Worte aufbewahren kann und nicht die Farben, Geschmäcker und Gerüche. Auch nicht die des späten Spaziergangs durch die Nacht, als alles so verzaubert war. Doch für mich war das Beste Johanns Bruder, auf dessen Kinder ich von Zeit zu Zeit aufpassen darf. Letzte Nacht hat er wohl endlich gesehen, dass ich mehr bin als nur eine bequeme und kostengünstige Kinderbetreuung für Notfälle.

29. Dezember

Joachim spricht mich immer auf das phantastische Kleid an, das ich vor ein paar Tagen von Johann und Katharina zu Weihnachten bekommen habe. Ihm würde es gefallen, wenn ich mich schicker anziehen würde, doch wie soll das gehen, wenn Leah mich mindestens dreimal am Tag vollspotzt. Ich bin keine tolle Modepuppe, ich bin die Mutter eines Säuglings und ich habe keine Zeit, mich für Joachim immer toll anzuziehen. Es ist so schade, denn ich dachte, Joachim wäre an MIR interessiert und nicht an einer Frau, mit der ich nichts zu tun habe. Vorhin war er zum Abendessen bei mir und da sagte er doch tatsächlich zu mir, er könne gar nicht verstehen, warum es bei mir nicht ordentlicher sei, wenn ich doch den ganzen Tag zu Hause sei. Warum tue ich mir diesen Mann eigentlich an? Warum schicke ich ihn nicht weg? Ein Mann, der nur sich und seine Bedürfnisse kennt, der nicht sieht, wie anstrengend der Alltag mit einem Säugling ist, wenn das neugeborene Wesen nicht leiden soll, wie wir gelitten haben? Leah wird gestillt und braucht viel Aufmerksamkeit. Sie hat heute so geweint, als ich versuchte, hier alles in Ordnung zu bringen. Joachim hat aber bei sich zu Hause auch nicht mehr Ordnung. Clara, seine Kleine, sagte dann in der Küche, wo wir beide abspülten, während Joachim mit Joseph zum Fernsehen in seine Wohnung ging, solche Sachen hätte er zu ihrer Mutter auch immer gesagt.

29. Januar

Liebe ich ihn? Ich weiß nicht, was es ist, das ich für ihn empfinde. Sein Verhalten verletzt mich, aber irgendetwas hält mich doch. Manchmal denke ich, es sind die Kinder, an denen ich hänge, und manchmal denke ich, er meint es schon ehrlich, wenn er sagt, dass er mich doch liebe. Doch was ist Liebe? Eigentlich weiß ich es nicht. Ich kann mich nicht daran erinnern, jemals als der Mensch geliebt worden zu sein, der ich wirklich bin. Doch genau danach sehne ich mich so sehr. Aber hat ein Mensch in meinem Alter noch das Recht, auf eine solche Liebe zu hoffen? Ist das nun für alle Zeiten vorbei? Ich bin so verzweifelt! Wäre Joachim geblieben, was er für mich bisher war, eben nur Johanns Bruder, dann wären nicht so viele Wünsche erwacht, die scheinbar gar nicht erfüllt werden können, und dann wären nicht all die alten Wunden aufgerissen. Wer bin ich? Ich weiß es nicht mehr, ich weiß nicht mehr, was an mir gut ist. Eigentlich scheint nichts mehr gut zu sein. Ich erziehe mein Kind nicht richtig, weil ich es verwöhne, ich sollte angepasster sein, doch was ist das denn, dieses „Angepasst"? Ich sollte mich attraktiver herrichten und noch mehr im Haushalt tun und ich sollte mit meinem Geld anders umgehen. Wie kann ich mir so etwas antun lassen? Das kenne ich doch schon von meinem Vater her und es ist mir nicht bekommen. Nun ist es Joachim, der nichts an mir findet, das ihm gefällt. Oder besser, „eigentlich bist du ja so toll, wenn du nur das und jenes machen würdest." Eigentlich.

26. März

Die letzten Wochen waren ganz gut. Joachim war ausgeglichen und hat eine ganze Weile nicht an mir herumgemotzt. Die Kinder waren fröhlich und Leah wächst und gedeiht. Alles scheint gut zu werden. Und doch traue ich dem Frieden nicht. Unter der glatten Oberfläche lauert etwas, das mich zu verschlingen droht, und ich wage gar nicht mehr zu zeigen, wer ich wirklich bin. Allen hätte ich von den schlimmen Dingen in meinem Leben erzählen können, von Robbis Tod und vom Gefängnis, vom Jugendamt und von meiner Einsamkeit mit meiner Familie und in meiner Ehe. Aber seit Joachim nicht nur mehr Johanns Bruder ist, seitdem wir miteinander schlafen, ist alles anders. Johann fühlt und ist lebendig, aber in Joachim ist etwas abgestorben. Er hat entschlossen, die Vergangenheit nicht mehr an sich heranzulassen, denn das ist leichter. „Man ist sich selbst der beste Therapeut", behauptet er. Der beste Therapeut! Wenn es nur so wäre, dann wäre da kein Mann ohne Mitgefühl. Kein Mann, der über sich selbst nicht hinaussieht, denn selbst im Bett habe ich das Gefühl von Leere. Er denkt nur an sich und die harmlos gemeinte Bemerkung, dass er eben nur einen kleinen Penis hat, ist schon zu viel für ihn, ganz egal, ob das für mich ganz gut ist oder nicht. Dabei ist nicht das der Grund, warum ich unsere gemeinsame Sexualität als trostlos erlebe. Wenn ich ihn doch auch nur so annehmen könnte, wie er ist! Doch eigentlich wünsche ich mir einen Partner, der mir das Gefühl gibt, geachtet und geliebt zu werden.

15. Mai

Man sollte meinen, Liebe sei etwas Erhebendes. Doch ich empfinde nichts als Leid und Trostlosigkeit. Ich fühle mich unzulänglich und irgendwie hässlich. Joachim findet, ich sollte mehr essen, doch ich esse sowieso schon so viel. Ich kann nichts dafür, wenn ich bei seelischem Kummer auch noch abnehme. Ohne Leah gäbe es eigentlich keinen Grund mehr, weiterzuleben, denn ich kann mir nicht vorstellen, was sich für mich schon groß ändern soll. So viele reife Männer wie es Johann oder Thomas sind, gibt es nun einmal nicht, und Joachim gehört einfach nicht dazu. Die Aussicht, allein zu bleiben, ist nicht sehr trostreich und ich kann mir nicht vorstellen, wie das ist, einmal nicht nur für die Bedürfnisse eines anderen da zu sein, sondern geliebt zu werden, denn das kann keine Liebe sein, wenn jemand so gar nichts Gutes an mir findet. Doch ich weiß sogar bald selbst nicht mehr, was an mir gut ist.

19. Juli

Leah ist wunderbar. Wie sie lacht! So können eben nur ganz kleine Kinder lachen. Und wie sie gewachsen ist! Wie ich dieses Kind liebe. Ich wünschte nur, dass das, was ich da mache, auch wirklich gut ist für sie. Joachim hat sich schon beschwert, ich würde Leah zu lange stillen und andere Mütter hätten längst abgestillt. Und es passt ihm nicht, wenn Leah neben mir in meinem Bett schläft. Ich würde mein Kind nur verwöhnen. Immer wieder versuche ich ihm zu erklären, dass ich nicht nur aus falsch verstandener Liebe handle, sondern dass es gesicherte Erkenntnisse gibt, die beweisen, wie wichtig dieses Verwöhnen mit Liebe und Nähe für die Kinder ist. Joachim ist ein erwachsener Mann, er kann für sich selbst sorgen. Aber Leah braucht mich, sie kann sich nicht selbst helfen. Es gibt immer Streit, wenn ich ihm dann sage, er wäre doch nur neidisch, weil er als Kind keine Liebe erfahren hat. Dann erzählt er mir immer das Märchen, er wäre sein eigener Therapeut und sein Weg wäre doch schließlich ganz erfolgreich, nicht wahr? Doch jeder seelische Krüppel kann beruflich erfolgreich sein. Seine Kinder scheinen mich jedenfalls viel lieber zu mögen als ihn und das sollte ihm zu denken geben, doch dafür hat er natürlich keinen Sinn. Er hat es offensichtlich noch gar nicht bemerkt. Ich verliere immer mehr das Gefühl, etwas für ihn zu empfinden, und ich frage mich, wie lange ich das Ganze noch mitmachen soll. Doch wie kann ich erwarten, geliebt zu werden, und zwar so wie ich bin, wenn ich nicht auch bereit dazu bin, und Joachim ist nun eben so wie er ist.

30. August

Joachim hat mich neulich gefragt, wie lange ich denn eigentlich im Erziehungsurlaub bleiben will. Das heißt, eigentlich hat ihn das gar nicht so interessiert, sondern nur, ob ich bereit bin, hinterher auf meine Arbeit zu verzichten, denn er würde ja ganz gut verdienen. Doch ich will nicht auch noch finanziell von ihm abhängig sein, es reicht schon, wenn ich mich emotional von ihm abhängig fühle. Doch warum will Joachim denn überhaupt, dass ich mit ihm zusammenleben soll, wenn ich doch so schrecklich bin? Als ich ihn darauf angesprochen habe, hat er mir wieder einmal erzählt, was er alles an mir gut fände, wenn ich es denn nun so machte, wie er es mir andauernd sagen würde. Mit anderen Worten: Nichts ist gut an mir, denn was er von mir verlangt, das kann ich nicht. Und schon gar nicht glaube ich, dass ich mich als Mutter ändern soll, denn Joachim hat gar keine Ahnung von Kindern, er ist nur eine verletzte Seele, die nicht ertragen kann, wenn ein anderes Wesen das erhält, was das Schicksal oder was auch immer ihm einmal vorenthalten hat. Leah hat es verdient, mit Liebe verwöhnt zu werden. Sie ist ein kleiner Engel und sie entwickelt sich so prächtig. Sie wird sicherlich einmal ein wunderbarer Mensch werden und ich glaube auch, sie hat viel Gutes von ihrem Vater mitbekommen.

17. September

Eigentlich will ich nicht mehr so weitermachen. Diese ewigen Streitereien, wie ich seiner Meinung nach die Kinder erziehen soll, diese Streitereien, wenn das Abendessen nicht auf dem Tisch steht, wenn er aus der Arbeit kommt, dabei kommt er ja eh nicht pünktlich. Sicher, er gibt mir ab und zu Geld dafür, dass er auch das essen kann, was er sich vorstellt. Doch ich bin nicht seine Angestellte und ich bin nicht die bezahlte Betreuerin seiner Kinder, der er etwas vorschreiben kann. Und ich habe keine Zeit, stundenlang auf ihn zu warten, am besten geschminkt und frisch geduscht (vielleicht soll ich das auch noch alle halbe Stunde wiederholen?). Das kann ich nur dann machen, wenn ich den Kindern, Leah allen voran, ein Schlafmittel verpasse und wenn ich mich in Zukunft weigere, mit den Kindern irgendwelche interessanten Dinge zu machen, wie zum Beispiel Kleisterpapiere zu machen oder im Matsch zu spielen wie neulich, als wir uns eine Schlacht mit den Kindern vom Dorf geliefert haben, dort auf dem Bauplatz am südlichen Ende unseres Dorfes. Als wir nach Hause kamen, ist Joachim auch gerade heimgekommen. Er war stocksauer, vielleicht weil er neidisch war auf unsere kindliche Unbefangenheit. Natürlich zeigt er es nicht außerhalb seiner oder meiner vier Wände, so dass er mir immer mehr wie ein Heuchler vorkommt. Erst in seiner oder meiner Wohnung lässt er buchstäblich die Sau raus und wird ausfallend in einer sehr überheblichen Art und Weise. Und natürlich lässt er keine andere Meinung als die seine gelten, auch dann nicht, wenn sie noch so wissenschaftlich untermauert ist. Natürlich sind dann all die wirklich guten Pädagogen und Psychologen, deren Bücher ich durchgearbeitet habe, Idioten, die Menschen mit ihren Erkenntnissen in die Irre führen. Er benimmt sich wie ein Mensch, der nicht wirklich stark ist und der das mit einem möglichst autoritären Getue überspielen will. Ich habe bestimmt viel Verständnis für ihn, weiß ich doch von Johann, was diese beiden Brüder einmal mitgemacht haben, aber lange mache ich das bestimmt nicht mehr mit, nur tut es mir um die Kinder leid.

18. November

Gestern war jemand vom Jugendamt da, weil Athanasia schwanger ist, weil schon Lil so früh Mutter geworden ist und da kann ja was nicht stimmen. Es war ein Mann, der uns allen gegenüber sehr sarkastisch und ironisch gewesen ist und der sich auch um Dinge gekümmert hat, die ihn überhaupt nichts angegangen sind. Johann hat er behandelt, als wäre dieser nicht körperlich, sondern geistig behindert. Mich hat er gefragt, ob ich ihn auch in meine Wohnung lassen würde, doch da er nicht wegen mir gekommen ist, habe ich ihm diesen „Gefallen“ nicht getan. Wie kann er sich nur unterstehen! Und wie er meine Schwiegereltern behandelt hat! Eine Schande ist das! Was bringt das denn, wenn man die Menschen so abfällig behandelt? Es gab niemanden, dem er nicht irgendetwas gesagt hätte, was nicht hinterhältig oder ehrlos gewesen wäre. Er hat aber auch satte Arbeit geleistet. Er hat fast schon befohlen, dass Athanasia gegen ihren Willen in ein Heim für jugendliche Mütter zieht, weil er gehört haben will, sie hätte viele Liebhaber und es würden ständig irgendwelche fremden Männer bei ihr übernachten. Es gäbe Mittel und Wege, sie dazu zu zwingen, das waren seine Worte, und ich habe den ganzen Tag in Angst und Schrecken verbracht, denn ich habe schon am eigenen Leib erfahren, was es bedeutet, wenn das Jugendamt dich auf dem Kieker hat. Doch Joachim hat mich abends nicht in den Arm genommen, er hat nur gesagt, wenn Nasie angepasster wäre, dann gäbe es hier auch keinen Mann vom Jugendamt. Und ich solle einfach vergessen, was gestern gewesen ist, und nicht immer davon reden … Ich fühle mich schrecklich schutzlos und alleine, wenn nicht einmal mehr die O'Keeffes sich vor dieser Institution schützen können und der Mann, der behauptet, er würde mich lieben, nicht merkt, wie schlimm das alles wirklich für mich ist.

22. Dezember

Bald ist es ein Jahr her, dass Joachim und ich uns zusammengetan haben. Ich glaube fast, ein Jahr ist genug. Gestern ist ein kleines Wunder geschehen, denn den O'Keeffes ist es gelungen, die Schweine vom Jugendamt zu vertreiben. Ich war dazu eingeladen und ich fand es großartig, diese unmenschlichen Monster von hinten zu sehen. Wie viel es doch bringt, wenn jemand Angst hat vor der Öffentlichkeit, denn Katharina hat ihnen damit gedroht, es ins Fernsehen zu bringen, und diese Drohung hätte sie auch wahr gemacht, denn sie ist mit einigen Regisseuren befreundet und der ein oder andere wäre begeistert gewesen. Unglaublich, was so ein sauberer Herr wie der vom Jugendamt so alles auf dem Kerbholz hat. Nur Joachim hat natürlich nichts von alldem verstanden. Jetzt verstehe ich ihn nicht mehr, wenn ich ihn je verstanden haben sollte. Ich glaube, er liebt nicht mich, sondern ein Ideal, das ich gar nicht sein will. Ich habe insgeheim den Verdacht, er verachtet die anderen Menschen hier, weil sie so ganz und gar anders sind als er. Er mag es auch gar nicht, mit mir Händchen zu halten, wenn andere zusehen, und wenn ich ihn darauf anspreche, dann sagt er immer, ich wisse schließlich genau, dass er das nicht wolle, dass er Liebe nur im Verborgenen leben könne. Doch eigentlich ist „Liebe" bei ihm nur auf Sexualität bezogen und die Berührung, die ich im Alltag so dringend brauche, die kommt nie. Ich fühle mich abstoßend und hässlich, denn wenn ich das nicht eigentlich wäre, dann würde er doch nicht solche Schwierigkeiten haben mit mir. Und es muss schon immer so gewesen sein, denn ich kenne es eigentlich nicht anders. Ich bin so ratlos. Ich weiß nicht mehr, was ich tun soll, denn was er von mir erwartet, erscheint mir so … blödsinnig. Ich kann nicht schöner werden, ich kann auch nicht die Kinder vernachlässigen, aber mein ganzer innerer Reichtum, der doch da ist, der scheint nutzlos, wenn ein Mann eine Frau begehrt? Ich kann nicht schön, blöd und verfügbar sein. Die anderen in diesem Haus müssen das doch auch nicht sein und sind gerade deshalb so wunderbar, wie es sich nur denken lässt. Ich weiß nicht, was es ist, aber anscheinend habe ich so ein Leben nicht verdient, nur eines mit Einsamkeit und dem Gefühl, nicht gut genug zu sein, doch ich will und kann nicht mehr. Ich will nicht, dass mein Kind von mir immer nur diese Seite des Lebens erfährt. Ich will so nicht mehr leben.

11. Januar

Ich war immer gläubig, aber nicht im üblichen Sinn. Nikolaus von Kues hat einmal gesagt, Gott sei der Zusammenfall aller Gegensätze. Mich hat dieser Satz lange aufrechterhalten, auch dann, als die Vertreter der traditionellen Kirchen mich im Stich gelassen haben. So habe ich zu hören bekommen, als ich mir bei „Lebensrecht für alle", die sich gegen Abtreibungen einsetzten, Hilfe holen wollte, ich solle mich nicht so anstellen, denn schließlich hätte ich es eh nicht anders haben wollen. Ich wollte doch nur jemanden, der mir ab und zu helfen würde, wenn ich ein wenig Zeit für mich haben wollte, als ich so ganz allein mit meinem Kind war. Ich war so enttäuscht, denn welche Frau will denn einen Missbrauch erleben? Solche abstrusen Dinge muss ich mir immer wieder anhören und das widerspricht dem, was ich mir sonst noch an Glauben zu bewahren suchte: Gott spiegelt sich im Antlitz des anderen, er oder sie oder es ist nicht abwesend von seiner Schöpfung, sondern immer Bestandteil davon und uns auf diese Weise nahe. Doch was ist das für ein Gott für mich, wenn er nur immer will, dass ich nicht so bin, wie ich bin, mit all meinen starken Seiten. Wenn er stets von mir etwas verlangt, was ich letztlich nur dann geben kann, wenn ich all das Gute in mir absterben lasse? Da ist Joachim, den ich so gerne lieben möchte, und ich tue es auch, denn eigentlich möchte ich doch auch, dass es ihm gut geht. Doch wie ich bin, das erträgt er nicht. Erträgt Gott mich auch nicht oder warum gibt es für mich keine Liebeserfahrung, die mir Achtung und Respekt beschert? Hat Gott mich denn verlassen? Was will dieses Wesen denn von mir, wenn es mir nicht gelingt, egal was immer ich auch tue, diese Art von Liebe zu erfahren? Ich bin so müde, ich habe gar keine Kraft mehr und nur noch Leah hält mich aufrecht. Ich ertrage es nicht mehr, statt einem Arm um die Schulter nur noch Worte zu hören, die versuchen, mir zu beweisen, dass ich es gar nicht verdient habe, geliebt zu werden. Ich kann nicht immer nur geben, ich habe so Hunger, ich verhungere, ich will sterben, endlich zu Hause sein, nicht mehr spüren, wie wenig ich Nahrung für die Seele erhalte. Ich kann nicht mehr an ein anderes Morgen glauben, ich will nur noch schlafen und nicht mehr aufwachen. Ich will meinen Gott nicht verraten, doch ich habe keine Kraft mehr, zu glauben, denn dazu gehört für mich, dass der Mensch mehr ist als ein von primitiven Trieben gelenktes Wesen, doch was bleibt uns denn noch mehr, wenn Familien und Beziehungen versagen und es scheinbar gar keinen Ausweg mehr gibt?

12. Januar

Die letzten Tage habe ich buchstäblich um mein Leben gekämpft. Ich habe versucht, in unserer Beziehung etwas zu ändern, doch Joachim hat gar nicht wahrgenommen, wie sehr seine Worte mich verletzen. Jedes dieser Gespräche endet mit der Aufforderung, ich solle mich ändern und dann würde sich meine Welt auch ändern, doch ich bin mir jetzt sicher, er ist es, der nicht lieben kann, und selbst wenn ich so wäre, wie er es sich vorstellt, ich wäre nicht mehr ich und er würde ohnehin einen anderen Grund finden, mich nicht zu lieben. Es wäre alles so einfach, wenn ich mir sicher sein könnte, nicht immer und immer wieder so etwas zu erleben. Doch das kann ich nicht. Ich will also anders dafür sorgen, dieser ganzen Sache ein Ende zu bereiten. Wenn ich gehe, und nicht nur aus dem Haus, aus dem Ort, was ich mir gar nicht erst vorstellen kann, nein, ich werde aus dem Leben gehen, dann kann mir so etwas gar nicht erst noch einmal passieren. Leah ist hier in guten Händen, da bin ich mir sicher. Und sie muss auch nicht mitansehen, wie ich unter lieblosen Männern leide, denn ich will, dass sie bei Lil und Johann bleibt. Ich will gar nicht anders gehen, denn eigentlich bin ich hier zu Hause und auch Joachims Kinder sind hier zu Hause. Doch ich ertrage auch nicht das offensichtliche Glück der anderen, diese unstillbare Sehnsucht in mir, die dadurch ausgelöst wird. Ich wünsche mir nur, dass dieses Glück für die anderen nicht aufhört. Leah, mein Kind, ich hoffe nur, du verzeihst mir.

Joachim

Weiterleben

Liesbeth lag im Krankenhaus und man sagte uns, sie würde am Leben bleiben, aber dieses Leben würde nur noch eine Hülle sein für das, was Liesi einmal war. Liesbeth würde wahrscheinlich nie wieder erwachen, denn sie war eine Dauerkoma-Patientin geworden durch ihren Versuch, sich das Leben zu nehmen. Ich war ein Monster. Ich stand irgendwo am Fenster, draußen fiel lautlos Schnee, den ich gar nicht sah, ich wusste nur, ich war ein Monster. Johann sagte nichts, er stand ein wenig abseits, und ich war so froh über das Schweigen zwischen uns. Ich, das Monster, habe zwei Frauen in den Tod getrieben. Liesbeth würde nie mehr lachen mit meinen Kindern, sie würde nie mehr dieses hinreißende Kleid anziehen. Sie war lebendig tot. Am Leben bleiben, aber was für ein Leben war das schon, wenn man im Dauerkoma bleibt? Ich stand also am Fenster und da erst sah ich, allerdings in der Vergangenheit, welch ein Geschenk diese Frau gewesen wäre. Sie war geistreich, selbst in ihrem Kummer war sie das, sie war gebildet und eine hinreißende Mutter für meine Kinder. Ihre Schönheit war nie verschwunden, auch wenn sie sich geweigert hatte, sich für mich zu schminken. Wie konnte ich all die Zeit nur so blind sein! Ich stand am Fenster und all meine Schuld und all meine Verlassenheit stürzten auf mich ein. Es war ein gewaltiger, körperlich spürbarer Schmerz, der mich fast zu zerreißen drohte, und ich erkannte die Richtigkeit von Liesbeths Behauptung, nichts in meinem Leben wäre nur dadurch verschwunden, dass man einfach nicht mehr darüber redet. Mit einem Mal war da die ganze einsame Kinderseele aufgewacht und nichts konnte sie mehr zur Ruhe bringen. Dann muss ich zusammengebrochen sein und geschrien haben wie ein kleines Kind, doch das war mir gar nicht bewusst. Und wieder rettete mich mein großer Bruder, denn er war es, der mich hielt, als wäre ich dieses kleine Kind. Er brachte mich nach Hause, aber nicht in meine Wohnung, sondern in O'Keeffes Gästezimmer. Zum Glück für mich, denn er versprach den Ärzten, sich mit seinem Therapeuten in Verbindung zu setzen, sonst wäre ich in der Nervenklinik aufgewacht. Er blieb die ganze Nacht bei mir und wartete geduldig, bis ich bereit war, zu sprechen. Wir saßen an eine Wand gelehnt, ich die Arme um die Beine geschlungen, Johann mit seinem Notebook auf den Knien, und wenn er mir antwortete, sprachen seine Finger über die Tastatur mit mir.

„Warum habe ich das nur alles gemacht, Johann? Sag, warum? Ich weiß nicht mehr, was gut ist oder falsch. Ich weiß nicht, wie ich es hätte anders machen können. Wieso bist du nur so anders als ich?"

„Aber du bist nicht viel anders als ich, Joachim. Du hast nur eine andere Rolle gehabt als ich und du hast dein Leben bisher nicht hinterfragen müssen, es erschien uns allen doch sehr erfolgreich zu sein, oder etwa nicht?"

„Und doch bin ich das Monster und nicht du, Johann. Ich habe zwei Leben zerstört. Zwei Leben, Johann, wie soll ich nur damit leben?"

„Joachim, wir alle machen Fehler und es war auch die Entscheidung dieser Frauen. Ich bin überzeugt, wenn Liesbeth mit anderen Erfahrungen zu dir gekommen wäre, dann wäre die Sache anders ausgegangen. Sie hätte sich erst gar nicht auf dich eingelassen, denn sie hätte gewusst, eines Tages würde sie die Liebe erfahren, die sie sicherlich verdient hat. Und für Elena gilt das Gleiche. Es ist nicht nur deine Schuld, Joachim, so vieles spielt dabei eine Rolle. Deine Vergangenheit, die du überleben musstest, die Vergangenheit deiner Frauen, das, was unsere Eltern so gemacht hat, wie sie sind, was uns allen letztlich so viel Leid zugefügt hat. Aber du kannst jetzt etwas machen, jetzt, wo du so schmerzhaft aufwachen musstest. Du kannst lernen, zu lieben, dich selbst, deine Kinder und die, die dir sonst noch so begegnen."

„Und wie kann man ein Monster lieben? Und was bin ich denn anderes? Wie kann man sich das alles denn verzeihen? Ich hätte es doch eigentlich wissen müssen, nicht wahr? Du hast mir doch gesagt, nimm sie so an, wie sie ist. Ich habe gar nicht auf dich gehört, ich wollte einfach nicht wahrhaben, dass man einen Menschen nicht einfach ändern kann, damit er in das eigene Weltbild passt."

„Und doch bleibt dir keine andere Wahl, Joachim, wenn du jetzt ein sinnvolles Leben führen willst. Ich glaube, es ist gut, zu wissen, wie alles gekommen ist, und es ist sicher auch gut, zu wissen, wie man damit umgeht, und, Joachim, du musst dir vergeben. Doch wann du so weit bist, das bestimmst du selbst."

Ich konnte und wollte einfach nicht verstehen. Was ich versäumt hatte, nicht gesagt hatte, nichts konnte das wiedergutmachen. Ich fühlte mich schuldig. Schuldig und leer. Nein, nicht leer, da war eine seltsame offene Stelle in mir, so als ob ich über der Brust eine blutrote Öffnung hätte, deren notdürftiger Verschluss plötzlich weggefallen ist. Ich erinnerte mich an etwas, das nun neununddreißig Jahre her ist und von dem ich geglaubt hatte, es vergessen zu haben. Da saß ich dann und weinte wie ein kleines Kind.

„Wo bist du gerade, Joachim?"

„Ich bin im Flugzeug, als uns diese Frau nach Deutschland gebracht hat. Du hast versucht, wegzulaufen, erinnerst du dich? Sie hat dich so fest an den Armen gepackt, du hattest danach lauter blaue Flecken. Seitdem dachte ich, es sei besser, immer das zu tun, was sie von einem erwarteten. Ich dachte, wenn ich mich anpassen würde, könnte nie etwas Schlimmes passieren."

„Da irren sich viele Leute, Joachim. Aber eine Weile kann man sich schon an diesem Glauben festhalten, auch wenn man mitunter einen hohen Preis dafür zu zahlen hat. Aber weißt du, ich glaube, wir waren beide angepasst, denn auch wenn man so ein Teufelsbraten ist, wie ich es als Kind war, ist man auf seine Weise angepasst. Kennst du denn nicht genügend Menschen, die darauf abgerichtet werden, zu versagen? Kennst du nicht auch Menschen, die nur dafür geboren scheinen, die Schatten der anderen zu spiegeln? Wenn wir nicht alle unseren Preis dafür zahlen müssten, ein einfaches und bequemes Leben zu haben, dann bräuchten wir keine Alkoholiker, keine Drogentoten, keine Armut. Die Werbung, die Religion, die Eltern, alle machen uns doch von Anfang an klar, Ziel des Lebens hat ein möglichst erfolgreiches und vor allem bequemes Leben zu sein und so ein Leben hat keine Depressionen, keine Ängste, keine Trauer, nichts von alledem, was man so im Allgemeinen als ‚negative Gefühle' bezeichnen könnte. Es ist doch so, nicht wahr?"

„Sicher, aber was hat das alles mit mir zu tun?"

„Wolltest du nicht auch ein glückliches Leben führen? Und wie passt da so eine Erinnerung wie die vom Flug nach Deutschland dazu? Oder die, wo man mich zum Flughafen gefahren hat und mir mit dem Zurückgeschicktwerden gedroht hat? Hast du denn gelernt, trotz all dieser Dinge glücklich zu sein? Nein, Joachim, du hast es genauso wenig gelernt, damit zu leben, wie ich. Ich habe mich fast ins Grab gearbeitet, um nicht zu spüren, wie viel Wut, Verzweiflung und Angst ich all mein Leben lang hatte. Und du hast versucht, alles, auch deine Frauen, zu kontrollieren, nur um nicht immer an die alte Kinderangst erinnert zu werden. Wir wollten doch nur eines: ein glückliches Überleben, nur nicht sterben."

„Sicher, du hast ja recht. Aber wie soll es den möglich sein, mit all dem Schmerz glücklich zu sein?"

„Es bleibt dir aber gar nichts anderes übrig, als zu lernen, trotz allem glücklich zu sein. Du hast nun einmal diese Vergangenheit und keine andere. Du bist nun einmal, wer du bist. Und jetzt ist niemand mehr da, der für dich stark ist und dich vergessen lässt, wie einsam und verlassen das Kind in dir wirklich ist. Und Elena und Liesbeth, die haben dich doch nur geschont. Sie waren immer stärker als du und das weißt du auch. Wenn sie dir mehr Stärke zugetraut hätten, dann hätten sie dir schon längst einen Tritt in den Arsch gegeben und dich mit deiner Einsamkeit alleine gelassen. Denn einsam waren wir beide. Es gab Tage, da hab ich dich gehasst wie die Pest. Du warst immer so lieb und nett und ich hatte immer das Gefühl, du bist ein Schleimer."

„War ich ja auch, du hast ja recht, ich hatte auch immer das Gefühl, du bist stärker als ich. Ich hätte weiß Gott was gegeben, wäre ich nur halb so mutig wie du gewesen. Aber das hilft mir jetzt auch nicht weiter. Ich weiß immer noch nicht, wie ich jetzt weitermachen soll. Es tröstet mich wenig, wenn ich weiß, dass meine Frauen mich geschont haben, weil sie im Grunde genommen stärker waren als ich. Im Gegenteil, es tut weh, wenn ich weiß, ich habe mich wohl erfolgreich bemüht, meine Schwäche so sorgfältig wie möglich vor mir und anderen zu verbergen, nicht wahr?"

„Mit der klassischen Methode: Sei ein Macho. Die Diktatur im Hause – der erfolgversprechende Ratgeber für den normalen Mann. So ist es doch, nicht wahr? Was uns da nicht alles verloren geht. Nicht nur die Gefährtin, auch wirkliche Stärke, Vertrauen, Wachstum, all die Fülle an Gefühlen, all die Spontaneität und Lebendigkeit. Eingetauscht gegen Kontrolle, starre Masken und Machtgebaren. Und alle machen mit. Schau dir unseren Vater an. Und der Fuzzi vom Jugendamt, der letztes Jahr da war, der behauptet hat, Liesbeth wäre wohl nicht fähig gewesen, eine Beziehung aufzubauen, so als hätte sie Ares selbst umgebracht. Wer von uns hat denn die Möglichkeit, was anderes zu lernen, als der Diktator im eigenen Heim zu sein?"

„Stimmt, Vater war genauso. Aber Mutter hat doch mitgemacht. Sie war doch die angepasste Frau, die deswegen immer angesehen war. Hier die Frauen haben doch immer wieder Probleme, weil sie nicht angepasst sind."

„Ja, Mutter war angepasst und wir haben den Preis dafür bezahlt. Was hätte es alles ändern können, wenn für uns Zeit da gewesen wäre. Wenn sie sich Zeit genommen hätte, uns zu halten, mit uns zu schmusen, uns zuzuhören. Wir beide hatten Anzeichen von Hospitalismus, ich erinnere mich ganz genau daran. Du bist anfangs stundenlang dagesessen und hast dich hin- und hergewiegt. Ich habe meinen Kopf immer nach hinten gegen das Sofa oder schlimmer noch gegen die Wand geschlagen. Da hätten wir Halt gebraucht, im wahrsten Sinn des Wortes, gehalten werden, gestreichelt, beruhigt werden, nicht dieses „Nicht wackeln, Joachim!" oder dieses „Nicht den Kopf gegen die Wand hauen, Johann!" Doch Mutter musste immer für Vater sorgen. Da war keine Zeit für uns. Liesbeth und Lil aber haben Zeit für unsere Kinder, sie haben Zeit, weil wir beide erwachsen sind und sie von uns auch erwarten, dass wir uns so verhalten. Du und ich, wir können zur Not auch mal selbst was kochen, können auch mal Suppe für unsere Lieben machen. Können mal Wäsche aufhängen, mit anpacken, wenn eine der Frauen ein Kind stillt, die Windeln wechselt, tröstet, Fieber misst und so weiter und so weiter. Oder selbst Windeln wechseln, das macht sogar Spaß. Aber bei Vater hat doch nur noch gefehlt, dass Mutter ihn trockenlegen muss. Und schau, jetzt, wo ich nicht mehr als der Schattenträger zur Verfügung stehe, da wird doch ganz deutlich, was all die Jahre unter ihrer angepassten Oberfläche war. Doch auch unsere Eltern nahmen nur Rücksicht auf ihre Eltern, haben es nicht anders gelernt, Männer nicht und auch nicht die Frauen. Bei aller Bitterkeit, die mich manchmal wegen meiner Kindheit und Jugend anheimfällt, schuldig im Sinne bewusster Schuld sind sie nicht."

„Doch was bringt es jetzt, wenn du dich darüber aufregst, wenn du mal wieder bitter bist? Was bringt es denn, sich jetzt noch Gedanken um all das zu machen? Das bringt dir auch nichts mehr. Das ist eh alles vorbei. Man muss doch weiterleben, es bringt nichts, Dingen nachzujammern, die man eh nicht mehr ändern kann."

„Du hast recht und liegst doch falsch. Ändern kann ich in meiner Vergangenheit freilich nichts mehr. Aber wenn ich nicht vergesse, dann kann ich wenigstens vermeiden, es meinen Kindern und meiner Frau anzutun. Ich kann Mitgefühl entwickeln und brauche dann niemanden mehr alleinzulassen. Nicht zu vergessen kann belastend sein, es kann aber auch eine Stärke sein. Ich weiß, wir sind ganz schön auf uns selbst angewiesen, wenn wir einen sinnvollen Umgang mit unserer Vergangenheit suchen müssen, denn wenige leben uns vor, wie man mit seiner eigenen schweren Geschichte segensreich umgeht. Aber ich glaube, es muss einen Weg geben. Es gibt Tage, da wäre ich lieber tot statt lebendig, immer dann, wenn mich die Erinnerungen ungebeten überfallen und ich merke, was mir damit auch verloren gegangen ist. Doch dann, wenn ich diese Tage überstanden habe, wenn mir bewusst wird, was ich stattdessen alles gewonnen habe, dann ist das Leben umso kostbarer. Das macht es sinnvoll, zu kämpfen. Ganz abgesehen davon kannst du deine Gefühle nicht einfach wegleugnen. Sie sind nicht einfach nicht mehr vorhanden, wenn du so tust, als wäre immer alles in Ordnung gewesen. Sie verziehen sich ins Unterbewusstsein und da richten sie enormen Schaden an und meist sind die Leidtragenden diejenigen, die wir am meisten lieben."

„Da muss ich, glaube ich, noch einiges dazulernen, ich bin noch nicht so weit wie du. Es stimmt schon, mein Leben hatte weder Höhen noch Tiefen. Trauer, zum Beispiel um Elena, habe ich mir gar nicht erlaubt, auch nicht den Kindern. Da drüben ging es ihr ja gut, nicht wahr? Und ich merke auch, eigentlich war da gar keine Liebe, weder zu Elena noch zu irgendetwas sonst. Nichts als ungefährliches Gleichmaß, nichts als – Vegetieren im Wohlstand. Nur wie kann ich lernen, zu leben? Und Leben – wie fühlt sich denn das an?"

„Ich kann, wenn du willst, meinen Therapeuten fragen, ob er für dich Stunden frei hat. Er ist wirklich gut, ein wenig wie ein guter Vater. Er kann einem Halt geben und er hat die Fähigkeit, deine starken Seiten zu betonen, so dass du etwas hast, auf dem du auch noch etwas aufbauen kannst. Du solltest es wirklich versuchen, Joachim. Ich glaube fest daran, dass du es wert bist. Und Lieben, ja, wie fühlt sich das an? Gute Frage, manchmal glaube ich, es ist dieses Brennen in mir, wenn ich einen Tag hatte, der erfüllt war von Farben, Gerüchen, Lachen von mir, meinen Kindern, Lilith und den anderen, der Reichtum, der sich immer wieder einmal bei mir einstellt. Es ist dieses Fließen, das manchmal stattfindet, wenn einer von uns eine gute Idee hatte und damit alle anderen inspiriert oder wenn ich von der guten Idee eines anderen inspiriert werde. Ich liebe das Leben, das ist es, glaube ich, und ich liebe es, auch wenn es die Tage gibt, wo ich mich lieber selbst verletze, um meine Familie vor diesem unfassbaren Schmerz in mir zu schützen. Das ist es, glaube ich, das ist Liebe."

„Na gut, ruf ihn also an. Ich habe so etwas noch nie in Erwägung gezogen, ich habe ja immer gedacht, bei mir stimmt alles. Aber jetzt bin ich ganz schön müde. Ich glaube, ich brauche etwas Schlaf. Es klingt so was von blöde, aber ich möchte, dass du bei mir bleibst, so wie damals, bevor wir nach Deutschland gekommen sind, geht das?"

„Wie war das denn? Daran kann ich mich nicht mehr erinnern."

„Wir hatten nur das eine Bett und wir haben uns immer aneinander gekuschelt, weißt du es denn gar nicht mehr?"

„Daran kann ich mich leider nicht mehr erinnern. Also gut, ich bleibe. Aber ab morgen wirst du lernen, selbst erwachsen zu sein. Kann schon sein, dass das den Rest deines Lebens dauert, aber du wirst sehen, es lohnt sich."

Vielleicht war ich mit meinem Wunsch nach Trost ein wenig egoistisch, doch am anderen Morgen fühlte ich mich schon besser. Es würde einen Weg geben, auch für Liesbeth. Ich würde für sie sorgen müssen, das war ich ihr schuldig. Sie war für mich stark gewesen, jetzt würde ich eben für sie stark sein. Es ist meine Sache, für sie zu sorgen.

Katharina

Schuldlos schuldig

Sie hatten Liesbeth ins Krankenhaus gebracht und bald schon stand fest, sie würde nie mehr unsere Liesbeth sein. Die Medikamente hatten zu lange in ihr gewirkt, sie war am Leben und doch nicht. Sie war als Dauerkomapatientin nichts weiter als ein lebender Leichnam, jedenfalls sah es so aus, denn sie reagierte auf gar nichts mehr. So kehrte die Schuldfrage in unser Haus zurück, denn nicht nur Joachim, sondern wir alle fragten uns, was wir hätten anders machen können, was wir mal wieder übersehen hatten.

Joachim fand dann ihr Tagebuch und es war gut, dass er es gelesen hat, und es ist gut, dass es hier stehen darf, was diesen Menschen so sehr bewegt hat. Die Liebe zwischen Mann und Frau ist noch immer so kompliziert, so von falschen Traditionen belastet, da ist es eine Gnade, wenn man sie rein und unverfälscht erleben darf, und ein Fluch, wenn das nicht geschehen kann. Und gerade sie ist, nach der Liebe zu den Kindern, ja so wichtig. Joachim konnte nicht anders lieben als in dieser fast schon kindlichen Abhängigkeit von der vermeintlich perfekten Mutter, die ihm natürlich auch seine Frauen hätten sein sollen. Er war zudem zu sehr mit Arbeit beschäftigt, um sich bei uns an einem anderen Bild von Zusammenleben zu orientieren. In seinem Wesen war er seinem Bruder, wie er vor dem Überfall gewesen war, so sehr ähnlich, nur haben wir es selten bemerkt, weil er eine perfekte Maske trug und in der trügerischen Sicherheit lebte, die Vergangenheit bewältigt zu haben, weil er die dazugehörigen Gefühle besiegt zu haben glaubte. Wie sehr hatte er sich darin nur geirrt und jetzt muss er von vorne anfangen, sich damit auseinanderzusetzen, auch mit der Frage nach der Schuld. Wir selbst waren damals immer noch mit diesem Thema beschäftigt, denn auch wir hatten noch keine Antwort darauf, warum Ares sich für seinen verhängnisvollen Weg entschieden hat und wie man das hätte verhindern können. Mit Liesbeths Selbstmordversuch bekam die Frage nach Schuld und Unschuld eine neue Bedeutung.

Ich bin mir immer noch nicht sicher, ob wir wirklich etwas verhindern hätten können. Liesi selbst hat eigentlich gar nicht gerne über sich und Joachim gesprochen, auch wenn wir uns alle sicher waren, diese Beziehung sei nicht wirklich glücklich. Liesi hat auch immer wieder Situationen gemieden, in der sie hätte sehen können, wie wir anderen mit unseren Partnern glücklich waren, Zärtlichkeiten austauschten und so weiter. Als dann die Sache mit dem Jugendamt war, da ist diese tapfere Frau wirklich in Panik geraten. Wir hatten alle Angst, denn der zuständige Beamte war ein Psychopath, dem es nicht um die Wahrheit und um Fairness gegenüber einer selbstbewussten, eigenwilligen und starken jungen Mutter ging, sondern der nur im Sinn hatte, Macht auszuüben und ein Frauenbild durchzusetzen, das eigentlich längst veraltet war. Dadurch fühlten selbst wir uns bedroht, denn nichts ist so gefährlich wie ein Mensch, der nur seine Ansichten für richtig findet und die dann mit äußerster Gewalt durchsetzen will. Wegen dieser uns alle betreffenden Angst fiel es uns schwer, Liesi zu stützen. Sie hatte doch selbst schon einmal die Unmenschlichkeit dieser Institution kennengelernt.

Dabei ist, nein war Liesi ein Muttertier, eine Frau, die in ihrer Mütterlichkeit aufblühte, die das geheime Wesen von Kindern nicht nur zutiefst erfasste, sondern zum Leuchten brachte. Ihre Tochter, die nun bei Johann und Lil aufwächst, ist ein wunderbares Geschöpf, von dem sie immer behauptet hat, es sei ein eigenständiges Wesen von Anfang an und wert, als solches geliebt und geachtet zu sein. Diese Sicherheit, mit der Leah geliebt worden war und noch immer geliebt wird, strahlt dieses Kind auch wieder zurück. Und Joachims Kinder, die anfangs so scheu und schüchtern waren, sind richtig aufgeweckt und zugänglich geworden. Liesi war eine Frau, die trotz ihrer eigenen tiefen Verletzungen fähig war, das Beste in den Kindern zum Vorschein zu bringen. Sie wäre eine geniale Erzieherin gewesen.

Ich erinnere mich daran, wie sie einmal in den großen Ferien, als Thomas die Freizeit für all die Problemkinder organisiert hatte und die ganze Sache aus dem Ruder zu laufen drohte, weil jemand im Dunkeln mit Stöcken geschmissen hat, die Sache gerettet hat. Die Kinder hatten sich kollektiv in eine Angst hineingesteigert, die auch mit vernünftigen Argumenten nicht aus der Welt zu schaffen war. Sie haben sich bei mir aus der Besteckschublade sämtliche Messer genommen und sind vor dem Haus gesessen, um sich gegen den vermeintlichen Angreifer zu wehren, wenn er sie nur noch einmal bedrohen sollte. Selbst Thomas konnte nicht an sie herankommen. Liesbeth hat stoisch die Arbeit gemacht, die sie sich mit den Kindern vorgenommen hat. Plötzlich aber hat sie in die Dunkelheit gerufen: „Du feiges Aas, komm doch, wenn du dich traust, du willst ja nur nicht mithelfen, wir haben nämlich noch genug für dich zu tun." Fünf Minuten später hat der erste Junge sein Messer abgegeben. „Hast du das gesehen?", fragte er mich, „dieses feige Arschloch ist gar nicht gekommen." Liesi hatte die Kinder in ihrer Angst einfach ernst genommen, sie wusste, für die Kinder war die Angst real und musste auch als solche respektiert werden. Mit ihrer Aufforderung konnte der vermeintliche Angreifer in den Augen der Kinder bloßgestellt und die Situation entschärft werden.

Liesi war sich ihrer Stärken im Übrigen durchaus bewusst, aber sie hat zu oft erfahren, wie es ist, abgewertet zu werden. Ich hatte ja zum Glück eine wunderbare Mutter, die meinen Weg im Leben immer mit Wohlwollen begleitet hat, und einen vermeintlichen Vater, den niemand wirklich ernst genommen hat und der deswegen auch keinen Schaden hat anrichten können, außer bei dem einzigen Menschen, der ihn doch ernst nahm, bei Ares. Aber Liesi hatte solche Erfahrungen nicht. Bei ihr hatte niemand Interesse daran, dass es ihr gut ging, denn sie brauchten ja einen Sündenbock, einen Schattenträger, und die begabte Liesi war auch da begabter als ihre Geschwister. Da waren sie und Johann sich wiederum sehr ähnlich. Johann hatte ja nun das Glück, von Lilith angenommen zu sein. Aber Joachim konnte das nicht für Liesi leisten, ja, er hat sogar in seiner Verletztheit

Liesi die immer gleiche Erfahrung von Nicht-akzeptiert-Werden in ihrer Stärke bereitet. Schuld ist er sicher nicht, er konnte halt nicht anders. Für uns wäre nur nicht zu akzeptieren, wenn er die ganze Verantwortung Liesi in die Schuhe schieben wollte. Sie mag sich dazu entschlossen haben, dem Todesdrang in ihrem Leben mehr Gewicht zu geben als ihrer überschäumenden Liebe zum Leben, das ist schon richtig, aber es war nicht sie, die dieses Leben nicht geliebt hat, es waren ihre Eltern, so viele auf ihrem Weg, Menschen, wie wir sie alle auch kennen, Menschen, die selbst im Frieden immer mit irgendwem Krieg führen müssen, weil sie nur ihre eigene Meinung zählen lassen wollen, so wie die Leute vom Jugendamt, wie Joachim, und Liesi hat diesen ungewollten Krieg verloren. Schuldlos Schuldige sind sie alle, Menschen, die nichts als Angst haben, Angst um das, was ihnen eine trügerische Sicherheit bietet, die sich weigern, Mitgefühl zu haben, lebendig zu sein. Ich merke immer mehr, wie sich in meine Wut gegenüber diesen Kleinkriegen Bedauern mischt, auch Bedauern, die meisten dieser Menschen nicht lieben zu können, sie nicht ändern, nicht erreichen zu können. Joachim, der sich jetzt rausarbeitet aus einer solchen Starre, leistet da Arbeit für viele mit und er braucht, denke ich, unsere ganze Hilfe. Auch im Andenken an Ares, der sicher ebenfalls gewollt hätte, hier Hilfe zu leisten.

Kurz nachdem Liesi nach Hause zurückgekehrt ist, starb meine Mutter. Es kam nicht überraschend, es war schon seit einiger Zeit abzusehen gewesen. Sie hatte aber auch, trotz ihrer Jahrzehnte währenden Behinderung, ein langes Leben. Sie gab mir in unserem letzten Gespräch einen Auftrag. In unserem Dorf lebt ein Bauer, der sich selten im Wirtshaus bei den anderen sehen lässt und der im Allgemeinen als Sonderling gilt. Er braucht selten einen Arzt und er war einer der Ersten, die auf biologische Erzeugung umgestiegen sind. Bauer Greinhuber ist schweigsam und selbst für uns nicht sonderlich zugänglich, obwohl wir merken, dass er immer Achtung vor uns hat. Bei ihm übernachten schon seit es die Feste gibt unsere betrunkenen Gäste, im Heuschober sind sie gut aufgehoben. Die einzige Ausnahme, die er in unserer Familie machte, war mein vermeintlicher Vater, den er seine

Verachtung immer auf besondere Weise hat spüren lassen, denn Franz Greinhubers Bruder ist von diesem Vater an die SS verraten worden, als er versucht hat, zu desertieren, und das, nachdem er schon fast zu Hause war, beinahe am Ende des Krieges. Und meine Achtung bei ihm habe ich mir dadurch erworben, dass ich trotz Vaters Protesten einen Mann aus dem Ausland genommen habe, einen, der die Natur über alles liebt und nicht müde wird, von Franz Greinhuber das zu lernen, was ihm sonst keiner beibringen kann.

Nun schickte mich also meine Mutter zu diesem sonderbaren Mann, um dort einige Briefe von ihr zu holen, die er seit dem Sommer 1944 für sie aufgehoben hatte. Briefe, von denen sie mir nie etwas erzählt hatte und die, wie sie mir sagte, mich sicher überraschen würden. Doch Bauer Greinhuber gab mir die Briefe nicht, er steckte sich das vergilbte Bündel in die Jackentasche und kam mit. „Jetzt ist's also so weit, jetzt geht die alte Frau von Schleppenberg ein zu unserem Herrn. Da will ich scho noch amal Abschied nehmen, nicht wahr. Wir ham ja doch a ganze Menge zsam erlebt, da muss man sich doch auch anständig verabschieden, net." Mehr sagte er nicht, als wir so durch die Straßen unseres Dorfes gingen. Ich ließ ihn dann mit Mutter allein, ich fand es unhöflich, die beiden zu belauschen, doch ich ahnte, das Geheimnis, das sie miteinander teilten, war für mich äußerst wichtig.

Ich war im Garten, als der Bauer ging, ich sah Tränen in seinen Augen. Mutter starb noch am selben Abend, nachdem sie sich bei uns allen verabschiedet hatte, sie war ganz ruhig und heiter, als sie so hinüberging, man musste glauben, es erwarte sie etwas ganz Besonderes. Mir hat sie dann noch die Briefe übergeben und natürlich las ich sie noch in derselben Nacht. Es waren Liebesbriefe, die aus den Jahren 1944/45 und aus den Jahren 1950/51 stammten. Es waren die Briefe meines – richtigen – Vaters an meine Mutter. Wie war ich froh, dass meine Mutter sich nicht an irgendein Treue-Gelöbnis ihrer kirchlichen Trauung gehalten hat, ich hätte mir nie vorstellen können, diese wunderbare Frau könne ohne Liebe leben. Liebe gab es nun einmal nicht zwischen meinen Eltern, nur vaterländische Pflichterfüllung im Bett, der sich meine Mutter offensichtlich in irgendeiner Weise entzogen hatte, denn nach der Lektüre dieser Briefe war für mich klar, Adolf von Schleppenberg hatte nur ein einziges Kind zustande gebracht und ich war glücklicherweise nicht die Tochter dieses Monsters, was ich tief in mir wohl immer gewusst hatte.

Mein Vater war russischer Fremdarbeiter gewesen. Er war bei Bauer Greinhuber untergebracht gewesen und dort haben sich meine Mutter und er kennen- und lieben gelernt. Es war eine heimliche Liebe unter Lebensgefahr, eine Liebe, die so zart und romantisch war und doch so aussichtslos. Wassili hieß mein Vater also und er war ein ausgesprochen gebildeter Mann, der nicht nur die russischen Klassiker gelesen hatte, sondern auch Goethe und Schiller, der Klavier und Bajan spielte und eigentlich Medizin studieren wollte. Seine Ausdrucksweise war voller Poesie, er war voller Achtung und Respekt für meine Mutter und er litt sehr an der Tatsache, dass dieses Deutschland der Dichter und Denker sich zum Deutschland der Mörder und Henker entwickelt hatte. In einem der Briefe schrieb er von der Weißen Rose und von seiner Trauer darüber, wie es hat kommen können, dass solche jungen Menschen einfach umgebracht worden waren, von einem Tag auf den anderen. Er war glücklich gewesen, vor Stalin fliehen zu können, und nun lebte er in einem Land, in dem ein anderer Verrückter an der Macht war. Wo er nicht als kluger, wertvoller Mensch galt, sondern als rassisch minderwertig, und er überlebte mit der Liebe meiner Mutter. Als der Krieg vorbei war, hatte diese Liebe keine Basis mehr, denn Mutter konnte sich nicht scheiden lassen, sonst hätte sie das Gutshaus verloren. Dabei konnte sie jetzt nicht nur über Briefe, sondern auch körperlich geliebt werden. Was machte ihre eigentliche Liebe aus? Die Gefahr, die sie mit sich gebracht hat? Die Kultur dieser beiden Menschen? Mein angeblicher Vater war ja nun doch ein einigermaßen kulturloser Mensch und Mutter hat immer darunter gelitten. Adolf kannte Schiller und Goethe dem Namen nach, aber er hatte ja sogar Hitlers „Mein Kampf" noch nicht einmal gelesen. Er konnte Mozart nicht von Mendelssohn unterscheiden, sehr zur Freude meiner

Mutter, die ihm immer so schönen mendelssohn'schen „Mozart" auf dem Klavier vorgespielt hat. Und dann war da Wassili, der so schön gebildet war. Welch ein Gleichklang der Seelen war das, wie sehr hatte Mutter danach gehungert, ein Gegenüber zu haben, das all die kulturelle Schönheit von Literatur, Malerei und Musik zu schätzen wusste. Da war endlich ein fruchtbarer Austausch, Fülle inmitten ihrer erlebten kulturellen Einöde, auch wenn die Briefe nur heimlich geschrieben werden konnten, auch wenn die Gespräche nur geflüstert werden konnten. Es waren doch eineinhalb Jahre tiefe Verbundenheit, die da entstanden sind, und die Konstanze hat ihren Wassili nicht vergessen, als er nach dem Krieg dann das Dorf verlassen hat, um eine Stellung an einem Konservatorium anzutreten, denn, so sagte er, Musik sei schließlich auch eine Art von Medizin. Einige Jahre später haben sie sich dann in München wiedergesehen, sie und Wassili, und ihre Gefühle lebten wieder auf. Ich bin also in München entstanden und Adolf hat wohl nicht gewusst, dass er nicht mein Vater war, oder es einfach nicht wissen wollen.

Johann beschäftigte sich in dieser Zeit damit, seine leibliche Mutter in Kolumbien ausfindig zu machen, und ich überlegte mir natürlich auch, ob ich mich auf die Suche nach meinem Vater machen sollte. Ich hatte es leichter als Johann, denn auf diesen klugen Vater konnte man doch stolz sein, nicht wahr? Oder würde ich enttäuscht sein? Sollte ich lieber nur die Briefe gelten lassen, gar nicht erst versuchen, den Wassili in seiner ganzen Art zu erfassen? Ihn idealisieren? Wäre ich enttäuscht, wenn ich ihm begegnete? Ein Teil von mir wollte losstürmen, diesen mir unbekannten und doch so vertrauten Vater zu finden, ein Teil von mir wollte unbedingt verhindern, dass eine mittlerweile gewandelte Realität das schöne Bild meines Vaters, das Bild aus den Briefen, zerstörte. Wie oft bin ich in dieser Zeit mit Ljubov nachts in den Wald gegangen, denn dies war vor allem meine Entscheidung, nicht die meines Mannes oder die meiner Kinder. Wenn sie ihren Großvater kennenlernen wollten, so war das ihre Entscheidung, aber ich für mich brauchte meine Entscheidung, eine, die mir und nur mir gerecht wurde. Ich stahl die Blumen aus den Nachbargärten und ließ sie auf der Bank am Waldrand liegen. Ich kam sogar von meinen vertrauten Wegen ab und am Grab meines Sohnes und meiner Mutter wurden die Blumen von mir zweimal gegossen. Anstatt unterwegs zu singen, murmelte ich den Namen meines Vaters vor mir her wie ein Mantra. Und ich wusste eben nicht, was ich tun sollte.

Johann war der Meinung, ich sollte ihn suchen, auch auf die Gefahr hin, enttäuscht zu sein. Eigentlich hatte er recht. Und doch zögerte ich. Doch dann träumte ich, Wassili wäre begraben worden, im Grab neben meiner Mutter. Da wurde mir nun endlich doch bewusst, wie wenig Zeit ich noch hatte, denn auch Wassili war, wenn er überhaupt noch lebte, in einem, sagen wir mal, fortgeschrittenen Alter. Doch wie sollte man einen Mann finden, von dem man nur einen Vornamen wusste, von dem man lediglich wusste, dass er aus Russland stammte und wohl nach dem Krieg nicht nach Russland zurückgegangen ist? In München gibt es einen russischen Kulturverein und das war meine erste Anlaufstelle. Es gab da einige russische Männer, die Wassili hießen, doch entweder waren sie zu jung oder sie sind erst sehr viel später nach Deutschland gekommen. Dann wendete ich mich ans Rote Kreuz und an russische Kirchengemeinden in Augsburg und München. In München fanden sich dann alte Unterlagen über einen Wassili Wassiliewitsch, der mein Vater hätte sein können, doch der Mann war unbekannt verzogen. Immerhin hatte ich nun einen vollständigen Namen und so suchte ich weiter, diesmal mit Hilfe von Rundfunkanstalten und allen Zeitschriften, die sich für ihre Leser auf die Suche nach verschollenen Angehörigen machen. Auch an den Fernsehpfarrer Fliege wendete ich mich. Und ich schrieb alle russischen Gemeinden in Deutschland an. Ein Dreivierteljahr habe ich gesucht und ich war beinahe dabei, aufzugeben, da kam endlich ein Brief aus Köln, der mir die Adresse eines Mannes mitteilte, der möglicherweise mein Vater war.

Ich fuhr mit dem Nachtzug von München aus und ich konnte in dieser Nacht kein Auge zumachen. Am anderen Morgen stieg ich mit klammen Knien die Treppen des Kölner Mietshauses hoch, in dem vielleicht mein Vater wohnte. Fünf Minuten brauchte ich, bis ich auf die Klingel drücken konnte, während mein Magen revoltierte und ich am liebsten wieder umgedreht wäre, um mit dem nächsten Zug wieder nach Hause zurückzufahren. Wie sah sein Gesicht wohl aus? Würde ich mich oder eines meiner Kinder wiedererkennen? Würde ich enttäuscht sein, weil er mir unsympathisch wäre? Wie würde er mich wohl aufnehmen? Ich horchte auf die Schritte hinter der Eingangstür und es schien eine Ewigkeit zu dauern, bis sich die Tür öffnete. Ein Mann stand vor mir, untersetzt, aber gepflegt, um die achtzig Jahre alt und ich sah meinen Sohn Ares, wie er wohl ausgesehen hätte, wenn er nur so alt geworden wäre. Der Gedanke an Ares trieb mir die Tränen in die Augen und ich konnte erst etwas sagen, als mich der alte Herr nicht unfreundlich, aber sehr irritiert ansprach: „Was wollen Sie, bitteschön?“

„Verzeihen Sie die Störung, Herr Wassiliewitsch, ich bin Katharina von Schleppenberg und ich glaube, Sie kannten meine Mutter.“

„Sie sind Konstanzes Tochter? Du bist meine Tochter? Wie hast du mich gefunden?“ Er hatte Tränen in den Augen, doch das Gesicht strahlte. „Komm doch herein, ich, ich bin ja so froh, dich endlich kennenzulernen. All die Jahre habe ich gehofft, Konstanze würde dir von mir erzählen, doch sie fand immer, es wäre besser, die Menschen bei euch im Glauben zu lassen, du wärest die Tochter von Adolf. Sie wollte immer schon, dass du das Gutshaus übernimmst, denn sie hatte Angst, etwas von Adolfs Art könnte an Isolde hängen geblieben sein.“ Er setzte den Teekessel auf und bereitete uns ein Frühstück. „Wenn du jetzt da bist, dann muss ich leider annehmen, Konstanze ist gestorben?“

„Sie ist schon vor einem Jahr gestorben und nur … darf ich du zu Ihnen sagen? Nur du und der Bauer Greinhuber, der jetzt vor einem Monat beerdigt wurde, ihr habt davon gewusst.“

„Aber meine liebe Tochter, ich bitte darum, dass du mich duzt, ich bin doch schließlich dein Vater. Und nun bist du meine einzige Angehörige, oder hast du eine Familie?“

„Ich bin verheiratet und das schon seit achtundzwanzig Jahren. Mein Mann ist Amerikaner, mein Schwiegersohn Nummer eins ist halb Japaner und mein Schwiegersohn Nummer zwei stammt aus Kolumbien. Sie und meine anderen Kinder, vier habe ich noch und ein Sohn ist leider schon gestorben, sie waren sehr froh, als sie hörten, nicht Adolf ist ihr Großvater, sondern du. Und es war Johann, mein kolumbianischer Schwiegersohn, der mich aufgefordert hat, nach dir zu suchen, denn ich hatte Angst, jemanden kennenzulernen, von dem ich vielleicht genauso enttäuscht gewesen wäre wie von Adolf."

„Ach je, wer hätte gedacht, dass es so viel Mut kostet, seinen eigenen Vater kennenzulernen. Ich hoffe, du bist nicht von mir enttäuscht, meine liebe Katharina. Doch wie schade, das mit dem Tod von Konstanze, sie war eine so gute und liebe Person. Nie habe ich jemanden lieber gehabt als sie. Du sollst wissen, nie habe ich geheiratet, denn wie hätte ich deine Mutter denn vergessen können? Ich habe hier lange als Klavierlehrer gearbeitet und da gab es eine ganze Menge von Gelegenheiten. Doch welche von diesen Frauen war schon wie Konstanze? So blieb ich allein."

„Und wen hast du jetzt? Wer kümmert sich denn um dich, wenn du krank bist? Willst du uns denn nicht einmal besuchen, vielleicht fühlst du dich ja wohl bei uns und dann hättest du doch jemanden, der für dich da ist, wenn du nicht mehr kannst."

„Ich komme dich gerne einmal besuchen, doch ich glaube nicht, dass ich dortbleiben möchte. Ich bin hier zu Hause, ich bin hier in einer guten Gemeinde und ich komme ganz gut zurecht. Doch nun erzähle mir aus deinem Leben, erzähle mir von meinen Enkelkindern. Sehen sie mir ein wenig ähnlich?"

Ich blieb die ganze Woche. Wir hatten uns viel zu erzählen und ich war ganz und gar nicht enttäuscht, denn mein Vater Wassili war sehr gebildet und von unglaublich feinen Manieren, die doch so gar nichts Gekünsteltes hatten. Er war einfach so feinsinnig und in der Musikalität und Literaturversessenheit von Persephone, im Wissensdurst von Athanasia und in der moralischen Aufrichtigkeit von Meirion und Lilith erkannte ich meinen Vater wieder.

„Man kann niemanden zwingen, Dinge zu tun, von denen er nicht überzeugt ist, nicht wahr? Ich hätte deine Mutter gerne geheiratet, doch dann hätte sie ihr Heim verkaufen müssen und das konnte sie nicht, das erlaubte ihr Herz nicht. Sie fühlte sich ihren Eltern verpflichtet und auch sie liebte das Haus und den Park. Und hätte ich auch in diesem Dorf leben können? Sicher nicht, denn ich glaube, die Menschen dort hätten ihr eine Scheidung nie verziehen. Hätten mir nie verziehen, dass ich liebe, dass ich dieses Leben nicht mit einem anderen Menschen verbringen wollte. Vielleicht dauerte diese Liebe zu deiner Mutter ja auch nur deshalb so lange, weil wir nicht zusammengekommen sind, denn ich kenne viele Paare, deren Liebe am und im Alltag zerbrochen ist."

„Ich glaube das nicht. Ich glaube, ihr hättet es geschafft, sie zu erhalten, auch weil ihr – ich weiß es nicht, wie ich es sagen soll – ich glaube es einfach."

„Doch du musst bedenken, Katharina, es war auch eine besondere Zeit. Unsere Liebe war gefährlich und da ist vieles anders. Als wir uns nach Jahren in München wiedergesehen haben, da war es nicht mehr dasselbe. Da waren auch noch Tiefe und Zuneigung da, aber der Zauber der ersten Zeit zusammen war verflogen."

„Hätte denn nicht gerade das die Beziehung zu ihr gestärkt? Ach Vater, ich will wohl nur nicht wahrhaben, was man doch eigentlich nicht mehr ändern kann. Ich hatte nie wirklich das Gefühl, Adolf sei mein Vater. Ich habe mich für ihn geschämt, ich habe immer davon geträumt, eines Tages kommt mein wirklicher Vater und holt mich zu sich heim, und nicht nur mich, auch meine Mutter. Dass es einen wirklichen Vater gibt, das ist also richtig an diesem Traum, aber Mutter wäre nie gegangen und, ja, du hast recht, es wäre nicht möglich gewesen."

„Aber es tröstet mich, wenn du mir erzählst, was aus dir und deinen Enkeln geworden ist. Auch wenn ich es bedauere, wenn ich Ares, der euch trotz allem viel bedeutet hat, nicht mehr kennenlernen kann. Schön, dass du es geschafft hast, eine so glückliche Ehe zu haben. Ich habe dir gesagt, ich kenne nicht viele Menschen, denen dieses Glück beschieden ist. Juri und Eka hatten das Glück, bis Juri letztes Jahr gestorben ist. Sie haben alles gemeinsam gemacht, sie haben gemeinsam gearbeitet, gemeinsam den Haushalt gemacht, gemeinsam Urlaub gemacht. Und nun ist Eka zwar alleine, doch noch immer ist in ihrem Herzen diese große Liebe zu ihrem Mann. Das wünsche ich auch dir, eine lang andauernde Liebe, eine, die auch der Tod nicht zerstören kann."

„Ljubov, Vater, Ljubov. So heißt unsere Hündin. Es ist schon erstaunlich, wie man doch immer das Richtige in seiner Seele findet, meinst du nicht auch? Woher hätte ich denn wissen sollen, dass mein richtiger Vater Russe ist? Doch dieser Name war das einzig Richtige. Du musst unbedingt zu uns kommen, im August, wenn es dir recht ist, dann hat Mei Ferien und die Verwandten von Sean, Evelyn und Kenneth, kommen. Wenn so viele Menschen da sind, dann blühen wir auf. Doch sollte ich dich auch warnen, denn Athanasia wird dich nach jedem bisschen Russisch ausfragen, das du in dir hast."

Erst im Zug nach München wurde mir bewusst, wie sehr ich in dieser Woche gewachsen bin. Ich war nicht weiter das Kind eines Mörders, der auch noch seinen Enkel in den Sumpf der falschen Sicherheit geführt hatte. Ich hatte einen klugen und weisen Vater, auf den man stolz sein konnte. Ich hatte wirklich Glück, denn die Begegnung mit ihm hatte mich nicht enttäuscht, sie hatte mich gestärkt. Wie anders dagegen war es Johann ergangen, als er seine Mutter in Kolumbien gesucht hatte, er war sehr trauernd wiedergekommen. Es ist nicht leicht, wenn man erfährt, die eigene Mutter sei geistig behindert gewesen, nicht weil ein genetischer Defekt vorlag, sondern weil ein kleines Mädchen viel zu früh mit Gewalt in Berührung gekommen ist, mit der Gewalt von Reichen gegenüber Armen, mit der Gewalt eines unerträglichen Bürgerkrieges. Es hatte ihn nicht einmal getröstet, zu wissen, welche Gefahren seine Großmutter auf sich genommen hatte, um ihr armes, verletztes Kind zu retten, denn auch das bedeutete Armut, und die Armut hatte seiner Mutter AIDS und zwei uneheliche Kinder gebracht. Er war so wütend, weil er sich im Flugzeug nach Hause auch noch einen esoterischen Vortrag anhören musste, der letztlich nichts anderes zum Inhalt hatte als die These, all diese Leiden wären immerhin dazu da, damit die Menschen daran lernten, damit sie hier eine Aufgabe erfüllen konnten. Johann hat mich dann gefragt, warum Gott, wenn er doch so weise und allmächtig wäre, nicht dafür gesorgt hätte, seine leiblichen Eltern in Liebe und Achtung miteinander zu verbinden anstatt in Gewalt und Abhängigkeit. Warum er nicht dafür sorgen würde, dass sich die Menschen durch Liebe entwickeln würden. Er sieht, im Gegensatz zu früher, wie unsere fragile Welt immer mehr geschädigt wird, und er kann es einfach nicht verstehen. Es sei kein Sinn in unserem Leben, wenn wir uns und unsere Umwelt in all unserem Leid nur noch zerstören könnten.

Es ist in der Tat schwierig, eine Antwort auf solche bitteren Fragen zu finden. Natürlich kann man sagen, seine Mutter hätte ja schließlich ihn und Joachim, zwei intelligente und liebenswerte Männer, geboren. Man könnte auch sagen, diese beiden Männer hätten wiederum liebenswerte Kinder geboren, doch ich habe auch gesehen, wie sehr Johann und Joachim gelitten haben, wie andere unter ihnen gelitten haben und das Wachstum dieser beiden findet nicht wegen all des Leides statt, sondern trotzdem. Ich kenne arme und reiche Menschen und es ist letztlich nicht die sogenannte soziale Stellung, die ein Mensch einnimmt, die ihm Menschlichkeit verleiht, sondern das Maß an Liebe, das er von irgendwoher erfahren hat, nur das macht die Menschen, die ich liebe und bewundere, zu dem, was sie sind. Und gerade an der Liebe fehlt es so sehr, noch nicht einmal wir haben es geschafft, alle unsere Kinder ausreichend zu lieben, und meine Seele trauert deswegen noch immer um Ares. Wie sehr wir uns brauchen, ja, wir sind so abhängig davon, dass uns einer in den Arm nimmt, uns sagt, wie sehr er uns schätzt. Wir werden krank, wenn wir niemanden haben, wir gesunden mit jedem guten Wort. Und wie oft erlebe ich Menschen, die glauben, aus Liebe heraus zu handeln, und doch ist alles, was sie tun, voller Hass auf sich und andere.

Wirklich, ich habe Glück, denn ich habe meine Familie und nun auch noch einen Vater, der nie anders als in Liebe an mich gedacht hat. Und es freut mich so, wie sehr er auch Isolde in seine liebenden Gedanken eingeschlossen hat. Isolde kann sich nicht zu einem richtigen Vater flüchten, sie hat nur ihren Erzeuger, der so arm an Liebe war, dass Isolde noch immer friert. Doch Isolde lebt und Liesbeth existiert nur noch auf dieser ach so armen Ebene. Erreicht sie etwas? Fühlt sie die Wärme, die Joachim in sich entwickelt? Eines Tages wird sich Joachim entscheiden müssen. Er wird die Entscheidung treffen müssen, wie es mit dieser armen Frau weitergehen soll, stellt man die Geräte ab oder gibt man diese Frau letztlich in ein Pflegeheim, denn er ist im Grunde genommen noch viel zu jung, um den Rest seines Lebens für Liesbeth sorgen zu können. Eines Tages wird uns Athanasia verlassen, um zu Djalu, Adams Vater, zu gehen. Sie lebt, was meine Mutter uns vorgelebt hat, ohne dass irgendwer davon wusste. Ist das nicht eigenartig?

Athanasia

Typisch deutsch oder was?

Es ist der Wahnsinn, wer alles zu unserer Familie gehört. Ein halber Indianer, der ganz und gar deutsch ist, ein Russe, der hiergeblieben ist, einer Liebe wegen, die er nie wirklich leben konnte, nur damit wir es leichter haben, ihn eines Tages zu finden, ein Amerikaner, der gleichzeitig jüdisch, indianisch und irisch ist, ein halber Japaner, der sich doch immerhin noch so japanisch verhält, dass er Haikus dichtet. Ein Kind, dessen Vater australischer Ureinwohner ist. Mit anderen Worten, wir sind halt typisch deutsch, denn so was hat es hier doch schon immer gegeben. Bei München gibt es ein Kaff namens Türkenfeld, in dem man einmal die Türken angesiedelt hat, die nach den Türkenkriegen in München in der Türkenkaserne eingesperrt worden waren. Hunnen haben sich hier herumgetrieben, haben Krieg geführt und gemordet, Menschen aus der Mongolei. Natürlich wurden die Frauen in diesen Gebieten zwangsweise schwanger. Vor ihnen waren es Römer mit ihren Sklaven, Menschen aus Nordafrika und Kleinasien, aus Nubien und weiß der Geier woher sonst noch. Polen haben Kohleflöze abgebaut und sind – natürlich – geblieben. Goten aus dem Norden sind durchgezogen, später ihre Nachkommen aus Schweden, zuerst während der Völkerwanderung und später im Dreißigjährigen Krieg. Die Indianer, die man bei Völkerschauen und in Zirkussen bewundern konnte im neunzehnten Jahrhundert, waren auch keine Kinder von Traurigkeit und bei den deutschen Frauen so sehr beliebt, dass man glaubte, sie im Zoo Hagenbeck in Hamburg regelrecht einsperren zu müssen. Ausländer gab es immer schon hier und in jedem von uns steckt ein Ausländer, nur wissen es die meisten nicht, wollen es gar nicht wissen. Ab und zu, wenn ich in der

Stadt unterwegs bin, schaue ich mir die Leute an und überlege mir, was da wohl für Vorfahren in den Leuten stecken mögen. Dort vielleicht ein Türke? Und hat diese Frau mit den blonden Haaren nicht fast schon asiatische Mandelaugen? Und dort der Mann mit den kleinen Ringellöckchen, hatte der etwa afrikanische Vorfahren, vielleicht ehemalige römische Sklaven? Adolf war auch so ein Mensch wie eben alle hier und ich bin mir sicher, in seiner Familiengeschichte findet sich mit Sicherheit irgendein Ausländer. Es ist doch nur logisch, dass sich jetzt auch noch der Rest der Welt mit uns mischt.

Hätten die Idioten vom Jugendamt gewusst, woher Adams Vater kommt, sie hätten mir das Leben noch schwerer gemacht. Doch das geht nur mich und seinen Vater was an und die Einzige, die darüber Auskunft erhalten hat, war die Dame in der Unterhaltsstelle. Zuerst wollte sie mich ausfragen über das wann, wie und wo von Adams Entstehung, doch das sind Dinge, die für solche Fragen viel zu intim sind, um darüber mit Fremden zu sprechen. Immerhin zeigte sie uns den Fragebogen, den sie hätte ausfüllen sollen. Ich finde es eine Frechheit, so etwas auszuarbeiten, man könnte meinen, diese Hornochsen hätten nichts anderes zu tun, als im Privatleben anderer Menschen zu schnüffeln. Leben die denn nicht selbst? Brauchen die denn das Leben aus zweiter Hand? Ich verstehe nicht, welcher Sinn in diesen Fragen steckt, vor allem, weil der Vater meines Kindes das Glück hatte, bei uns zu studieren und dann auch für seinen Sohn sorgen zu können. Welcher Angehörige der Aborigines kann das schon?

Djalu hat zwar auch nicht unbedingt verstanden, warum ich nicht mit ihm zusammenleben wollte, denn wir liebten uns wirklich, doch ich hatte das Gefühl, erstens noch viel zu jung dafür zu sein und zweitens hat mich meine Wissenschaft anders verpflichtet. Er hat das immerhin respektiert und das ist der Grund, warum ich noch immer in Liebe an ihn denken kann. Doch die Leute vom Jugendamt, die wollten mir unbedingt eine psychische Störung anhängen, damit sie ihre durch mich bedrohte Welt wieder in Ordnung bringen konnten. Ich wäre nicht beziehungsfähig und sie hätten Angst, mein damals noch ungeborenes Kind könnte ebenfalls Probleme haben, später einmal eine Beziehung einzugehen. Sie hätten Angst, auch mein Kind könnte sehr früh für Nachwuchs sorgen und die bedrohliche Abwesenheit des Vaters, der ja nun als Identifikationsfigur nicht zur Verfügung stand, müsse unbedingt negative Auswirkungen auf das Kind haben.

„Da sind genügend männliche Identifikationsfiguren in meiner Familie. Da ist Vater, da sind Johann und Thomas, mein Bruder ..."

„Ihr Vater kann als Großvater aber nicht die Rolle des Vaters übernehmen. Ihr Schwager ist behindert und von Ihrem Bruder ist bekannt, dass er homosexuell ist. Damit zeigen Sie nur, wie unreif Sie selbst sind, Fräulein O'Keeffe. Sie brauchen unbedingt eine Fachkraft, die Sie auf Ihrem Weg in eine verantwortliche Mutterschaft betreut. Ihre Familie kann Ihnen den Halt, den Sie brauchen, offensichtlich nicht geben."

„Okay, Sie diskriminieren Behinderte und Homosexuelle. Sie diskriminieren Menschen, die nicht in Ihr enges Schema passen. Sie zeigen damit eigentlich nur, wie wenig Sie von Ihrer Arbeit verstehen. Sagen Sie mir mal, warum Sie sich dann nicht eingemischt haben, als wir wegen Annalena angerufen haben, deren Vater sie missbraucht hat? Was passt Ihnen denn nicht an mir und meiner Familie? Ja genau, wir sind Ihnen nicht angepasst genug, so wie wir leben, so lebt man nicht, ist es nicht so? Menschen wie Sie haben ein Problem mit uns, Sie wissen ganz genau, auch unser Weg ist möglich und man kann damit sogar sehr viel zufriedener sein."

„Sie lenken von Ihrem Problem ab. Es geht hier nicht um diese Dinge, es geht um das Wohl Ihres Kindes. Nur deswegen sind wir hier, haben Sie das denn nicht verstanden?"

„Ich habe wohl mehr Einblick in das Wohl meines Kindes als Sie. Hier wächst man zu einem glücklichen und zufriedenen Menschen heran, der innere Stärke und große soziale Fähigkeiten hat. Es gab nur eine Ausnahme, und Ares ist leider tot, Großvaters Liebling, der Liebling eines überangepassten Altnazis, und auch er hätte sich noch entwickeln können. Das ist es, was zählt."

„Sind Sie denn nicht auch der Meinung, dass Ihr Kind hier mit Problemen konfrontiert wird, die seine ungestörte Entwicklung hemmen? Betrachten Sie doch mal nur an Ihr eigenes Sexualverhalten, das Ihnen doch zu denken geben muss. Sind Sie nicht auch der Meinung, dass Sie da Hilfe brauchen, schließlich hat doch auch schon Ihre Schwester Erfahrung mit der Jugendpsychiatrie gesammelt?“

Da mischte sich meine Mutter ein, die während des Gespräches anwesend war: „Erstens ist das eine Suggestivfrage, die so nicht gestellt werden darf, und zweitens gibt es immer Dinge in jeder Familie, die irgendeinen in der Familie hemmen. So gesehen müssen Sie alle Kinder in Deutschland in irgendwelche Heime stecken. Doch meistens überwiegen die Dinge, die förderlich für die Kinder sind, und das ist es, was zählt. Wenn Sie nur wollten, würden Sie genug Förderung und Geborgenheit entdecken. Sie würden sehen, wie sehr die Kinder als eigenständige Persönlichkeiten geachtet und geschätzt werden und wie sie unter dieser Grundbedingung aufblühen. Hier im Hause leben auch ausgebildete Pädagogen, die uns immer mit ihrem Rat zur Seite stehen.“

Der Herr vom Jugendamt begriff nicht oder besser, er wollte nicht begreifen. Es folgten weitere Suggestivfragen, weitere „Sind-Sie-nicht-der-Meinungs“ und „Ist-es-nicht-Sos“. Es folgte eine ausgeklügelte Strategie von Wortverdrehereien. Er wäre ein guter Schüler der Sophisten gewesen, die solche Kommunikationstechniken gezielt geschult hatten, nicht um eine gute und gerechte Meinung zu vertreten, sondern um sprachliche Siege zu erringen. Wir hatten alle den Eindruck, das Wohl meines ungeborenen Kindes sei nur vorgeschoben, denn hier konnte man als Kind glücklich sein und stark werden und es gab genug Beweise dafür. Persephone hat sich dann kundig gemacht und herausgefunden, dass die Arbeitsweise dieses zweifelhaften Kinderschützers nicht rechtsgültig war, denn er bot keine Alternativen zu dem von ihm vorgeschlagenen „Hilfsangebot“ an, sondern versuchte, sich mit faulen Tricks und mit Manipulation durchzusetzen, abgesehen davon, dass gar kein Handlungsbedarf bestand. Er war zudem respektlos und unverschämt. Eine Münchener Hilfsorganisation gab uns dann die Auskunft, dass die

Mitarbeiter dieser Stellen so gut wie gar nicht kontrolliert werden, so dass illegale Aktivitäten nicht abgestellt und dadurch nur noch gefördert werden. Auf ihren Rat hin schalteten wir einen Rechtsanwalt ein, der uns allerdings auch nicht viel geholfen hat. Da hatten wir eines Tages einen Regisseur zu Gast, der sich bei Mam für einen Film ein paar Trachten ausleihen wollte. Der hatte die glorreiche Idee, das ganze Affentheater ins Fernsehen zu bringen, denn eine solche Öffentlichkeit hätte den Jugendämtern gewiss geschadet. Dazu war es notwendig, so viel wie möglich über die dort beschäftigten Mitarbeiter zu erfahren. Persephone hatte dann einen guten Einfall. Einer ihrer älteren Schüler betätigte sich als Hacker, war aber ansonsten ganz gut. Da er damit nicht auf bösartige Weise umging, sondern zudem ein sehr kritischer und politisch interessierter junger Mann war, hatte Per keine Skrupel, ihn für unsere Sache zu gewinnen. Natürlich begab sie sich auf dünnes Eis, denn eigentlich ist es nicht zu verantworten, einen jungen Menschen zu illegalen Aktivitäten zu ermuntern. Doch nachdem wir von Vertretern des Staates in illegaler Weise behandelt wurden, begannen wir anders über Recht und Unrecht zu denken. Unser Blick hatte sich geschärft für unmoralische Gesetzgebungen und die illegale Vorgehensweise von denen, die in unserem Land eine Machtposition innehatten. Der junge Mann war immerhin kritisch genug, um wichtige Unterschiede in Gut und Böse selbst zu erkennen.

Es dauerte nicht einmal eine Woche, da wussten wir Dinge über diesen Herrn Eisenweich, der unser Leben durcheinanderbringen wollte, die nicht gerade von guter Kinderstube berichteten. Wir hatten es mit einem ziemlich unangenehmen Menschen zu tun, der vor nichts zurückschreckte, wenn es um seine Interessen ging. Da war eine Anfrage über das Internet an ihn, ob er immer noch Beziehungen zu Leuten hätte, die ein wenig Gras beschaffen könnten. Da war eine junge Frau, die sich weitere E-Mails verbat und die eindeutig wollte, dass er sich nie wieder bei ihr melden sollte. Andere Quellen gaben an, dass illegale Inobhutnahmen eine seiner Spezialitäten waren. Und schließlich fanden wir einen ehemaligen Mitstudenten, der bereit war, über den schwunghaften Drogenhandel, mit dem der Herr Eisenweich sein Studium finanziert hatte, zu berichten. Er hat uns dann noch auf die Spur von einigen Frauen gebracht, die in dieser Zeit von unserem speziellen Freund belästigt worden sind, und auch da war zumindest eine bereit, dem Kerl das Handwerk zu legen.

Johann konnte uns auch helfen, denn der Psychologe, bei dem er eine Therapie gemacht hatte und der inzwischen fest zu unserem Freundeskreis gehörte, sicherte uns seine Hilfe zu. Dann waren wir es, die den Herrn und eine ihn meist begleitende Kollegin, über die wir auch noch einiges erfahren hatten, zu uns einluden. Ein Dokumentarfilmer war da und baute schon eine Stunde vor dem Termin seine Kameras auf, er hatte auch noch einen Beleuchter und einen Kameramann mitgebracht. Der Psychologe war bester Dinge, doch ich und die junge Frau, die so üble Erfahrungen mit unserem Peiniger gemacht hatte, wir mussten uns übergeben, so schlecht war uns. Würden wir Erfolg haben? Würde es uns gelingen, unsere Grenzen zu wahren? Wie mächtig war dieser Herr Eisenweich? Wie viel Eigenmacht hatten wir? Wie viel Macht, Würde und Stärke konnten wir uns wieder zurückholen? Der Gelegenheitsdrogenkonsument kam als Letztes. Und auch der war aufgeregt. So warteten wir auf die große Show, die meisten von uns mit einem Kloß im Magen und schweigend, so starrten wir vor uns hin. Wie ist diese Gängelei möglich in einem Land, das die Demokratie und die sogenannte Gleichberechtigung auf seine Fahnen geschrieben hat, das diesen wunderbaren Paragraphen eins im Grundgesetz hat, „Die Würde des Menschen ist unantastbar"? Selbst wenn wir diese Schlacht gewinnen würden, so war in mir eine Trauer, die mich seither nicht wieder verlassen hat. Das, was wir erlebt hatten, war Diktatur übelster Art, war bedrohlich, nicht nur für mein Wohl und das meines Kindes, es war eine Absage an die Werte, an die ich als ein in Deutschland aufgewachsener junger Mensch geglaubt hatte, und ich merkte sehr wohl, wie gerade mein Vater, der freiwillig in dieses Land gekommen war, unter dieser Erfahrung litt.

Dann endlich waren die beiden da. Es tat gut, zu sehen, wie schnell ihnen das überlegene Lächeln auf ihren Gesichtern gefror, als sie die Kamera sahen. Es tat gut, zu merken, wie sie um sicheren Boden kämpfen mussten, als nun nicht mehr sie diejenigen waren, die fies manipulierende Suggestivfragen stellten, sondern sich ein namhafter Psychologe und ein bekannter Regisseur von Dokumentarfilmen mit ihren Fragen abwechselten. Der Psychologe hatte eine einmalige Art, uns alle zum Reden zu bringen, uns natürlich stark und glaubwürdig zu präsentieren, so dass niemand auf die Idee kommen würde, an den Vorwürfen des Herrn vom Amt sei irgendetwas dran. Was es ja auch nicht war, aber mit falsch gestellten Fragen konnte leicht ein solcher Eindruck entstehen. Der Sophist hatte seine Meister gefunden. Der Sophist wurde immer konfuser und unklarer. Und erst die Tatsache, dass es nun er war, der sich mit Vorwürfen konfrontiert sah, das war recht interessant, wie er sich herauszuwinden versuchte. Er hat mit einer Verleumdungsklage gedroht, doch es war klar, dass er damit nie und nimmer durchkommen würde. Insgesamt ging alles viel schneller, als wir erwartet hatten. Nach einer Stunde zog er ab, nachdem wir ihm die Zusage abgerungen hatten, uns nicht mehr zu belästigen. Unser Regisseur versprach ihm auch noch, ihm den Sendetermin unseres Filmchens mitzuteilen, und bedankte sich bei ihm für die freundliche Mitarbeit.

Eigentlich hatten wir einen Grund zum Feiern. Doch keinem von uns war nach Feiern zumute. Wir alle waren niedergeschlagen. Wir hatten uns durch unsere Kontakte zu Film und Fernsehen und durch unsere Freundschaft zu einem ausgezeichneten Therapeuten wehren können. Doch was war mit den Frauen, die sich nicht wehren konnten? Was machte das mit den betroffenen Kindern, mit den Frauen, vielleicht auch mit zu Unrecht beschuldigten Vätern? Persephone kannte eine Menge Kinder, deren Familien beim Jugendamt auch noch bekannt waren und die nie das Glück hatten, dass sich jemand für ihr Wohl interessierte. Sie kannte auch eine Frau, die beschämende Kontrollen von Jugendamtlern über sich hat ergehen lassen müssen, nur weil der Vater der Kinder das Jugendamt in seine Stalking-Aktionen miteinbezogen hat, und die haben das noch nicht einmal mitbekommen. Die Wendls kannten wir alle. Mutter Wendl hat inzwischen mindestens elf Kinder und immer, wenn einer der Väter nicht mehr bereit ist, für weiteren Nachwuchs zu sorgen, braucht sie einen neuen Mann. Die Kinder kommen so im Abstand von drei Jahren zur Welt, denn: „Ich bin doch nicht blöd und gehe arbeiten, ich brauch noch ein Kind, um von der Sozialhilfe leben zu können", das ist die Einstellung von Mutter Wendl. Vater Nummer zwei wollte nach Kind Nummer vier nicht mehr und da durfte er die Kinder nicht mehr sehen. Als er dem Jugendamt mitteilte, wie er beobachtet hat, die Mutter schlage ihre Kinder, wenn sie ihn doch sehen wollten, meinten die Damen vom Amt, sie würden nichts machen, denn da wäre ja ein Mann da, also Vater Nummer drei, und sie wollten nicht in eine intakte Familie eingreifen. Intakte Familie? Die Wendls waren jeden Sommer bei uns, wenn wir die Übernachtungen hatten, sie quälten unsere Tiere, waren unverschämt, hatten für uns Bezeichnungen wie „du Hure", „du Nutte", „du Schlampe" und so weiter. Sie waren aber auch eingeschüchtert, wenn wir ihnen sagten, sie hätten es mal wieder zu bunt getrieben und nun müssten sie nach Hause gehen. Sie machten sich dann vor Angst in die Hose und wir alle wussten es, auch die im Jugendamt, diese Kinder werden verprügelt. Aber da ist ja eine intakte Familie, es ist ja schließlich ein Mann da! Und Liesbeth, die ohne Mann war, hatte ebenfalls bittere Erfahrungen gemacht, ehe sie Ares kennengelernt hatte. Das Wohl unserer Kinder?!

Ich bin mir nicht sicher, ob die Jugendamtsgeschichte, die wir da erleben mussten, nicht auch zu Liesbeths Entschluss zum Selbstmord beigetragen hat. Dann hatte sie auch noch das Pech, dass Joachim damals noch nicht als stärkender Partner zur Verfügung stand. Im Dezember war die Jugendamtsgeschichte ausgestanden und einen Monat später war Liesbeth ein Pflegefall. Und wieder einmal mussten wir uns die Frage stellen, was wir versäumt hatten. Wir sind so sehr mit uns und unserem kleinen Kreis beschäftigt, dass wir wohl nicht merken, wie ein anderer unter uns leidet. Doch ich kann mich nicht an eine wirklich unglückliche Liesbeth erinnern, denn wenn wir sie unter uns hatten, war sie gelöst und heiter. Erst aus ihrem Tagebuch erfuhren wir, wie sehr sie darunter gelitten hat, niemals die Liebe von Mann und Frau erfahren zu haben, wie sehr sie deswegen geglaubt hat, mit ihr sei irgendetwas nicht in Ordnung. Nun stehe ich nachts am Fenster, wenn ich nicht schlafen kann, und weine nicht nur um Ares, ich weine um den Verlust von dem, was Liesbeth für mich war, was mir erst hinterher bewusst geworden ist. Ich weine um meine eigenen Vorstellungen von dem Land, in dem ich aufgewachsen bin. Wir haben einen Sieg errungen, aber ich weiß jetzt, wie tapfer und stark Liesbeth war und welche Wunden solche schlimmen Erfahrungen schlagen. Denn die Wunden, die böse Worte schlagen, verheilen nicht, während die Wunden von Waffen, wenn man es überlebt, immerhin verheilen.

Da Djalu nicht in München, sondern in Hamburg studierte, würde es schwierig sein, den Kontakt von Adam zu seinem Vater zu pflegen, doch schon jetzt wusste ich mit Sicherheit, dass ich nach dem Studium nach Afrika und von dort aus nach Australien ziehen würde, um dort die ersten Erfahrungen als Sprachwissenschaftlerin zu sammeln. Dort konnte Adam auch Kontakt zu seinem Vater haben, der nach seinem Studium nie und nimmer hier in diesem „schönen" Lande bleiben wollte. Ganz überrascht war ich, dass gerade Thomas, der ja nur am Rande von der Jugendamtsgeschichte betroffen war, so offensichtlich darunter gelitten hat. Er verstand die Welt nicht mehr. Er fühlte sich wie unsichtbar, war er doch als Sozialpädagoge mit Kindern und Jugendlichen beschäftigt, von denen viele auch noch schwer erziehbar waren. Wie konnte es passieren, dass er so ignoriert wurde, ein Mensch, der mit seiner Präsenz eigentlich überaus auffällig war? Thomas, der sowieso immer mit zwei Kulturen auf Kriegsfuß stand, fand sich eine ganze Weile gar nicht mehr zurecht. Er hatte das Gefühl, nirgends wo zu Hause zu sein, und wir in unserer Verwirrung konnten ihm auch nicht gerade helfen. So musste er seine Identität als sowohl deutscher als auch japanischer Mensch wieder selbst suchen. Es war eine Suche, die uns letztlich alle bereichert hat.

Thomas

Heimat-Los

Ich frage mich oft, wie es Johann und Joachim ergangen wäre, wenn ihre Mutter als Indianerin hier mit einem deutschen Mann gelebt hätte. Natürlich ist es Unsinn, solche Fragen zu stellen, denn es führt weg vom Hier und Jetzt, doch bilde ich mir ein, dass wir uns als ausländisch-deutsche Menschen sehr unterscheiden. Mein Schwager und sein Bruder machen sich nie Gedanken darüber, was eine indianische Kultur in Kolumbien bedeutet, oder wenigstens nicht so oft, doch ich kann gar nicht anders, als mich mit der japanischen Kultur auseinanderzusetzen. Meine Mutter ist Japanerin und sie lehnt einiges in ihrer eigenen Kultur ab, so zum Beispiel die seltsam leistungsorientierte Erziehung der Kinder, die schon für Kindergärten Aufnahmeprüfungen verlangt, die Unterordnung des Individuums unter die Gesellschaft, die oft einen eigenständigen Ausdruck, zum Beispiel in der Kunst, verhindert. Sie liebt das Leben und ist in ihrer Familie immer als Rebellin angesehen worden. Konsumzwang ist ihr fremd, sie ist auch nicht der Meinung, nur mit supermodischen Klamotten was wert zu sein, und was sie tut, macht sie mit Leidenschaft. Allerdings hält sie die aus der Shinto-Tradition herstammende Wertschätzung für Frauen für wertvoll und wichtig, etwas, das ihr in Deutschland ganz und gar fehlt, wo es zwar laut Grundgesetz eine Gleichstellung von Mann und Frau gibt, aber keine Wertschätzung für Letztere. Sie liebt japanische Kunst und allem voran die schriftstellerische Leistung zum Beispiel von Sei Shonagon.

Wenn ich Haikus schreibe, mache ich ihr immer eine große Freude. Diese kleinen Gedichte, die sich durch die Silbenzahl fünf – sieben – fünf definieren und meist die Natur in einer bestimmten Weise zum Thema haben, sind schwerer zu schreiben, als man glauben möchte, besonders wenn man sich an die Regeln hält. So ist der menschliche Körper lediglich als Ortsangabe zu gebrauchen und man braucht einen Schlüsselbegriff, der auf eine bestimmte Zeit im Jahr hinweist. Dann beobachtest du den ersten Raureif, den ersten Schneefall, wenn er überhaupt noch stattfindet, die erste oder die letzte Schwalbe, quakende Frösche, Zitronenfalter und, und, und – und daraus machst du dann ein Gedicht, das in der Anzahl der Silben begrenzt ist: fünf, sieben, fünf Silben. Manchmal, wenn ich eine Freizeitaktivität mit Kindern leite, dann versuche ich, solche Gedichte mit Kindern zu machen, und da kommt man mit deren Anregung schon mal auf die Idee, den Wandel der Natur durch die Umweltzerstörung zu thematisieren. Selbst meine Mutter begrüßte diese Anregung, denn ihrer Meinung nach sind gerade die Japaner trotz ihrer wunderbaren Haikus über die Natur ausgesprochene Umweltzerstörer, die skrupellos Regenwälder abholzen, wenn sie ein abbaufähiges Bauxitvorkommen entdeckt haben, oder für jede Mahlzeit ein neues Paar Essstäbchen brauchen. Sie sind die größten Wasserverschwender, denn wenn japanische Menschen auf die Toilette gehen, wird das Wasser laufen gelassen, damit man nicht hört, wie das andere Wasser läuft.

Einmal war ich selbst in Japan. Ich war zehn Jahre alt, als wir meine Großeltern dort besuchten. Sie sind sehr traurig, dass wir uns nicht öfter sehen lassen dort, aber Mutter will das nicht und ich bin ehrlich gesagt auch froh, nicht öfter dorthin zu reisen. Ich mag zum Beispiel keine Mangas, keine japanischen Comics, wenn man das so bezeichnen kann. Doch man glaubt gar nicht, welche Leute da in aller Öffentlichkeit mit diesen scheußlichen Geschichten rumsitzen und ihre tägliche Portion Gewalt und Pornographie genießen. Auch meine Mutter kann die scheußlichen Geschichten nicht ausstehen, denn sie glaubt, mit der Frauenfeindlichkeit dieser Geschichten könne man die traditionelle Hochachtung vor Frauen weiter herabsetzen. Ursprünglich war es eine Frau, die über Japan herrschte, doch die Herrschaft über dieses Land ging immer mehr in männliche Hand über und die Buddhisten, die aus China kamen, haben die starke Stellung der

Frauen bekämpft. Trotz allem hat sich noch viel Stärke für die Frauen erhalten und Mutter will auch, dass es noch lange so bleibt, denn wenn das nicht mehr der Fall wäre, dann hätte alles, was das japanische Zusammenleben zwischen Mann und Frau ausmacht, eben auch die seltsame Sexualität, die für mich zwischen Scham und Pornographie angesiedelt ist, einen anderen Stellenwert, würde sich noch mehr ins Gewaltsame verschieben, als es meiner Meinung nach eh schon ist.

Überhaupt die japanische Sexualität. Mutter wollte nie einen Japaner zum Mann haben, weil diese Männer so sparsam sind in der Ausführung des Aktes, denn Mann muss seine Kräfte für Wichtigeres aufsparen und mit dem Samenerguss verliert Mann ja etwas von seiner kostbaren Kraft. Mit anderen Worten: Wenn die Frau erst so richtig in Stimmung kommt, ist bei ihm schon wieder tote Hose, denn der Herr muss seine Kraft für die Firma aufsparen, die ihn dann vielleicht mit all der Arbeit, die von ihm erwartet wird, in den frühzeitigen Tod schickt, auch eine Möglichkeit mehr, Sexualität nicht zu leben. Andererseits ist es kein Problem, Restaurants zu finden, in denen Schulmädchen in Miniröcken und ohne Unterhosen bedienen, um sich das Geld für die überaus ausgefallenen modischen Dinge zu kaufen, für die eine durchschnittliche Japanerin ungefähr fünfhundert Euro im Monat ausgibt. Es gibt Bordelle für jeden Geschmack und die Frauen, die dort arbeiten, sind ganz oft Ausländerinnen, denn so weit will dann eine Japanerin doch nicht gehen. Mich irritiert der käufliche Sex der Japaner, der für mich zumindest so gar nicht zu der Tatsache passt, dass weibliche Geschlechtsteile als schmutzig und unrein gelten, nicht wie in Europa mit seiner christlichen Prägung als fast schon heilig betrachtet werden. Ist das nicht ein versteckter Kampf männlicher gegen weibliche Werte, auch wenn man bedenkt, wie wenig Frauen in der japanischen Politik und an hohen Stellen der Wirtschaft zu finden sind? Im Rahmen ihres Lebens als Oberhaupt der Familie, die das Geld allein verwaltet, die ihre Kontohaltung so geheim handhabt, dass Männer in Schwierigkeiten geraten, wenn ihre Gattin früher stirbt als sie selbst, und von ihrem Lohn nur ein Taschengeld zu erwarten haben, ist die japanische Frau sicherlich mächtig, doch sonst wird ihr Leben eingeschränkt. Andererseits haben diese Frauen Rechte, die für die deutschen Frauen wohl immer ein Traum bleiben werden, und sie haben eine Wirtschaftsmacht, die nicht zu unterschätzen ist, wenn wieder einmal ein Hersteller die Ware so ändern sollte, dass es den Damen dort nicht passt. Die Ausländerinnen übrigens, die anschaffen gehen, sind in der absoluten Minderheit, denn die japanische Bevölkerung besteht zu achtundneunzig Prozent aus Japanern. Die Japaner sind den Deutschen in ihren bürokratischen Schikanen übrigens weit überlegen, auch wenn dort mit einer ausgesprochenen Höflichkeit schikaniert wird, was den Aufenthalt eines Ausländers in Japan sicherlich nicht erleichtert. Neben den ausländischen Prostituierten, die vor allem aus Thailand und von den Philippinen stammen, schaffen zunehmend auch Schulmädchen an, die satte Preise für ihre „privaten" Treffen mit den Herrn verlangen, und diese Mädchen finden das offensichtlich ganz normal, denn die Mode von Gucci und Valentino ist nicht gerade preiswert und auch im Shoppen sind die Japanerinnen Meister. Mutter findet das alles beschämend und sie kann sich nicht vorstellen, wie sich unter solchen Bedingungen Liebe leben lässt, eine Liebe, die trägt, die nicht von seelischen Schäden überschattet ist. Doch auch in Deutschland gibt es nicht viele Paare, die eine solche Liebe leben, denn die meisten Frauen heiraten nach wie vor aus wirtschaftlichen Gründen und nicht aus tiefer Liebe, sie nehmen lieber irgendwelche Unbehaglichkeiten in Kauf, als auf materielle Stabilität zu verzichten. Mama hält das für eine Form von Prostitution und ich weiß, wenn sie Vater nicht von Herzen geliebt hätte, sie hätte ihn um keinen Preis der Welt geheiratet.

Als wir in Japan waren, hatten wir einmal das Pech, zur Rushhour in einer U-Bahn zu fahren. So etwas Schreckliches habe ich noch nie erlebt, denn wir wurden alle zusammen geschoben und ich verlor den Kontakt zu meiner Mutter. Zum Weinen war ich zu alt und in japanischen U-Bahnen schreit keiner. Wo ich raus musste, wusste ich nicht, fragen kam nicht infrage, denn unter japanischer Höflichkeit versteht man, niemandem eine negative Antwort zu geben, so dass man im Zweifelsfall immer in Gefahr ist, falsch beraten zu werden, und so stand ich eingeklemmt, mit dem zwingenden Gefühl, gleich zu ersticken. Den Japanern schien das überhaupt nichts auszumachen, sie standen da und nicht wenige von ihnen sanken sofort im Stehen in den Schlaf. Japaner können sowieso immer und überall schlafen, auch in Vorstandssitzungen und in jeder Haltung, außer nachts, denn dann gilt man als faul, wenn man sich zu früh am Abend aus der Firma entfernt. Doch ich stand da und ich dachte, wenn das nicht anders wird, dann komme ich nicht lebendig aus dieser Bahn. Mama hat zum Glück gewartet, bis es leerer war, bis sie mich wieder hat sehen können, aber da waren wir schon viel zu weit gefahren.

Ich hatte in Japan immer das Gefühl, mich wie ein Japaner benehmen zu müssen, weil meine Großeltern es so von mir erwarteten. Andererseits wollte ich gerade dort besonders ungezogen sein, weil ich mich wohl überfordert und oft unwohl fühlte. Mutter hatte es jedenfalls nicht leicht, weil ihre Familie nicht verstehen konnte, wie sie mich erzogen hatte, denn sie hat es nie eingesehen, warum ich denn schon mit drei oder vier Jahren lesen oder schreiben können sollte. Sie wollte mir eine Kindheit gönnen, die sie nie hatte, die auch ihre erste große Liebe nie hatte und die den jungen Mann, der laut Mutter Ruyichi geheißen hatte, in den Tod getrieben hatte. Sie hält die meisten japanischen Mütter für Rabenmütter, die für das Ansehen ihrer Familie das Leben ihrer Kinder gefährden, denn Japan hat mit die höchste Selbstmordrate unter Jugendlichen. Sie findet auch das Verhältnis der Japaner zur Arbeit nicht richtig, denn Väter haben dort noch weniger Zeit für ihre Kinder als hier in Europa, allein schon wegen der vielen Arbeit, sie ziehen nicht selten mit ihren Kollegen nach der Arbeit durch die Sexbars und sind danach viel zu betrunken, um nach Hause zu fahren, so dass man lieber in einem der komischen Kabinenhotels übernachtet. Und ich glaube auch, dass sie recht hat damit, wenn sie behauptet, da liege die Wurzel zum fehlenden Naturbezug der Japaner, da liege die Wurzel dazu, junge Menschen am Anfang ihres Lebens wie eine lebende Waffe zu verwenden, wie es im Zweiten Weltkrieg geschehen ist, ohne ihnen eine Möglichkeit zu geben, mit dem Leben davonzukommen.

Im Krieg waren sich die Deutschen und die Japaner sicher sehr ähnlich, was das Maß an Grausamkeit anbelangt. Keine liebevolle Erziehung hier und keine liebevolle Erziehung dort. Mag sein, da gibt es kulturelle Unterschiede, und doch, unter dem Strich, es kommt immer ein für uns alle beschämendes Ergebnis raus. Ich bin Sozialpädagoge, ich arbeite in einer Einrichtung für Kinder und Jugendliche und ich sehe Tag für Tag, welche Folgen eine lieblose Erziehung hat, und ich weiß auch, was das für uns alle bedeutet. Ich spüre auch die Ratlosigkeit vieler Eltern, die kein Rezept haben, wie sie die selbst erlebte Lieblosigkeit bei ihren Kindern vermeiden können und wie sie trotzdem einen verlässlichen Rahmen geben könnten. Sie schwanken zwischen dem Überschütten der Kinder mit materiellen Dingen und einer schrecklichen Beziehungslosigkeit, die sich oft mit Gleichgültigkeit und Ungeduld äußert, auch in Machtgebaren, obwohl die Kinder nicht Macht über ihre Eltern wollen, sondern Eigenmacht an der Seite starker Erwachsener, die als Leitbilder taugen. Ich bin mir sicher, dass das unser Volk prägen wird, denn so was hat Auswirkungen, ganz klar. Und ich tue mein Bestes, um dem Ganzen entgegenzusteuern, doch fühle ich mich immer weiter eingeschränkt. So kann ich nicht mehr ohne Weiteres meine Hand auf irgendeine Kinderschulter legen, um diese Schulter zu stärken und eine gesprochene Botschaft verständlich zu machen, sondern muss vorsichtig sein, denn eine solche wichtige Geste kann als Missbrauch verstanden werden. Viele meiner jungen Freunde haben kaum noch Gelegenheit, sich im Freien auszutoben, weil Nachbarn ihre Ruhe haben wollen und sich durch Kinderlärm gestört fühlen. Stattdessen sitzen sie vor der Glotze, die ihre Wahrnehmung irritiert, weil alles zweidimensional abgebildet wird statt dreidimensional, was zur Folge hat, dass die Kinder immer aggressiver werden. Ganz abgesehen davon konsumieren die meisten Kinder zu viel Gewalt und Werbung und selten finden sich Eltern, die das Gesehene mit den Kindern besprechen und zum vernünftigen Gebrauch dieses doch auch segensreichen Mediums erziehen. Gemeinsames Lesen oder Spiele im Familienkreis fehlen immer mehr, der Zusammenhalt in den Familien zerbricht, was nicht nur schlecht sein muss, denn intakte Familien halten nach wie vor zusammen, wenn man mich fragt, aber unsere Gesellschaft ist nicht darauf eingestellt, den elternlos gewordenen Erziehern einen verlässlichen Rahmen zu bieten. Alleinerziehende sind nicht selten Sündenböcke, die eigentlich besondere Bedingungen brauchen und es nicht selten verdient hätten, besser behandelt zu werden. So wird die Chance vertan, die sich in dem Zerbrechen alter, nicht immer segensreicher Familienstrukturen bietet, die Gelegenheit, neue verlässliche Strukturen zu schaffen, die uns alle besser vernetzen. Die Hauptleidtragenden sind die Kinder. Die Buhmänner, pardon, Buhfrauen sind jene Mütter, die sich entscheiden, eine unglückliche Ehe aufzugeben. Die Zeiten werden schlechter und schon jubelt man wieder, dass die Scheidungsrate sinkt, doch kaum jemand bemerkt dabei, wie viele Frauen sich wohl nur deshalb nicht scheiden lassen, weil sie Angst vor der Armut haben, weil sie Angst vor dem sozialen Abstieg haben. Ob das immer zum Wohl der Kinder ist, wage ich mal zu bezweifeln, denn ein Vater ist nur dann ein Vorteil für die Kinder, wenn er soziale Qualitäten einbringt, die leider wenige Väter haben.

Wie mein Vater gewesen wäre, weiß ich nicht, denn er starb bei einem Verkehrsunfall, als ich zwei Jahre alt war. Ich kann mich also kaum an ihn erinnern. Mutter ist jedoch noch immer in ihn verliebt, obwohl sie die ein oder andere Affäre hatte. Doch keiner ihrer Freunde konnte die Leere ausfüllen, die nach Vaters Tod entstanden ist. Sie hat uns mit ihrer Arbeit als Tanzlehrerin ernährt und es war ihr Wunsch, dass ich studiere. Sie war immer so stolz auf mich und ich war stolz auf sie. Es war ein Vergnügen, gut zu sein, denn sie hatte ihre Freude damit, doch auch wenn ich einmal nicht gut war, fand sie noch etwas, das sie loben konnte. Sie hat mir den Raum gelassen, meinen Ehrgeiz selbst zu entwickeln, ganz bewusst, denn sie wurde zur Leistung erzogen, nicht zum Lernen aus Freude und Neugier, sondern um gut verheiratet zu werden. Es gab wohl eine Zeit in ihrem Leben, da wollte sie nicht mehr leben, doch sie spricht selten davon. Da war aber der Tanz, der sie am Leben erhielt. Sie hatte erkannt, wenn sie gut genug war, konnte sie ins europäische Ausland reisen, und vielleicht gab es da ja doch die Möglichkeit, dem Japan zu entfliehen, das ihre Seele auffraß. Plötzlich hatte sie ein Ziel für ihren Ehrgeiz, ein Ziel, das sie selbst gewählt hatte. Und sie wollte die Beste sein, zumindest in Japan. Und sie schaffte es. So kam sie nach Blackpool. Tanzsport ist eine harte Sache, wo es mitunter sehr hart hergeht. Da werden Absätze in den Fußrist des Gegners gebohrt, da landet schon mal ein Ellenbogen im Genick der Konkurrenten. Und manchmal steht gemeinerweise ein Bein im Weg. So geschah es in Blackpool und Mutter landete vor Papas Füßen. Die Gemeinheit, die Infamie des Tanzsportes hatte eine Ehe gestiftet und Mutter lobt daher diese kleinen Schikanen, denn, so sagt sie, man kann nie wissen, was daraus alles Gutes entstehen wird.

Nun war da ein Ziel. Sie musste es schaffen, ihre Eltern zu überreden, dass sie in Deutschland studieren durfte. Sie schaffte es, indem sie unausstehlich war. Wenn Mutter das heute erzählt, kann ich es mir gar nicht vorstellen, denn sie ist eine Frau, die gerne und viel lacht, die von Herzen fröhlich ist. Auch wenn sie meinen Vater noch immer liebt, sie ist nicht in der Trauer um ihn stecken geblieben. Sie ist eine hervorragende Tanzlehrerin, die in ihren Tanz viel Gefühl legt und die behauptet, wer nicht seine Gefühle tanzt, der tanzt überhaupt nicht. Auch darin unterscheidet sie sich von vielen anderen Japanern, die immer etwas steif wirken, immer ein wenig wie ferngesteuert. Doch als Mutter das letzte Mal in Japan war, ist etwas anders gewesen, denn auch in Japan ist etwas am Aufbrechen, verändert sich etwas. Es gibt die individuellen Japaner und Mutter glaubt daran, dass darin die Zukunft für Japan liegt.

Sie hat ihren Platz gefunden. Manchmal denke ich, hier ist der Platz für all diejenigen in der Welt, die sich aus irgendeinem Grund umorientieren müssen, die besser hier als zu Hause aufgehoben sind. Manchmal erschreckt mich aber auch, wie viele Leute hier in dieses Land kommen und hier noch mehr als zu Hause in ihrer alten Kultur verhaftet sind. Sie scheinen nicht zu wissen, wohin sie gehören, und so passen sich einige zu sehr an und andere lehnen das Neue zu sehr ab, als ob dazwischen gar kein Weg sei, als ob es gar nicht möglich wäre, miteinander und voneinander zu lernen. Dann haben wir hier extreme Islamisten, die den Koran in seinem eigentlichen Sinne gar nicht kennen und die glauben, was religiöse (Ver-)Führer ihnen in ihrem unaussprechlichen Hass sagen. Oder die Muslimas, die es nicht mehr wagen, ohne Kopftuch zu leben. Und das ist nur die Spitze des Eisberges. Da wird zum Teil auch Kriminalität mitgebracht, da werden Sitten und Bräuche mitgebracht, die an sich schon nicht menschenwürdig sind. Da entstehen festgefahrene Fronten anstatt eine gemeinsame, offene und menschliche Kultur. Wer hat Schuld? Die einen halten an ihren kulturellen Bräuchen genauso fest wie die anderen. Keiner will wachsen, nachfragen, nachdenken, Mitgefühl entwickeln. Vorurteile sind einfacher und sie bieten Sicherheit, auch wenn diese Sicherheit manchmal auf der Unsicherheit eines anderen aufgebaut ist. Mutter und ich wissen, was es heißt, nicht der deutschen Norm zu entsprechen, aber wir wissen auch, welche Konflikte ein Mensch aus dem Ausland mit seiner Familie erlebt, wenn er hier lebt. Das Leben im Ausland verändert einen immer. Egal ob man sich überanpasst oder ob man mehr als die Angehörigen im Heimatland die eigene Kultur lebt. Am besten haben es die Menschen, die es schaffen, von beiden Kulturen das Beste zu nehmen. Persephone behauptet immer, ich gehörte zu diesen Menschen, doch ich glaube, ich bin schon zu sehr deutsch, um mir aus der japanischen Kultur viel zu nehmen. Was sind da schon die paar Haikus? Doch wenn es ein Mensch geschafft hat, dann ist es meine Mutter. Und deswegen bewundere ich sie auch so sehr, deswegen und weil sie mir beigebracht hat, trotz aller Vorurteile für meine Mitmenschen Geduld und Mitgefühl zu haben.

Es kommt gelegentlich immer noch vor, dass die Leute meinen, nur weil ich auch japanisch bin, laufe ich mit einem Samuraischwert in der Gegend herum. Manche alten Leute sprechen mich auch auf den Zweiten Weltkrieg an und bedauern das zu Recht unrühmliche Ende, nicht ohne die deutsch-japanische Verbindung zu würdigen, was ich jedoch gar nicht verstehen kann. Wenn ich ihnen dann erzähle, wie schlimm es für die allermeisten der jungen Männer war, zum Selbstmord mittels Kamikaze gezwungen zu werden, oft mit übelsten psychologischen

Tricks, dann können sie sich gar nicht reinversetzen. Sie müssen allesamt schon viel Grausamkeit erfahren haben, weil sie so abgestumpft sind. Wenn da nicht meine Omi gewesen wäre, die Mutter meines Vaters, mit ihrer Herzensgüte, dann wäre ich sicher sehr viel mehr japanisch. Doch Mutter musste ja nach Vaters Tod arbeiten und Omi war da, um auf mich aufzupassen. Das ging auch ganz gut, denn die beiden Frauen haben sich gut miteinander verstanden, vielleicht weil beide auf ihre Art so was wie Heldinnen waren. Mutter, weil sie sich in ein anderes Land gewagt hat, um sich *ihr* Leben zu erkämpfen, und Omi, weil sie das Herz und den Mund immer am richtigen Fleck hatte. Sie hat sogar ihr Leben riskiert, weil mein Onkel von so einem brutalen Lehrer während der Nazizeit ständig drangsaliert wurde. Das gipfelte darin, dass dem armen Jungen ein Judenstern angeheftet wurde, weil er es gewagt hatte, zu sagen, dass seine Mutter viel zu arm sei, um sich an einer Winterspende zu beteiligen. Oma war empört, denn der Judenstern war an sich schon eine Frechheit, war ihre Schwester doch mit einem jüdischen Mann verheiratet, einem Mann, der in der Familie wohlgelitten war. Und dann dieses Zeichen auch noch als Strafe für ein ehrliches Kind zu verwenden, das schlug dem Fass eindeutig den Boden aus. Omi war wütend, denn zu ihrem Alltag gehörten neben der fast unlösbaren Aufgabe, ihre Kinder, ihre Schwester und einen weiteren Schwager, der Kommunist war, sattzukriegen auch das schreckliche Warten auf schlechte Nachrichten aus Dachau, wo der jüdische Onkel gefangen gehalten wurde, und die Angst um den eigenen Mann, der im Krieg war. Dem Herrn Lehrer hatte sie prophezeit, dass er, wenn der Krieg erst mal aus sei, nicht mehr die Kinder quälen würde, sondern die Straße kehren müsste. Und der Krieg war aus, und der Lehrer kehrte die Straße! Leider war der unmenschliche Pädagoge nicht lange genug Straßenkehrer, denn schon bald durfte er die Kinder wieder so sehr an den Ohren ziehen, dass sie geblutet haben. Doch Omi hätte wer weiß was erleben können, wenn sie damals einer angezeigt hätte.

Omi hat mir feste politisch-moralische Regeln beigebracht. Und dazu gehörte, sich kritisch mit der eigenen Kultur auseinanderzusetzen, weil von irgendwoher musste so ein Irrglauben wie der des Dritten Reiches ja wohl kommen. Sie hat mir beigebracht, den Menschen ungeachtet seiner Hautfarbe stets zu achten, aber auch sich selbst zu achten. Oder besser gesagt, weil ich mich achten kann, kann ich den anderen achten, weil ich nicht perfekt bin, braucht es auch nicht der andere zu sein. Sie fand das viel interessanter als den hier leider oft verbreiteten menschlichen Perfektionismus. „Stell dir vor, jemand ist der wahre, fehlerlose Engel und du lebst mit ihm. Du kannst nicht gepflegt mit ihm streiten, du kannst dich nicht an ihm reiben, nicht körperlich und nicht seelisch. Du fühlst dich immer irgendwie unterlegen, obwohl dir ein Engel nie seine Überlegenheit zeigen würde. Ist das nicht auf Dauer tödlich langweilig? So war nicht einmal Jesus, zum Glück!“, sagte sie oft. Ihre Erziehung trachtete danach, mich auf die Seite der Schwächeren zu stellen, auch dann, wenn die Stärkeren mich bedrohen sollten. Ich wuchs also auf mit zwei starken Frauen, beide Witwen, einander zugetan in ihrem gemeinsamen Schicksal, in ihrer Fremdheit, in gegenseitigem Respekt. Sie haben mir gezeigt, wie einer vom anderen lernen kann, einfach, weil sie es mir vorgelebt haben. Leider ist die Omi schon lange tot, sie hätte so gut in meine jetzige Familie gepasst, denn dieses Voneinander-Lernen habe ich hier auch wieder gefunden.

Dabei ist das hier nicht das Paradies. Manchmal ertappe ich mich dabei, wie ich ganz schön neidisch bin. Oder ich habe für etwas kein Verständnis, weil ich nicht absehen kann, was am Ende dabei rauskommt. Ich erinnere mich an Liesbeths legendäres pädagogisches Geschick, das ich immer dann erleben durfte, wenn sich der Park in einen Abenteuerspielplatz verwandelt hat, in den Sommerferien, wenn all die schwierigen und weniger schwierigen Kinder bei uns waren. Wie oft war ich da neidisch, hab mein eigenes Talent gar nicht mehr gesehen. Wie oft habe ich da vergessen, dass Liesbeth es auf ihre Weise macht und ich es auf meine Weise. Doch zum Glück dauert so ein Zustand bei mir nur einige Minuten, weil ich mich viel zu gut kenne, um mir etwas vorzumachen. Ich habe gelernt, darin auch eine Chance zu sehen, denn mein Neid zeigt mir das, was ich noch dazulernen kann. Als Lilith sich den schwierigen Mann ausgesucht hatte, der Johann damals sicherlich noch war, sah ich auch erst einmal gar keinen Sinn in dieser offensichtlich so aussichtslosen Romanze. Zwar wies Persephone mich darauf hin, dass es immer besser ist, in solche Entwicklungen Vertrauen zu setzen, denn egal wie die Sache ausgeht, es würde immer irgendwie weitergehen, mit oder ohne den seltsamen Johann, aber insgeheim dachte ich doch, sich mit einem solchen Mann einzulassen, wäre fast so was wie Selbstmord. Nun muss ich erleben, dass Liliths Vertrauen in diesen Mann durchaus berechtigt war, denn Johann hat sich als ausgesprochen liebenswert entpuppt. Ich könnte beschämt sein. Aber ich kann es auch anders sehen: Der Irrtum meinerseits gab mir auch die Gelegenheit, dazuzulernen.

Neulich habe ich sogar mit Johann darüber gesprochen. Ich habe ihm gesagt, ich hätte ihn anfangs für einen kompletten Idioten gehalten. Er hat schallend, Pardon, schallend heiser darüber gelacht. Man könne es mir ja nicht verübeln, aber er wäre damals durchaus meiner Meinung gewesen. Und nun könnten wir uns ja schon wieder einig sein, denn das mit dem Idioten sei meistens gegessen, doch könne keiner von ihm erwarten, dass er nun immer ohne Fehl und Tadel sei. Er hätte noch immer vor so manchen Situationen Angst, doch einiges hat er schon ganz tapfer zum Guten gewendet, wenn er da nur an sein erstes mitgefeiertes Weihnachten denke, welche blanke Angst er vor dieser ihm unbekannten Situation hatte. Weihnachten ist tatsächlich nicht immer nur ein Fest der Freude und der Liebe, wie man uns weismachen will, und zum Glück ist Weihnachten bei den O'Keeffes nicht das, was man sonst erwarten würde, sondern etwas ganz Besonderes. Doch das lassen Sie sich besser von Johann erzählen, denn seine Weihnachtsgeschichte ist wirklich außergewöhnlich.

Johann

Advent

Im April 1998 verlor ich meine Stimme und gewann eine Heimat für mich. Es wurde Sommer, dann Herbst, dann Winter. Weihnachten rückte unaufhaltsam näher und ich hatte Angst vor diesem Fest. In all den Jahren seit meiner Scheidung war ich an diesem Abend in Arbeit geflüchtet, nur um nicht mit meiner Familie zusammen zu sein. Ich hasste diese „Bleib-wie-du-bist"-Sentimentalität, die einem nur offenbarte, wie wichtig es für die anderen ist, wenn man das Monster bleibt, über das sie sich ein ganzes Jahr über geärgert haben. Ich fürchtete mich vor dem Wunsch nach Geborgenheit, der ja doch nie erfüllt werden würde. Ich war auf der Flucht vor mir selbst und ließ mich allein an diesem Abend. Doch nun konnte ich nicht wieder davonlaufen, denn mein Sohn wäre zu sehr enttäuscht gewesen, und das war gut so, denn nicht nur Fasching ist im Hause O'Keeffe etwas Besonderes. Die überaus gläubigen O'Keeffes feiern Weihnachten als das Fest, das es ursprünglich einmal war, als ein Fest der Lichter, mit dem das wachsende Licht des neuen Jahres begrüßt wird. Auf den ersten Blick sieht es so aus, als wäre es ein Erbe von Adolf, denn christliche Lehren waren nicht gerade eine Sache für die Nazis, aber mit Adolf hat das nichts zu tun, es hat vielmehr damit zu tun, wie wir mit Glauben umgehen, und da nicht jeder von uns Christ ist, da unsere Wurzeln so vielfältig sind, da einige unserer Vorfahren unter christlichem Fundamentalismus leiden mussten, haben sich Katharina und Sean für diese Form entschieden.

Wenn ich gewusst hätte, was ich da verpasst hatte! Doch Weihnachten war für meine neue Familie ein reines Familienfest, zu dem allerhöchstens gute Freunde geladen wurden, und da ich mich geweigert hatte, mit irgendjemandem zu reden, ahnte ich nicht, wie wunderbar der Abend werden sollte, auf den ich mich ganz mutig letzten Endes doch einlassen würde. Da ich so lange geschwiegen hatte, wollte mir vorher keiner verraten, wie dieses Fest ablaufen würde. Immer wenn ich nachbohrte, egal bei wem, sagte man mir, ich solle mich überraschen lassen. Es war schrecklich, es bereitete mir regelrecht Alpträume und schlaflose Nächte. Dann kam auch noch die Dunkelheit von Herbst und Winter. Und ich kämpfte mit meinen schlechten Erfahrungen, mit meinem Werden und mit dem Kleid, das ich für Liesbeth machen wollte. Trotzdem hielt ich mich tapfer. Doch dann war ich es, der am vorletzten Adventssamstag in die Stadt fahren sollte, um für die ganze Familie Besorgungen zu machen. Der Tag war wolkenverhangen und nasskalt, eben nicht gerade ein guter Tag für eine solch verfrorene Natur, wie ich es nun einmal bin, selbst in meinem Schaffell-Kuschelmantel schauderte ich. Meine Laune war ausgesprochen mies und sie wurde nicht gerade gebessert dadurch, dass ich meine pubertierende Schwägerin und meinen nicht minder außer Rand und Band geratenen Schwager mitnehmen sollte.

Kurz nach der Ortsgrenze sagte Athanasia: „Meirion, weißt du, was? Heute sagen wir ‚Papa' zu Johann, dann denken alle, er hätte uns so schlecht erzogen." Mei war begeistert und die beiden malten sich lebhaft aus, wie schlecht sie sich benehmen würden, während ich mir das Geläster der Leute ausmalte, die wohl tatsächlich dachten, ich wäre als Vater eine totale Flasche, was insofern bitter war, weil es bis zu einem bestimmten Zeitpunkt tatsächlich gestimmt hatte. Doch Widerspruch war zwecklos, hatte ich doch meine Hände am Steuer und war damit sprachlos. Abgesehen davon hätte Widerspruch wahrscheinlich eh keinen Wert gehabt. Doch innerlich kochte ich. Nasie versüßte die Fahrt auch noch mit ihren ethymologischen Ausführungen, denn sie dozierte über den Advent: „Das kommt von advenire, von ‚ankommen', und ‚Abenteuer' kommt auch davon. Das hättest du sicher nicht gedacht, was, Johann? Ist aber logisch, denn wenn ich irgendwo hingehe, wo ich fremd bin, muss ich auch erst einmal wo ankommen, und manchmal komme ich dadurch auch bei mir an."

Dann endlich waren wir in der Stadt und ich fand nach längerem Suchen schließlich einen Parkplatz, der mir aber von einem Idioten weggeschnappt wurde. Als ich in meiner Verärgerung den Stinkefinger machte, meinte Mei: „Na, das ist jetzt aber nicht Gebärdensprache. Sag das doch mal in der Gebärdensprache, Johann", und Nasie kam beim Anblick meines wütenden Gesichtes auf die Idee, mit mir zu wetten, denn sie wollte für jedes erratene Schimpfwort eine Kugel Eis. Mein hilfloses Schulterzucken wurde als Zustimmung gedeutet und ich hatte nicht die Kraft, mir ein Nein abzutrotzen. Unser Weg führte zuerst auf den Markt, wo in den Viktualienhallen allerhand Köstlichkeiten besorgt werden sollten, damit Katharina das Weihnachtsessen zubereiten konnte. Walnüsse brauchte sie und Tagliatelle mit Safran. Spezielle Oliven, milden Schafskäse, das gab es beim Türken. Da stand ich also und gab meinen Zettel an die Frau hinter dem Tresen weiter, dann hörte ich, wie diese Frau zu ihrem Mann sagte: „Diese Mann nix gut, diese Mann nix reden. Musst du für Aische deutsche Mann suchen. Diese Mann nix deutsche Mann, nix reden, nix gut." Nasie hatte sich zuerst am Nachbarstand was angesehen, doch als die Frau in der Meinung, ich könne sowieso nichts hören, über mich lästerte, stand sie neben mir und grinste mir ins Gesicht. „War das eben eine ‚blöde Kuh', Johann?"

Bis ich den Ahornsirup fand und das Haselnussöl, hatte man mir dreimal irgendeinen Ellenbogen in die Rippen gerammt, einen Regenschirm um die Ohren gehauen und Nasie hatte sich drei Kugeln Eis erraten. Dann brauchte ich noch Farben für Lilith und da war man dann ausnahmsweise an diesem Tag ausgesprochen höflich zu mir, vielleicht weil man mich da auch schon kannte, weil ich Lilith ein paar Mal begleitet hatte. Doch dann holten wir ein bestelltes Wörterbuch ab, das für Nasie war, und die Damen an der Kasse waren unfreundlich und verwundert über den Wunsch eines „Tauben", ein derartiges Buch zu besitzen, „... der will das doch wohl nicht in Gebärdensprache übersetzen!", lästerten sie hinter meinem Rücken. Vielleicht wären sie nicht so unfreundlich gewesen, wenn ich nicht gleichzeitig ein neues Buch über das Thema Gebärdensprache mitgenommen hätte. „War das ein ‚blöde Zicke‘, Johann? Also wissen Sie, meine Damen, mein Vater ist nicht taub und wir sind auch nicht so blöde, dass Sie sich so danebenbenehmen können“, verteidigte mich Nasie, nicht ohne noch einmal eine Kugel Eis zu sammeln. Draußen schaute sie dann jedem einigermaßen exotischen jungen Mann hinterher, aber auch so auffällig, dass mich eine Frau ganz mitleidig ansprach: „Ja, das ist nicht leicht mit den Kindern, wenn sie erst einmal in dieses Alter gekommen sind, nicht wahr? Also ich bin froh, dass meine Kinder schon verheiratet sind und ich nicht immer auf sie aufpassen muss. Kleine Kinder, kleine Sorgen, große Kinder, große Sorgen, wie ich immer sage.“ Am liebsten hätte ich ihr ins Gesicht geschrien, das sind nicht meine Kinder und dieses Gör ist nicht an den kleinen Schwänzchen dieser kleinen Männchen interessiert, sondern an jedem fremden Wort, das es nur irgendwie aufsaugen kann. Doch so schaute ich die Frau nur wütend an, worauf sie beleidigt „Man wird doch wohl noch was sagen dürfen“ maulte.

Es war nirgends viel besser. In den Kaufhäusern plärrten kleine Kinder, während wir alle von klebrig süßer Weihnachtsmusik berieselt wurden, und es gab fast keine Verkäuferin, die nicht irgendwie gehetzt und genervt aussah. Wegen der Lärmbelästigung wünschte ich mir ausnahmsweise, ich wäre wirklich taub. In der Kurzwarenabteilung, wo ich für Konstanze etwas zu erledigen hatte, stand vor mir eine Frau, die ausgerechnet an diesem Samstag mit der Verkäuferin um irgendeine Lappalie streiten musste. Irgendwie hat die Verkäuferin dann auch noch gedacht, ich wäre ihr Mann, denn plötzlich fragte sie mich: „Was meinen Sie jetzt dazu?“, doch selbstverständlich konnte ich nur mit den Schultern zucken, worauf ich als Pantoffelheld beschimpft wurde. Mei, der hinter mir stand, protestierte lautstark: „Das ist kein Pantoffelheld, das ist mein Vater und der wird doch nicht so blöd sein und so ’ne damische Ziege heiraten.“ Natürlich musste ich mir anhören, ich hätte meine Kinder schlecht erzogen, so frech wie die seien, was dazu führte, dass mich Mei noch einmal verteidigte, denn nun wies er die Damen darauf hin, dass sie es waren, die damit begonnen hatten, mit Schimpfwörtern um sich zu werfen, denn „Pantoffelheld" sei ja wohl eindeutig ein Schimpfwort. Endlich konnte ich bezahlen, hörte aber noch im Gehen, wie über mich gelästert wurde, wobei sich die Damen, die sich vorher so schön gestritten hatten, wunderbar einig waren. Nasie fanden wir in der Musikabteilung und sie erriet ein weiteres Schimpfwort, das eigentlich ihr galt, denn ich hatte ihr nicht erlaubt, sich selbstständig zu machen, und ich war sauer, weil wir nach ihr suchen mussten.

Um halb sechs Uhr abends waren wir endlich fertig mit den Besorgungen und eigentlich wollte ich nur noch nach Hause. Doch zuerst musste eine Eisdiele gefunden werden, deren Personal nicht den Winter über in Italien weilte. Dank Nasie und ihrer Liebe zu Eis fanden wir ganz schnell eine und suchten uns einen Platz. Die Leute da drinnen mussten alle finnische Vorfahren haben, denn die essen das Eis auch lieber im Winter als im Sommer. Es war gerammelt voll. Nasie bestellte: zehn Kugeln Eis für sich, eine kleine Portion für Mei und ein Mineralwasser für mich. „Willst du wirklich kein Eis, Johann? Komm, du brauchst doch sicher was, damit dir hinterher wärmer wird." Ich konnte nicht einmal mehr wütend sein. Ich hab mich dann irgendwann aufs Klo verzogen, denn vom Anblick des übervollen Eisbechers wurde mir schlecht. Als ich wiederkam, rief mir Mei entgegen: „Du, Johann, die beiden alten Damen da drüben haben deinen Hintern gelobt, richtig knackig sei er und du wärst endlich mal ein Mann, der nicht so 'ne lockere Hose anhat, wie es viele junge Kerle heutzutage so haben." Zuerst war es still und keiner hat gewagt, auch nur zu atmen, dann hat einer gelacht, dann haben alle gelacht, alle, nur nicht ich. Ich kämpfte mit den Tränen.

Weil ich noch nicht genug an diesem Tag mitgemacht hatte, fand ich auch noch mein Auto nicht gleich, sondern verfranste mich in irgendeiner schäbigen Vorortstraße. Mei trottete nur noch müde hinter uns her und ich musste mich am Riemen reißen, denn sonst hätte ich ihn in der Luft zerrissen. Ich wollte nur noch im Auto sitzen, losfahren und die laute, stinkende Stadt mit ihrer Trostlosigkeit und ihrer vorweihnachtlichen Aggressivität hinter mir lassen. Doch so schnell sollte es dann doch noch nicht gehen.

Ich drehte mich gerade um, um mit den Händen „Komm doch endlich!“ zu rufen, als ich sah, wie Mei über eine Mülltonne gebeugt stand. „Johann, warte, komm schnell her, da ist was, das sich bewegt!“, rief er und meine Hände, die er leider nicht sah, antworteten, „das ist sicher eine Ratte! Eine Ratte, hörst du?“ Doch Mei hörte und sah natürlich nichts, denn er starrte ganz gebannt in die Tonne. Also ging ich zurück und wollte schon Gewalt anwenden, um den störrischen Jungen endlich dazu zu bewegen, mit mir mitzukommen, da hörte ich das klägliche Miauen aus den Tiefen der Tonne. Ich bin nicht sehr groß, nicht viel größer als Mei, doch der war froh, dass ich den Mülltonnentaucher spielte. Ich fand eine Einkaufstasche aus Stoff, in der sich etwas wand und kläglich schrie. Dieses Etwas befreite ich, indem ich die verknoteten Henkel löste, und ich wurde dafür von dem völlig verstörten jungen Kater gebissen und zerkratzt, denn ich mag keine Handschuhe, so dass meine Hände gänzlich ungeschützt waren. Erst bei Mei beruhigte sich das Tier wieder und hing an ihm wie ein verstörtes Kindchen.

Ironischerweise musste ich feststellen, dass ich das Auto gleich in der Nähe dieser trostlosen Straße abgestellt hatte. Doch mit Heimfahren war nichts, denn mir fiel siedend heiß ein, meine letzte Tetanusimpfung lag um die zwanzig Jahre zurück. Das Katerchen war vielleicht auch nicht gesund und so fuhr ich zuerst das nächste Polizeirevier an, um mich nach einer ärztlichen Notfallpraxis und nach einem Tierarzt zu erkundigen. Dort wollte man mich dann ganz genau anhören, denn das Entsorgen von lebenden Katzen ist eine Straftat, weil es ja so was wie eine Tierschutzverordnung gibt. Doch da keiner der Beamten der Gebärdensprache kundig war und ich keine Lust hatte, viel zu schreiben, ließen sie sich mit meiner Adresse und dem Versprechen, ich würde ihnen den Ablauf unserer Rettungsaktion schriftlich zukommen lassen. Immerhin konnte ich mich anschließend um meine und des Katerchens Gesundheit kümmern, indem ich zuerst Mei und den Kater beim Tierarzt ablieferte und dann mich und Athanasia in der Notfallpraxis. Dass ich Nasie mitgenommen habe, erwies sich als folgenschwerer Fehler, denn als endlich nach fast zwei

Stunden Wartezeit eine nicht mehr ganz junge Ärztin mit gewaltigem Busen für mich Zeit hatte, meinte Nasie zu ihr: „Paps hat den heißesten Hintern in der ganzen Familie, sie haben heute echt ein Glück, wenn sie ihn impfen dürfen." Da hat es mir dann echt gereicht und ich stand auf, um meiner Schwägerin eine zu scheuern, doch so weit bin ich gar nicht erst gekommen, denn die Ärztin packte mich und fuhr mich an: „Zahlen Sie es Ihrer Tochter gefälligst nachher zurück, ich habe schließlich noch mehr zu tun, junger Mann." Und ehe ich mich versah, befand ich mich dann im Behandlungszimmer. Dort sollte ich dann die Hosen runterlassen, doch ich schnappte mir den erstbesten Stift und beschwerte mich. „Das ist sexistisch! Ich weiß, dass man auch woanders hinimpfen kann!", schrieb ich. „Haben Sie sich nicht so, junger Mann, was glauben Sie denn, wie man mich manchmal anmacht wegen meiner fetten Titten? Und wenn Sie nicht gleich die Hosen runterlassen, dann geh ich raus und sage Ihrer Tochter, was für einen feigen Vater sie hat, und zwar so laut, dass alle es hören können. Wenn Ihnen das lieber ist", fauchte sie mich an. Nach dieser freundlichen Aufforderung ließ ich mich also impfen und bekam auch noch eine fachgerechte Versorgung meiner zerkratzten Hände. Wie ich mit den verbundenen Händen Auto fahren sollte, war mir schleierhaft, doch die Ärztin hat wenigstens einmal in ihrem Leben jemanden gefunden, an dem sie sich für all die Schmach, von Männern ihr gegenüber begangen, rächen konnte, doch warum musste es gerade ich sein?

Mei saß schon im Auto, als ich endlich fertig war. Die Heimfahrt war still, denn wir alle waren müde, selbst der kleine Kater, der nun geimpft und für gesund befunden war. Doch zu Hause brach es dann aus mir heraus, ich war müde und depressiv, und auf Lils Frage, wie es denn gewesen sei, brach ich in Tränen aus. Ich habe nicht oft geweint in meinem Leben, das habe ich mir schon sehr früh im Jahr abgewöhnt, doch an diesem Abend konnte ich die Tränen nicht zurückhalten. Katharina hat ihre beiden Jüngsten böse angeschaut, doch die setzten ihre Unschuldsmienen auf und ich verzog mich in mein Atelier, um zu schmollen. Da saß ich dann im Dunkeln, bemitleidete mich und machte mir

Gedanken über die Ungerechtigkeit der Welt, als es klopfte. Ich wollte allein sein, und alle wussten das, deswegen stürmte ich wütend zur Tür und riss sie auf, doch da war natürlich niemand mehr. Das konnten nur Nasie oder Mei gewesen sein. „Na warte", dachte ich, „jetzt reicht's aber", und schon wollte ich einen der Übeltäter suchen und ihm sein Mütchen kühlen. Aber mein Fuß stieß an etwas und dieses Etwas rollte quer über den Flur, doch als ich genauer hinsah, waren es eine Schneekugel mit einer kleinen brasilianischen Tänzerin drin und ein Brief. „Tut uns leid, dass wir so gemein waren zu Dir, wir haben nicht daran gedacht, dass es Dich kränken könnte. Wir haben Dich lieb, denn Du bist der beste Schwager der Welt, Mei und Nasie." Da stand ich dann und schon wieder musste ich mit den Tränen kämpfen, doch dieses Mal war ich es, der gewann. Ich habe es sogar fertiggebracht, über den ganzen stressigen Tag am Ende doch noch herzlich zu lachen.

Dann kam Weihnachten und wir hatten viele Gäste. Konstanze wurde in Festtagsaufmachung in den Ballsaal gefahren, Leon, der Ballettchef, war da, weil er trotz seines Erfolges keine Familie hatte, die Wert auf seine Anwesenheit legte. Kenneth und Evelyn kamen dieses Mal und natürlich mein Bruder mit seinen Kindern, meine Mutter, der die heidnische Veranstaltung gar nicht gefiel, Ajame und Liesbeth. Ein wunderlicher Lichterbaum war aufgebaut worden, während wir anderen von Katharina Saalverbot bekommen hatten. Dort gab es nicht eine einzige normale Kugel, sondern einzig und allein Glasobjekte, die dafür sorgten, dass man sich stundenlang damit beschäftigte, was man alles entdecken konnte. Leonard, mein Sohn, wollte deswegen dann auch „Ich sehe was, was du nicht siehst!" mit mir spielen und so entdeckten wir ein Engelchen und ein Teufelchen, Seesterne, Eisenbahnen, Zeppeline, Elefanten, Affen, einen Troll und noch einiges mehr. Die Festtafel bog sich unter den verschiedenen Speisen, die wir alle zubereitet hatten, und irgendwo waren eine ganze Menge Geschenke aufgebaut. Nach dem Essen gab es Kultur, denn wer musizieren konnte, das waren natürlich Per und Thomas, der sang Winterlieder, es gab Haikus und andere Gedichte und jemand las eine Geschichte vor. Leon tanzte und sein Kostüm schien extra für die spinnwebverhangenen Lüster des Saales ausgesucht worden zu sein. Wir waren so verzaubert, dass niemand mehr an die Geschenke dachte, doch auch die kamen noch an die Reihe und alle waren mit viel Liebe ausgesucht worden. Die Feier beendeten wir mit einem Spaziergang durch die Weihnachtsnacht und anschließend gab es noch Frühstück.

Ich habe viel erlebt in dieser Nacht. Manches hat mich nachdenklich gemacht, manches neugierig, wie die Gespräche mit Kenneth und seiner Frau, nichts war gefühlsduselig. Einerseits bedauerte ich, was ich all die Jahre verpasst hatte, andererseits war mir auch bewusst, dass ich erst jetzt reif war für diese Art zu feiern. Mir ging es gut, so gut wie selten zuvor. Doch Mutter war enttäuscht, was ich nur schwer verstehen konnte. Meine Eltern hatten es selten geschafft, etwas mit Liebe zu verschenken. Schenken war nichts als lose Pflicht, man machte es, weil es eben an diesem Tag so Brauch war. Mutter hat es auch geschafft, bei Vaters Beerdigung sagen zu lassen: „… diese Ehe hat zwei Kinder hervorgebracht …“, so als ob man sich für eine Adoption von Kindern schämen müsste. Ich fand das damals ziemlich pietätlos, am Grab eines Verstorbenen so einen Schmarrn zu verzapfen, doch Mutter hätte meinen Einwand eh nicht verstanden. Bei unserem Weihnachtsfest stellte ich wieder einmal fest, dass es meine Mutter war, die nun vermehrt begann, meine frühere Rolle zu leben. Nicht, dass ich es ihr wünschte, aber es war eindeutig nicht mehr meine Sache und ich war froh, endlich zu den Lebenden gezählt werden zu können.

Zwei Jahre später feierte dann ein bemerkenswerter Mann mit, von dem wir alle noch viel zu lernen hatten. Es war der leibliche Vater von Katharina.

Katharina

Familienbande

Ich hatte nie viel mit meiner Schwester gemeinsam, abgesehen von der Ablehnung gegenüber Adolf. Unsere Verständigung war stets oberflächlich und auf das Nötigste beschränkt. Isolde galt weder als begabt noch als sonderlich fleißig, doch wozu sollte sie es auch sein, bei ihr hätte es wohl eh niemanden interessiert. Sie war zwar Adolfs Liebling, aber ich hätte nicht mir ihr tauschen wollen. Adolfs Liebling zu sein, das hieß schließlich, körperlich begutachtet zu werden, genauer, welche Haarfarbe sie einmal haben wird (hoffentlich blond), ob sie wohl dem hitler'schen Schönheitsideal gerecht wird?! Es hieß, von Adolf immer nur als zukünftige Gebärerin deutscher Kinder und als nicht gerade gebildete, aber gebärfreudige Frau betrachtet zu werden. Nur darin lag der Wert einer Frau, ansonsten war sie als Mädchen eigentlich nicht sonderlich viel wert. Hätten wir einen Bruder gehabt, dann wäre Isolde für Adolf uninteressant gewesen, und sie wusste immer, dass sie nur ein Ersatzlieblingskind war. Es ist logisch, wie sehr sich Isolde von einer solchen Ideologie und einer solchen Verachtung von Weiblichkeit abgestoßen gefühlt hat. Sie schämte sich genauso wie wir auch, einen Vater zu haben, der für die Erschießung eines Deserteurs verantwortlich war und der weder klug noch sonst was war, am wenigsten war er so mutig, den Krieg, den er ja auch vertrat, mitzukämpfen, und kein Mensch weiß, wie er es angestellt hatte, um den Dienst an der Waffe herumzukommen. Mutter hatte immer vermutet, dass da das Geld geblieben war, mit dem das Gut erhalten werden sollte. Darin waren wir uns also einig, doch war da immer etwas, das uns trennte, denn wir kamen nur auf Distanz miteinander aus. Nach dem Tod unserer Mutter, nachdem ich meinen Vater ausfindig gemacht und besucht hatte, sprachen wir uns das erste Mal aus.

Wir trafen uns im Botanischen Garten in München. Sean und die Enkel waren im Zoo, obwohl mein Mann, der Pflanzennarr, lieber mit mir getauscht hätte, doch wenn ich mit meiner Schwester was zu bereden hatte, konnte ich mich nicht auch noch um kleine Kinder kümmern. Isolde war noch nicht Großmutter, sie hätte wahrscheinlich kein Verständnis für die Marotten von Omas gehabt, denn zu den Enkeln hat man immer ein ganz anderes Verhältnis als zu den eigenen Kindern. Und ein botanischer Garten ist für kleine Kinder nicht so attraktiv wie der Zoo. Es fiel uns schwer, ein Gespräch zu beginnen, zumindest eines, das mit uns und nicht mit den ausgestellten Pflanzen zu tun hatte. Dennoch war es gut, wenigstens über das beeindruckende Gewächshaus und die Surinamkirschen zu sprechen, als gar nichts zu sagen. Die Surinamkirschen waren gerade reif und da ich immer sehr neugierig bin, probierte ich diese Früchte natürlich. „Wenn ich mit dir unterwegs bin, versinke ich immer vor Scham in den Boden, Katharina“, flüsterte Isolde. „Warum benimmst du dich denn immer noch so, als wärest du zu arm, um dir selbst etwas Obst zu kaufen? Und was machst du, wenn uns jemand erwischt? Du bist unendlich peinlich und das warst du für mich schon immer. Ich habe mich so geschämt, wenn du die Blumen aus den Nachbargärten geklaut hast, weißt du das?“ Ich habe Isolde angesehen und mich gewundert. Woher sollte ich denn wissen, dass sie sich wegen der Blumen schämte? Ich habe mich immer nur gewundert, warum sie unserer Mutter nie einen Blumenstrauß schenkte. „Wie, meine liebe Isolde, soll ich denn wissen, wie diese Dinger schmecken, wenn ich sie nicht probiere? Und wusstest DU denn, dass ich mir als Kind immer vorgestellt habe, dass ich für jede Blume, die ich der Mama mitgebracht habe, eine Mark bekommen sollte, ein Geld, mit dem ich dann das Gutshaus renovieren wollte, damit wir alle, außer Adolf natürlich, im Winter nicht mehr zu frieren brauchten?“ „Klar, du hängst ja auch mehr am Haus als ich, du warst ja auch nicht Papas Liebling. Ich wollte nur weg von dort, so weit wie möglich, vergessen, was man nur vergessen konnte, die Scham, die Tochter eines Mörders zu sein, den niemand je richtig zur Verantwortung gezogen hat. Die abschätzenden Blicke meines Vaters, der mich am liebsten an einen Mann verschachert hätte, der die richtige, nämlich seine Gesinnung hatte. Ich wollte das Gefühl loswerden, mein eigener Vater sei scharf auf mich, auch wenn er mich nie angegrapscht hat, es war so eklig. Und dann klaut meine Schwester auch noch Blumen in den Nachbargärten, schlimmer konnte es gar nicht werden. Am liebsten wäre ich unsichtbar gewesen. Mama brauchte mich gar nicht, denn ihr Liebling warst du. Es ist doch verständlich, dass ich die erste Gelegenheit genutzt habe, um von zu Hause wegzugehen. Die Hochzeit mit Peter hatte wenigstens Stil, das musst selbst du zugeben. Es war eh das Beste an unserer Ehe."

Peter, mein Schwager, war im Jahr zuvor mit einer zwanzig Jahre jüngeren Frau durchgebrannt und seitdem sah Isolde flotter aus als jemals in ihrer Ehe. Die Trennung ist ihr gut bekommen, während Peter sehr bald eingesehen hat, welch ein Esel er war. Doch Isolde wollte ihren Ehemann unter keinen Umständen wieder zurück, jetzt wo sie ihre eigene Stärke entdeckt hatte. Sie hatte einen zehn Jahre jüngeren Freund, der erste Schritt für sie in ein Leben, bei dem es um sie ging und nicht um eine angepasste Person, die weit von sich selbst entfernt ist. Doch der Weg von Isolde zu Isolde war und ist schwer und wer konnte es ihr verdenken, wenn sie nicht nur einer ihr unbekannten Lebensfreude, sondern auch einer intensiven, lange verschwiegenen Bitterkeit begegnete. „Ich war so neidisch auf dich, denn du galtest immer als die Begabtere von uns beiden. Wenn du fleißig und begabt warst, dann hat sich wenigstens Mama darüber gefreut, wenn ich es gewesen bin, und das kam doch gelegentlich vor, dann hieß es nur, ja, ganz nett, aber … dann hab ich mir gedacht, was soll ich mich denn anstrengen, es bemerkt ja doch keiner von den beiden. Heute weiß ich, dass Mama Schwierigkeiten damit hatte, gut mit mir umzugehen, weil Adolf ihr dann immer Schwierigkeiten gemacht hat. Die Ehe mit Adolf war die Hölle, sicher. Aber ich bin trotzdem wütend, so schrecklich wütend. Auf Adolf. Er hat mir nicht nur meine Kindheit zerstört, er hat mir mit seinem Anspruch auf mich auch noch die Mutter genommen. Er hat auf diesen bescheuerten Ehevertrag bestanden, der Mama so sehr an ihn gekettet hat, dass sie ihn gar nicht erst verlassen konnte. Ich bin so wütend, ich weiß gar nicht, wie ich damit fertig werde. Irgend so ein Trottel hat mir dann geraten, ich solle ihm vergeben, doch ich kann einfach nicht. Da sind so viel Einsamkeit und Scham, das ist so groß, ich kann einfach nicht. Dabei habe ich mich immer gefragt, ob ich ihn wohl lieben könnte, wenn er nicht dafür gesorgt hätte, den Josef Greinhuber an die SS zu verraten. Ich habe davon geträumt, er könnte seine Schuld einsehen, er könnte wiedergutmachen, was er angerichtet hat. Doch das war ein vollkommen idiotischer Wunsch, kein Mensch verändert sich für einen anderen, erst recht nicht für sein Kind. Ich wollte ihn lieben, aber es gelang mir nicht, ich fühlte mich immer mehr als Verräterin, doch was sollte ich machen, wenn ich nicht ihn verriet, dann würde ich mich selbst verraten und die menschlichen Ideale, auf die ich Wert legte."

Ich starrte Isolde an, berührt von dem, was ich gerade gehört hatte. Ich versuchte, mich in ihre undankbare Rolle zu versetzen, und stellte fest, dass es mir nicht gelang, so furchtbar erschien es mir, der Liebling eines Mannes zu sein, der unfähig war, auch nur das Geringste an Mitgefühl für andere aufzubringen. Für Isolde muss es besonders schlimm gewesen sein, mit Adolfs Schuld zu leben. Es war alles noch zu nah, die offene Verachtung der meisten Bauern, die Pflicht, so zu werden, wie Adolf sich seine Tochter vorstellte, und der Verrat am eigenen Vater, den sie beging, wenn sie so nicht sein konnte und wollte. Adolf war auch nicht zwischen mir und Mutter gestanden, doch Isolde war ganz allein. Der Abstand zwischen uns war viel zu groß, so konnte sich keine enge Bindung zwischen uns bilden. „Warst du neidisch?", fragte ich sie. „Ich meine, ich hatte wenigstens Mutter, musste mich nicht mit Adolfs schlüpfrigen ‚Erziehungsversuchen' rumschlagen, weil ich klein war und dunkle, rote Haare hatte und ich habe die große Liebe meines Lebens gefunden, nicht nur einen Mann, der mir sozusagen eine Flucht aus der Ungeborgenheit meines Elternhauses ermöglichte. Du hättest jeden Grund gehabt, neidisch zu sein, nicht wahr?" „Ich war neidisch, und wie. Du hattest alles, was ich nicht hatte, denn du warst kreativ, superschlau und dein Fleiß hat sich gelohnt, denn Mama durfte dich loben, mich aber nicht. Ich dachte, dass du das Haus renovieren musstest, wäre ein gerechter Ausgleich für die Ungerechtigkeit, die mir das Schicksal in Form meines Vaters zukommen lassen hat. Und jetzt bin ich wieder neidisch, mehr denn je, denn du hast nicht nur aus dem Haus eine Begegnungsstätte gemacht, die gerade meinen Jugendidealen entspricht, du hast auch noch das Glück, einen anderen Vater zu haben, du bist nicht beteiligt an der Schuld von Adolf, die mit seinem Tod noch nicht einmal vorbei ist, jedenfalls empfinde ich es so. Ich bin ja so was von neidisch auf dich, ich könnte dich in der Luft zerreißen, Katharina." Ich stopfte ihr eine Surinamkirsche in den Mund und meinte: „Gut, dass Peter Leine gezogen hat, Isolde. Jetzt kannst du zugeben, was Sache ist. Ich an deiner Stelle wäre auch neidisch. Aber so, wie ich das sehe, bekommst du jetzt auch noch das, was wirklich gut für dich ist. Du hast jedenfalls noch nie so gut ausgesehen wie jetzt. Die Wut und der Neid stehen dir gut. Du wirkst richtig lebendig." „Wie, du findest es doch nicht auch noch gut, wenn ich in letzter Zeit immer so stinksauer auf alles werde, nur weil meine heile Welt zusammengebrochen ist, du einen anderen, also besseren Vater hast als ich und ich nun nie mehr mit unserer Mutter reden kann, weil sie alles mit ins Grab genommen hat? Du findest es tatsächlich gut? Das kann ja gar nicht wahr sein. Ich glaube es einfach nicht, Katharina!" „Und ich glaube, du verstehst jetzt etwas falsch, Isolde. Ich habe nichts dagegen, wenn du wütend auf das alles bist, wenn du neidisch bist, das ist doch nur verständlich. Es ist menschlich, es ist natürlich, es ist ehrlich. Und das ist mir lieber als die ganze aufgesetzte Freundlichkeit, hinter der man sich belauert, hinter der man all seine Schatten verbirgt, nur um keine Schwächen zu zeigen. Und schon ist man in derselben Falle, in der sich Adolf gefangen hat. Stark sein ist wichtig, aber auch das, was als Schwäche gilt, ist Stärke. Ich finde, jetzt, wo du zugeben kannst, wie sehr dich das alles wütend und einsam gemacht hat, fühlst du dich richtig stark an. Aber du darfst auch nicht vergessen, ich habe durch meine Kinder und Schwiegerkinder auch einiges dazugelernt, vor allem durch Johann. Im Übrigen habe ich was für dich. Ich habe versprechen müssen, es dir nach Mamas Tod zu geben. In ihrer Hilflosigkeit Adolf gegenüber hat sie dir Briefe geschrieben, schon als du sehr klein warst. ‚Was meinst du, wird sie es noch verstehen? Wird sie noch was davon profitieren?', fragte sie mich noch kurz vor ihrem Tod. Ich weiß nur zu gut, wie Adolf sein konnte, wenn er der Meinung war, ein Kind sei sein Eigentum, ich habe schließlich Ares an ihn verloren." „Ach ja. Ares. Als Ragnhild geboren wurde, war ich froh, nicht mehr zu Hause zu wohnen, denn genau das schwante mir auch in Bezug auf meine Tochter und ihr Name, den er ausgesucht hatte, war das einzige Zugeständnis, das ich ihm machte."

Wir gingen eine Weile schweigend durch das riesige Gewächshaus. Nun war das Schweigen nicht mehr Verlegenheit, weil keine von uns wusste, wie man ein solches Gespräch zu beginnen hatte. In diesem Schweigen waren wir uns ausnahmsweise einig. Einig in unserer Ablehnung gegenüber einem Mann, der so viel Leid nicht nur in unsere eigene Familie gebracht hatte. Uneinig im Verständnis unserer eigenen Rollen in dieser Familie. Ganz plötzlich wurde ich unsagbar traurig. Es war schlimmer, als wenn jemand gestorben wäre, und ich begann bitterlich zu weinen. Da war meine Schwester und wir waren noch immer nicht so weit, uns in die Arme zu nehmen, dabei hatte ich sie so sehr vermisst. Über vierzig Jahre lang habe ich mich danach gesehnt, eine wirkliche Schwester zu haben, nicht nur ein wesentlich älteres Mädchen in der Familie, das mir wegen Adolf immer fremd geblieben ist. Vielleicht habe ich deswegen so viele Kinder und doch war auch unter meinen Kindern eines dabei, das ausgeschlossen war, ausgeschlossen, weil Adolf auch noch von der folgenden Generation seinen Tribut verlangte und nicht zuletzt deswegen, weil ich als Mutter nicht fähig war, mein Kind gegen diese Ansprüche zu schützen. Nicht nur Isolde trägt die Schuld dieses Mannes weiter, dachte ich mir, auch ich trage weiterhin ganz schwer daran. „Als ich Peter kennenlernte, dachte ich, ich bin dieses rechte Gedankengut endlich los“, setzte Isolde unser Gespräch fort. „Doch je länger wir verheiratet waren, umso mehr musste ich erkennen, wie sehr ich mich geirrt hatte, denn eigentlich waren die ausländerfeindlichen Sprüche von Peter genauso respektlos wie die unseres Vaters. Sag mal, warum weinst du denn? Habe ich was gesagt, das dich so verletzt hat?“ „Ach, Isolde, ich merke langsam, wie viel gemeinsame Zeit uns fehlt, obwohl wir doch ein gutes Stück miteinander aufgewachsen sind. Wir waren alle so einsam, so isoliert. Sind die ganze Distanz, die Sprachlosigkeit der letzten Jahrzehnte nicht auch ein Ausdruck für unsere eigene Hilflosigkeit? Und jetzt merke ich, wie sehr ich dich die ganze Zeit vermisst habe. Ich hatte eine ältere Schwester und hatte sie doch nicht. Und Mutter hat sich ganz bestimmt auch an mich geklammert. Ich hatte es bestimmt leichter als du, aber ganz ungeschoren ist keiner von uns davongekommen. Ach, Isolde, ich würde dich am liebsten mal in den Arm nehmen, doch du wirkst noch immer so unnahbar, da traue ich mich gar nicht.“ „Es tut mir leid für dich, Katharina, aber so weit bin ich tatsächlich noch nicht. Ich bin zwar froh, dass wir jetzt beginnen miteinander zu reden, aber ich muss im Moment so viel Neues verkraften, da ist das mit dir fast schon ein wenig viel. Du hast gesagt, Mama hat mir Briefe geschrieben? Ich glaube, bevor ich etwas zwischen uns ändern kann, muss ich erst einmal lesen, was sie mir geschrieben hat. Wenn ich das verdaut habe, kann ich vielleicht anfangen, einen Weg zu meiner eigenen Tochter zu finden, die mir auch fremd geworden ist, die ich in ihrer Kälte und Geldbezogenheit einfach nicht verstehe. Und dann schau ich weiter. Und Gerhard ist ja auch noch da. Aber vielleicht ist es möglich, euch einmal mit Gerhard zu besuchen, er ist so ganz anders als Peter, weißt du, er ist so geduldig mit mir. Ich weiß gar nicht, wie er es aushält mit meiner Ungeduld, meiner Wut, mit dem, was ich nun fühle, was aus mir herausbricht, und ich hoffe nur, er hat tatsächlich genug Geduld, um bei mir zu bleiben. Es ist gar nicht einfach, in meinem Alter noch einmal lieben zu lernen.“ „Und ich werde auch Geduld mit dir haben, Isolde. Ich verspreche es dir. Wenn du eines Tages doch noch eine ältere und vorhandene Schwester für mich sein kannst, dann werde ich mich sicher sehr freuen. Und wenn nicht, dann schaffen wir es vielleicht im nächsten Leben. Was meinst du?" „Du glaubst an so was?" „Du nicht? Weißt du, was? Das eine Leben ist doch viel zu kurz, um all das zu machen, was einen interessiert, um all das zu lernen, was es zu lernen gibt. Ich bin mir sicher, dass es mehr Leben als das eine gibt. Schon Sokrates war mit mir einer Meinung. Er hat behauptet, Lernen sei ein Sich-Erinnern an das Wissen, das man schon in einem früheren Leben gesammelt hat, und je besser du lernst, umso mehr Wissen aus dem früheren Leben bringst du mit. So ist das und ich sage dir, irgendwie hat er recht. Und was glaubst du?" „Ich weiß gar nicht, was ich glauben soll. Vaters bester Freund. Ein Pfarrer auf der falschen Seite. Wieso lässt Gott, wenn es ihn denn nun gibt, denn so was überhaupt zu? Ich weiß schon, man soll den Glauben nicht von einzelnen Vertretern abhängig machen, aber der war ja nicht der Einzige, im Gegenteil. Das Christentum hat so viel Leid über die Menschheit gebracht, das geht auf gar keine Kuhhaut. Und schau den Islam an, da war es doch auch nicht anders. Das sind Religionen, die jede für sich behaupten, sie wären die einzig selig machenden, alles andere sei Teufelswerk. Da steckt der religiöse Fundamentalismus doch schon in der Heiligen Schrift beziehungsweise im Koran. Anstatt einfach nur ein gutes Angebot unter anderen guten Angeboten zu sein, haben wir es mit Monopolisten zu tun, die nichts anderes zu tun haben, als andere Völker, andere Kulturen gleichzumachen, einzuheimsen. Für mich ist das genauso schlimm wie die Monopolbildung in der Wirtschaft. Alle Vielfalt, alle anderen guten Möglichkeiten gehen verloren, Teile von menschlicher Geschichte noch dazu, Sprachen, Indianersprachen zum Beispiel, wenn ich schon an deine Tochter Lilith denke, Sprachen, die man in den Ländern gesprochen hat, die jetzt Arabisch sprechen. Identitäten gehen verloren, so dass die Menschen sich verloren fühlen. Und dann kommt so ein Schlaumeier von irgendeiner dieser monopolistischen Religionen und spielt Menschenfänger. Lieber ein toter Mensch, nicht wahr, wenn diese armen Teufel es nicht mehr ertragen und sich zu Tode saufen oder sich sonst wie frühzeitig von unserer Erde entfernen, aber er ist doch noch Christ oder Moslem geworden." „Du bist ganz schön bitter, nicht wahr? Du hast mehr als ich nach der religiösen Wahrheit gesucht, aber du hast sie nicht gefunden. Oder doch?" „Hat dich nicht etwa auch noch der seltsame Religionsunterricht beim alten Fräulein Stegmeier geprägt? Gott sieht dich! Egal, was du tust, egal, wo du bist. Ich habe mich immer gefragt, wie Gott es macht, ungefähr fünf Milliarden Menschen immer und bei jeder Gelegenheit zu überwachen. Beim Pieseln, bei all den geheimnisvollen verbotenen Sachen, die wir uns gar nicht vorstellen konnten, weil wir davon nur in irgendwelchen Metaphern gehört hatten, die für uns Kinder alles waren, alles nur nicht der Sex, dem viele von uns dann enttäuschenderweise später begegnet sind und von dem ich mich noch immer frage, was daran so interessant sein soll, dass ein angeblich allwissender Gott noch daran Interesse haben soll. Allwissend? Ich habe mich immer gefragt, warum ein allwissender Gott immer Menschen prüfen soll, angeblich, natürlich mit den schlimmsten Plagen, die man sich nur denken kann, wenn er doch Dank seiner Allwissenheit sowieso schon wissen müsste, wie der Geprüfte sich in dieser Situation verhalten wird. Ich fand das, was man mir im Religionsunterricht erzählt hat, immer furchtbar unlogisch und letzten Endes unmenschlich. Mir kam Gott immer vor wie die alten Klatschbasen, die nichts anderes zu tun hatten, als den ganzen Tag über auszuspionieren, was die Nachbarn so alles treiben, und die hinterher darüber auch noch Lügengeschichten erfunden haben. Liebend war er mir gegenüber nicht, denn er hat mir diesen Vater aufgebürdet, mit dem ich zu leben hatte und der mich so schrecklich einsam gemacht hat."

Mir war nicht bewusst, wie bitter Isolde über Glauben dachte. Mir war aber bewusst, dass ich durch meine Kinder gelernt habe, wieder zu glauben, wenn auch in einer ganz besonderen Art und Weise. Oft dachte ich im Grunde genauso wie sie. Doch ich habe Persephone und sie ist es, die sich nicht mit einfachen Antworten zufriedengab. Sie hat – zunächst einmal für sich, aber auch letzten

Endes für uns – Antworten gefunden, die unseren Glauben verändert haben. Und ich habe einen lieben Freund, der als Geistlicher selbst schwer um seinen Glauben kämpfen musste. Er hofft immer noch darauf, dass sich einiges in der katholischen Kirche ändert, damit die Botschaft, die er verbreitet, wieder glaubhaft wird. Sicherlich sind wir nicht immer einer Meinung, so glaube ich nicht wie er, der christliche Gott sei der einzig wahre Gott, doch sind die Gespräche mit ihm immer sehr inspirierend. Er ist auch immer noch der Meinung, ich hätte meine Kinder taufen lassen sollen, und dennoch schafft er es, die Situation so wie sie ist zu akzeptieren. Da habe ich schon manchmal das Gefühl, er ist in dieses Geflecht Kirche zu sehr eingebunden, um sich ganz und gar frei zu machen, um ganz und gar eine eigene Meinung zu bilden.

Ich war jedoch immer der Meinung, meine Kinder sollten erst einmal ihre eigenen religiösen Erfahrungen machen, sich erst einmal selbst eine Meinung bilden, bevor sie sich für irgendeine Religion entscheiden wollten. Per hat sich dann irgendwann katholisch taufen lassen, hat aber bald darauf gemeint, eigentlich wären die anderen Religionen es auch wert, beizutreten. Sie hat Religion immer nach dem Motto „alles oder nichts" gelebt, ja, sie hat die Vielfalt gebraucht, um mit sich im Lot zu sein, denn der Katholizismus hat ihr nie alle die Fragen beantwortet, die sie umgetrieben haben. Lilith lebt nach den Normen meines Schwiegercousins Kenneth. Ares hielt sich leider an die pseudoreligiösen Inhalte der Nationalsozialisten. Athanasia und Meirion sind frei von festen religiösen Vorstellungen, sie denken nur, es sei ihre Pflicht, so gut wie möglich zu leben.

Mit meinen Schwiegersöhnen hat sich unser religiöses Spektrum erweitert. Thomas Misio ist zwar mittlerweile konfessionslos, aber man merkt ihm den Shintoismus und den Buddhismus an, der von seiner Mutter kommt, mit der ich mich ebenfalls gerne über Religion und diese Dinge unterhalte. Es hat meinen eigenen Blickwinkel erweitert und auch wenn ich meinen Glauben nicht mehr in Worte fassen kann, so spüre ich doch, es muss über all den uns bekannten göttlichen Instanzen noch etwas geben, das über allem steht und das alles miteinander verbindet. Johann hat sich erst nach dem Überfall so richtig mit diesem Thema beschäftigt, wohl auch deswegen, weil er immer wieder solche Sachen unter die Nase gerieben bekam, wie er solle Gott dankbar sein für das Leben, das er ihm erhalten habe. Ich hatte immer das Gefühl, er mag diese Sprüche nicht, doch letzten Endes hat es ihn auch dazu gebracht, eine ganz eigene Meinung zu entwickeln. Du solltest dich mit ihm einmal darüber unterhalten, es ist interessant, was er inzwischen darüber zu sagen hat.

Johann

Glaubenssache

Ich glaube nicht, dass ich jemals sehr religiös war. Allerdings bin ich auch nicht gerade ein Atheist. Ich weiß nur einfach nicht, was wirklich ist, und ich weiß nicht einmal genau, ob ich es wissen will. Immer wenn ich versuche, mich mit diesem Thema zu beschäftigen, löst das eine eigenartige Trauer in mir aus. Ich spüre einen Verlust, den ich durch nichts erklären kann, auch wenn es Menschen gibt, die mir durchaus logische Erklärungsansätze liefern. Da ist zum Beispiel der Onkel meiner Frau, Kenneth, der der Meinung ist, mein Schmerz könnte die Folge einer in der Regel gewaltsamen Christianisierung meiner indianischen Vorfahren sein, die ich noch immer spüren würde. Kenneth hat sich in den letzten Jahren intensiv mit der Technik des Familienstellens beschäftigt, die er für sehr nützlich hält für seine Leute. Deshalb glaubt er auch, dass ich teilhabe am Schicksal meiner Vorfahren, doch habe ich auch europäische Vorfahren und nicht nur indianische, so kann ich nicht genau beurteilen, ob er nun recht hat oder nicht. Er hat mir angeboten, meine Herkunftsfamilie zu stellen, doch ich traue mich noch nicht ganz. Wenn ich ehrlich bin, denke ich, ist es die Sehnsucht nach einem Vater, die mich traurig stimmt, denn ich bin christlich erzogen worden und mir erscheint der christliche Glaube immer wie die Verkörperung dieser Sehnsucht, denn hier hat man sich eine Vaterfigur geschaffen, die nicht nur diese Sehnsucht verkörperte, sondern gleichzeitig Abbild der Wirklichkeit war: Der abwesende Vater, der nur in der Vorstellung liebend war, der unerreichbar im Himmel zu finden ist. Abwesend von seiner Schöpfung, seine Kinder zur Distanz verdammt, die einem das Gefühl gibt, Nähe könne man nur durch das richtige Verhalten erreichen.

Ich hatte einmal einen Mitschüler, der homosexuell war und der an eine Sekte geraten ist. Zuerst machten sie ihm klar, er sei so, wie er ist, von Gott angenommen und „Jesus“, so sagten sie ihm, „liebt dich“, doch als er nicht „normal“, sprich: heterosexuell werden konnte, setzten sie ihn so unter Druck, dass er sich das Leben nahm. Gott liebt ihn? Ich habe mich damals gefragt, warum so etwas geschehen konnte, warum Gott denn diese Lüge zulässt, wenn er doch angeblich allmächtig war. Gott schien mich oder ihn überhaupt nicht wahrzunehmen, er schien unser Leid zu ignorieren, meine Einsamkeit kümmerte ihn gar nicht. Und ich konnte überhaupt gar nicht besser werden. Die Geschichte von der Erbsünde machte mich immer schon traurig und wütend. Ich verstand überhaupt nicht, warum wir uns denn um Bildung bemühen sollten, wenn Gott es doch gar nicht zugelassen hat, dass eine Frau sich um Erkenntnis bemühte, und wenn er den Menschen nach seinem Ebenbild geschaffen haben soll, dann war er es doch, der keine Erkenntnis haben wollte. Es gab da so viele Ungereimtheiten, die ich bis heute nicht verstehe, die mir noch immer so viele Schwierigkeiten machen, wenn ich versuche, darüber nachzudenken. Ich weiß nicht, wer mein wirklicher Vater ist, aber wenn ich versuche, darüber nachzudenken, dann befürchte ich, er könnte diesem Gott ähnlich sein. Ein Vater, der seine Schöpfung im Stich lässt, wenn sie nicht mehr seinen Vorstellungen entspricht. Mein Vater hat das ja auch getan, vielleicht deswegen, weil meine Mutter indianisch, geistig behindert und Prostituierte war, nicht gut genug eben, und auch mein Stiefvater war nicht für mich da. Der christliche Gott ist auch so eine Figur, die nicht für seine Schöpfung da ist, die aber verlangt, dass wir für ihn da sein sollen, ohne Fragen zu stellen, ohne sich vernünftige Gedanken zu machen, was denn für uns gut ist. Die zehn Gebote habe ich immer schon als einengend empfunden, nicht weil ich Interesse daran hatte, zu stehlen oder zu töten, aber warum werden da Frauen behandelt, als wären sie die Habe eines Mannes? Warum heißt es da nicht, „versucht, gut miteinander auszukommen, ohne euch zu verletzen, und bringt euch Wertschätzung entgegen“? Oder warum mag dieser Gott

Abel lieber als Kain? Hat er nicht gemerkt, wie sehr Kain unter der Nichtbeachtung gelitten hat? In unseren Familien geht es doch auch manchmal so zu und einer leidet immer unter der Nichtbeachtung durch die Eltern. Gott hat deshalb in meinen Augen eine gehörige Mitverantwortung beim Mord an Abel. Die Schuld allein auf Kain und seine Nachfahren abzuschieben, das ist für mich unverantwortlich. Solche ungereimten Geschichten finden sich im ganzen Alten Testament und ich kann mich gar nicht anfreunden mit dem Ganzen. Da helfen dann auch nicht die wirklich schönen Stellen. Mit dem Koran ging es mir ähnlich. Ich habe ihn gelesen bis dahin, wo es heißt, ein Mann dürfe seine Frau prügeln, wenn sie ihm nicht gehorsam wäre. Es ist zwar netter ausgedrückt, läuft aber auch dann darauf hinaus, wenn der vorher noch einige andere manipulative oder autoritäre Techniken anwenden darf. Es fehlt auf jeden Fall der Respekt vor einem vielleicht anders gearteten, aber gleichwertigen Menschen.

Nachdem ich in Kolumbien war und meine sterbende Mutter gesehen habe, nachdem ich solche herzlosen Kommentare zu ertragen hatte, wie: „AIDS ist eine Strafe Gottes für diejenigen, die nicht nach seinen Gesetzen leben“, da habe ich wieder einmal an einem Gott gezweifelt, der fern von seiner Schöpfung unempfindlich geworden ist für das Leid, das man seiner Schöpfung, den Menschen, der Natur, der Erde antut. Meine Mutter musste schwer verletzt vor einem grausamen Bürgerkrieg fliehen und ihre einzige Möglichkeit, wenigstens ab und zu satt zu werden, war, ihren Körper zu verkaufen. Und da spricht noch jemand von Schuld! Das empfinde ich als ungeheuerlich! Joachim und ich sind doch nicht aus der Schuld meiner Mutter heraus entstanden, das ist für mich so, als wolle man ihr auch noch die Schuld am Krieg anlasten, an einer fehlgeleiteten Sexualität. Wo ist denn ein Gott, der mir so etwas aufbürdet? Ich trug die Last so viele Jahre und ich denke, ich trage noch immer daran, wenn auch nicht ganz so schwer wie früher. Wie kann man denn denken, es gäbe eine Möglichkeit, über sich hinauszuwachsen, wenn man uns von Anfang an als fehlerhaft betrachtet? Und reicht denn ein Leben, um all das zu lernen, was wir brauchen? Ich habe da meine Zweifel und mit diesen Zweifeln war ich allein, bis ich so schrecklich aufgeweckt wurde.

Nun kämpfe ich mich durch verschiedene Gottesvorstellungen und habe immer mehr das Gefühl, es sind nicht die Götter, die sich ihre Geschöpfe schaffen, sondern die Menschen, die sich mehr oder weniger dürftige Erklärungsversuche schaffen, immer in Form von Gottgestalten, die erklären wollen, wie sie und die Welt entstanden sind, woher sie kommen und wohin sie gehen. Sie geben dem, was sie als übermenschlich und verstandesmäßig unerklärlich in sich selbst empfinden, eine Gestalt, einen Namen und eine Geschichte und ich bin überzeugt, dass dadurch eine Energie entsteht, die durchaus real ist. Per schreibt uns manchmal einige Geschichten und sie behauptet, die Figuren, die sie erfindet, erwachen sozusagen zum Leben, wenn sie erst einmal angefangen hat, ihnen eine Geschichte zu geben. Sie erzählen dann selbst, protestieren, wenn ihnen an ihrer Geschichte etwas nicht passt, und verfolgen Per schon mal im Traum. Für uns ist das nicht abwegig, Onkel Kenneth bezeichnet es als eine Art von Meditation, die Per für übersinnliche Erfahrungen öffnet. Inwieweit er recht hat, kann ich nicht sagen, doch denkbar wäre es natürlich schon. Stellt man sich vor, wie es den Schreibern von heiligen Schriften wie der Bibel, dem Koran und der Bhagavadgita ergangen sein muss, dann wird einem bewusst, wie real so eine Gottesfigur sein kann, wenn sie erst einmal aus den Gedanken eines Menschen entstiegen ist.

Dennoch glaube ich daran, dass es etwas gibt, eine Kraft, die über allem steht, die aber in ihrer Gesamtheit nicht von uns zu erfassen ist. Und wie sollten wir auch, wenn wir schon nicht einmal die Welt, in der wir leben, genau kennen und erfassen können? Unsere Wahrnehmung ist begrenzt, wir können nicht erfassen, wie weit unser Universum reicht, und weite Teile unseres Planeten sind noch unbekannt, weil sie in den unerreichbaren Tiefen der Ozeane liegen und wir gerade erst begonnen haben, Geräte zu erfinden, die uns helfen, diese Regionen kennen zu lernen. Der Mensch hat immer aus seiner begrenzten Wahrnehmung heraus gehandelt, egal ob es sich um Eroberungen oder was auch immer handelte. Und Religionen, vor allem das Christentum und der Islam, haben diese Wahrnehmung weiter eingeschränkt, weil sie keine Erweiterung der eigenen Sicht zuließen.

Vielleicht meinst du jetzt, ich sei völlig ungläubig geworden? Aber wie kann das sein, wenn man solche Dinge erlebt hat wie ich? Ich kann all das nur ertragen, weil ich tief in mir gläubig geworden bin, nicht in der üblichen Art und Weise, aber dennoch. Es ist kein „Gott-liebt-dich"-Glaube, es ist ein Glaube, der mich selbst viel mehr in die Pflicht nimmt, in die Pflicht, in meinen Mitmenschen und in meiner Umwelt das Göttliche zu entdecken, und das ist nicht immer einfach. Ich meine, da ich leicht behindert bin, zumindest in den Augen der meisten meiner Mitmenschen, muss ich schon hin und wieder einiges einstecken, da verliert man schon manchmal die Geduld, da zweifle ich schon auch manchmal an mir selbst, das mir gesteckte hohe Ziel irgendwann einmal zu erreichen. Lilith aber erinnert mich dann wieder, dass ich nicht perfekt zu sein habe und dass ich mir doch selbst auch die Nachsicht zukommen lassen sollte, die mir die Mitmenschen abverlangen, die ich immer bereit bin, anderen auch zu geben. Zu hohe Ziele haben eben auch den Nachteil, einen gelegentlich in den Perfektionismus zu treiben, und dann fehlt eben die Geduld mit einem selbst und wenn ich die nicht mehr habe, kann ich auch nicht anderen gegenüber geduldig sein. So denke ich manchmal, auch Gott ist nicht perfekt, er oder sie muss genau wie wir noch wachsen. Vielleicht ist das Wachstum dieser Kraft ja die, alles miteinander zu vereinen, ohne die vielen Facetten zu verlieren. Die Einheit der Vielfalt zu suchen und die Vielfalt der Einheit. Ich weiß auch nicht, wie ich das in Worte fassen soll. Ich stelle halt immer wieder fest, dass es wenige Menschen gibt, die verstehen, was ich meine.

Da bin ich zutiefst für meine Familie dankbar. Die verstehen mich zwar auch nicht immer, aber wir setzen uns dann wenigstens damit auseinander. Sie sind auch da, wenn es diese Tage gibt, an denen ich nicht vergeben kann, wenn ich hadere, wenn ich nicht die Kraft habe, so zu leben, wie ich mir das mit meiner Gläubigkeit vorstelle. Manchmal denke ich, mein Leben müsste ein Gebet sein, aber manchmal kann ich nicht dankbar sein, gerade wenn der Schmerz wieder einmal so stark ist, dass er mir den Boden unter den Füßen wegzieht, was gottlob nur noch selten vorkommt. Mein Bauch und meine Arme sind längst frei von Narben, ich kann mittlerweile ohne solche extremen Abfangmittel auskommen. Auch ein Grund, von tiefstem Herzen dankbar zu sein. Ich kann wachsen, gerade weil hier jeder einen anderen Umgang mit Glauben hat. Lilith zum Beispiel kommt immer näher an das heran, was sie von Onkel Kenneth und Tante Evelyn lernt. Ich spüre, das ist ihres, richtig und wichtig für sie, es macht sie stark und sicher. Aber es ist nicht meines. Ich könnte nicht so glauben. Wachsen heißt auch, den anderen als das, was er ist, stehen zu lassen. Der katholische Thomas setzt sich mit dem Buddhismus und dem Shintoismus auseinander und Persephone sowieso mit allem. Athanasia scheint an gar nichts zu glauben, doch gerade sie hat mir Mut gemacht, so zu glauben, wie ich es heute tue. „Ja glaubst du denn wirklich, dass sich mehr als die Hälfte der Menschen irren? Ja glaubst du denn wirklich, alle anderen machen was falsch, nur weil sie keine Christen sind? So ein Blödsinn, die Kraft, die hinter allem steht, ist doch viel größer, als sich das irgendein Mensch vorstellen kann, und da behaupten doch glatt einige, es gäbe nur einen einzigen wahren Gott und alles andere sei falsch, hast du denn auch schon einmal darüber nachgedacht, wie einsam dieser Gott ist? Er hat ein paar Engel, ein paar Heilige, eine Art Hofstaat, einen Sohn und, und, und, aber keinen, der auf derselben Ebene mit ihm lebt. Er ist wie jener Mann, der die ganze Zeit über sich brüstet, dass er auf dem Gipfel eines hohen Berges sitzt und den kompletten Überblick hat, während die anderen ja sowieso gar nicht wissen können, was er weiß und wie toll er deswegen ist. Aber dieser Mann, dieser Gott hat keinen Blick für die versteckten Höhlen, für die schattigen Waldwege, für all die Dinge, die man aus solchen Höhen nicht wahrnehmen kann. Sie sitzen da oben, abseits ihrer Schöpfung, ohne Bezug dazu, gnadenlos einsam und gnadenlos in ihrer Einsamkeit, in einer äußeren und inneren Eiseskälte, es ist zum Erbarmen. Dieser Christengott wird deswegen ganz oft rachsüchtig und grausam dargestellt, als Meister der Manipulation und Erpressung, aber zum Mitgefühl fehlt trotz dieser psychologischen Fähigkeiten irgendetwas. Ist dir das schon aufgefallen, Johann?“ Und Persephone gab ihr auch noch recht. Da saß ich dann und sollte solche mir neuen Dinge erst einmal verdauen. Das war nämlich ganz am Anfang meiner „Menschwerdung“.

Da fühlte ich mich manchmal noch richtig überfordert mit solchen Fragen, auch weil ich da gerade erst anfing, an mich selbst zu glauben. Mit der Zeit stellte ich dann fest, dass der Glaube an eine göttliche Kraft mit dem Glauben an mich selbst zu wachsen schien, ja, dass das eine das andere sogar erst bedingte. Mein Glaube war stark an den Tagen, an denen ich mich mit mir selbst so einigermaßen im Reinen fühlte, er schwankte, wenn ich mich nicht im Lot fühlte, und war gar nicht erst fühlbar, wenn ich mich weit weg von allem Guten befand, wenn ich haderte, wenn ich wieder einmal glaubte, ich hätte all das Gute in meinem Leben eh nicht verdient, vielleicht weil ich gerade wieder in meinem Atelier eingeschlossen war, mir einen runterholte und mich dabei zurichtete, als wäre ich einem Raubtier in die Finger geraten. Und nun bin ich mir in diesen Dingen so sicher, dass auch schlechte Tage mir und meinem Glauben nichts mehr anhaben können. Meine Frage war lange die, warum ich denn all das Schwere in meinem Leben zu tragen gehabt habe, und nun weiß ich, dass nicht etwa ein schlechtes Karma oder sonst eine Strafe für Verpasstes aus einem anderen Leben mein Schicksal bestimmt haben, sondern die Tatsache, dass ich die Kraft habe, all die schlimmen Dinge in meiner Familie aufzulösen, sie in Gutes zu verwandeln und nun, da ich das Familienstellen auch wage, denen zu helfen, die verloren schienen. Ohne Not kommt man nicht an diese Punkte heran. Und nun kann und darf es mir auch wirklich gut gehen, nicht wahr?

Es ist Persephone, die sich zu einer Expertin in Sachen Glauben entwickelt hat. Sie schreibt Geschichten darüber, die versuchen, eine neue Art zu glauben in Worte zu fassen. Ich bin noch lange nicht so weit und ich habe auch nicht wie sie das Bedürfnis, das Weibliche in meiner Gottesvorstellung zu suchen, bei mir ist es das positiv Männliche, das ich vermisse und in meinem Glauben suche, der Vater, der nicht autoritär-verurteilend ist, sondern Geborgenheit und Anerkennung vermittelt. Doch was Per schreibt, berührt und ist es wert, gelesen zu werden. Für mich ist es im Moment ein Gedicht des Sufi-Mystikers Rumi, das mir Halt und Erklärung gibt, gerade weil es meine Wurzeln und die Welt, in der ich nun lebe, vereinen kann:

Ich erkenne mich selbst nicht
Ich bin nicht vom Osten, nicht vom Westen,
nicht vom Land, nicht von der See.
Ich bin nicht von der Werkstatt der Natur,
nicht von den kreisenden Himmeln.
Ich bin nicht von der Erde,
nicht von Wasser, nicht von Luft,
nicht von Feuer.
Ich bin nicht von der Gottesstadt,
nicht von dem Staube,
nicht von Sein und nicht von Wesen.
Ich bin nicht von dieser Welt,
nicht von der ander'n,
nicht vom Paradies,
nicht von der Hölle.
Ich bin nicht von Adam, nicht von Eva,
nicht von Eden und Edens Engel.
Mein Ort ist das Ortlose,
meine Spur ist das Spurlose;
Es sind weder Leib noch Seele,
denn ich gehöre der Seele des Geliebten.
Ich habe Zweiheit abgetan,
ich habe geschaut,
dass die zwei Welten eine sind.

Persephone

Gottes Weiblichkeit

Hier gibt es keinen, der sich nicht Gedanken über die Welt macht, aber auch über Gott oder was wir in diesem Wort für uns erkennen und finden können. Ich habe mich um die Bibliothek zu kümmern, ich habe auch immer entsprechende Bücher auf Vorrat. Und ich lese sie auch, sofern mir mein anstrengender Beruf die Zeit dazu lässt. Es heißt zwar immer, Lehrer und Lehrerinnen hätten so viel Zeit, aber natürlich stimmt das nicht, denn wenn ich meinen Beruf ernst nehme, dann verbringe ich Stunden damit, eine einzige Schulstunde vorzubereiten. Ich hatte immer Freude am Lernen, das will ich auch meinen Schülern vermitteln, und ich glaube, ich bin darin ganz gut. So brauche ich schon mal so siebzehn Stunden, um eine einzige Schulstunde vorzubereiten, wenn ich mich neu in irgendein Thema einarbeiten muss. Trotzdem finde ich noch Zeit zum Lesen, denn ich gehöre zu den Menschen, die nicht viel Schlaf benötigen, ich schlafe nur fünf Stunden am Tag und wenn ich kann, dann auch mal kurz am Mittag. Und zum Glück lese ich sehr schnell. So habe ich mich mit vielen Büchern beschäftigt, die sich um weibliche Gottesbilder drehen. Und ich habe dabei festgestellt, ich tue mich tatsächlich schwer mit einem Gott, der rein männlich ist, der da so ganz einsam im Himmel thront und uns hier unten zu vergessen haben scheint. Ich tue mich schwer mit der Vorstellung von Belohnungen nach dem Tode, von einer Welt, die zwar wunderschön ist, die wir aber gar nicht mehr so wahrnehmen können, weil wir im Auftrag dieses Gottes und seiner(?) Wertvorstellungen uns und anderen das Leben zur Hölle machen. Siehe die Geschichte mit dem Jugendamt und Athanasia. Irgendwann habe ich selbst versucht, mir diesen einsamen Gott vorzustellen.

Ich habe mir auch versucht vorzustellen, wie eine ebenfalls einsame menschliche Seele versucht, diesem Gott Wärme und Liebe zurückzugeben. Auch eine Schöpfungsgeschichte habe ich mir erfunden, so wie sie meines Erachtens möglicherweise ebenfalls gewesen sein könnte, ja, man hätte es auch so erzählen können. Doch lies selbst:

Gottestrost

Donata war alt geworden, vor etlichen Jahrzehnten hatte sie den Glauben an Gott verloren. Der Krieg der Katholiken und Protestanten in Irland, Kreuzzüge, Hexenverfolgung und Auslöschung ganzer Völker mit anderem Glauben, all die Armut, der Hunger und die Zerstörung dieser Welt, all das hat ihren naiven, kindlichen Glauben an einen gütigen Vater im Himmel aufgefressen. Und nicht zuletzt der eigene Vater, der genauso rachsüchtig war wie der Gott, den sie in ihrer Jugend erfahren hat. Sie hatte das Naziregime erlebt und nicht verstanden, warum ein angeblich allmächtiger Gott nicht alles getan hatte, um dieses Unglück, diese Schande zu verhindern. Wenn Gott uns angeblich liebt, so dachte sie schon damals, warum lässt er denn dann all das Leid zu? Sie hatte erfahren, durch ihren amerikanischen Mann, einen ehemaligen Soldaten, dass viele Amerikaner glaubten, die Erde sei nur dazu da, um ausgebeutet zu werden, nur wer reich sei, komme in den Himmel, oder nur wer in der richtigen der vielen amerikanischen Sekten sei, und natürlich waren alle richtig, solange man Mitglied in einer solchen war. Wehe denen, die nicht dabei waren, sie würden selbstverständlich alle in der Hölle landen.

Luzifer, der aufbegehrte, eine psychologische Geschichte, die von Pubertätskämpfen erzählte, vom Aufbegehren eines begabten Geistes gegen einen autoritären Vater. Sodom und Gomorra. Eine Geschichte von der verzweifelten Suche nach dem Glück, das viele in Süchte trieb an-

statt in ein erfülltes Leben. Und wo war die Mutter? Die Mutter, die mit dem Vater gleichgestellt war?
Donata fühlte eine entsetzliche Einsamkeit. Sie fühlte aber auch etwas anderes in sich wachsen, je älter sie wurde und je mehr Menschen sie kannte und je mehr sie sich die Welt vertraut machte: Grenzenlose Liebe.
Und dann, eines Tages, war Donata alt. Und dann, eines Tages, sagte sie zu Gott: „Du musst einsam sein, da oben. So ganz ohne Gefährtin. Ich weiß, wie das ist, weißt du. Ich war auch mein ganzes Leben allein, selbst in der Ehe noch, und wie sehr habe ich mich gesehnt nach einer lieben Berührung, nach der Wärme der Haut eines anderen, nach Wachstum, gemeinsam, aus Gesprächen. Nein, Gott, ich beneide dich nicht. Du hast mein ganzes Mitgefühl. Und, ach Gott, ich bedaure dich sehr, es tut mir leid, dass man so viele Lügen über dich erzählt hat. Ich habe die Bücher gelesen, die man die deinen nennt, die Bibel und auch den Koran. Und als ich noch jünger war, Gott, da glaubte ich unbesehen, was sie über dich geschrieben hatten. Aber jetzt sind viele Jahrzehnte vergangen. Dazwischen war ich wütend auf dich, weil in deinem Namen getötet wurde, weil in deinem Namen ganze Kulturen und Religionen vernichtet wurden. Ach Gott, wie lange dauerte es, bis ich wusste, dass sie mich angelogen hatten. Neulich, Gott, habe ich ein Puzzle gemacht. Weißt du, was das ist? Wenn wir uns sehen, zeige ich es dir. Ich habe es geschenkt bekommen von einem jungen Mädchen. Es ist nicht fertig geworden, weil Teile fehlten. Da dachte ich bei mir: Gott ist ein Puzzleteil, Allah ein anderes, Vishnu, Brahma, und – der andere eben, na, wie heißt er, richtig, Shiva, das sind noch einmal drei. Und Manitu, Amaterasu, Isis … Sie, die geschrieben haben, es gibt nur einen Gott, sie lassen dich allein. Sie lassen dich ohne Gefährtin, ohne Brüder und Schwestern. Ich würde sie dir gerne zurückgeben, aber ich weiß nicht, wie, denn ich bin ja nicht Gott und will

es auch gar nicht sein. Damit alles ganz wird. Damit wir alle uns an der Vielfalt erfreuen können. Ich weiß nicht, Gott, ob es dir etwas nützt, aber wenn ich das nicht kann, hast du ja mich. Ich denke mit großer Wärme an dich und vielleicht ist es mir gelungen, dich zu trösten."
Am anderen Tag fand eine der Pflegerinnen des städtischen Altenheims die verstorbene Donata. Die kleinen Figürchen auf ihrem Nachtkästchen, die Venus von Willendorf, Isis, Sechmet und Selket, der Teller, auf dem „Allah" steht, das Om, alles war verschwunden. Donata aber hatte ein Lächeln im Gesicht und der ganze Raum duftete nach Rosen.

Und nun die Schöpfungsgeschichte, ich hoffe, sie gefällt dir auch:

Die Mutter

Am Anfang war die Mutter. Sie hat sich selbst aus dem Nichts erschaffen. Sie gebar die Kraft und die Materie, das Licht und die Finsternis. Sie erschuf aus sich selbst den Stillstand und die Bewegung, die Sonnen und die Planeten.
Ein einziger Atemzug der Mutter dauert eine Ewigkeit.
Doch die Mutter war einsam.
Da gebar sie den Vater.
Und aus Mutter und Vater sind entstanden die Wesen, die Atem haben. Die grün sind, die fliegen, kriechen, schwimmen und laufen.
Die Mutter wird niemals müde.
Aber der Vater wurde müde und träumte.
Er träumte, er wäre allein und allein trüge er die Last, all die Geschöpfe des Himmels, der Erde und des Wassers entstehen zu lassen. Und er träumte, er dürfe nie einen Fehler machen. Er träumte, er hätte Geschöpfe erschaffen, sich selbst ähnlich, aber keines dieser Geschöpfe erlöste ihn von der Sehnsucht nach – ja was nur?

Er hatte vergessen, dass es die Mutter gab. Und weil er glaubte, er müsse all die Last des Schöpfens alleine tragen, hat er in seinem Traum all die in die Finsternis gestoßen, die ein wenig andere Farben in das Licht geben wollten. Denn all diese Geschöpfe erschienen ihm unvollkommen zu sein, weil er nicht mehr das Licht der Mutter in ihnen sehen konnte.
Der Vater träumte eine so große Einsamkeit, dass seine Seele in einen tiefen, langen Schlaf fiel. Und noch immer träumt der Vater Einsamkeit, obwohl die Mutter noch immer bei ihm ist. Wenn er aufwacht eines Tages, dann wird er nie wieder einsam sein.

Das sind alles nur vorläufige Gedanken, Versuche, könnte man sagen. Ich finde es ganz schön harte Arbeit, alte Vorstellungen durch neue und sinnvollere zu ersetzen. Doch eines Tages wird es sich lohnen. Wir brauchen neue Vorstellungen, die nicht nur einen kleinen Teil der Menschheit erklären können, wir brauchen Vorstellungen, die die Gesamtheit erfassen, ohne die Vielfalt menschlicher Erscheinungen und Kulturen zu zerstören. Ich weiß nicht, inwieweit ich dazu beitragen kann, aber ich gebe mir alle Mühe. Ich habe das Privileg, in einem Umfeld zu leben, das nicht gegen meine Bestrebungen ist, sondern das Neue auch noch fördert. Doch ich habe auch, durch Liesbeth und durch meinen Beruf, immer wieder mitbekommen, wie sehr Menschen in ihrem Bestreben, etwas neu und anders zu machen, gebremst werden, auch weil es befremdet und noch die wenigsten mit der Befremdung umgehen können. Meine Familie, meine Lebenssituation erfüllen mich daher mit großer Dankbarkeit. Und natürlich bin ich froh, dass auch die neuen Mitglieder in unserer Familie von dieser Situation profitieren können. Gerade meinen Schwager Joachim bewundere ich für seinen Mut, die Welt mit anderen Augen zu sehen. Schön, dass er sich so tief gewandelt hat!

JOACHIM

Frühjahrsputz

Als Liesbeth versuchte, sich das Leben zu nehmen, ging es mir ja ganz schön beschissen, nicht wahr. Wir haben dann ihre Wohnung aufgeräumt und es sah furchtbar aus. Sie hatte seit Tagen nicht mehr abgespült, die Blumen waren vertrocknet, es war nicht gesaugt, nicht abgestaubt, sie hatte anscheinend nichts mehr gemacht. Ich schwieg. Früher hätte ich be- und verurteilt. Ich hätte mich erdreistet, zu behaupten, ein Mensch müsse, gerade wenn er Kinder habe, auf jeden Fall funktionieren. Doch Liesbeth hat nicht mehr funktioniert, hatte keine Kraft mehr, weil ... ja auch weil ich nicht wollte, dass sie Kraft hatte. Die kraftvolle Liesbeth wäre die gewesen, die sie selbst war, nicht die, die ich haben wollte. Ich weinte, wenn ich etwas von ihr fand, das sie mit unendlicher Geduld selbst geschaffen hatte, und Liesbeth konnte viel, sehr viel. Irgendwie begriff auch ich, dass man für diese Begabungen Zeit und Geduld brauchte. Ich begriff, hier wäre ein Teil ihrer Gesundheit gewesen, doch ich war immer der Meinung, eine Frau würde nur dann glücklich werden, wenn sie sich klaglos in ihre Rolle als Mutter und Liebhaberin ihres Mannes begeben würde. Unter all den Sachen war auch ein an mich gerichteter Brief, den ich damals aber nicht den Mut hatte zu lesen. Ich habe ihn in eine Schublade gelegt und – vergessen.

Neulich habe ich dann Frühjahrsputz gemacht und daran denken müssen, wie es in Liesis Wohnung ausgesehen hat. Bei mir sah es nur unwesentlich anders aus. Ich arbeite viel und versuche auch noch, einen großen Teil der Pflege von Liesi zu übernehmen. Ich lege Wert darauf, mich auch noch viel um die Kinder zu kümmern, und da bleibt halt doch einiges liegen. Und doch bin ich sehr viel zufriedener als früher, denn ich sehe meine Kinder lachen und ich kann beobachten, wie sie sich entwickeln. Mittlerweile habe ich gelernt, ihnen zu vertrauen, sie nicht mehr als kleine Monster zu betrachten, die nichts anderes wollen, als von Anfang an ihren Willen durchzusetzen. Ich behandle sie nicht mehr wie natürliche Feinde, denen man beibringen muss, wie schlecht die Welt beschaffen ist, und die am besten frühzeitig lernen, wer daheim die Hosen anhat. Ich habe meine Eigenmacht entdeckt und dadurch kann ich die Eigenmacht meiner Kinder zulassen und fördern. Das macht mich und sie stark. Was macht es da schon aus, wenn ich nicht jeden zweiten Tag abstaube? Gut, bei mir kann man nicht vom Boden essen, doch dafür habe ich ja auch einen Tisch. Ich habe also wieder einmal meinen Großreinemach-Anfall gehabt und meine Kinder sind geflüchtet. Das war ganz gut so, denn dabei bin ich auf Liesis Brief gestoßen. Und nun war die Zeit reif, ich habe ihn gelesen.

Lieber Joachim,

es tut mir unendlich leid, aber ich kann nicht mehr. Ich sitze morgens auf dem Bett und abends immer noch. Ich bin nur noch müde, unendlich müde. Ich sehne mich so sehr danach, mich an jemanden anzulehnen und zu weinen, einfach nur zu weinen. Da ist ein so großer Schmerz in mir, ich habe das Gefühl, innerlich ganz wund zu sein. Ich habe alles versucht, mein Leben zu ändern, doch scheint sich so viel ständig zu wiederholen. Ich kenne es gar nicht anders, als dass jemand zu mir sagt, ich bin nicht gut genug. Schon zu Hause hörte ich so oft, ich sei es nicht wert, dass es mir gut geht, weil ich zu mager, zu faul oder zu sonst was bin. Resignation kenne ich nur zu gut, das Gefühl, nicht als Liesbeth gesehen zu werden, als Liesbeth, die so viel kann und so viel weiß. Und Neid kenne ich. Ich hab immer geglaubt, wenn ich viel lerne und viel weiß, kann ich anderen Menschen viel geben. Doch stattdessen höre ich immer, ich solle lieber nicht so viel wissen, solle lieber die perfekte Hausfrau abgeben, die an nichts anderem Interesse hat als am Staubwischen. Doch was weißt Du denn von dem Hunger in mir, von dem Hunger nach Wissen? Es war dieser Hunger, der mich all die Jahre lebendig gehalten hat. Er hat mich angetrieben, er hat mir die Kraft gegeben, alles unter einen Hut zu bringen. Ich war so stolz darauf, gewissermaßen einen Berg versetzt zu haben, weil ich geschafft habe, was mir niemand zugetraut hat. Doch Du siehst das Körnchen, das dabei liegen geblieben ist. Das klingt wie ein Vorwurf, nicht wahr? Vielleicht ist es das auch, doch das ist einfach eine Tatsache und ich will nicht, dass es außer mir noch jemand zu erleiden hat. Du hast eine Tochter, was willst Du ihr sagen? Kannst Du sie annehmen, auch wenn sie nicht Deinem Ideal von Frau entspricht? Sie ist so ein liebes Geschöpf, sie hat Deine bedingungslose Liebe verdient, egal wie sie ist! Bedenke das, mein Lieber, bitte tue es mir zuliebe, nein, noch mehr Deinem Kind zuliebe, das es nun wirklich verdient hat. Ich will Dir sagen, worin meine Schwierigkeit besteht: Du, mein Vater, einige Leute im Jugendamt, mit denen ich zu tun hatte, viele Menschen in meinem Leben meinten, ich sollte mich besser anpassen. Doch ich weiß gar nicht, an was eigentlich. Ich bin im Grunde genommen leistungsbereit, eine engagierte Mutter, die ihr Kind vielleicht anders erzieht, aber mit Sicherheit gut erzieht, ich versuche, so gut wie möglich alles unter einen Hut zu kriegen. Darauf war ich immer stolz, auch wenn ich nicht die Superhausfrauenwohnung habe. Ich habe mich auch nie so gesehen. Ich glaube, dass es auch für Frauen wichtig ist, sich Gedanken zu bestimmten Themen zu machen, die uns alle angehen und die dafür natürlich erfordern, sich damit zu beschäftigen. Nur so lernt man Mitgefühl, eigenständiges Denken und einiges mehr. Ich halte es für wichtig, denn unsere Erde ist noch immer wunderschön und dabei doch so zerbrechlich, unsere Mitmenschen sind noch immer so unheil, so verletzt, dass sie in ihrer Verletzung andere verletzen, so wie Du es eben auch machst. Ich liebe das

Leben, glaub mir, doch das Leben sollte auch beinhalten, sich selbst jeden Tag ins Gesicht sehen zu können. Ich habe versucht, mich anzupassen, doch da fand ich immer auch Werte, zu denen ich nicht stehen konnte, da war auch immer was, das ich nicht verstehen konnte, weil es ohne Mitgefühl, ohne Liebe zu sich selbst oder zu anderen war. Ich habe einen hohen Preis dafür gezahlt, vierzehn Jahre schwere Essstörungen, das ist genug!
Ich bin ein Wesen, das eigentlich nach Licht strebt, nach Erkenntnis und Wissen, und wenn ich die sein kann, die ich bin, dann leuchte ich und bin gut. Doch das kann ich nicht und nun merke ich, ich habe keine Kraft mehr. Und keine Hoffnung. Ich habe Dich immer geliebt, Joachim. Doch ich merke, ich habe dazu keine Kraft mehr. Ich habe keine Hoffnung mehr, einen Ort zu finden, an dem ich sein darf, wer ich bin, an dem ich strahlen darf, ohne jemandem Angst zu machen oder Neid herauszufordern. Ich bin so müde, Joachim, ich will nur noch schlafen und gar nicht mehr aufwachen. Ich bitte Dich nur um eines, ***tu das nie wieder jemandem an!*** *Du bist ein sehr schöner Mensch, doch in Deinem Verhalten zu hart, zu unnachgiebig und ohne Mitgefühl. Du möchtest die Welt ganz und gar nach Deinen Vorstellungen gestalten, doch das geht nicht. Du kannst die Menschen gar nicht so nehmen, wie sie sind, und dabei merkst Du gar nicht, wie viel innerer Reichtum Dir dabei entgeht. So was machen nur Menschen, die zutiefst verletzt sind, und das bist Du zweifellos. Doch auch wenn ich so wäre, wie Du es Dir vorstellst, darin liegt keine Heilung, leider. Ich habe mich also versucht, anzupassen, doch dafür bin ich nicht mehr geliebt worden. Ich konnte mich aber nicht mehr im Spiegel ansehen, ohne mich für mich zu schämen.*
Dennoch glaube ich an den guten Menschen in Dir. Er ist unter der autoritären Schicht verborgen, die Dich umgibt, davon bin und war ich immer überzeugt. Nur habe ich keine Kraft mehr, darauf zu warten, wann sich dieser

Mensch zu zeigen traut. Ich kann einfach nicht mehr, ich habe alle Hoffnung verloren. Bitte verzeih mir, aber ich kann wirklich nicht mehr. Ich kann nicht mehr darauf warten, dass endlich jemand da ist, der mich bedingungslos liebt, und es ist so schwer, das für mich selbst zu leisten, wenn ich immer signalisiert bekomme, irgendwas ist an mir nicht in Ordnung, und jetzt habe ich keine Kraft mehr dazu. Nein, nicht immer kann man all das Schwere tragen, das man aufgebürdet bekommt.

Leb wohl,

Liesbeth

Natürlich habe ich geweint. Sie hat nur gelebt, was so lange in mir gegärt hat. Sie war ganz schön tapfer. Sie war viel mutiger als ich, auch weil sie versucht hat, authentisch zu leben, obwohl ihr eigentlich die Bedingungen dafür fehlten, denn dazu hätte sie die Erfahrung bedingungsloser Liebe im Elternhaus gebraucht. Vielleicht hätte es sie stark genug gemacht, sie selbst zu sein, auch wenn außer ihr niemand der Meinung ist, sie habe ein Recht auf ihr eigenes Leben. Sie hatte nicht nur das Recht darauf, sie hatte sogar die Pflicht. Das habe ich hier gelernt. Sich selbst zu leben macht nicht unbedingt glücklich, es ist oft ganz schön kräftezehrend. Und gleichzeitig bringt es die einzig wahre Befriedigung. Es täte uns allen gut, mehr solche Körnchen Sand im allgemeinen Getriebe zu haben, wie Liesbeth es gewesen ist, doch dieses Körnchen zu sein bedeutet auch, aufgerieben zu werden.

Liesbeth war damals recht lange in der Klinik. Da hatte sie doch auch einmal Besuch von ihrem Vater. „Von der hat man eh nichts anderes erwarten können. Hätte machen sollen, was ich ihr immer gesagt habe, dann hätte sie es leichter gehabt.“ Aber Liesi wollte es nicht leichter haben, sie wollte authentisch sein. Als ich ihm das gesagt habe, als ich ihn gefragt habe, warum es ihm denn so schwergefallen sei, sie als das zu lieben, was sie war, da sagte er mir, er hätte alle seine Kinder geliebt, aber wie solle er das denn zeigen, wenn niemand das tue, was er wolle.

Zuerst war ich schockiert, weil ich mich mit meinem eigenen Spiegelbild konfrontiert sah, und das tat weh, ich brauchte ein paar Sekunden, bis mir was darauf einfiel, aber dann antwortete ich: „Ich dachte auch immer, meine Frauen und meine Kinder sollen tun, was ich will. Ich glaubte, ich wüsste, was für alle am besten wäre. Ich habe mit dieser Einstellung meine erste Frau in den Tod getrieben und war nicht unmaßgeblich für Liesis Entscheidung zum Selbstmord verantwortlich. Seit ich darauf vertraue, meine Kinder werden schon wissen, was sie brauchen, sind sie stärker, offener und selbstsicherer. Es war meine eigene Unsicherheit, die mich zum Despoten gemacht hat. Ich kann die autoritären Vaterfiguren, denen ich begegne, wie Sie auch eine sind, nicht einmal verurteilen, ich habe auch so gedacht wie sie. Nun weiß ich aber, wie falsch das war, und ich kann Ihnen nur raten, machen Sie eine Therapie, denn wer so handelt wie Sie, hat sicher einmal etwas ganz Schlimmes erlebt. Kommen Sie mit sich ins Reine, verlassen Sie sich selbst nicht, dann haben Sie es nicht mehr notwendig, so respektlos über einen so wundervollen Menschen zu sprechen, wie es Liesbeth war. Sie war stark und lebendig, zumindest, bis irgendwer ihr ihre Lebendigkeit nahm. Aber stark war sie am besten für uns alle.“ Er sah mich verständnislos an, schüttelte den Kopf und verschwand.

Eines habe ich seitdem gelernt: Wenn Menschen die Möglichkeit haben, sich als einzigartiges, wertvolles Individuum zum Wohle aller einzubringen, entsteht eine unvergleichliche Kraft. Diese Kraft kann ein Menschenleben auch überdauern. Ich habe in der Zeit nach Liesis Selbstmordversuch mit Märchen gearbeitet, mit Drewermann und anderen Autoren, die Märchen deuteten, und natürlich habe ich selbst angefangen, Märchen zu lesen und diese zu deuten. Da bin ich dann auf die Märchen von Božena Němcovà gestoßen, die mich mit dem Stil, in dem die Märchen geschrieben waren, tief beeindruckt hat. Auch ihr tragisches Schicksal, ihre materielle Not, ihr früher Tod, hat mich tief berührt, sie gilt als die tschechische Nationalschriftstellerin, die Begründerin eines lebendigen tschechischen Schriftstellertums, sie war Autodidaktin mit wenigen Jahren Schulbildung und starb, von den Bürgern ihres Landes verachtet, schon mit zweiundvierzig Jahren. Sie hat mich an Liesi erinnert und ich hoffe, ich kann eines Tages etwas dazu beitragen, begabten Menschen echte Förderung zukommen zu lassen. Im Moment lasse ich mich zum ehrenamtlichen Helfer einer Einrichtung ausbilden, die sich um junge, begabte Menschen kümmert und die zum Ziel hat, gerade die zu fördern, die von zu Hause aus nicht mit einer Förderung rechnen können.

Auch wenn Liesi nicht mehr aufwachen wird, ich kann etwas tun, ich habe mich verändert. So hat unser Schmerz doch einen Sinn, so wird mir die Freude, die ich nun wieder empfinden darf, kostbar.

Meirion

Ausblick

Vor zwei Wochen saß ich schon mal hier im neugestalteten Turmzimmerchen, von dem man einen tollen Ausblick über das Dorf und die Felder hat. Es war ganz witzig, was ich an diesem Tag gesehen habe: Der Martin vom Mederbauern ist mit blankem, schwarzem Hintern auf einem Leiterwägelchen von seinem Hund durchs Dorf gezogen worden. Die schwarze Arschfarbe war Schuhcreme, der Hund hatte Tollwut. Anfangs habe ich noch gelacht, weil es aber auch zu komisch aussieht, wenn jemand so herrlich blöde Sachen macht. Doch das Lachen ist mir bald vergangen, denn unsere alte Dame Ljubov kam ausnahmsweise auf die Idee, sich mit dem Nachbarhund anzulegen, wahrscheinlich wollte sie nur den armen Jungen retten, der da scheinbar in äußerster Not war. Den Tobi hat man eine Woche später eingeschläfert und Ljubov gleich mit. Unsere Liebe ist also von uns gegangen und Johann und ich, wir haben sie heimlich bei Oma und Ares begraben. „Sie hat ein solches Grab verdient", meinte Johann, „denn sie hat mich gerettet und jetzt kann sie bei Ares und Konstanze sein, da geht es ihr dann sicher gut." „Du, Papa, haben Hunde denn auch eine Seele?", fragte Leo seinen Vater und Johann erklärte seinem Sohn mit einer ganz besonderen Überzeugungskraft, dass Hunde ganz gewiss eine Seele haben und Ljubov habe eine ganz besondere Hundeseele, denn sie hatte die Kraft, die Menschen in ihrer Umgebung zu heilen, und deswegen müsse sie jetzt vielleicht ganz dringend zu Ares, der vielleicht noch ein wenig von ihrer Hundeseelenheilung brauchte.

Paps hat das Grab dann ganz neu gestaltet, damit keiner auf die Idee kommen konnte, da wäre was nicht in Ordnung, er hat nichts gesagt, wie wir ihm übrigens auch nicht, doch wozu Worte machen, er kennt uns gut genug. Mam hat dann am Samstag nach dem Frühstück gemeint, sie freue sich schon auf den nächsten Toten in der Familie, was sie natürlich auch sein könnte, umso besser, denn dann könnte sie ganz ungestört und ungesehen in vierzig oder fünfzig Jahren beobachten, wie blöde die Totengräber schauten, wenn sie plötzlich ein paar Hundeskelette fänden, und hat damit gleich zwei Familiengesetze geschaffen:

§1: Wenn einer unserer Hunde stirbt, so hat er so schnell wie möglich durch einen anderen Hund ersetzt zu werden.

§2: Der verstorbene Hund hat bei Nacht und Nebel im Familiengrab beigesetzt zu werden und

§3: Vater oder ich, wir müssen es vertuschen, indem wir das Grab ganz neu gestalten.

Wir sind dann gleich an diesem Samstag noch ins Tierheim gefahren und fanden ein kleines Bündel, das anscheinend niemand haben wollte. Ein Bündel mit löchrigem Fell und Flöhen, abgemagert bis zum Skelett und ungeliebt von den anderen Hunden. Mit anderen Worten also ein hässliches Wesen, bei dessen Anblick einem Angst und Bange werden kann. Und natürlich sollte dieses Bündel, wieder eine Hündin, einen ganz besonders lieben Namen haben. Wozu hat man für solch einen Fall eine Schwester, die sich für Sprachen interessiert? Athanasia kann „Ich liebe dich“ in mindestens zwanzig Sprachen sagen und sie kennt mehr Wörter für Liebe als irgendwer. Und so nannten wir unser neues Familienmitglied Sevgi, was türkisch ist und selbstverständlich auch „Liebe“ heißt. Ich finde alle Sprachen schön, in denen es einen solchen Frauennamen gibt, und die Türken haben, wenn man Athanasia glauben soll, besonders schöne Frauennamen wie Adalet (Recht, Gerechtigkeit), Melek (Engelchen), Yildiz (Sternchen) und die neblige Ebru. Sevgi ist aber nicht wirklich hässlich, denn sie wird mit jedem Tag schöner, auch wenn die Tierarztrechnungen gigantisch sind. Als unser Tierarzt sie das erste Mal gesehen hat, fragte er uns, ob wir wirklich sicher seien, das Tier nicht einschläfern zu wollen. Wir sagten nichts dazu, es reichte der fast schon mörderische Blick von Lilith, um dem Arzt unsere Meinung klarzumachen.

„Du, Johann, schaut sie dich auch immer so an, wenn du Mist baust?", wollte ich wissen, denn dieser Blick war mir ehrlich gesagt neu bei meiner Schwester. „Klar, kennst du diesen Blick denn nicht? Den hat sie sich angewöhnt, weil wir uns manchmal mit den Schwerterblicken streiten, bis wir beide lachen müssen. Der Arzt ist diese Blicke aber nicht gewöhnt, so dass sie noch richtige Volltreffer sind", schrieb er. Na so was, jetzt wohnen wir so eng zusammen und ich weiß nicht einmal alles von meiner Familie. Und ich soll also jetzt sagen, wie es mit uns wohl in Zukunft weitergeht. Persephone könnte das wahrscheinlich viel besser, denn sie ist es, die gerade lernt, Karten zu legen.

Jetzt also sitze ich wieder in diesem Turmzimmerchen, von dessen Boden ich eben noch die Lache aufwischen musste, die Sevgi hinterlassen hat, weil sie halt noch ein kleines Hundemädchen ist und noch lange nicht stubenrein. Sie schaut mich aus ihren prachtvollen Bernsteinaugen an und ich kann ihr gar nicht böse sein. Meine kleine Pissnelke kuschelt in meinem Schoß und ich habe wenigstens über unser Dorf den Überblick, wenn auch nicht wirklich über unser Leben. Doch ich will es einmal versuchen. Was wird aus uns? Also, ich bin nun Student, studiere Botanik, lebe unter der Woche in München und mache da den botanischen Garten unsicher. Es gibt da nicht nur unglaublich interessante Pflanzen, sondern auch verdammt schöne Männer. Mein herzallerliebster Ahmed ist ja nun vergangenen Monat abgeschoben worden und ich merke, wie meine Seele noch ganz wund ist, nicht nur weil er weg ist, sondern auch, weil in unserem Staat so was zugelassen wird. Wäre Ahmed eine Frau gewesen, hätten wir uns überlegen können, zu heiraten, doch denke ich, unter all der Kontrolle, die man solchen Partnerschaften antut, bleibt das eine schwierige Geschichte. Letztens lernte ich eine Frau kennen, deren Mann ein Perser war, der unter dem Druck der Ausländerbehörde zum Trinker wurde. Sicher, das war zwar nicht das Einzige, das diesen Mann belastet hat, da war noch die Tatsache, dass er nicht von seiner Mutter, sondern von einer Amme aufgezogen wurde. Und sein Gefühl, von Dämonen verfolgt zu werden. Ich halte so was schon für möglich, da war das mit der Ausländerbehörde sicherlich nur noch der Tropfen, der das Fass zum Überlaufen brachte. Ahmed hatte auch seine Geschichte zu tragen und ich habe selbst gesehen, wie belastend die Situation mit der Ausländerbehörde für uns beide war. Aber jetzt, wo er weg ist, mache ich mir Sorgen. Ich weiß nicht, wie ich ihn erreichen soll, ich weiß nicht, ob das überhaupt sinnvoll ist, denn schwul sein in Arabien ist gefährlich. Und natürlich vermisse ich ihn, auch wenn wir in letzter Zeit viel gestritten haben. Aber ich habe ja mein Studium und ich bin sicher, er wollte es nicht, wenn ich wegen was auch immer allzu lange unglücklich bin. Hat ja keiner was davon. So denke ich an ihn und denke mit aller Freude und Liebe an das, was uns verbunden hat. Es wird einmal einen anderen geben, der mir nahe sein wird. Ich bin ja noch jung. Mann, ich kann es überhaupt nicht ausstehen, wenn jemand so altklug ist wie ich jetzt.

Mam ist froh, den ganzen Zirkus mit dem Kostümverleih nicht mehr allein zu machen, vor allem, weil sie immer mehr zu tun haben, sie und Johann. Jetzt finden sich die Bonzenwägen schon mitten in der Woche vor unserem Haus. Manche wissen mit ihrem Geld nicht wirklich etwas anzufangen, da ist so eine exklusive Kostümparty schon mal eine Abwechslung. Mam sieht den Boom mit gemischten Gefühlen, er ermöglicht es uns, ohne Not alles zu haben, was wir brauchen, doch wer mit diesen Leuten zu tun hat, ist oft schockiert über deren Oberflächlichkeit, ihre Rücksichtslosigkeit und innere Haltlosigkeit. Da war der Rechtsanwalt, der in Gegenwart meiner Mutter und Johanns ganz offen damit geprahlt hat, wie er es schafft, keine Alimente an die Mutter seines unehelichen Kindes zu zahlen. „Hätte halt damals abtreiben sollen, ist doch selbst schuld, sage ich immer, ha ha ha.“ Johann konnte nur sehr schwer die Fassung bewahren und es sind solche Leute, die immer ein bisschen mehr für das Ausleihen der Kostüme zahlen als andere, weil dann der Mehrbetrag für irgendwas gespendet wird. Da kann man schon mal verzweifeln. Doch Johann sagt dann, das seien arme Schweine, denen nur die Tatsache, viel Geld zu haben, Halt und Sicherheit vermitteln könne, man müsse sie eher bedauern als beneiden. Ich kann zwar verstehen, was er damit meint, ich kenne aus meiner Schule und dem Studium genügend Kids, die außer einem Haufen Geld keine Liebe und keine Geborgenheit bekommen haben, ich weiß, wie gestört die sind. Doch das ist alles kein Grund, dass die anderen immer ärmer werden, nur weil ein paar Superreiche in Aktien und Hedgefonds investieren, um immer noch reicher zu werden. Aber ich weiß nicht, wie man daran etwas ändern soll. Ich weiß es einfach nicht.

Athanasia ist meiner Meinung. Und sie ist auf dem besten Weg, unser schönes Dorf zu verlassen. In zwei Monaten wird sie nach Afrika reisen, um dort eine selten gewordene Sprache zu erforschen. Adam wird dann irgendwann auf eine internationale Schule gehen und wir alle werden die beiden vermissen. Neulich hat sie die Dame vom Jugendamt wieder getroffen. Diese Schleimerin hat Nasie ganz süßlich angesäuselt und gemeint, aus unserem Adam wäre ja nun ein großer Junge geworden, der bestimmt einmal ganz gut sein werde in der Schule. Als sie Adam im Gesicht tätscheln wollte, hat der Zeter und Mordio geschrien, nicht nur, weil Nasie immer schon Wert darauf gelegt hat, dass niemand den Jungen und die anderen Kinder ohne deren Erlaubnis berührt. Aber die Dame vom Jugendamt hatte auch eine ganz anständige Fahne und ich hätte mich an Adams Stelle auch geekelt. Natürlich war die Dame etwas schockiert, aber Nasie hatte zufällig das Buch „Kein Küsschen auf Kommando“ mit dabei und das hat sie der Dame geschenkt und ihr empfohlen, doch eine Therapie zu machen, denn ihr bedauernswerter Zustand lasse durchaus den Schluss zu, selbst einige unangenehme Übergriffe erlebt zu haben. Die Dame war sprachlos und Nasie hatte das Gefühl, nicht von Rache, aber doch von Wiedergutmachung. Nasie ist durch Adam weicher geworden, sie doziert nicht mehr so viel, aber sie macht vielsprachige Gedichte und die sollen jetzt sogar veröffentlicht werden.

Persephone hat Mam immer noch nicht dazu überreden können, die Liebesbriefe von Opa und Oma zu veröffentlichen, wenn wir schon dabei sind. Aber für ihre eigenen Geschichten hat sie einen Verleger gefunden. Sie schreibt für ihr Leben gerne und behauptet immer, Lehrer seien diejenigen Leute, die am meisten Bücher veröffentlichten, doch dazu wird sie in den nächsten Jahren wohl keine Zeit mehr haben. Sie und Thomas Misio hatten gar nicht mehr damit gerechnet, doch nun ist Per schwanger und sie freut sich riesig. Ich bin mal neugierig, wie Per nach dem eigenen Kind als Lehrerin ist. Per, das Muttertier, das sich immer für seine Schüler stark macht, das es geschafft hat, sogar von den gefürchteten Kindern respektiert zu werden. Nur Liesbeth war noch begabter als Mutter und Erzieherin. Könnte Liesbeth ihr Kind sehen, wie es aufwächst und gedeiht, sie wäre sicherlich stolz auf das Ergebnis. Doch Liesbeth kann wohl nichts wahrnehmen, sie zeigt noch immer keinerlei Reaktionen und ist eigentlich nur noch ein lebloses Bündel. Darf man Liesi sterben lassen? Würde sie es wollen? Keiner von uns weiß, was in ihrem Fall richtig oder falsch ist. Und auch wenn Joachim seine Liesi noch immer liebt, es wäre gut, auch für die Kinder von Joachim und Liesi, Schmarrn, von seiner ersten Frau natürlich, wenn Joachim einmal in seinem Leben erfahren würde, was es heißt, zu lieben und geliebt zu werden. Joachim hat in den letzten beiden Jahren alle Überheblichkeiten abgelegt und ist zu einem stillen und leisen Mann geworden, der doch eine unglaubliche Kraft in sich hat. Das ist gut so. Aber was ich komisch finde, ist, dass die Mutter von Johann und Joachim immer schwächer wird, je stärker die beiden werden. Sie war jetzt schon zweimal in der Nervenklinik und es ist ihr nicht gut bekommen. Stark finde ich hingegen, dass weder Johann noch Joachim sich den Schuh anziehen, für den seelischen Zustand ihrer Mutter verantwortlich zu sein.

Wassili erfreut sich noch immer bester Gesundheit. Er war ja auch etwa fünf Jahre jünger als Großmutter. Doch wie lange wir uns an unserem nun endlich aufgetauchten Opa freuen dürfen, weiß kein Mensch hier. Die im Dorf sind so daran gewöhnt, dass hier fremde Leute da sind, die haben immer noch nicht geschnallt, wer Wassili eigentlich ist. Das ist gut so, es geht sie nichts an, sie haben selbst so viel vor ihrer eigenen Tür zu kehren, die brauchen die wahre Geschichte von Oma und Opa nicht zu kennen, auch weil niemand von uns glaubt, dass sie die Tragik dahinter erfassen und einschätzen könnten. Mam kann gar nichts anderes machen, als ihren Vater sooft wie möglich einzuladen, und wenn er nicht kommen kann, besucht sie ihn. Sie haben viel miteinander zu reden und wenn sie abends gemeinsam durchs Dorf wandern, vermuten unsere Nachbarn wahrscheinlich, er wäre ihr älterer Liebhaber, „hab i doch glei g'wusst, dass des mit dem Ami nix taugt, jetzt hängt se sich an an soan alt'n Depp'n hi, wer wois, was des no alles wird“, hab ich letztens von einer alten Bäuerin gehört. Doch den Gefallen tut ihnen die Mama nicht. Keine außerehelichen Abenteuer, erst recht nicht mit ihrem Vater. Ihre einzige neue große Liebe ist der orientalische Tanz. Bei unserem letzten Kostümball hatten wir eine großartige Tänzerin, die uns allen gezeigt hat, dass es „Bauchtanz“ ganz ohne Anmache gibt. Nur mich hätte die Gute fast ins Grab gebracht. Am Ende des Säbeltanzes war die Spitze des Säbels gerade noch fünf Zentimeter von meinem Brustbein entfernt. Herzinfarkt mit noch nicht einmal ganz zwanzig Jahren, wäre mal was Neues gewesen bei uns im Dorf und die Leute hier hätten sich die Mäuler zerreißen können. Wenn Mam daheim übt, ist das oft zum Totlachen, denn sie ist irgendwie noch ein wenig steif und weit entfernt von den weichen und anmutigen Bewegungen ihrer Lehrerin. Doch es wird, und in ein paar Jahren kann sie dann selbst auf unserem Fest eine Vorführung geben. Aber bis dahin wird sie ihren flachsenden Kindern und Enkeln sicherlich noch öfter den Bambusstecken um die Ohren hauen, also lernen wir schon mal, uns schnell in Sicherheit zu bringen, obwohl, sie haut ja nicht fest zu, kann ja keiner Fliege was zuleide tun, ist vorsichtig, um uns ja nicht zu verletzen. Das Ganze ist halt ein herrliches Schauspiel.

Ab und zu kommt auch Tante Isolde und hilft im Kostümfundus mit und ich kann nur staunen, wie sehr sich meine nicht gerade bei uns Kindern beliebte Tante verändert. Sie hat ja jetzt nicht mehr ein Ekelpaket zum Mann, der, laut Per und Lil, meinem

Scheingroßvater gleicht, sie hat einen ganz witzigen Typen gefunden, der jede Menge alberne, aber gute Scherze machen kann, der fast schon kabarettistisches Talent hat. Isolde selbst wird mit jedem Jahr jünger, hallo, wenn ich das auch mal schaffen sollte, dann kannst du mir 'nen Orden verpassen. Jedenfalls streiten sich Mam und Isolde immer wieder mal, aber ich bin mir sicher, Isolde liebt diese Arbeit, den Streit und mehr noch, die Versöhnung mit Mam, die immer in einem besonders leckeren Essen gipfelt.

Paps ist neuerdings froh, wenn er mir die schwereren Gartenarbeiten überlassen kann. Jeder wird einmal älter. Der Garten ist jetzt so gut, dass wir immer wieder einmal Journalisten dahaben, die für irgendeine Gartenzeitschrift schreiben. Und ein gewisser Wieland vom Bayerischen Rundfunk hat sich auch schon bei uns gemeldet. Wir werden berühmt, na großartig. Da bleibt es nicht aus, dass es hier einige Neider gibt. Besonders schlimm treiben sie es in der Freinacht, da glauben sie, sie kommen ungeschoren davon, aber eine brennende Mülltonne ist eben kein Scherz mehr, das ist schon etwas mehr. Und aufgerollte Klopapierrollen über den Zaun zu werfen, das ist auch nicht gerade die feine englische Art, auch wenn das im Vergleich zum Mülltonnenbrand noch harmlos ist. Doch richtig kriminell wurde es, als letzten Sommer das Tipi wegen Brandstiftung abgebrannt ist. Wir hatten gerade wieder einige Kinder da, die eine Woche Abenteuerurlaub spendiert bekommen hatten, und wären die nicht auf einer Nachtwanderung gewesen, hätte es schlimm ausgehen können. Ich liebe den Ort, an dem ich aufgewachsen bin, aber da war ich so fertig, dass ich am liebsten – ich weiß nicht, was gemacht hätte … Niemand kann wohl nachvollziehen, wie fertig ich war. Sicher, unsere Nachbarn sind nicht unbedingt Menschenfreunde, doch das Leben von Kindern zu gefährden, auch wenn das manchmal kleine Teufelsbrätchen sind, das geht zu weit. Melchior, der schon in seiner Kindheit alles angezündet hat, was brennbar war, kann es allerdings nicht gewesen sein, denn er liebt Feuer und er hat schon seine eigenen Erfahrungen mit unseren Kindern gemacht, die zum Teil recht schwierig sind. So haben die schrecklichen Wendls einmal seine

Hasen gequält und als er sie zur Rede gestellt hat, ihnen gedroht hat, die Eltern zu informieren, haben sie sich fast in die Hosen gemacht, bitterlich geweint und ihm einiges von sich zu Hause erzählt, wie oft sie der Stiefvater schlägt, schon wegen Kleinigkeiten und so. Er ließ die Jungen dann zur Strafe mithelfen beim Ausmisten der Ställe und stellte dann fest, wie wichtig es war, dass gerade diese Kinder von nun an was brauchen, auf das sie stolz sein können. Seitdem hat er angefangen, sich mehr mit meinen Geschwistern zu unterhalten, und es war für alle hier ein Gewinn, denn die Kinder, die Abenteuerurlaub bei uns machten, durften nun immer wieder einmal leichte Arbeiten übernehmen, durch die sie eine ganz neue Wertschätzung für landwirtschaftliche Produkte erhalten haben. Er stand in jener Nacht im Schlafanzug und ganz verschlafen in unserem Hof und war entsetzt wegen dem, was er sah. Zuerst hat er sogar gedacht, es wären Kinder verletzt worden. Man sagt sogar, dass er sich nur wegen dieser Sache nach dem Treffen des Schützenvereins mit einem anderen Bauern geprügelt hat, aber man sagt hier viel und selbst wenn die Leute wissen, wer's war, niemand würde es verraten, sie sind der Meinung, hier müssen solche Sachen unter den Leuten selbst geregelt werden, und das geht keinen Außenstehenden was an. Melchior übrigens hat schon vor Jahren den Hof von seinen Eltern übernommen, quälte sich mit der Frage ab, ob er auf Bioanbau umsteigen soll oder nicht, und dafür zogen die Eltern in eine dieser immer protziger und geschmackloser werdenden Neubauten, die schon deswegen schauderhaft aussehen, weil sie statt allgäuer Stilelementen oberbayrische Bauelemente aufweisen, die hier einfach fehl am Platz sind.

In unserem Dorf gab es immer wieder mal schlimme Dinge, mein Bruder hat ja auch mal was erlebt, als einer der Bauern seine eigene Tochter missbraucht hat und er als Kind gar nichts tun konnte, aber ich selbst habe eigentlich noch nie direkt erlebt, dass einer von denen sich wegen was so sehr schuldig gemacht hat. Nach dem Brand des Tipis hatte ich jedenfalls ein irgendwie eigenartiges Gefühl hier. Es war, als hätte es jemand mir selbst angetan, und ich merkte, wie ich jeden hier mit anderen Augen ansah. Sicher, wir waren irgendwie immer Außenseiter, aber jetzt war alles Vertrauen, das ich sonst noch hatte, den Bach runter, und jedes Mal, wenn ich einen der Bauern sah, überlegte ich mir, ob er es wohl war, der unser Tipi angezündet hat.

Per hat mir dann erzählt, dass es ihr jahrelang schwergefallen ist, alten Männern gegenüber Achtung zu empfinden, weil sie nie gewusst hat, wer von ihnen in einem KZ Dienst hatte oder ob es nicht einer von denen war, die so etwas wie in Oradour gemacht haben. Sie kann so was bis heute nicht verstehen und wenn ein entsprechender Film irgendwo kommt, weint sie immer bitterlich und fühlt sich dann heimatlos. Das sind auch meine Leute, die so was machen, das sind auch Leute, die ich lieber gernhätte, statt wütend auf sie zu sein oder sie gar zu hassen. Ich bin ratlos. Ich versuche immer, auch wenn es viele gibt, die mich diskriminieren, alle Mitmenschen als Brüder oder Schwestern zu sehen, doch will mir das nicht immer gelingen. Können wir uns denn nicht alle frei entscheiden, was wir tun wollen oder nicht? Oder sind wir so in unseren Strukturen gefangen, Familie und Staat und was weiß ich nicht alles, dass wir festgefahren sind, uns doch nicht frei entscheiden können für eigenes Handeln?

Wenn ich erlebe, wie einer von uns, etwa weil er oder sie alleinerziehend, behindert oder homosexuell ist, diskriminiert wird, wenn ich erlebe, wie es den jungen Leuten geht, die bei uns im Dorf versuchen, aus einer schweren Familiensituation auszubrechen, wenn ich an die Geschichte mit Ahmed denke, da verzweifle ich an unserem Land. Ich beneide dann manchmal, wohl fälschlicherweise, Nasie, die uns verlassen wird, um zunächst in Afrika zu forschen und die schon einen Plan gemacht hat, nach Australien zum Vater von Adam zu kommen. Doch es ist nirgends wirklich besser, wir haben alle noch so viel zu lernen und ich bewundere die Leute aufrichtig, die es schaffen, in schwierigen Situationen Frieden zu schaffen und zu halten. So weit bin ich noch lange nicht. Aber ich bin ja noch jung, nicht wahr?

So darf ich glücklich sein, wenn wir hier untereinander Frieden haben, und daran arbeiten wir immer wieder. Und ich sehe durchaus, wie unsere Keimzelle des Friedens nach außen wirkt, denn von den jungen Leuten im Dorf kommen viele und holen sich bei uns Rat. Zwei der jungen Bauern wollen jetzt auf Bioanbau umsteigen und es sind diejenigen, deren Kinder mit all den schwierigen Kindern, die wir bei uns in den Ferien haben, problemlos spielen können und dürfen. Da fallen die alten Grenzen zwischen denen vom Gutshaus und denen im Dorf und der Trend wird auch weitergehen. Da kann ich vielleicht doch noch zu Hause bleiben und muss nicht in die Stadt ziehen, um mein Leben und meine Liebe zu leben. Vielleicht. Doch eher glaube ich, dass ein Mann wie ich keine Zukunft auf einem Dorf wie unserem hat. Das glaubt mir bestimmt keiner, wenn ich das jetzt sage, aber dem Patrick Lindner bin ich ungeheuer dankbar, er singt sich mit seiner von mir total verabscheuten volksdümmlichen Musik in das Herz der konservativen Leute und scheut sich nicht, ihnen seinen Freund und deren Adoptivkind zu präsentieren. Das hilft auch mir, besser angenommen zu werden. Tut mir leid, dass ich ihn früher immer „Blindner" genannt habe.

Ja, bei uns tut sich viel. Per wird Mutter, spät für eine O'Keeffe, und wir sind ganz gespannt auf das neue Wesen und auf eine neue Per. Nasie geht ins Ausland und irgendwie sind wir sicher, für sie ist es das Richtige. Johann und Lil werden immer exzentrischer, zumindest in den Augen Außenstehender, und nur wir wissen, wie obernormal sie eigentlich sind und vor allem weise. Mam und Paps werden alt und sie lieben sich immer noch. Die Kinder werden groß und eigen, wie es einem Nachkommen der O'Keeffes zusteht, und ich weiß noch nicht, ob ich dableibe oder weggehen werde. Eines Tages will ich vielleicht auch mal ein Kind mit einem Partner adoptieren. Vielleicht würde ich es dann entgegen der Sitte der O'Keeffes ganz normal „Patrick" nennen, um einem mutigen Menschen meine Ehre zu erweisen, obwohl ich Patrick als Namen ehrlich gesagt furchtbar finde. Ares ruht inzwischen wirklich in Frieden und sogar mein nicht richtiger Großvater wirft keine schlimmen Schatten mehr und gerät zumindest bei den jungen Leuten im Dorf langsam in Vergessenheit. Im Moment haben wir Frettchen Nummer fünf, die Nephtis. Die Feste verändern sich mit uns und bleiben doch eine feste Konstante, jedenfalls ist hier alles spannend. Wir alle dürfen gespannt sein, was uns die Zukunft bringt.

Und da sitze ich nun, zupfe mir an meinen wenigen Barthaaren, knuddle Sevgi, die mir in der Zwischenzeit auf meine neue Jeans gepisst hat. Ich sitze hier und bin unglaublich zufrieden.

Die Personen und die Umgebung

Die Geschichte spielt im Allgäu, ungefähr in der Umgebung zwischen Mindelheim und Memmingen in einem fiktiven Dorf, in dem es ein heruntergekommenes Gutshaus gibt, dessen Hässlichkeit das Dorf den in Bayern sehr begehrten Preis „Unser Dorf soll schöner werden" kostet. Ich erzähle von den Menschen im Gutshaus und das sind:

Konstanze von Schleppenberg, Großmutter in dieser Familie, die mit dem Geld, das ihr Mann in die Ehe zu bringen versprach, das Haus renovieren wollte, wollte eben …

Adolf von Schleppenberg, ihr Mann, der stolz ist, wie sein Idol zu heißen, und ansonsten eben wenig zu bieten hat.

Katharina, ihre jüngere Tochter, die ihrer Mutter versprochen hat, das Haus zu erhalten, und die Leute verkleidet, weil sie alles sammelt, was ihr an historischen Gewändern, Trachten aus aller Welt und Theaterkostümen in die Finger kommt. Die schönsten Kostüme macht sie selbst. Auf einer Textilmesse hat sie.

Sean O'Keeffe kennengelernt, den Naturliebhaber aus New York, der den Park in eine Schönheit verwandelt und der für jeden in seiner Familie einen Baum pflanzt, damit seine Lieben immer wissen, wo ihre Wurzeln sind. Sean und Katharina haben fünf Kinder und einige Schwiegerkinder:

Persephone, die in einem Tunnel geboren wurde und die sich zwischen Licht und Schatten bewegt, aber kein Problem darin sieht, auch mal tief in schwierige Gefühle einzutauchen, und ihr Mann.

Thomas Misio, dessen Mutter Ajame, eine Tanzlehrerin, aus Japan kommt. Er hat die rechte Geduld für seine Frau und gemeinsam mit ihr teilt er die Liebe zur Musik, er begleitet sie gerne am Klavier, wenn sie singt.

Ares, der schon bei seiner Geburt wütend war und mit seiner Mittelmäßigkeit aus dem Kreis der genialen Kinder heraussticht. Er war der Liebling seines Großvaters Adolf, der ein bekannter Altnazi war, für den sich der Rest der Familie geschämt hat. Auch Ares hängt dem großväterlichen Irrglauben an und seine fremdländischen Schwäger sind ihm ein Dorn im Auge. Er hat auch eine lichte Seite. Weil er als Kind mitansehen musste, wie seine kleine blonde Freundin von ihren Vater missbraucht wurde, macht er Jagd auf Kinderschänder und lernt dabei seine Frau.

Liesbeth kennen, die ihren Sohn durch einen Missbrauch verloren hat. Sie zerbricht an ihrem Schicksal, sie und Ares haben eine Zweckehe. Ares hat kein langes Leben, doch im Tod wird er zum Helden. Nach seinem Tod lernt sie.

Joachim Roth kennen und lieben, den Bruder von Liliths Mann Johann.

Lilith, der Sonnenschein der Familie, freilich ohne schützende Ozonschicht und mit gelegentlichen Protuberanzen. Sie weiß genau, was sie will, und sie will Johann, den Mann, den sie bereits in ihren Träumen gesehen hat, und so erobert sie sich dieses Ekel.

Johann Roth, so denken jedenfalls fast alle anderen von ihm, der fast schon gegen seinen Willen geheiratet wird. Die beiden brauchen allerdings fünf Jahre, um endlich ein Paar zu werden, und eine Katastrophe, ausgelöst von Ares, bei der Johann, der als Kind aus Kolumbien adoptiert wurde, seine Stimmbänder verliert, aber viel Lebendigkeit gewinnt. Er ist der eigentliche Held der Familie.

Leonard und Nimue Roth, Kinder von Johann und Lil.

Athanasia, vierte der Geschwister O'Keeffe, die „Unsterbliche", eine erste Nachzüglerin, die Sprachen und Wörterbücher sammelt wie andere Leute Briefmarken. Als Katharina mit ihr schwanger war, hat sie versucht, Griechisch zu lernen, doch erst ihre Tochter hat die nötige Sprachbegabung.

Meirion, der „Milchmann", das jüngste O'Keeffe-Baby, der schon als Säugling zu genießen weiß und der alles tut, um die Welt hinter den Schlüssellöchern zu entdecken. Mei steht auf Jungs und Johann ist seine erste große Liebe.

Ljubov, die hässlichste Hündin im Dorf, gehört auch zur Familie. Sie macht ihrem Namen „Liebe" alle Ehre, ist sie doch die Liebe selbst.

Wassili Wassiliewitsch, die eigentliche Liebe von Konstanze und Vater von Katharina, ein ehemaliger Zwangsarbeiter.

Isolde, Mutter von Ragnhild, Schwester Katharinas, aber nicht Wassilis Tochter, sondern Adolfs Kind, worüber sie nicht glücklich ist.

Bauer Greinhuber, der die Liebe von Konstanze und Wassili schützt.

Bauer Melchior, der erst zündelt und dann für schwierige Kinder brennt.

Die Autorin

Ester Michaelis musste als Kind kriegstraumatisierter Eltern viel Leid erleben, doch heute sagt sie: „Ich bin dafür dankbar." Ihre berufliche Laufbahn fing sie als Bänkerin an, dazwischen widmete sie sich der Pflege von Angehörigen, erzog ein Kind, holte ihre Schulbildung nach und überlebte einige Katastrophen. Nach einem Unfall war dann plötzlich ein „normales" Arbeitsleben passé und sie musste – oder durfte – sich auf ihre Fähigkeiten als Malerin und Kartenlegerin konzentrieren. „Schreiben half mir durch dunkle Zeiten, gerade weil es meinen Blick auf das Schöne, auf das kleine Glück lenkte, das mich noch immer jeden Tag aufs Neue reich macht", so die lebensfrohe Autorin. Der Roman „O'Keeffes Kinder" ist ihr erstes Buch.